ULRIKE KRONECK

Selbstgerecht

SAUBERMÄNNER Der reiche Facility-Unternehmer Rischmöller bricht beim Liebesspiel mit seiner jungen Freundin, der Studentin Julia, tot zusammen. Sie nutzt die Gelegenheit mit fast einer halben Million Schwarzgeld, die sie im offenen Safe findet, zu entwischen. Damit lenkt sie nicht nur das Misstrauen der Kriminalkommissare Johanna Kluge und Jakob Besser auf sich. Der Teilhaber des Verstorbenen, der Security-Chef Huber, setzt zwei Schläger seiner Security auf sie an. Julia gerät in Todesgefahr.

Und was hat der junge Alexander Pflüger, der begabte Justitiar der Facility-GmbH, mit dem Fall zu tun? Viele Hinweise in die falsche Richtung führen Johanne Kluge in die Irre. Sie lässt sich durch die Manipulationen der Wahrheit aber nicht lange verwirren und stellt auf die ihr eigene Art der Ermittlung Gerechtigkeit her.

Ulrike Kroneck liest (als Lektorin für Sachbuch und Wissenschaft) und schreibt (ihre eigenen Bücher) in Melle-Buer bei Osnabrück. Ihr Berufsleben begann in Berlin, wohin sie nach wie vor zahlreiche Kontakte pflegt. Nach der Tätigkeit als Programmleiterin eines Verlages arbeitet sie seit 2000 selbstständig als Lektorin, Herausgeberin und Autorin. Sie verfasste mehrere Sachbücher zu den Themen, die sie auch in ihren Romanen behandelt: Frauen und Psychologie.

Bisherige Veröffentlichungen im Gmeiner-Verlag:
Ehe, Affären und andere Vergnügen (2014)
Grundlos (2013)
Das Frauenkomplott (2012)

ULRIKE KRONECK

Selbstgerecht

Kriminalroman

GMEINER SPANNUNG

Besuchen Sie uns im Internet:
www.gmeiner-verlag.de

Im Ehnried 5, 88605 Meßkirch
Telefon 07575/2095-0
info@gmeiner-verlag.de

1. Auflage 2015

Lektorat: Claudia Senghaas, Kirchardt
Herstellung: Mirjam Hecht
Umschlaggestaltung: U.O.R.G. Lutz Eberle, Stuttgart
unter Verwendung eines Fotos von: © Pictorius / Fotolia.com
Druck: GGP Media GmbH, Pößneck
Printed in Germany
ISBN 978-3-8392-1675-0

Personen und Handlung sind frei erfunden.
Ähnlichkeiten mit lebenden oder toten Personen
sind rein zufällig und nicht beabsichtigt.

1

Sie merkte gleich, dass etwas nicht stimmte. Er klammerte sich mit beiden Händen an ihren Hüften fest, aber zog sie nicht an sich heran. Seine Hände rutschten ab, sein schwerer Körper legte sich, als sei er selbst gestoßen, auf ihren Rücken. Sie ließ das metallene Gestänge des Messingbettes, an dem sie sich festgehalten hatte, los und rutschte in die Kissen. Er keuchte, während er sich an sie krallte. Sie spürte seinen Atem in ihrem Nacken. Er war schwer, und sie fürchtete, dass ihr die Luft wegbliebe. Sie fühlte, wie er nachgab und seinen großen Körper wie erschöpft auf sie fließen ließ. Er begrub sie unter sich, seinen rechten Arm noch um ihren Bauch gewunden.

»Was ist los, Carsten?«

Er schnappte nach Luft.

Sie versuchte, sich unter ihm wegzudrehen. Aber seine zweieinhalb Zentner zwangen sie, bäuchlings unter ihm liegen zu bleiben.

»Carsten.« Sie versuchte durchzuatmen und geriet ein wenig in Panik, weil der massige Körper bewegungslos auf ihr lag und sie ihren Brustkorb nicht heben konnte. Mit seinem rechten Arm unter ihrem Bauch schien er sie zusätzlich festzuhalten.

Fett und schwer, fuhr ihr durch den Sinn. Fett und schwer, dieser Carsten Rischmöller. Das hatte ihre Kommilitonin gesagt, als sie ihn ihr vor einigen Monaten in einer Bar von Weitem gezeigt hatte.

»Carsten!« Sie zog ihren Arm etwas an und drückte ihren zierlichen Körper in die Matratze, um ihre rechte Schulter zu drehen und sich unter ihm herauszuwinden. Gleichzeitig schob sie das Knie unter ihm hervor und hob ihr Gesäß in die Höhe.

In einer einzigen fließenden Bewegung gerieten die zweieinhalb Zentner über ihr aus dem Gleichgewicht und rutschten über den rechten Arm, der sie eben noch gehalten hatte, und über die Schulter zur Seite. Sie lag nun frei im Arm des bewegungslosen Mannes.

Erstaunt richtete sie sich auf: »Carsten?«

Er lag auf dem Rücken auf der linken Seite des großen Bettes, sein linker Arm hing über der Bettkante, und sein schwerer weißer Bauch legte sich rechts und links oberhalb der Hüfte auf das weiße Laken. Er hatte ein paar glatte rote Haare auf der Brust. Sein Penis lag schlaff inmitten der kräftigen roten Schamhaare. Carsten Rischmöller rasierte sich nicht.

Er wäre mir viel zu weiß, und wahrscheinlich riecht sein Schweiß sauer. Dieser Gedanke schoss ihr in den Sinn, während sie immer noch eher erstaunt als beunruhigt auf den reglos neben ihr liegenden Mann herabsah. Sein Schweiß roch nicht sauer, und sie hatte ihn in seiner Massigkeit sogar sexy gefunden. Das hatte ihre Freundin nicht verstanden.

»Carsten!«, rief sie ihn an und schlug ihm dreimal mit der rechten Hand auf die Wange. »Hey, Carsten!«

Carsten Rischmöller rührte sich nicht.

Nun legte Julia zwei Finger an den Hals ihres Liebhabers, um zu testen, ob er noch lebe. Sein offenstehender Mund schien dem zu widersprechen, aber sie tat das, weil sie es häufiger gesehen hatte. Sie fühlte nichts, aber das hatte nichts zu sagen, dachte sie.

»Ach du Scheiße.« Julia wich zurück auf die gegenüberliegende Bettkante und starrte auf den großen Mann. »Ach du Scheiße«, wiederholte sie leise und legte ihre Hand vor den Mund.

Ohne den Blick von ihm zu wenden, verließ sie das Bett auf ihrer Seite und ging zum Fußende. Für einen letzten Versuch trat sie an die Bettkante und schüttelte ihn mit beiden Händen. Sie rief ihn nicht mehr beim Namen. Sie schüttelte ihn noch einmal zaghaft und trat einen Schritt zurück.

Scheiße, dachte Julia.

Er war tot. Sie hatte noch nie einen Toten gesehen, aber dieser Mensch sah tot aus. Sie blickte auf ihr Handgelenk. Aber die kleine Breguet, die er ihr gekauft hatte, hatte sie abgelegt. Carsten wollte sie immer pur. Hinterher genoss er es, auf dem Bett liegend zu betrachten, wie sie sich immer noch nackt Uhr und Perlen – Perlen am Hals einer Frau sind sexy, hatte er gesagt – wieder anlegte, die Dinge, mit denen er sie beschenkt hatte. So ließ er sich beweisen, dass er sie besaß.

Julia ging zum Sessel an dem kleinen Tisch, auf dem eine halbe Flasche Rotwein, ein Nachtischschüsselchen, ein voller Aschenbecher und zwei Gläser standen. Seine beigefarbene, in Leder gefasste Gucci-Businesstasche lehnte neben dem Stuhl. Sie sollte die Polizei informieren. Das musste sie jetzt wohl. Sie nippte an ihrem Glas und betrachtete den leblosen Mann. Es gab keinen Grund, sich zu beeilen. Sie nahm ihre Uhr und legte sie um ihr schmales Handgelenk. Zehn nach neun. Dann nahm sie die Perlen und schloss den Verschluss in ihrem Nacken. Schade, sie hatte in der Großen Straße einen wunderbaren Ziegenvelourledermantel gesehen. Heute hatte sie ihm davon erzählen wollen. Im nächsten Monat würde sie ihren 24. Geburtstag feiern.

Julia seufzte. Damit war es vorbei. Sie ging zur Ablage neben ihrer Bettseite und nahm das Geld in die Hand. Er hatte es ihr vor einer Stunde, kurz nachdem sie die kleine Wohnung betreten hatte, zu einer kleinen Rolle gedreht zwischen ihre Brüste gesteckt, anschließend mit wohlgefälligem Grinsen in ihren Ausschnitt gegriffen, ihre rechte Brust gepresst und an der Brustwarze gezerrt. Sie hatte das Geld später auf ihrer Seite des Bettes abgelegt, ohne es zu zählen. Es war immer genug gewesen. Manchmal so viel, dass sie sich wunderte, dass sie ihm so viel wert war. Es gehörte zu ihrem Spiel, dass er ihr Geld gab. Er fand es sexy, und sie fand es praktisch. Sie fühlte sich gut dabei, dass er sie so wertschätzte. Bei diesem Gedanken musste sie lächeln.

Flüchtig blätterte sie die 50er durch. 20 Scheine. Sie bedauerte seinen Tod. Es tat ihr wirklich leid, nicht nur im Hinblick auf seine Großzügigkeit. Er hatte Geld wie Heu. Das fand sie jedenfalls. Ihrer Meinung nach war es so viel, dass er damit spielen konnte. Und das mit dem Geld war für ihn reine Unterhaltung gewesen. Für sie war es ein Spiel für den Lebensunterhalt. Immerhin war sie 25 Jahre jünger als er.

Sie ging in das Bad, das neben dem Schlafraum lag, und betrachtete sich im Spiegel, fragte sich einen Moment, was mit ihr los sei. Sie weinte nicht. War sie kalt, weil ihr solche Gedanken durch den Sinn gingen? Langsam schüttelte sie den Kopf und sah sich dabei nachdenklich in die Augen. Nein – sie lächelte ihr Spiegelbild an – sie war nicht kalt. Sie mochte Carsten. Sie warf einen Blick über die Schulter durch die offene Tür. Sie hatte ihn gemocht. Doch, er war ihr, obwohl sie das nicht gewollt hatte, irgendwie ans Herz gewachsen. Es tat ihr wirklich leid. Sie hatte ihn nicht mögen wollen. Das lief eigentlich gegen ihre eigene Absicht.

Sie griff auf den Spiegelschrank hinter die obere Kante und kontrollierte die Schachtel mit den blauen kleinen Pillen. Von den vier Pillen der Schachtel fehlten zwei. Ob zwei für ihn zu viel gewesen waren? Er hatte geglaubt, sie wisse nicht, dass er Erektionsprobleme hatte. Jedenfalls hatten sie nicht darüber gesprochen. Jetzt hatte sein Herz offensichtlich der Belastung von zwei Tabletten nicht standgehalten. Was Männer nicht alles machten, um als große starke Kerle dazustehen. Carsten Rischmöller lag immer noch in seiner Position. Das würde sich nicht mehr ändern.

Sie duschte, rubbelte sich die Haare trocken und cremte sich ein. Nachdem sie ihre Jeans angezogen und das kleine seidene Top übergestreift hatte, nahm sie ihr Handy aus ihrer großen Ledertasche, um die Polizei anzurufen. Sie überlegte, ob sie direkt die Nummer der Osnabrücker Polizei wählen sollte oder einfach 110, und ging in Gedanken versunken auf und ab. Was sollte sie sagen, warum sie erst jetzt anrief, etwa eine Viertelstunde später? Würde die Polizei, wenn sie käme, diese Zeitdifferenz überhaupt feststellen? Würden sie ihn untersuchen? Sie war unsicher.

Mit dem Handy in der Hand öffnete sie den Raum, der neben dem Schlafzimmer lag und Carsten Rischmöller als kleines Büro diente. Der Vorhang an der linken Wand vor der Tür zur Loggia war geschlossen. An der Wand hinter dem Schreibtisch fehlte das Bild. Als sie sich näherte, bemerkte sie, dass es auf dem Fußboden stand und gegen den Schreibtisch gelehnt war. Sie kannte das Motiv. Sie hatte es oft betrachtet, über den Schreibtisch gelegt, wenn er sich hinter ihr stehend abmühte. Sie hatte das Bild ausdauernd betrachtet und in allen Details in sich aufgenommen. Drei rote Mohnblumen in einer bauchigen Vase aus Ton, zwei auf die leinenfarbene Tischdecke gefallene Blütenblätter, gedeckte Farben. Es hatte etwas Trauriges, fand sie. Einmal hatte sie ihn beiläufig nach dem Bild gefragt, als er fertig war und sich eine Zigarette ansteckte. Es habe im Esszimmer seiner Mutter gehangen, die sich im Grabe umdrehen würde, wenn sie wüsste, dass er sie jetzt unter dem Bild fickte. Er hatte gelacht.

Der kleine Safe, der sich dahinter verborgen hatte, stand einen Spalt offen. Daher hatte er also das Geld für sie geholt.

Wie unmodern für den Partner einer Sicherheitsfirma, Geld hinter einem Bild in einem Wandsafe aufzubewahren. Das gab es doch sonst eigentlich nur in alten Filmen. Vielleicht war der Safe bereits hier gewesen, als er die Wohnung mietete. Sie legte das Handy auf den Schreibtisch und öffnete die graue Safetür mit einem spitzen Finger.

Das war viel Geld. Das sah sie sofort. Es waren keine gebündelten Scheine, aber sie lagen in Stapeln, und angesichts der 20 50er, die sie eben gezählt hatte, die kaum einen Zentimeter hoch waren, mochte sie gar keine Berechnungen anstellen. Das war entschieden so viel, dass sie sich hinsetzen musste. Mechanisch griff sie nach ihrem Handy und steckte es bedächtig in die Hosentasche.

Langsam ging sie zurück ins Schlafzimmer. Carsten lag ein wenig schief im Bett, aber er hätte hier durchaus allein schlafen und im Schlaf einem Herzinfarkt erliegen können. Sie wusste, dass er manchmal in diesem kleinen Appartement übernachtete, wenn es im Büro später geworden war oder er geschäftlich ausging. Er wollte nicht noch einmal riskieren, wegen Alkohol seinen Führerschein loszuwerden. Seine Frau würde sich also nicht wundern, wenn er heute Abend, nach dem Geschäftstermin oder was immer er ihr vorgemacht hatte, nicht zurückkam. Julia betrachtete den toten Carsten, dessen schlaffer Penis bleich in den roten Schamhaaren lag. Sie hatten ja gerade erst angefangen, er war noch nicht gekommen. Er sah also nicht unbedingt aus, als habe er Sex gehabt.

Sie nahm ihr Glas, ging damit in die kleine Küche, spülte es ab und stellte es zurück in den Schrank. Die Plastikdose, in der Carsten seine »erste süße Belohnung« mitgebracht hatte, spülte sie ab. Er hatte nur diese Süßspeise essen können, zu seiner »zweiten süßen Belohnung« war er nicht mehr gekommen. Julia zog bedauernd den Mundwinkel nach oben, während sie die Dose sorgfältig mit dem Handtuch abtrocknete. Anschließend ging sie ins Bad und wischte die Dusche mit ihrem Handtuch trocken, nahm die Viagra-Schachtel vom Spiegelschrank und steckte beides in ihre große Ledertasche. Das Bad sah aus, wie das Bad eines kleinen Appartements eines Geschäftsmannes aussieht, der sich ab und zu zurückzieht: sauber, ohne Auffälligkeiten, keine Anzeichen für eine dauernd anwesende Frau.

Julia nahm ihre Ledertasche, warf einen bedauernden Blick auf Carsten Rischmöller und ging ins Büro. Vor dem geöffneten Safe überlegte sie einen Moment. Dann nahm sie das feuchte Handtuch aus der Ledertasche, griff damit in den Safe und schob vier Stapel 50er in ihre geöffnete linke Hand. Als sie den fünften nehmen wollte, entschloss sie sich, diesen zu teilen und die Hälfte zurückzulassen. Es wäre sicherlich besser, dass Geld im Safe läge, wenn er – von wem auch immer – geöffnet würde.

Julia warf noch einen Blick in das obere Fach, wofür sie sich ein bisschen strecken musste. Aber es war leer. So konnte sie sicher sein, nichts übersehen und liegen gelassen zu haben, was möglicherweise von Nutzen hätte sein können. Sie war überzeugt, dass Alexander sie irgendwann fragen würde, ob sie etwa Papiere habe liegen lassen. Der Gedanke an Alexander ließ sie noch einen Moment zögern. Er würde insistieren, alles von ihr wissen wollen, was Rischmöller gesagt habe. Alexander würde der Tod von Rischmöller nicht gefallen. Sie zuckte mit den Schultern. Wieso war sie sich da so sicher, vielleicht würde er sich freuen? Wäre befreit. Nein, Julia war sicher, dass Alexander sich über diesen Tod, der, ohne dass er davon wusste, einfach so stattgefunden hatte, nicht freuen würde.

Entschlossen schob sie die Safetür zu und drehte mit dem Handtuch an der antiquierten Nummernscheibe des Safes.

Sie konnte nun nicht mehr an das restliche Geld. Aber sie konnte es auch nicht mehr zurücklegen. Der Gedanke an die Stapel in ihrer Ledertasche ließ ihr das Blut in die Wangen schießen. Jetzt konnte sie die Polizei auf keinen Fall mehr informieren. Ihr Herz klopfte.

Neben dem Bett stellte sie die Ledertasche noch einmal ab und ließ ihren Blick ein letztes Mal über den großen, fetten weißen Mann streifen. Sie nahm die leichte Daunendecke, die bei ihrer Ankunft bereits auf der Erde am Kopfende des Bettes gelegen hatte, und deckte ihn damit bis zum Bauchnabel zu. Sie drapierte die Daunendecke noch ein wenig, sodass das Arrangement in ihren Augen recht natürlich aussah. Abgesehen davon, dass ein toter Mensch nicht natürlich aussehen kann. Julia legte zögernd ihre schmale Hand auf die breite weiße Brust mit den roten Haaren und verabschiedete sich von Carsten Rischmöller: »Es tut mir leid«, sagte sie, nahm ihre Ledertasche und wandte sich ab. »Armes Schwein«, flüsterte sie in sich hinein.

Vorsichtig öffnete sie die Tür zum Treppenhaus. Das Handy!, durchfuhr es sie, als sie auf den leeren Flur schaute. Schnell schloss sie die Tür und ging zurück an den Sessel, auf dem die Kleidung Rischmöllers lag. Sie griff in die Seitentasche des Sakkos, nahm das einfache Prepaid-Handy, das er für ihre Verabredungen benutzte, und steckte es in ihre andere Hosentasche.

Zum zweiten Mal öffnete sie die Appartementtür und nahm mit Erleichterung wahr, dass niemand zu sehen war. Sie eilte die Treppe vom zweiten Stock hinunter und war mit ihrem Verschwinden so sehr beschäftigt, dass sie sich keine weiteren Gedanken mehr machen wollte, wann und von wem Carsten Rischmöller, der dort oben lag, gefunden werden würde. Sie dachte daran, dass es nicht leicht werden würde, dieses Geld zu behalten. Damit sollte sie recht behalten.

2

Kriminalhauptkommissarin Johanna Kluge stand mit ihrem Kollegen Jakob Besser vor einem Mietshaus in der Roonstraße am Fuß des Westerbergs. Es war ein gut renovierter Altbau, bei dem man nicht an Materialien gespart hatte, ein schönes Haus mit Holzsprossenfenstern und erneuertem Sandsteinputz. Überhaupt gab es in dieser Gegend schöne Häuser. Sie selbst wohnte seit einem knappen halben Jahr in einer kleinen Wohnung nur drei Straßen weiter.

Eigentlich war ihre Wohnung ein bisschen zu teuer für eine Hauptkommissarin, dachte Johanna mit Blick auf die Fassade dieses Hauses. In diesem Haus hier zu wohnen, hätte sie sich auf keinen Fall leisten können. Aber sie hatte nicht viel Zeit gehabt im letzten Winter, um sich eine Wohnung zu suchen, und letztlich war die Miete für ihre Zweieinhalbzimmerwohnung erschwinglich. Sie hatte sonst keine großen Ausgaben.

Jakob Besser ließ seine Kollegin Johanna Kluge mit einer einladenden Bewegung durch die geöffnete Haustür eintreten. Der uniformierte Beamte, der zuerst eingetroffen war, hatte sie vor dem Haus erwartet. Der blau-silberne Streifenwagen stand halb auf dem Bürgersteig, davor parkte der Wagen der Kollegen der Kriminaltechnischen Untersuchung, und vor den Eingängen der anliegenden Häuser hatte sich bereits eine kleine Gruppe Menschen versammelt, die darauf warteten, etwas zu erfahren.

»Es ist nicht nur der Mob, der das Unheil sucht«, beugte sich Oberkommissar Jakob Besser zu seiner Kollegin herunter und drückte seine Brille auf die Nase.

Johanna stimmte ihm zwar zu, sagte das aber nicht, sondern stieg, zwei Treppenstufen auf einmal nehmend, in die zweite Etage. Sie wollte nicht von ihrem asketischen, wenn auch nicht durchtrainierten, so doch zähen und jüngeren Kollegen überholt werden.

»Nicht schlecht, Johanna«, lobte Jakob, als sie vor der Wohnungstür des Appartements standen, zu der sie gerufen worden waren.

»Eine Stunde strammes Wandern mit dem Hund meiner Nachbarin. Das bringt's.« Johanna betrat das Appartement. Der Blick von der Etagentür fiel direkt über den kleinen quadratischen Flur durch die geöffnete Tür auf das riesige Kingsizebett.

»Das ist die Zweitwohnung eines betuchten Mannes«, wollte Johanna, am Türrahmen des Raumes stehend, ihrem Kollegen über die Schulter zuwerfen. Aber er war bereits neben ihr, und so schaute sie zu ihm auf.

»Meinst du?«

»Ja, eine Wohnung zum Vögeln.«

Jakob Besser sah seine Kollegin mit hochgezogenen Augenbrauen an. »Du kennst dich ja aus.«

»Ja das sieht man doch«, sagte Johanna und ließ ihn stehen. »Nicht, weil es Carsten Rischmöller ist, der da im Bett liegt.«

Vor einer halben Stunde war bei der Polizeiinspektion die Nachricht eingegangen, dass Carsten Rischmöller in seinem Stadtappartement tot aufgefunden worden sei. Johanna Kluge als zuständige Kommissarin war mit ihrem Kollegen Besser losgeschickt worden. Männliche Leiche, ungeklärte Todesursache. Eine portugiesischstämmige Putzfrau habe die Polizei informiert, sagte der Beamte, der im Flur stand. Sie sei noch hier.

Die junge Frau saß links vom Flur in der kleinen Küche

auf einem von zwei Thonetstühlen an einem kleinen Tisch. Johanna Kluge stellte fest, dass sie sich eine Putzfrau anders vorgestellt hätte.

»Guten Tag. Johanna Kluge«, stellte sich Johanna vor und reichte der Frau die Hand. Sie war gut gelaunt und nicht verschreckt.

»Maria Sosas«, erwiderte die junge Frau, streckte ihr die Hand entgegen und blieb sitzen.

»Sie haben die Leiche gefunden?«, fragte Johanna freundlich.

»Ja, ich habe einen Schlüssel für die Wohnung und komme immer am nächsten Tag, wenn Herr Rischmöller mal eine Nacht hier bleibt.« Maria Sosas fuhr sich mit der Hand durch die Haare und wartete auf weitere Fragen.

Maria Sosas hatte keinen Akzent, und Johanna wunderte sich, warum der Beamte, der zuerst mit ihr gesprochen hatte, von einer »portugiesischen« Putzfrau geredet hatte. Ihr wäre das nicht als erste Beschreibung eingefallen. Diese junge Frau war attraktiv und selbstbewusst.

»Sind Sie Portugiesin?«, fragte Johanna Kluge spontan.

»Nein, ich bin Deutsche.« Maria Sosas legte den Kopf schräg und sah Johanna Kluge von unten an.

Johanna ärgerte sich über sich selbst. Als sie noch überlegte, wie sie den Verdacht, unbedacht fremdenfeindlich zu sein, ausräumen könnte, ohne es zu verschlimmern, sagte Maria Sosas: »Meine Eltern sind Portugiesen. Ich bin hier geboren und studiere Pädagogik.«

»Danke«, sagte Johanna Kluge und schluckte. »Können Sie sich bitte noch einen Moment gedulden. Ich komme gleich wieder zu Ihnen.«

Sie wollte sich erst einen Eindruck vom toten Carsten Rischmöller machen. Ihr war der Name Rischmöller bis vor einer halben Stunde kein Begriff gewesen, aber Jakob

Besser hatte sie auf der zehnminütigen Fahrt von der Kommenderiestraße hierher ins Bild gesetzt. Der Name Rischmöller an sich sei nicht so bekannt in Osnabrück, aber er sei der Chef von Facility Management Nordwest.

»Was ist das denn?«, wollte Johanna Kluge wissen, »Facility Management?«

»Das ist so eine Art gehobene Hausmeisterei.«

»Und damit kann man schwerreich werden?« Sie dachte an den Hausmeister des Gymnasiums, das ihr Sohn Stefan bis zum letzten Jahr besucht hatte, und den technischen Assistenten in der Polizeiinspektion, der in seinem grauen Kittel so zupackend und kompetent aussah.

»Wenn man außer Immobilien makeln, Gebäudemanagement und Serviceleistungen aller Gewerke, vor allem Putzkolonnen, regiert und zudem noch mit einem Sicherheitsservice aufwarten kann, dann kann man das.« Jakob erhob demonstrativ seinen Zeigefinger, eine Angewohnheit, seine belehrenden Auslassungen zu unterstreichen.

»Du Schlaumeier«, sagte Johanna und grinste ihn an. Jakob Besser war erst seit zweieinhalb Jahren bei der Kriminalpolizei Osnabrück, »Fachkommissariat 1 Straftaten gegen Leben und Gesundheit«. Sie mochte den jungen Kollegen, den andere manchmal für blasiert hielten. Jakob Besser wusste allerhand, was sie immer wieder aufs Neue verblüffte. Dass er aber auch über die Zustände in der Stadt informiert war, erstaunte sie wirklich.

»Ich bin kein Alleswisser, ich bin nur ein Allesbehalter«, entschuldigte sich Jakob Besser. Wenn er irgendwo etwas aufschnappte oder las, speicherte er es im Gehirn ab und konnte es bei irgendeiner Gelegenheit sofort abrufen.

Johanna hatte »Facility Management« schon einmal irgendwo gelesen, sich aber bislang keine Gedanken gemacht, was das sei.

»Hat *Facility* nicht irgendwie was zu tun mit ›leichter‹ machen?«, hatte sie Jakob Besser gefragt, als sie hinter den Kollegen in der Roonstraße parkte und ausstieg.

Das verwechsle sie mit Facilitation. Das bedeute in der Tat Vereinfachung und komme aus der Organisationsentwicklung, dozierte Jakob Besser über das Dach des Wagens weiter.

»Gut, dass ich dich habe«, hatte Johanna Kluge das Gespräch abgeschlossen, ohne Bedauern, dass sie in der modernen Welt der Geschäfte und der angloamerikanischen Begriffe nicht so zu Hause war.

Und nun lag er hier, der Chef des großen Facility-Unternehmens, und rührte sich nicht mehr. Sie betrachtete den halb zugedeckten Mann, weiß und übergewichtig. Sie schätzte ihn auf Ende 40, Anfang 50. Während sie sich ihm näherte, fragte sie sich, warum Menschen in diesem Alter so oft die Formen verloren. Diese Schwere musste doch das Leben belasten. Wie schwer musste ihnen jeder Tag werden, die Schritte, das Atmen. Sie fasste sich an ihren nicht vorhandenen Bauch, froh, dass – obwohl sie wahrscheinlich höchstens fünf bis sechs Jahre jünger war als der Mann – ihr Leben jedenfalls nicht durch zu viel Gewicht beschwert wurde.

Das Leben des Carsten Rischmöller war jetzt leichter geworden. Die Position des Körpers zeigte, dass er alles fallengelassen hatte. Der linke Arm hing über die Bettkante, der rechte war leicht angewinkelt, die Hand lag unter der Bettdecke. Sein Mund war halb geöffnet, und die Lider verschlossen die Augen nicht.

»Sie haben ihn noch nicht berührt?«, fragte sie Meyer von der KTU. Klaus Meyer war mit dem Kollegen im Streifenwagen gekommen, hatte aber auf Johanna und Jakob gewartet. Johanna arbeitete gern mit Meyer zusammen, er verfügte über Sarkasmus und Selbstironie und verstand deshalb ihre eigenen Anwandlungen.

»Nein.« Nachdem er die Körperfunktionen überprüft habe, was angesichts des wächsernen Zustandes nicht nötig zu sein schien, habe er gewartet. Dass es sich um Rischmöller handelte, hatte Meyer seinem Personalausweis entnommen, den er aus dem Sakko von Rischmöller gefischt hatte. Dr. Schmitthals sei übrigens per Zufall in der Stadt und wolle kurz herkommen, um ihn in Augenschein zu nehmen.

»Ach je«, seufzte Johanna und schaute auf Jakob Besser, der die ganze Zeit hinter ihr gestanden hatte.

»Du wirst es überleben, Frau Kollegin«, nahm Jakob die Anrede vorweg, die der zuständige Gerichtsmediziner von der Universitätsklinik Hannover für Hauptkommissarin Kluge hatte.

»Guten Morgen, Frau Kollegin«, echote es im gleichen Moment von der Tür. Dr. Schmitthals, knappe 1,58 groß, stand mit seinem Koffer in der Hand an der Laibung. »Das ist fein, dass sich das so gut trifft. Ich war über Nacht in der Stadt. Es gibt ja zurzeit diesen Literaturkongress, an dem meine Freundin teilnimmt.« Schmitthals nutzte jede Gelegenheit, darauf hinzuweisen, dass seine Lebensgefährtin an der Universität war, oder – wie Jakob meinte – mitzuteilen, dass er überhaupt eine Freundin habe.

Er erwartete keine Antwort. Gemeinsam mit Johanna Kluge näherte er sich der großen Leiche und sah sie überraschend bedauernd an. »Auch die großen Menschen müssen sterben, nicht wahr?« Der Blick, den er Johanna Kluge zuwarf, war eher spöttisch.

»Wann ist er denn gestorben, was meinen Sie?«

Schmitthals warf die Decke zurück und legte Carsten Rischmöller frei. Johanna überkam ein Gefühl der Scham, als sie den massigen Körper in seiner Machtlosigkeit den Blicken freigegeben sah. Er hatte dichte, überraschend rote Schamhaare.

Schmitthals sagte nichts, sondern nahm die Temperatur und schaute auf seine Uhr. Wahrscheinlich rechnete er. »Mehr als zwölf Stunden mindestens. Bei der Raumtemperatur, es ist nicht besonders warm für Juni. Also ich denke, er hat sein Leben gestern Abend zwischen 19 und 22 Uhr ausgehaucht.« Er blickte Johanna Kluge an: »Ich muss mich korrigieren: Wahrscheinlich hat er geröchelt.«

Johanna überhörte seine Bemerkung und betrachtete die halb geöffneten Augen. »19 bis 22 Uhr gestern Abend? Was macht ein Mann so früh allein im Bett?«

»Geschätzte Kollegin, dazu kann ich Ihnen nichts sagen. Wenn ich um diese Zeit im Bett bin, dann nicht allein.« Dr. Schmitthals grinste verschmitzt, sodass man nicht wissen konnte, ob er stolz war oder sich über sich selbst lustig machte.

»Das ist es ja eben.«

Johanna Kluge blieb neben Dr. Schmitthals stehen, der den Körper flüchtig untersuchte. Fremdeinwirkung konnte er auf den ersten Blick nicht feststellen, und Johannas Frage, ob es sich möglicherweise um Herzversagen handeln könne, konnte er nicht definitiv beantworten, schloss die Möglichkeit aber auf keinen Fall aus. Sie verständigten sich darauf, auf jeden Fall eine Obduktion anzustreben und die Staatsanwältin Cora Schönhaus zu informieren, damit sie alles in die Wege leiten könne. Dr. Schmitthals blieb bei dem Leichnam, während Johanna Kluge zu Maria Sosas in die Küche zurückging.

»Hat Herr Rischmöller in dieser Wohnung Frauen empfangen?«

Maria Sosas nickte. »Ja.«

Johanna Kluge war verblüfft über die entschiedene Antwort und schwieg einen Moment. Sie unterdrückte die Frage, die sie anflog: »War er denn auch mal allein hier?«

»Das weiß ich nicht.« Das Lächeln, mit dem die junge Frau ihre Antwort begleitete, und die langsame, fast laszive überdeutliche Aussprache irritierten Johanna. Mit einem kurzen Blick zu Jakob Besser, der seine 1,90 an den Türrahmen lehnte und am Bügel seiner Brille kaute, stellte sie ihre Frage doch: »Haben Sie denn auch schon mal hier geschlafen?«

Maria Sosas zuckte unmerklich zusammen und wurde rot. Ihre Souveränität schmolz zusammen, und Johanna sah, dass sie im Konflikt war, ob sie gegen die anmaßende Frechheit der Frage opponieren oder einfach erzählen sollte, was sie über Carsten Rischmöller und seine Frauengeschichten wusste. Wenn sie schon nicht wusste, ob er auch mal allein hier nächtigte.

»Es geht Sie eigentlich nichts an«, entschied sich die junge Frau, Johannas Frage nicht krummzunehmen. »Aber wenn Sie es wissen wollen: Ich habe hier nie geschlafen. Deshalb habe ich ja auch den Schlüssel.«

Johanna Kluge schwieg und wartete auf weitere Erklärungen, die mit Sicherheit kommen würden. Maria Sosas schien stolz zu sein auf ihr Verhältnis zu Rischmöller. Daher würde sie den Grund ihres Stolzes schon mitteilen.

»Er hat mich angegraben vor fast zwei Jahren, aber mein Nein hat ihm imponiert. Er fand das ›sauber‹.« Maria stockte.

»Sauber?«

»Ja, ordentlich. Oder wie soll ich das benennen? Züchtig.«

Johanna Kluge war einen Moment unschlüssig, ob sie das Recht habe, weiterzufragen, und ob es überhaupt zur Sache gehörte. »Wozu haben Sie denn Nein gesagt?«

»Zu seinem Angebot, für eine anständige Summe regelmäßig mit ihm ins Bett zu gehen.«

Deshalb habe er sie engagiert für den Dienst, die Wohnung, wenn er sie benutzte, sauber zu machen und ihr jedes Mal ein wirklich ordentliches Trinkgeld hinterlegt. »Carsten Rischmöller stand auf Sauberkeit.«

Johanna Kluge dachte an das Unternehmen Facility Management und Jakobs Erläuterungen. Aber diese Art von Sauberkeit, die Putzkolonnen in Büroräumen hinterlassen, war nicht die Sauberkeit, die Maria Sosas meinte.

»Halten Sie es denn für möglich, dass er eine ...«, Johanna fuhr der Gedanke durch den Kopf, ob sie die junge Frau, die so offen war, beleidigen könnte, »in diesem Sinne nicht so saubere Freundin hatte, mit der er sich hier traf?«

»Ich denke, das ist die Ambivalenz solcher Männer wie Rischmöller. Sie haben das Ideal einer hehren, sauberen Frau, aber die geht ja nicht mit Männern wie ihnen ins Bett.« Maria Sosas lachte.

»Sie meinen also, wenn eine Frau mit ihm im Bett war, dann nicht ohne Gegenleistung?«

Maria Sosas zuckte die Achseln. »Auf jeden Fall nicht die jungen, auf die er stand.«

Johanna Kluge schaute auf Jakob Besser, der immer noch im Türrahmen stehend Maria Sosas versonnen betrachtete.

»Haben Sie denn den Eindruck, Rischmöller war hier gestern mit einer Frau zusammen oder war er allein?«

Johanna Kluge forderte Maria Sosas auf, die Küche genau zu betrachten, und beobachtete sie, wie sie die Schränke kurz inspizierte. Anschließend begleitete sie sie ins Schlafzimmer, in dem Schmitthals gerade seinen Koffer schloss. Maria Sosas warf auch einen Blick in das kleine angrenzende Büro. Sie trat links neben den Schreibtisch und warf einen Blick hinter den Vorhang vor einer bodentiefen Tür, die auf die Loggia führte.

»Es sieht alles normal aus. Aber ich kann das nicht wirklich beurteilen. Es sieht aus, als wäre er allein gewesen.«

Jakob Besser begleitete Maria Sosas hinunter und erläuterte ihr die Formalitäten, die jetzt möglicherweise auf sie zukommen würden. Johanna horchte den Stimmen der beiden nach, wie sie die Treppe hinunterstiegen.

»Das hat ja lange gedauert«, empfing Johanna Kluge ihren Kollegen auf dem Flur stehend, als er nach einer Weile wieder die Wohnung betrat.

»Ach, findest du?«, fragte Jakob Besser von oben auf sie herabsehend. Sie traten gemeinsam einen Schritt zurück in die Küche, um die Männer mit dem Leichensack vorbeizulassen.

»Auch die Kaiserkronen wird er nicht verschonen«, summte Johanna Kluge tonlos und sah der Leiche des großen Carsten Rischmöller hinterher, die in diesem engen Kasten klemmte. »Das himmelfarbne Ehrenpreis, die Tulipanen gelb und weiß.«

»Wie bitte?«, fragte Jakob.

»Was ist?«, fragte Johanna zurück.

»Ich dachte, du hättest was gesagt.«

Johanna Kluge schüttelte den Kopf und folgte ihrem Kollegen, der ihr den Vortritt ließ, ins Treppenhaus. Anschließend versiegelte er die Wohnung, während sie bereits die Treppe hinabstieg.

3

Es war kurz nach halb zehn, als Johanna Kluge mit Jakob Besser über die Schnellstraße Richtung Bramsche fuhr. Die

Straße führte im Nordwesten schnell aus der Stadt und in die weite Ebene. Ihr Zuständigkeitsbereich war groß, reichte vom Teutoburger Wald im Süden und dem Grönegau im Osten bis ins Artland und die Ebene des alten Moores im Norden.

Der Morgen war hell und freundlich, ein Frühlingsmorgen im späten Frühling. In einer Woche war bereits Sommeranfang. Johanna Kluge saß auf dem Beifahrersitz und schaute auf die Felder, die in saftigem Grün standen. Sie liebte den Frühling, wenn die ersten Triebe sprossen und im Verlauf der Jahreszeit zu diesem saftigen Grün wurden, dass sie jedes Jahr wieder die pure Lebenslust überkam.

»Kein schöner Tag, einer Frau mitzuteilen, dass ihr Mann gestorben ist«, meinte sie.

»Sollte es angemessenerweise regnen?«, fragte Jakob Besser, der sie manchmal auf eine Weise zu verstehen schien und sie gleichzeitig dafür auf den Arm nahm.

»Nein, ich habe jedes Mal Beklemmungen, wenn ich eine schlechte Nachricht überbringen muss«, meinte Johanna und schaute wieder aus dem Fenster: »Es ist doch wirklich ein schönes Land, das Osnabrücker Land«, schloss sie die Unterhaltung.

*

Sie hielten vor einem großen Artländer Hof. Der Geschossgiebel war mächtig und dominierte die alte Hofanlage, das Gefache war, typisch für die Höfe des Artlands, mit rotem Klinker ausgebaut, das zentrale, breite und hohe Tor war in einem satten Grün gestrichen. Die Stallgebäude auf der rechten Seite schienen als Garage zu dienen. Vor einem geschlossenen Tor stand ein dunkelgrüner Mercedes-Combi. Ein Rolltor stand offen und gab den Blick frei auf einen großen

Chevrolet-SUV und einen Geländewagen, dessen Marke Johanna von Weitem nicht erkannte.

»Ein Range Rover«, stellte Jakob Besser fest, der ihrem Blick gefolgt war.

Johanna war wieder einmal erstaunt, dass ihr Kollege neben seiner klassischen Bildung, über die er aus einem Studium vor der Polizeiausbildung verfügte, auch Dinge wusste, die ihrer Ansicht nach eigentlich kein Mensch wissen musste.

»War dieser Carsten Rischmöller eigentlich bäuerlicher Herkunft?«, richtete Jakob Besser die Frage eher an sich selbst als an Johanna Kluge, während er seine Leinentasche aus dem Fond des Wagens nahm.

»Der Hof gehört wahrscheinlich seiner Frau oder deren Familie«, meinte Johanna zu ihm und warf einen Blick auf die auf dem zentralen Balken des Geschossgiebels eingeritzte Inschrift: »Seelich der Mensch der nicht wandelt nach dem Rathe der Gottlosen und nicht steht auf dem Wege der Sünder – an den hat der Herr sein Wohlgefallen.« 1782, so stand im Eichenholzbogen des Dielentores, hatte Johann Ostermann diesen Hof gebaut. »Gott beschütze dieses Haus – Anno 1988 – Iris und Klaus Ostermann«, so konnte man auf der anderen Seite lesen. Dieser alte Artländer Hof war offenbar Ende der 80er-Jahre restauriert worden. Der Name Rischmöller schien zu der Zeit jedenfalls noch nicht verewigungswürdig gewesen zu sein.

Jakob schob seinen langen Körper aus dem Wagen. Sie hatten auf dem weiten, von Gebäuden umschlossenen Hof vor dem Giebel geparkt, der von der Straße über eine breite Zufahrt frei zugänglich war. Das Schmucktor zur Straße stand offen. Johanna bemerkte jedoch, dass es von diesem repräsentativen Hof aus keinen Zugang zum Gelände gab. In der Verlängerung der ehemaligen Stallungen waren hohe Hecken, hinter denen wahrscheinlich Zäune standen. Sie hätte sich auch gewundert, wenn der Chef eines Facility Unternehmens, zu dem ja – wie sie gelernt hatte – auch eine große Abteilung Sicherheitsdienste oder besser Security gehörte, ohne Barrieren gegen die Außenwelt gelebt hätte.

Als sie sich dem großen Dielentor näherten, bemerkten sie die Videokamera, die an der linken Ecke installiert war. Johanna hielt Jakob davon ab, in die Kamera zu winken, indem sie auf die eichene Eingangstür wies, die links vom großen Tor im rechtwinklig angrenzenden Quergebäude lag. Hier war eine Klingel angebracht, ohne Namen.

Die Tür öffnete sich, bevor sie die Klingel betätigen konnten. Eine große schlanke Frau mittleren Alters stand im Türrahmen. Mit ihren blonden Haaren, die sie in einem Knoten zusammengesteckt hatte, wirkte sie weder hausbacken noch provinziell, sondern eher hochnäsig.

Johanna fühlte im gleichen Moment, als sie die hochgewachsene Frau in ihrem Kleid im Landhausstil sah, dass sie voreingenommen war. Andere hätten sie selbstbewusst genannt, nicht hochnäsig, korrigierte Johanna Kluge ihre Gedanken und wappnete sich im gleichen Moment für ihre schwere Aufgabe.

»Frau Rischmöller?« Es war keine Frage, dass Iris Rischmöller vor ihnen stand und kein Hausmädchen.

»Ostermann-Rischmöller«, antwortete sie knapp. »Aber Ostermann reicht.«

»Entschuldigen Sie bitte, Frau Ostermann«, sagte Johanna Kluge, wies sich aus und stellte sich vor. »Können wir bitte einen Moment hereinkommen?«

»Ja bitte«, antwortete die hagere Frau zögernd und fragend. Ihre Stimme wirkte weicher, als ihr Eindruck vermittelte.

Sie hat Angst vor einer schlechten Nachricht, stellte Johanna fest. Sie waren zu zweit in ihr Haus eingedrungen an einem lustvollen Frühlingstag. Auch wenn sie in ihrem Zivilfahrzeug nicht aussahen wie die Boten einer schwarzen Botschaft, schien Iris Ostermann-Rischmöller eine zu erwarten. Sie hatte das möglicherweise schon einmal erlebt, wurde Johanna bewusst, und sie überkam Mitleid mit dieser Frau.

Sie weinte nicht, als sie ihr mitteilten, ihr Mann sei tot aufgefunden worden. Sie wirkte ein wenig wie eingefroren, schaute in ihrer Größe über Johanna hinweg in eine unbestimmte Ferne, als erinnere sie sich. Vielleicht holt sie sich in Erinnerung, dass man nicht daran stirbt, dachte Johanna, während sie schweigend wartete. Die Frau fing ihren eigenen Blick wieder ein, und eine abwehrende Skepsis machte sich auf ihrem Gesicht breit. Sie schien zu wissen, was auf sie zukam, und wappnete sich.

»Kommen Sie weiter«, sagte sie unvermittelt, wandte ihnen den Rücken zu und ging vor ihnen her durch einen breiten Flur.

»Was ist los?«, polterte ein großer rotgesichtiger Mann, der durch eine Tür, hinter der offenbar ein Treppenhaus lag, in die Diele trat.

»Carsten ist tot«, sagte Iris Ostermann-Rischmöller, und ohne auf den Mann zu achten, ging sie weiter vor ihren morgendlichen Besuchern her.

Johanna Kluge und Jakob Besser folgten ihr in ein riesiges Wohnzimmer, das nach hinten gelegen durch hohe Fenster, die vom Boden bis zur Fette reichten, in einen weitläufigen Garten wies.

»Bitte nehmen Sie Platz«, sagte die etwas kantige Frau und wies mit der Hand auf zwei massige Ledersessel, die zu einer Sitzgruppe mit zwei Dreiersofas um einen niedrigen Eichentisch gruppiert waren. Gegenüber stand eine ausladende Eichenanrichte, die eigentlich in ein Esszimmer gehört hätte. Die rechte Wand wurde dominiert von einem offenen Kamin, neben dem bis zur Decke allerlei Geweihe aufgehängt waren. Iris Ostermann bemerkte, dass Jakob Besser sich umsah und sein Blick auf der gegenüberliegenden Schmalseite des Raumes hängenblieb, die ebenfalls mit Jagdtrophäen bestückt war.

»Die sind von meinem Schwiegervater«, sagte sie kurz, »Carsten hat nicht gejagt.«

Ein Schnauben von der Tür veranlasste Johanna, sich umzudrehen.

»Bernhard«, sagte die Frau streng zu dem Mann, der ihnen gefolgt war. »Das sind Hauptkommissarin Kluge und …«

»Besser«, ergänzte Jakob und wandte sich ihr zu, »Oberkommissar.«

»Mein Schwager.« Iris Ostermann zeigte mit der Hand zur Tür. Sie selbst lehnte sich an die Eichenanrichte. »Der Bruder meines verstorbenen ersten Mannes Klaus.«

»Ostermann«, sagte der Schwager, ging breitbeinig an Besser vorbei zur Sitzgruppe und ließ sich auf eines der dicken Ledersofas fallen. »Ostermann in der sechsten Generation.«

Bernhard Ostermann schnaufte ein wenig, während er neugierig auf Kluge und Besser schaute. Seine Schwägerin Iris schloss eine Sekunde die Augen und bewegte sich dann, als habe sie nachgegeben, in Richtung ihres Schwagers. Sie setzte sich auf das andere Sofa und wiederholte ihre Einladung an die Kommissare, Platz zu nehmen.

»Warum denn Polizei?«, fragte Bernhard Ostermann und keuchte ein wenig.

Johanna Kluge erläuterte an Iris Ostermann gewandt, dass sie in einem Fall von ungeklärter Todesursache gesetzlich verpflichtet seien und routinemäßig ermitteln müssten. Sie setzte sich in den Sessel, der der Frau näher stand.

»Ihr Mann wurde in seinem Appartement in der Stadt heute Morgen von der Putzhilfe gefunden.«

»In seinem Appartement«, wiederholte die Frau.

»Blieb er dort häufiger?«, fragte Johanna Kluge und hielt ihren Blick auf die Frau gerichtet. Jakob Besser saß auf der Vorderkante des großen Ledersessels, was seine angezogenen Beine wie Weberknechtbeine aussehen ließ. Er hatte sein Notizbuch in die Hand genommen und betrachtete den schnaufenden Bernhard Ostermann, der sich zurücklehnte und beide Arme ausladend über die Rückenlehne des Sofas legte. Zwischen seinen geöffneten Beinen lag sein Bauch.

»Fast täglich«, antwortete Ostermann.

Iris Ostermann spitzte den Mund und schüttelte unmerklich den Kopf. »Häufiger, vor allem, wenn im Geschäft mehr zu tun war, manchmal zwei bis drei Mal die Woche. *Beim Quartalsabschluss* manchmal täglich«, korrigierte sie in Richtung ihres Schwagers, der ein schnaufendes Geräusch von sich gab, als zöge er die Nase hoch.

»Hatte er Herzprobleme?«, fragte Jakob Besser.

Bernhard Ostermann auf dem Sofa gab wieder ein undefinierbares Geräusch von sich.

»Nein«, sagte Iris Ostermann, als wolle sie ihm eine mögliche Antwort vorwegnehmen. »Er hat aber Arteriosklerose.«

»Nahm er irgendwelche Medikamente?«

Iris Ostermann schüttelte langsam den Kopf: »ASS, soweit ich weiß, und einen Blutdrucksenker.« Sie schien zu überlegen: »Sonst nichts.« Sie bestätigte das mit einem weiteren langsamen Kopfnicken.

Johanna Kluge warf einen Blick auf Bernhard Ostermann und war einen Moment unschlüssig, ob sie angesichts des schnaufenden Schwagers die indiskrete Frage nach Frauenbeziehungen stellen sollte. Doch Iris Ostermann sah eigentlich nicht so aus, als brauche sie Unterstützung gegen ihren Schwager.

»Haben Sie auch ab und zu in der Wohnung in Osnabrück geschlafen«, fragte Jakob Besser in ihre Überlegungen hinein.

Iris Ostermann verzog den Mund zu einem leicht angewiderten Nein, der Schwager stieß ein neues Schnaufen aus.

»Mein Mann brauchte sein Rückzugsgebiet«, erläuterte sie. »Er hat viel gearbeitet und hatte es sich verdient, auch mal allein zu sein …«

»Allein zu sein …«, schnaubte Bernhard Ostermann.

»Allein zu sein und zu tun, was ihm beliebte«, fuhr seine Schwägerin energisch dazwischen.

Johanna Kluge sah auf den rotgesichtigen Ostermann und stellte sich vor, wie der ebenso große und schwergewichtige Rischmöller versucht hatte, gegen den angestammten Landbesitzer in der sechsten Generation anzuleben. Ob Ostermann mit der gleichen Selbstverständlichkeit am Leben des Ehepaars teilgenommen hatte? Es ist nicht immer nur die Lust an Frauenbekanntschaften, die manche Männer aus dem Haus treibt. Oder auch die Frauen. Ihr schoss der Gedanke an ihre eigene Ehe und ihren Mann Paul durch den Kopf. Sie waren letztlich auch nicht getrennt wegen seiner kurzfristigen Liebschaft. Das hatte nur den Ausschlag gegeben. Im Grunde hatten sie sich auseinandergelebt.

»Wann wollte er denn zurückkommen?«, fragte Johanna und unterbrach ihre inneren Betrachtungen über den Rückzug in und aus der Ehe.

»Heute Abend«, antwortete Iris Ostermann. »Wir haben gestern Abend etwa um sechs zusammen zu Abend gegessen. Mein Mann ist anschließend noch einmal in die Stadt zu einem Termin mit Frank Huber. Frank leitet die unserem Unternehmen angeschlossene Security GmbH.« Anschließend habe er nicht mehr zurückfahren wollen. Deshalb habe sie ihn auch nicht vermisst. »Was geschieht denn nun?«

»Wir müssen feststellen, wie Ihr Mann ums Leben gekommen ist.« Iris Ostermann reagierte darauf mit einem kurzen Zucken des linken Unterlids. »Es wird möglicherweise eine Obduktion vorgenommen werden müssen. Eine Maßnahme, die wir routinemäßig machen.«

»Wo ist er?«, fragte Iris Ostermann.

Johanna Kluge erklärte das Prozedere. Er sei in der MHH Oldenburg, einer Außenstelle der Universitätsklinik Hannover. Sie könne jetzt noch nicht sagen, wie lange es dauern würde. Bis die Ermittlungen abgeschlossen seien, könnte sie ihn nicht sehen.

»Gut«, nickte Iris Ostermann und schwieg.

Jakob gab das Signal zum Aufbruch, indem er sein Notizbuch zuklappte. Iris Ostermann erhob sich unmittelbar und ging vor ihren morgendlichen Besuchern mit schnellen Schritten zur Eingangstür. Mit einem Kopfnicken verabschiedete sie die beiden und schloss die Tür.

4

Er spürte, dass etwas aus dem Gleichgewicht gekommen war. Das Geräusch, das in den mit hellen Marmorimitatfliesen belegten Fluren widerhallte, war anders, als es an einem normalen Werktag sein sollte. Der gleichmäßige Geräuschpegel, der den Alltag in der Zentrale der Facility Management Nordwest GmbH bestimmte, wurde durch unbekannte Geräusche unterbrochen. Er schaute auf die Uhr an seinem Rechner. Es war zehn nach neun, normalerweise war um diese Zeit alles im Lot, gleichförmig verlief die Arbeit, bedeutungslos war der Ton des Gebäudes. Die Letzten, die in der Verwaltung die Gleitzeit bis neun Uhr nutzten, waren eingetroffen und hatten ihre Kollegen begrüßt.

War es einer der Spätankömmlinge oder ging das Rumoren von einem bestimmten Flur aus? So wie man nie sagen kann, wo ein Gerücht entsteht und wer es in Umlauf gebracht hat, wenn es in Fahrt gekommen war, so konnte später niemand sagen, wer die Nachricht brachte, dass Carsten Rischmöller, der Chef der Facility Management, tot aufgefunden worden war.

Er öffnete die Tür seines geräumigen Einzelbüros und blieb im Türrahmen stehen. An den Rahmen gelehnt hörte er, wie es ein Controller aus dem Großraumbüro auf der anderen Seite des Flurs seinem Nachbarn mitteilte. Sie schauten zu ihm herüber, als sie ihn in der geöffneten Tür wahrnahmen.

»Er soll einen Herzinfarkt bekommen haben.«

Sein Nachbar, ein älterer Personalverantwortlicher, der schon unter Klaus Ostermann im Unternehmen gewesen war, nickte ihm zu. »Es ist wohl in seiner Stadtwohnung passiert.«

»Ach, ich wusste gar nicht, dass er auch eine Stadtwohnung hat«, entfuhr es einem dritten Kollegen, der die Neuigkeit gerade von einer anderen Abteilung überbrachte und sich zu den beiden gesellte.

Alexander Pflüger wusste, dass Carsten Rischmöller eine Stadtwohnung hatte. Er wusste überhaupt eine Menge über Carsten Rischmöller.

In den Türrahmen gelehnt blieb er regungslos stehen und schloss für einen Moment die Augen. Nun war Carsten Rischmöller tot. Einfach so. Er starrte wieder auf die Gruppe von Männern, die sich über die Möglichkeiten austauschten, im Alter von 48 Jahren ums Leben zu kommen. Sie sahen ihn misstrauisch an, weil er sich nicht rührte, aber auch nichts zur Aufklärung der Angelegenheit beitragen wollte.

»Sie kennen doch seine Frau?«, meinte der eine zu ihm herüber.

Alexander Pflüger nickte mühsam und setzte, weil sie es erwarteten, ein bedauerndes und mitfühlendes Gesicht auf. Mit einem Nicken entschuldigte er sich und schloss die Tür.

Carsten Rischmöller war tot. Er konnte es nicht fassen. Ohne Vorwarnung und irgendwelche Anzeichen war das Zentrum seines Lebens entfernt worden. Übelkeit stieg ihm hoch, und er legte die Hand vor den Mund. Das war ihm seit Jahren nicht mehr geschehen, dass ihm etwas derart auf den Magen schlug. Nicht, seit diese ungeheuerlichen Verdächtigungen gegen Christopher aufkamen. Er eilte in eine winzige Teeküche, die seinem Büro mit direktem Zugang unmittelbar angeschlossen war, hielt den Kopf über den Ausguss und öffnete das kalte Wasser.

Der kalte Wasserstrahl in seinem Nacken würde ihm guttun, sagte er sich. Er legte die Hand in den feuchten Nacken und starrte an die Decke des engen Raums. Der Kragen des weißen Hemdes war feucht geworden. Er rollte ein Handtuch mit dem Schriftzug *Facility Nordwest* zusammen und legte es sich in den Nacken.

Das Telefon klingelte. Langsam drehte er sich um, ging zurück zum Schreibtisch und nahm den Hörer ab.

»Rischmöller hatte einen Herzinfarkt.« Es war Frank Huber, der Miteigentümer, Chef der Security. »Tot. Ham Sie schon gehört?«

»Ja«, bestätigte Alexander Pflüger. »Ich bin ganz …«

»Kommen Sie bitte sofort rüber, wir müssen entscheiden, wie wir die nächsten Tage angehen.« Damit legte Huber auf.

Alexander Pflüger sah aus dem Fenster seines Büros, das er seit einem Jahr besaß. Sein steiler Aufstieg als junger Volkswirt mit zusätzlichem juristischem Ersten Staatsexamen in diesem Unternehmen würde mit dem Tod von Rischmöller vorbei sein. Es gab keinen Grund mehr für ihn, weiter zu bleiben. Frank Huber traute ihm ohnehin nicht, fand ihn mit seinen 32 Jahren viel zu jung und hatte ihn, seit er in der Firma war, argwöhnisch beäugt. Im Grunde zu Recht, dachte er. Er schüttelte den Gedanken an Huber mit einer unwilligen Kopfbewegung ab. Huber war ungehobelt, aber das war Alexander Pflüger völlig egal. Rischmöller war es, dessentwegen er in dieser Firma arbeitete. Huber war ein aggressiver Idiot, aber im Grunde war ihm das einerlei. Huber interessierte ihn einfach nicht.

Deshalb gab es für ihn auch keinen Grund zur Eile oder Unruhe. Er starrte weiter aus dem Fenster auf die anderen Gebäude in dem Gewerbeviertel hinter dem Hauptbahnhof, das so zentral lag, dass, wer wollte, zu Fuß in die Stadt gehen konnte. Pflüger wartete darauf, dass sich ein eindeutiges Empfinden in ihm breitmachte, was den Tod von Rischmöller anging. Aber er fühlte nichts, alles war diffus, als habe er seine Orientierung verloren.

Er kannte die Stadtwohnung. Einmal hatte er Rischmöller zu dieser Wohnung am Rand des Westerbergs gefahren und ihn vor der Tür absetzen wollen. Aber Rischmöller hatte ihn unvermittelt aufgefordert, mit raufzukommen, und er war auf ein Bier mit hochgegangen. Rischmöller ging es damals schlecht, er hatte einen Infekt und wollte an diesem Abend deshalb nicht mehr nach Hause. Alexander Pflüger vermutete jedoch, er habe ihn absichtlich mitgenommen, damit Pflüger bei irgendeiner Gelegenheit bei

Iris Ostermann bezeugen konnte, dass ihr Mann die Wohnung wirklich für sich selbst nutzte. Er hatte ihn fast ins Vertrauen gezogen, war jovial und ein bisschen anzüglich und schien sich nur schwer zurückhalten zu können, ihm aus seinem Leben zu erzählen. Alexander Pflüger hatte sich ein bisschen gefürchtet, dass Rischmöller zu privat werden würde. Er war sich nach diesem Abend ziemlich sicher, dass Rischmöller ihn wirklich mochte. Von einer Frau, mit der er sich in der Wohnung traf, hatte er ihm nicht direkt erzählt. Aber Alexander wusste ohnehin alles, auch ohne dass er es ihm erzählte. Alexander Pflüger war auch über die privaten Termine des Carsten Rischmöller genau im Bilde. Am selben Nachmittag hatte ihn Julia angerufen und gefragt, ob sie nicht etwas zusammen unternehmen könnten, Rischmöller sei krank und habe ihr abgesagt. Damals hatte ihm all dieses Wissen, das er hatte, eine gewisse Genugtuung verschafft.

Er sollte Julia anrufen. Warum dachte er jetzt ausgerechnet an sie? Aber wenn jemand mehr wusste, war sie es. Sie war wahrscheinlich gestern mit ihm zusammen gewesen. Immer, wenn Rischmöller um kurz vor sieben, so wie gestern, für zehn Minuten zu einem späten Termin zu Huber kam, hatte er hinterher eine Verabredung mit Julia. Huber hatte einmal in Pflügers Anwesenheit gefeixt, warum Rischmöller nicht entspannt mit seiner kleinen Studinutte poppen könne, ohne so viel Theater zu machen und an seine Alte zu denken.

Aber Pflüger sah keinen Sinn darin, Julia anzurufen. Im Grunde gab es für nichts mehr einen Grund zur Beschleunigung. Es hatte keine Bedeutung mehr. Er legte das Handtuch über seinen Schreibtischstuhl und ging zur Konferenz in das Büro von Huber.

5

Julia hatte in der Nacht nicht geschlafen. Sie hatte es versucht, als sie zu Hause angekommen war, aber nachdem sie drei Stunden an die Decke gestarrt hatte, war sie wieder aufgestanden.

Der Weg von Rischmöllers Stadtwohnung zu ihr war nicht weit. Ihre Wohnung lag im Katharinenviertel in der Adolfstraße: zwei Zimmer, Küche, Bad. Rischmöller hatte ihr die Wohnung vermittelt. Seine Firma verwaltete einige dieser Immobilien im Katharinenviertel. Ihre Freundin wohnte nicht weit entfernt auch in solch einer kleinen begehrten Wohnung. Aber die Eltern ihrer Freundin waren, wenn auch nicht superreich, so doch sehr wohlhabend. Der Vater hatte ein Zahnlabor, und die Mutter war Kieferchirurgin irgendwo im Ruhrgebiet. Sie zahlten ihrer Tochter die Miete. Julia musste sich selbst durchschlagen und mit dem geringen Bafögbetrag auskommen. Ihr Vater war Busfahrer in Borken, ihre Mutter arbeitete als Apothekenhelferin. Da war nicht viel übrig für die einzige Tochter. Zu Beginn ihres Studiums hatte sie als wissenschaftliche Hilfskraft für einige Hundert Euro im Monat Tabellen für die Berechnung des Bruttoinlandsprodukts für ihren Professor zusammengestellt. Sie machte das jetzt immer noch, aber nicht weil sie das Geld brauchte, sondern weil sie ehrgeizig war. Sie wollte bei diesem Professor promovieren, wenn sie ihren Master abgeschlossen hätte. Sie war eine sehr gute Studentin und erst 23, erst im nächsten Monat würde sie 24 Jahre alt werden.

Julia hatte auf dem kurzen Weg die Tasche an sich gepresst und war froh, dass es noch hell war um halb zehn, als sie den kurzen Weg durch die Stadt ging. Es waren noch viele Menschen unterwegs, und sie musste sich keine Sorgen machen, dass ihr jemand die Tasche entreißen würde. Nie hatte sie sonst je einen Gedanken an diese Möglichkeit verschwendet, aber mit so viel Geld unter dem Arm kamen diese Befürchtungen wohl automatisch. So hatte sie sich angetrieben, schneller zu gehen.

Zu Hause hatte sie die Tasche auf ihrem Wohnzimmertisch abgestellt und anschließend die Tür mit dem Sicherheitsschloss verriegelt, das ihr Carsten Rischmöller hatte einbauen lassen. Jetzt war sie froh, dass sie es hatte. Vor zwei Monaten hatte sie ihn ausgelacht und gefragt, wer denn wohl auf den Gedanken käme, sie auszurauben. »Es gibt so viel Pack, die fragen nicht, ob du was hast.« Und dann hatte er von Hubers Erfahrungen erzählt, und sie hatte abgewinkt, weil sie seine Sprüche nicht leiden konnte. Jetzt war sie froh über den dicken Riegel, obwohl sie es realistischerweise betrachtet für völlig absurd hielt, dass jemand einbrechen würde. Niemand wusste, dass sie das Geld genommen hatte. Und Carsten Rischmöller war tot. Er brauchte es nicht mehr.

Sie machte sich in ihrer kleinen Küche einen Tee, und erst mit der Teetasse in der Hand setzte sie sich auf ihr Sofa und schaute die Ledertasche an.

Langsam holte sie die Scheine heraus, die sie in Stapeln in den zwei Fächern ihrer Tasche verstaut hatte. Sie zählte ruhig und sorgfältig, und weil es zu viele Scheine waren, sortierte sie erst nach 50er-, 100er- und 200er-Scheinen. Dann zählte sie je zehn der 100er- zu einem kleinen Stapel, den sie quer auf den unteren legte, um nicht immer wieder von vorn anfangen zu müssen. Wenn es zehn waren, schob sie den großen Stapel zur rechten Seite. Sie hatte bald eine Zehnerreihe dieser Stapel: 100 000. Sie stand auf, und der Reichtum auf ihrem Tisch wurde ihr unheimlich, denn sie wusste, dass es kompliziert werden würde, ihn auf einer Bank zu hinterlegen. Dann sortierte sie die 200er- und 50er-Scheine zu jeweils 100 000. Zuletzt hatte sie vier solcher Stapel, drei Zehnerreihen 50er und zwei kleine und einen angefangenen: 432 400. Nach langem Überlegen hatte sie das Geld tatsächlich unter ihrer Matratze verteilt und die ganze Nacht wach über ihrem problematischen Schatz gelegen.

Als sie sich um fünf Uhr zum Frühstück setzte, war sie fest entschlossen, niemandem etwas zu sagen. Sie wollte auch Alexander Pflüger nichts davon erzählen. Sie war schon so oft von seinen unerwarteten Reaktionen überrascht worden, dass sie es nicht darauf ankommen lassen wollte. Sie hatte an diesem Tag Zeit bis elf Uhr. Dann wollte sie in ihrem Hauptseminar an der Universität sein. Sie wollte auf jeden Fall vermeiden, auffällig zu werden, sich nicht anders verhalten als an anderen Tagen in ihrem Leben.

Als es acht Uhr war, stand sie vor ihrer Sparkassenfiliale in der Wittekindstraße. Sie zahlte 9 900 Euro auf ihr Girokonto und ließ sich ein ganz gewöhnliches Sparkonto einrichten, auf das sie vorhatte, in der nächsten Zeit weiteres Geld einzuzahlen. Um 8.45 Uhr war sie bei der Filiale der Sparda-Bank in der Möserstraße und errichtete ein neues Girokonto mit ebenfalls 9 900 Euro. Es war kurz vor halb zehn, als sie bei der Deutschen Bank war, und zehn nach zehn, nachdem sie die HypoVereinsbank verlassen hatte.

Nur 40 000 hatte sie auf diese Weise angelegt. Die Unterlagen der vier neuen Konten, die sie in ihrem Uni-Rucksack trug, machten sie nervös. Sie würde sie irgendwo deponieren müssen, wo sie sie nicht belasteten.

Um elf Uhr stand sie wie geplant vor der Tür des Seminarraums im Fachbereich Betriebswirtschaft. Als ihre Freundin

Elisa über den Flur kam, wurde ihr bewusst, dass sie eine Sache nicht bedacht hatte: die Schnelligkeit der Nachrichten vom Unglück anderer Menschen. Sie wappnete sich.

»Julia, du bist hier? Du weißt …?« Elisa brach ab und sah Julia mit einer Mischung aus Erstaunen und Vorsicht an.

Julia hatte die Sekunden, die Elisa auf sie zustürmte, genutzt, um sich in die Lage zu versetzen, von nichts zu wissen. *Ich bin gestern zu Hause geblieben und habe gelernt. Carsten Rischmöller habe ich abgesagt. Die Klausur Anfang der kommenden Woche war mir wichtiger. Ich wollte ihn stattdessen heute Abend sehen. Ich werde mich erschrecken, aber nicht übermäßig. Ich werde Elisa, die mich überreden will, in ein Café zu gehen, überzeugen, das Seminar trotzdem nicht ausfallen zu lassen.*

»Was weiß ich?«, fragte Julia und lächelte Elisa spöttisch an, als mache sie sich lustig über die aufgeregte Freundin.

»Warst du denn gestern nicht bei …?« Sie senkte die Stimme und wartete, bis die zwei Studentinnen, die auf sie zukamen und sie grüßten, an ihnen vorbei in den Seminarraum gegangen waren. Elisa zog Julia am Ärmel auf die andere Seite des Flurs.

»… bei Rischmöller?« Sie machte große Augen.

»Nein, wir sehen uns heute Abend«, antwortete Julia arglos und folgte genau dem Dialog, den sie nun mit Elisa führte, aus einer innerlichen Distanz – und fand sich überzeugend. Elisa erzählte ihr vom Herztod Carsten Rischmöllers und war so eifrig, ihr alles mitzuteilen, was sie wusste, dass sie gar nicht die Zeit hatte, auf Julia zu achten. Julia ging ganz auf in der Rolle, die sie sich im Geiste geschrieben hatte, und sie konnte ihrem Drehbuch gemäß reagieren. Sie war recht zufrieden mit sich.

»Wollen wir in die Cafeteria?«, fragte Elisa endlich mitleidig.

Genau, wie ich vermutet habe: »Ach, ich denke, es ist besser, wegen der Klausur ins Seminar zu gehen.«

Der ungläubige Blick ihrer Freundin ließ sie von diesem Ansinnen Abstand nehmen. Sie schlug Elisa aber vor, nicht in die Fachbereichs-Cafetéria zu gehen, sondern in die Stadt in eine Eisdiele in der Nähe ihrer Wohnung.

Elisa hatte heute Morgen den Weg über den Straßburger Platz genommen und um die Ecke auf einmal Polizeifahrzeuge gesehen. Sie hatte geschaut, weil sie von Julia wusste, wo die Wohnung lag, und die Leute, die vor den Haustüren der Nachbarhäuser standen, hatten sie auf ihr Nachfragen informiert, dass es wahrscheinlich Rischmöller war, der gestorben sei.

Julia wunderte sich, dass es überhaupt jemand aus der Nachbarschaft wusste, dass Rischmöller in diesem Haus nächtigte. Aber solche Dinge ließen sich wohl nicht verheimlichen. Ein eigenartiges Gefühl stieg in ihr auf, während sie den Weg über den Berg gingen. Wenn schon so viele Menschen wussten, dass Rischmöller dort ein Appartement hatte, wussten vielleicht auch mehr Leute, als sie vermutete, dass sie es war, die er dort traf.

Julia blickte sich um. Aber die Straße hinter ihr war leer, und nur ein Fahrradfahrer mit Helm, der gerade die Kuppe überwunden hatte, setzte an, den kleinen Berg mit Tempo zu nehmen.

»Hat jemand was von mir erzählt?«, fragte Julia.

»Von dir? Nein, du warst doch nicht da«, wandte Elisa ein.

»Ja. Ich meine, überhaupt. Wussten die Nachbarn von mir oder dass er sich dort mit einer Frau getroffen hat?« War Elisa so schwer von Begriff? Julia fühlte ihre wachsende Ungeduld. Aber Elisa war die einzige Person, die von ihrem Kontakt zu Rischmöller wusste. Außer Alexander Pflüger, der sie erst mit Rischmöller bekannt gemacht hatte. Julia biss sich auf die Unterlippe.

»Nein, ich habe sie aber auch nicht gefragt.« Elisa sah Julia von der Seite an.

»Ach, Elisa. Es tut mir leid. Ich bin ein bisschen durcheinander.«

Das sei ja wohl selbstverständlich, beruhigte sie Elisa, und sie wäre an ihrer Stelle auch durcheinander.

»Hast du es jemandem erzählt?«, fragte Julia, als sie in die Lotter Straße einbogen. Sie hatten absichtlich einen Bogen gemacht, um nicht die gleiche Straße zu nehmen, die Elisa heute Morgen genommen hatte.

»Nein«, antwortete Elisa mit einer kleinen Verzögerung. Sie schüttelte den Kopf und schob zur Bestätigung die Unterlippe vor. »Niemandem.«

Sie hat es erzählt. Das wusste Julia sofort. Bis heute war es ihr im Grunde egal gewesen. Sie hatte sich nicht geschämt für das Verhältnis mit Rischmöller. Aber eigentlich hatte sie es niemandem sagen sollen, das gehörte mit zu ihrer Abmachung mit Rischmöller. Er hatte Angst, seine Frau könnte dahinterkommen, und ließ sich nie mit ihr in Osnabrück blicken. Aber irgendjemandem hatte sie es unter dem Siegel der Verschwiegenheit mitteilen müssen.

Elisa hatte sie auf ihre etwas ungläubigen Fragen, warum sie mit so einem recht unattraktiven und mehr als doppelt so altem Mann zusammen war, immer nur erklärt, sie stehe auf ältere Männer, und er sei durchaus großzügig. Dabei hatte sie auf ihre neue Vuittontasche oder ihre teure Used Look-Jeans geklopft. Sie hatte Elisa ein bisschen in dem Glauben gelassen, Rischmöller sei mit ihr einkaufen gegangen und habe ihr die Sachen an den Hals gehängt. Dass sie sich selbst die Dinge kaufte, er ihr nur das Geld dazu gab, hatte sie nicht so deutlich werden lassen. Es wäre von Elisa mit ihrer kleinbürgerlichen Herkunft möglicherweise falsch verstanden worden. Gleichzeitig hatte sie gegenüber der eher ungläubigen Elisa so häufig bekundet, sie finde ihn auf seine Art auch ganz attraktiv, dass sie es irgendwann selbst glaubte.

»Wem hast du es erzählt?«, fragte Julia einige Schritte weiter und blickte Elisa schnell an.

»Nein«, stieß sie nicht sehr energisch aus und wurde ein bisschen rot.

Julia schwieg.

»Nur meiner Mutter.«

»Deiner Mutter!«

Julia besann sich und lachte kurz. »Es ist ja auch egal.« Es sei vorbei und es tue ihr leid. Sie beschleunigte die Schritte.

»Gehst du zur Trauerfeier?«, setzte Elisa hinterher, erleichtert, dass Julia das Thema fallengelassen hatte.

Julia sah Elisa verblüfft an. Sie fühlte sich mit einem Mal allein und entfernt von ihrer Freundin. Sie argwöhnte, es lägen doch Welten zwischen der Vorstellungswelt der behüteten Elisa und ihrer. Das Gefühl dieser überraschenden Einsamkeit wollte sie mit einem Lachen hinwegfegen. Aber sie brachte nur ein Grinsen zustande. Sie konnte nicht lachen, um ihrer provinziellen Freundin nicht zu nahezutreten, und sie wusste plötzlich auch nicht mehr, ob sie selbst wirklich so eine Frau von Welt war.

Elisa, die Julias Verwirrung für Kummer hielt, legte den Arm um sie. Sie sei ja im Grund unsichtbar gewesen und niemand erwarte sie. Sie verstehe doch, wenn Julia nicht vorhabe, nach dem Tode des Mannes das Verhältnis öffentlich zu machen, das sie beide so lange verheimlicht hatten. Es sei ja zudem ein sehr spezielles Verhältnis, das sie gehabt hätten.

Das plötzliche Verständnis rührte Julia. Aus einer Mischung aus wirklichem Kummer und Erschöpfung begann sie zu weinen und legte ihre Wange auf die Hand, die Elisa auf ihre Schulter gelegt hatte. Es tat ihr nach der schlaflosen Nacht und der Sorge um das Geld jetzt gut, so ganz normal über ihren verstorbenen Geliebten sprechen zu können, zu einer Freundin, die selbstverständlich davon ausging, dass sie ihn gemocht hatte. Wenn diese das auch nicht hatte nachvollziehen können.

Sie trennten sich erst am frühen Nachmittag. Als sie über die Lotter Straße in Richtung Herderstraße ging, fühlte sie sich ein wenig besser verstanden und hatte das Geld für einen Moment vergessen. Sie dachte nicht mehr an den gestrigen Abend und den toten Mann neben sich, sondern fühlte sich wie eine ganz normale verlassene Studentin, die das letzte Hauptseminar zu bewältigen hatte und nicht genau wusste, woher sie im nächsten Monat das Geld erwirtschaften sollte, das ihr fehlte. Einen Moment blieb sie vor einem Schaufenster stehen und betrachtete ihre hübsche Figur. Sie lächelte sich zu, legte ihren Kopf anmutig zur Seite, bewegte sich mit den Hüften wiegend auf der Stelle. Ja, da hatte Rischmöller doch etwas bekommen für seine Mühe. Sie lachte und warf ihren Kopf zurück, sich weiter beobachtend in dem großen Fenster.

Es dauerte einige Sekunden, bis sie es wahrnahm. Sie verharrte und starrte in die Scheibe. Das Gesicht erschien in ihrem Augenwinkel. Der Mann stand auf der gegenüberliegenden Straßenseite und wandte seinen Kopf in dem Moment ab, in dem sie ihn im Spiegel der Fensterscheibe mit ihren Augen fixieren wollte. Mit schnellen Schritten verschwand er aus ihrem Blickfeld im Schaufenster, und als sie sich umdrehte, sah sie nur noch, wie er um die Ecke in der Weißenburger Straße verschwand.

Ihr war kalt. Sie schluckte ihre Beklemmung hinunter und schüttelte ihre Schultern frei. Unsinn, beschloss sie, es war ein Mann, der sich über ihre Faxen vor dem Fenster gewundert hatte oder dessen Aufmerksamkeit sie durch ihre gute Figur erregt hatte. Sie wollte sich nicht beunruhigen lassen. Es hieß im Grunde nur, kühlen Kopf zu bewahren und ruhig und besonnen vorzugehen. Sie pfiff tonlos vor sich hin, als sie den Rest des Weges zu ihrer Wohnung zurücklegte.

6

Nach dem Besuch bei Iris Ostermann-Rischmöller ging Jakob Besser sofort an den Rechner und begann über die niedersächsische Höfeordnung zu recherchieren. Johanna telefonierte mit der Staatsanwältin Cora Schönhaus und sie erörterten das Vorgehen, waren sich aber einig, dass sie auf die Ergebnisse der Obduktion und die Laborauswertung warten müssten. Die Staatsanwältin war am Morgen mitgefahren nach Oldenburg und hatte der Obduktion beigewohnt. Nach erstem Augenschein sehe jedoch alles normal aus.

»Rischmöller gehört zu den reichsten Unternehmern Osnabrücks«, stöhnte Cora Schönhaus. »Und er war ein lausiger Golfspieler.«

Johanna Kluge schmunzelte: »Haben Sie mit ihm gegolft?«

»Ein Mal. Ja. Wir trafen uns bei einem Turnier, das vom Unternehmerverband Weser-Ems ausgerichtet wurde. Irgend so ein Kommunikationshansel hatte sich dazu verstiegen, die Region Osnabrück-Weser-Ems und ihre Wirtschaft und öffentliche Verwaltung und andere Repräsentanten – dazu gehörte ich wohl – kommunikativ zu vernetzen.«

Johanna Kluge lachte. Cora Schönhaus nahm kein Blatt vor den Mund, und sie hörte dem Spott der Staatsanwältin gern zu. »Haben Sie seinetwegen verloren?«

»Nein, zum Glück war ich nicht in seinem Team.«

»Wie war er denn?«

»Frau Kluge, dazu möchte ich mich nicht weiter äußern.« Sie räusperte sich. »Wenn ich die Wahrheit sagen müsste, müsste ich lügen. Mein Typ war er nicht.« Sie lachte.

Johanna lachte mit. Alle wussten, dass kein Mann Cora Schönhaus´ Typ war. Sie lebte, seit Johanna in der Osnabrücker Polizeiinspektion war – und das wurden im nächsten Jahr 20 Jahre – mit einer Frau zusammen.

Wessen Typ war er wohl? Johanna musste zugeben, dass auch sie andere Vorstellungen von Männern hatte. Aber Carsten Rischmöller war sehr wohlhabend gewesen. Geld und die damit verbundene Macht wirkten auf viele Frauen durchaus anregend, wenn nicht sogar sexy. »Allein zu sein und zu tun, was ihm beliebte«, war Iris Ostermann-Rischmöller ihrem Schwager über den Mund gefahren, als der mit seinem anzüglichen Raunzer ihnen gegenüber wohl andeuten wollte, dass Rischmöller nichts anderes im Sinn hatte, als Frauen in diese Wohnung zu schleifen.

»Reiche Männer sind als Typ bei manchen Frauen durchaus gefragt«, meinte Johanna. »Aber das ist bis jetzt nicht von Belang.« Sie beschlossen, das endgültige Obduktionsergebnis abzuwarten und sich so lange bedeckt zu halten.

Kurz nachdem Johanna Kluge das Gespräch mit Cora Schönhaus beendet hatte, riss Jakob die Tür auf.

»Kurz Zeit, Herrin?«, fragte er aufgeräumt, schmiss sich auf den Besucherstuhl gegenüber dem Schreibtisch und legte die Füße auf die Schreibtischkante. »Die Höfeordnung ist eine komplizierte Sache. Sie sieht vor – bei gegebener landwirtschaftlicher Ausbildung – dass der Älteste den Hof erbt. Daher lassen sich manche sogar in hohem Alter adoptieren, damit sie diese Berechtigung erhalten. Manchmal gibt es übrigens auch das Jüngstenrecht.« Jakob hob seinen Zeigefinger. »In unserem Fall ist das aber gar nicht von Belang. Es ging alles mit rechten Dingen zu. Ostermann, der ältere, hat den Hof überschrieben bekommen, hat ihn anfangs auch bewirtschaftet. Aber nach der aufwendigen Renovierung gehörte der Hof zu gleichen Teilen dem Ehepaar. Das heißt dann›Ehegattenhof‹, und so ist es im Grundbuch eingetragen.«

Johanna hörte interessiert zu. »Wahrscheinlich hat Iris eine ordentliche Mitgift in die Ehe gebracht.«

»Das sieht so aus.« Jakob führte weiter aus, was seine Recherchen beim Grundbuchamt ergeben hatten. »Der Bruder ist seit etwa 15 Jahren mit lebenslangem Wohnrecht auf dem Hof im Grundbuch eingetragen.«

Johanna nickte. »Ist das üblich im niedersächsischen Höferecht?«

Jakob Besser zuckte die Achseln. »Wahrscheinlich nicht, aber hier geht es in erster Linie ums Geld. Vielleicht wollte der ältere Bruder den Jüngeren absichern, oder der hat Geld mit in die Firma gesteckt. Keine Ahnung. Leider sind wir nicht bei der NSA und können alle Informationen gleich abgreifen.« Er kippte den Stuhl nach vorn und nahm seine Füße vom Schreibtisch. »Jetzt ist aber Klaus, der ältere, vor acht Jahren an einen Baum gefahren, und seine Witwe Iris hockt nun auf dem Hof, mit dem Schwager am Hals.«

Johanna sah den kurzatmigen Bernhard Ostermann im Wohnzimmer von Iris Ostermann schnaufen und fragte sich, wie sehr auch Rischmöller sich durch den Schwager belastet gefühlt hatte.

»Wahrscheinlich hat sie sich in den Jahren daran gewöhnt, dass er zum Inventar gehört«, sinnierte Jakob weiter, weil seine Kollegin keine Anstalten machte, mit ihm das Verhältnis der Rischmöllers zu besprechen, und kippte seinen Stuhl wieder nach hinten.

»Könntest du dich an einen schnaufenden Mann in deiner Wohnung gewöhnen, der alle Grenzen überschreitet?«, warf Johanna nun doch ein.

»Ich könnte mich noch nicht einmal an eine Frau in meiner Wohnung gewöhnen, auch wenn sie keine Grenzen überschreitet«, stimmte Jakob zu und sprang vom Stuhl.

Johanna schob die Unterlippe vor: »Na, bist du so sicher?« Sie lächelte ihren jüngeren Kollegen verschwörerisch an und dachte daran, dass Jakob eine lange Weile gebraucht hatte, die Zeugin heute Morgen auf die Straße zu geleiten.

Besser schaute verdutzt. »Wie meinen Euer Gnaden?«

»Spinner.« Sie stand auf und ging zur Tür. »Komm, wir gehen noch kurz in die Cafeteria, bevor die Sitzung beginnt.«

7

Die Konferenz bei Huber dauerte bis Mittag. Alexander Pflüger hatte Mühe, allem zu folgen und angemessen zu reagieren, weil er sich die ganze Zeit fragte, warum er nicht einfach ging. Er hatte hier nichts mehr zu suchen. Mit dem Tod dieses Mannes fühlte er keinen Auftrag mehr. Die Nachricht vom Tod Rischmöllers, an dem er überhaupt nicht beteiligt war, hatte ihn jedoch handlungsunfähig gemacht. Er fühlte sich leer und auf eine Weise erschöpft, wie er es bisher nicht kannte. So folgte er der Besprechung und beteiligte sich genau so, wie er das immer gemacht hatte. Im Grunde fiel es ihm nicht schwer, er beherrschte die Routine der Besprechungen, die er ohne Mühe abspielen konnte, und das, was andere sich mühsam aneigneten, war ihm bald zur Gewohnheit geworden. Er hatte überhaupt immer schneller lernen können als andere, schneller erfassen, um was es ging. Das Raster des Studiums hatte er gemocht und später hatte ihm der berufliche Alltag eine konkrete Struktur gegeben, in die er sich einfügen konnte. Er hatte nie schlechte Laune, war nicht ungeduldig, war zu den Kollegen freundlich und entgegenkommend. Er dachte weder an die Vergangenheit noch an die Zukunft. Er spürte sich nicht, wenn er funktionierte. Er hatte auch ausblenden können, dass Carsten Rischmöller auf diese Weise so viel Einfluss auf sein Leben genommen hatte, ausgerechnet der Mann, den er hatte vernichten wollen.

Carsten Rischmöller war eines ganz normalen Todes gestorben. Alexander Pflüger musste erst einmal die Bedeutung begreifen, die das für ihn haben würde. Niemand in der Runde ahnte, dass diese Gefühle der Grund seiner ungewöhnlichen Anspannung waren. Der Leiter der Abteilung Reinigungskräfte betrachtete ihn sogar nachsichtig, fast mitleidig, da er, wie fast alle hier, der Meinung war, er als Protegé des Chefs sei ihm besonders verbunden gewesen. Manche vermuteten wahrscheinlich, der Chef und er seien befreundet gewesen. Ja, das hatte Rischmöller möglicherweise auch gedacht.

Während des Meetings gab Alexander Pflüger in gewohnter Weise seine Position zum Besten. Er tat seine Meinung dazu kund, wie in der nächsten Zeit im Hinblick auf die Öffentlichkeit agiert werden sollte. Er machte von sich aus Vorschläge, wie die Trauerfeier zu gestalten sei, und er gab sein juristisches Urteil dazu ab, wie die geschäftliche Nachfolge in der Facility Management GmbH geordnet werden könnte.

Huber saß am Kopfende des Besprechungstisches. Pflüger betrachtete ihn leidenschaftslos und erwog einen Moment, zu kündigen und das gesamte Material, das er in den letzten zwei Jahren über die Geschäfte der Facility Nordwest gesammelt hatte, um Rischmöller zu belasten, der Staatsanwaltschaft zu übergeben. Huber trug ja letztlich für die illegalen Geschäfte genauso viel Verantwortung wie Rischmöller. Aber es ging ihm nicht um Huber, er hatte ja auf einen Moment gewartet, in dem er Carsten Rischmöller zur Rechenschaft würde ziehen können. Für die Abteilung Wirtschaftskriminalität hätte es ohnehin nicht gereicht. Und die Gefahr, seine Position so nah bei Rischmöller aufs Spiel zu setzen, nur um ihm ein Steuerverfahren anzuhängen, war ihm zu groß gewesen. Er hatte ihn ruinieren wollen, in seiner Existenz, psychisch und vielleicht materiell. Die Aussicht, dass Rischmöller mit einer Selbstanzeige oder einer Steuernachzahlung in Millionenhöhe alles würde glattbügeln und nachher auf seinem Hof im Artland unangefochten als Saubermann hätte weiterleben können, hatte ihm nicht geschmeckt. Er hatte Rischmöller immer im Auge behalten und war ihm im letzten Jahr endlich so nah gekommen, dass er es hätte schaffen können. Jetzt war er einfach gestorben. Nein, wahrscheinlich würde er eher seine Dateien löschen, warum sollte er Huber zur Verantwortung ziehen, der ihm persönlich nichts getan hatte.

»Was schütteln Sie den Kopf, Pflüger«, herrschte Huber ihn an. Er war nur acht oder neun Jahre älter mit seinen Anfang 40. Aber Huber nahm sich diesen Ton jedem gegenüber heraus. Er hatte nicht das Gehabe eines patriarchalischen Chefs, sondern das des mit Macht ausgestatteten Proleten. So hatte Pflüger ihn einmal Julia beschrieben, als er sie kennenlernte. Huber war ein blutleerer Typ mit schütteren blonden Haaren, die er versuchte, über seine immer größer werdende Tonsur zu verteilen.

»Ich war in Gedanken«, sagte Pflüger teilnahmslos und richtete seine Aufmerksamkeit wieder auf die Konferenz.

Huber lehnte sich mit verschränkten Armen in seinem ledernen Freischwinger zurück: »Hat die Ostermann jetzt irgendwelche Mitspracherechte?«, fragte er. Selbst in Anwesenheit von Rischmöller hatte er dessen Frau »die Ostermann« genannt. Im Nachsatz entschuldigte er sich absichtsvoll frech mit einer wegwerfenden Handbewegung damit, dass er bereits früher mit Klaus Ostermann Geschäfte gemacht habe. Er hatte Carsten Rischmöller mit diesem ungezogenen Verhalten, das Huber gern als seine lockere Art bezeichnete, dauernd auf seinen wunden Punkt hingewiesen.

Als Alexander Pflüger nicht gleich antwortete, ergänzte er in der Annahme, nun den Freund des Verstorbenen zu beleidigen: »Die Ostermann ist und bleibt die Ostermann«, und blickte herausfordernd in die Runde, als hätte irgendjemand einen Einwand erhoben.

Pflüger wunderte sich, dass Huber nicht darüber im Bilde war, was die Regelung der Nachfolge von Carsten Rischmöller anging. Die beiden Männer waren doch grundsätzlich auf einer Wellenlänge. Er hatte vermutet, dass Huber informiert sei.

»Aber wie sieht das jetzt aus? Testament?«

»Carsten Rischmöller gehörte sein Anteil am Unternehmen ausschließlich«, setzte Alexander Pflüger an, aber Huber fuhr dazwischen.

»Das weiß ich auch, Pflüger. Bin ich denn von lauter Idioten umgeben?« Er hieb mit der Hand auf den Tisch.

Auf Alexander Pflügers Lippen legte sich ein unmerkliches Lächeln, als er im gleichen ruhigen Ton fortfuhr: »Ausgeschlossen war nur das Haus, wo er wohnte. Das blieb im Besitz der Familie Ostermann.«

Huber strahlte Alexander Pflüger an. Er gehörte zu den Männern, die ihre Macht mit dem Recht auf wechselnde Launen demonstrieren: »Da hat er nun über alles verfügt«, feixte er und lehnte sich in seinem Sessel zurück. »Aber das, was ihm am wichtigsten war, hat er nicht geschafft. Da hat die Ostermann ihm einen Strich durch die Rechnung gemacht.« Huber lachte und schlug mit der Handfläche auf den Konferenztisch. Noch im Nachhinein freute ihn die Niederlage des Partners. »Also irgendwelche Verfügungen?«, wiederholte Huber seine Frage.

»Keine Ahnung«, sagte Alexander Pflüger, »niemand hat damit gerechnet, dass er mit 48 Jahren einfach sterben würde, am wenigsten er.« Er sah auf die Uhr.

»Das ist doch keine Antwort«, fauchte Huber. »Keine Ahnung«, äffte er Pflüger nach. »Sind Sie hier juristischer Berater oder was?«

Er ist gern aggressiv, stellte Alexander Pflüger wieder einmal fest. Er ist eine aggressive Hyäne, die versucht, den lauteren Geschäftsmann zu mimen.

»Ich habe Rischmöller, wie Sie wissen, lediglich bei der Vertragsgestaltung mit Dienstleistern und Kunden beraten. Was seine persönlichen Angelegenheiten anging, war ich nicht involviert.« Natürlich wusste er mehr und es gefiel ihm, Huber in die Augen zu sehen mit gespielter Arglosigkeit, die die Geringschätzung überdeckte, die er für ihn empfand.

Er begann sich zu langweilen. Diese Besprechung war Zeitvergeudung. Er würde Julia anrufen, um zu erfahren, ob sie wusste, wie Rischmöller gestorben war. Langsam war er irritiert, dass sie sich nicht meldete. Eigentlich rief sie ihn regelmäßig an, und weil es ihm um Rischmöller ging, akzeptierte er das. Julia wusste, dass er an allem interessiert war, was Rischmöller betraf. Weil sie den Kontakt mit ihm wollte, nutzte sie dieses Interesse als Bindeglied. Möglicherweise wusste sie wirklich noch nicht, dass Rischmöller tot war? Es war halb zwölf. Wenn sie gestern nicht mit ihm zusammen gewesen war, könnte es durchaus sein, dass sie es noch gar nicht erfahren hatte.

Sie tagten bis kurz nach zehn Uhr. Danach verzogen sich die Teilnehmer der Konferenz in ihre Büros. Im Grunde waren der Geschäftsleitung derzeit die Hände gebunden, und Huber in seinem Aktionismus hatte nicht mehr erreicht, als alle von ihrer eigentlichen Arbeit abzuhalten. Allerdings hatte er deutlich gemacht, dass er als kleinerer Partner ab nun die Fäden in der Hand halten wollte.

»Was ist eigentlich mit der Wohnung?«, hielt Huber Pflüger nach der Sitzung zurück.

»Inwiefern?«

»Können wir da rein?«

Pflüger wunderte sich und sah ihn sogar einen Moment verblüfft an. Normalerweise fragte Huber nicht danach, was erlaubt und was nicht erlaubt war. Er hatte seine eigene Weltsicht. Er übernahm jeden Auftrag, den er bekam, und fragte nicht danach, ob es legal war. Was er eigentlich machte, wollte Alexander Pflüger gar nicht so genau wissen. Huber suchte seinen Rat nicht und hatte auch nicht wollen, dass irgendjemand außer Rischmöller und er beteiligt waren. Den Bereich Security hatte er ohnehin allein verantwortet und dort völlig freie Hand gehabt.

Huber legte Alexander Pflüger jovial den Arm um die Schulter. Der zog die Schultermuskulatur zusammen und ließ ihn gewähren, neugierig zu erfahren, was Huber mit dieser Wohnung verband.

Huber wandte Alexander Pflüger nun das Gesicht zu und war dem nur wenig Kleineren mit einer Distanz von unter 50 Zentimeter so nah, dass Pflüger die Zähne zusammenbeißen musste. Ein Gemisch aus süßlichem Herrenparfüm, Achselschweiß und dem talgigem Dunst heller Kopfhaut stieg ihm in die Nase. Er widerstand dem Impuls, die Lider zu schließen, um die Aura Hubers völlig auszuschließen, und schaute stattdessen in dessen wasserblaue Augen. Er sah die geplatzte Ader im rechten Augapfel und ein kleines Hämatom. Im Augenwinkel hatte sich eine weiße Flüssigkeit abgesetzt.

»Was starren Sie mich an?« Huber ließ Pflüger aus der Umklammerung los und schob ihn ein wenig von sich.

»Entschuldigen Sie«, erwiderte Alexander verwirrt, froh, dem vereinnahmenden Griff entkommen zu sein. »Ich nehme an, die Wohnung ist versiegelt worden.«

»Was?« Huber sah ihn empört an, als trage Alexander Pflüger die Verantwortung dafür.

Der erläuterte ihm, dass das eine rein formale Ausführungsbestimmung sei, da Rischmöller mit nicht einmal 50 einfach zu jung gewesen sei zum Sterben. Es habe keinerlei Bedeutung und sei eine ganz normale Maßnahme der Polizei bei solchen Todesermittlungen.

Huber zog seine bleichen Augenbrauen zusammen und schürzte die Lippen: »Kümmern Sie sich drum. Die Wohnung gehört schließlich der Firma.«

Damit hatte Huber recht. Die Wohnung lief in der Tat

auf die Firma. Ihn wunderte, dass Huber überhaupt von der Wohnung wusste. Bis heute hatte er immer angenommen, Rischmöller habe die Wohnung nur für sich privat genutzt.

*

Julia meldete sich einfach nicht. Er war verunsichert, weil sie nicht anrief und keine SMS schrieb. Sie hatte sich ihm noch nie entzogen. Eigentlich war Julia die einzige Person, die er in der Stadt kannte. Aber er sah auch keinen Sinn darin, sie anzurufen. Das hatte er noch nie getan. Sie würde sich schon melden.

Er stellte sich an das große Fenster seines Büros und schaute in Richtung Bahnhof. Was hielt ihn hier noch? Die Verbindung zu der Stadt war gerissen. Erschöpft setzte er sich an seinen großen Schreibtisch und griff zum Telefon. Die Nummer kannte er auswendig. Beim dritten Mal hob sie ab, er hatte gerade wieder auflegen wollen.

»Hallo?«, fragte eine unsichere Stimme.

»Ich bin's, Mama«, räusperte er sich.

»Du?«, fragte sie.

»Ja.« Seine Stimme war rau, und er wusste nicht, was er sagen sollte.

»Christopher, wo bist du?« Sie nuschelte ein wenig, aber er widerstand dem Impuls, einfach aufzulegen.

»Nein, ich bin's. Alexander.«

Sie atmete hörbar ein.

Er schluckte und biss sich auf die Backenzähne. »Rischmöller ist tot«, stieß er aus.

»Alexander, schön, dass du anrufst«, sagte seine Mutter. »Warte, ich muss mich …«

Er hörte nicht, was sie sagte, wahrscheinlich versuchte sie, mit dem Telefon um ihre beiden Sessel in das Sofa zu kommen, um es sich mit ihm »gemütlich zu machen«, wie sie es damals nannte, wenn er sie von seinem ersten Studienort anrief. Damals war ihre Welt noch in Ordnung. Heute hasste er diesen Ausdruck.

»Mama, hast du nicht gehört …«, rief er ihr hinterher. Aber er hörte nur Rascheln und ein Klirren, als ein Glas zu Bruch ging.

»Hier bin ich wieder«, sagte seine Mutter. »Schön, dass du anrufst, Alexander.«

Alexanders Blick schweifte aus dem Fenster und hielt sich am Bürogebäude gegenüber fest. Er zog die Mundwinkel zusammen und atmete scharf ein. »Hast du eigentlich zugehört?«

»Ja, nein. Ich …«

»Trinkst du jetzt schon morgens?«, unterbrach er sie.

»Ich habe nicht getrunken. Das sind die Tabletten gegen die Schmerzen. Die …«

»… machen dich so müde.« Alexander versuchte nicht, seinen Hohn zu unterdrücken und sprang von seinem Schreibtischstuhl auf, um ans Fenster zu treten.

»Bitte, Junge«, bat seine Mutter. »Sei nicht so mit mir.« Sie begann zu weinen, und Alexander zählte bis zehn. »Sag noch mal. Was hast du gesagt?«, bat sie und zog die Nase hoch.

Er fühlte, wie die Tränen in ihm aufstiegen, und begann die Fensterreihen des Bürogebäudes gegenüber zu zählen. »Mama, nichts. Ich habe nichts gesagt. Es ist ja sowieso alles egal.« Damit drückte er die rote Taste und stellte das Telefon wieder in die Station.

8

Julia brauchte mehr als eine Stunde, bis sie sich beruhigt hatte. Sie setzte sich mit einem Glas Apfelsaft an den Tisch, an dem sie gestern das Geld gezählt hatte. Um halb drei wollte sie das Geld auf weiteren Banken in kleinen Tranchen verteilen. Den Gedanken, Alexander anzurufen, schüttelte sie ab. Der Typ war sicherlich völlig harmlos gewesen. Sie sah gut aus. Das hatte ihr der Garderobenspiegel, der ihrer Eingangstür gegenüber aufgestellt war, gleich beim Eintritt wieder bestätigt. Normalerweise hätte sie die Aufmerksamkeit eines jungen Mannes nicht wahrgenommen, so normal war das für sie. Sie fand sich einfach hypersensibel an diesem Tag, kein Wunder, hatte sie doch immer noch fast 400 000 Euro zu versorgen.

Unsicher geworden durch die Angst, die der Mann in ihrem Rücken ausgelöst hatte, war sie fest entschlossen, das Geld möglichst heute noch irgendwo unterzubringen, wo es so sicher wie möglich war. Hier in der Wohnung unter der Matratze wollte sie es auf keinen Fall lassen. Sie ging ans Fenster und blickte auf die Straße. Es war ein heiterer Tag, die Bäume im Hintergrund der Häuser der Adolfstraße legten den zarten grünen Frühlingsmantel über die Stadt, und die Straße zeigte ein so normales Gesicht, dass sie erneut mit sich haderte, weil sie sich so hatte erschrecken lassen.

Sie wollte jetzt auf keinen Fall kopflos werden. Im Grunde war ja niemandem bekannt, dass sie ein Verhältnis mit einem der reichsten Männer der Stadt gehabt hatte. Außer Elisa, der sie es hatte sagen müssen, weil sie einfach jemanden brauchte, dem sie sich mitteilen konnte. Dieses eine Mal, dass sie ihn Elisa gezeigt hatte, war ein reiner Zufall gewesen. Sie war mit ihrer Freundin in der Haarlembar im Remarque, um ihr zuliebe einem Mann am Barpiano zuzuhören. Sie hatte Rischmöller nur zufällig gesehen und Elisa gezeigt. Selbstverständlich hatte sie sich damals in der Bar nicht zu erkennen gegeben. Aber sie wurde sehr aufgeregt und vielleicht hatten die Männer, mit denen Rischmöller dort gestanden hatte, sie doch registriert. Als sie sich danach wiedersahen, hatte er ihr verboten, je wieder in diese Bar zu gehen, da er dort häufiger mit Geschäftsfreunden zu Gast war. Der Ton, in dem er das gesagt hatte, war deutlich, und sie hatte sich daran gehalten.

Auch gestern war Julia wie immer zu Fuß in die kleine Wohnung gekommen, kurze Zeit nach seiner Ankunft. Er hatte ihr einen Schlüssel für die Wohnung gegeben. Der Schlüssel lag nun wieder an seiner Stelle in einem kleinen Keramiktöpfchen in ihrem Regal neben dem Schreibtisch. Sie würde ihn nicht mehr gebrauchen. Sie müsste ihn wegschmeißen. Eigentlich konnte niemand wissen, dass sie es war, die sich mit Rischmöller in seiner Wohnung getroffen hatte. Aber Elisa hatte es immerhin ihrer Mutter erzählt. Vielleicht hatte Carsten Rischmöller auch jemandem von ihr erzählt. Vielleicht, weil er stolz war? Sie strich sich über die weiche Haut ihres Arms und sah den zarten Flaum, der ihm so gefallen hatte. Sie war ja eine attraktive Person. Aber Männer waren unberechenbar. Nein, sie wusste nicht, wie Rischmöller damit umgegangen war. Sie wusste eigentlich nur, dass er auf keinen Fall wollte, dass seine Frau etwas erfahren sollte.

Sie machte sich wahrscheinlich nur verrückt. Das war ja auch kein Wunder mit so viel Geld unter der Matratze. Julia versuchte, über sich zu lachen und trat vom Fenster zurück. Nein, sie würde ihren Plan, all ihr Wissen, was die Anlage von Schwarzgeld anging, in die Tat umzusetzen, nicht fallen lassen. Sie hatte sich sicherlich getäuscht.

Julia nahm ihr Handy zur Hand. Vielleicht war es ja dieses Geld, das Alexander die ganze Zeit gesucht hatte? Aber sie fürchtete sich, ihn anzurufen. Was auch sollte sie ihm sagen? Dass sie Geld aus dem Safe genommen hatte? Und sich jetzt Sorgen machte, wie sie es behalten sollte? Sie wusste nicht, wie Alexander reagieren würde, sie hatte sich schon oft getäuscht. Er war oft so undurchschaubar und abweisend. Er war im Grunde der einzige Mann, der ihr widerstanden hatte. Er hatte sich nicht in sie verliebt, obwohl sie vor zwei Jahren im zweiten Jahr ihres Studiums eine kurze leidenschaftliche Zeit verbracht hatten. Das konnte Julia immer noch nicht begreifen.

Sie schaute auf die Uhr. Es war bereits 20 nach zwei. Sie musste los, wenn sie weitere Geldinstitute in der Stadt und im Osnabrücker Land aufsuchen wollte. Sie nahm ihr Fahrrad aus dem Keller und trug es auf die Straße.

Das freundliche Sommerlicht und das frühsommerliche Grün ließ sie ihre Furcht umso lächerlicher erscheinen. Sie schwang sich auf den Sattel und fuhr los. Ein Fahrradfahrer, der entgegengesetzt der Einbahnstraße fuhr, lachte sie entschuldigend an, und als er sich nach ihr umdrehte, wäre er beinahe gegen einen Pfosten gefahren und gestürzt. Auch sie hatte ihm nachgesehen, weil er attraktiv war. Sie lachte ihm zu und atmete befreit durch. Es war ja eindeutig, dass sie sich verrückt machte.

Die Strecke hatte sie sich heute Morgen bereits zurechtgelegt: Sie fuhr in die Innenstadt zwischen Möserstraße, Wittekindstraße, Neuer Graben, Schlossstraße, Lotter Straße und Neumarkt die Institute ab, die sie am Morgen nicht mehr geschafft hatte. Es ging erstaunlich schnell, und nachdem sie das achte Konto eröffnet hatte, fühlte sie sich ganz als Frau von Welt und immer sicherer. Sie hatte nicht nur zahlreiche Konten, worüber sie schmunzeln musste, sondern auch noch zwei Schließfächer gemietet, in denen sie ihren Schatz erst einmal gelagert hatte. Es gab ja ohnehin keine Zinsen. Sie summte vor sich hin, als sie den Weg durch den Schlosspark nahm. Es war noch lau um die frühe Abendstunde, und einige Leute hatten sich schon auf dem Gras niedergelassen und genossen diesen ersten warmen Tag.

»Hallo, Julia!«, hörte sie eine Stimme in ihrem Rücken. Sie fühlte aber den Druck der Schlüssel der Schließfächer, die sie in die vordere Tasche ihrer Jeans gesteckt hatte. Mit nach unten gesenktem Kopf beschleunigte sie, ohne sich umzudrehen. Es war nicht Elisa, deren Stimme hätte sie erkannt. Einerlei. Sie hatte es eilig, in ihre Wohnung zu kommen.

»Hey, Julia!«, hörte sie noch einmal die Stimme in ihrem Rücken und trat in die Pedale.

9

Als Dr. Schmitthals am späten Nachmittag dieses Tages anrief und Johanna Kluge mitteilte, Rischmöller sei in der Tat und wie vermutet an Herzversagen gestorben, gab es für das Fachkommissariat 1 der Polizeiinspektion Osnabrück keinen Grund mehr, die Untersuchungen fortzuführen.

»Beim Anblick der Lunge des Mannes kann einem Nichtraucher ganz schön übel werden, und die Gefäße sehen aus wie ein marodes, verkalktes Abflusssystem«, meinte Schmitthals. »Und was Ihre Frage betrifft, was er allein im Bett gemacht habe: Mit großer Wahrscheinlichkeit konnte der Mann ohne Unterstützung keine Freude mehr haben – oder bereiten«, kicherte Dr. Schmitthals.

Johanna Kluge sah den schweren nackten Körper des Carsten Rischmöller vor sich, allein und schief in seinem riesigen Bett. »Sind Sie sicher?«

»Ja, deshalb habe ich auch einen Test gemacht. Er hatte Sildenafil genommen. Eine relativ hohe Dosis. Wahrscheinlich zwei Tabletten à 100 mg.«

»Sildenafil?«

»Für Sie Viagra, verehrte Frau Kollegin.«

Johanna stutzte. Sie bedankte sich bei Schmitthals, der ihr den Bericht zukommen lassen würde. Den Beschluss, eine ADX-Untersuchung durchzuführen, wollte sie ihm unmittelbar nach der Anforderung bei der Staatsanwältin Cora Schönhaus zukommen lassen. Da Schmitthals ohnehin initiativ geworden war, konnten sie auch noch nach Alkohol, Drogen und anderen Giften suchen.

Mit ihrer leeren Teetasse ging sie in das Büro von Jakob Besser. Dessen Büro lag direkt neben ihrem, ein wenig kleiner, aber mit dem gleichen alten 70er-Jahre-Mobiliar bestückt, was in ihrem gesamten Flur noch verwendet wurde. Er saß am PC und schrieb mit seinen zehn langgliedrigen Fingern in atemberaubender Geschwindigkeit den Bericht ihres morgendlichen Einsatzes. Als sie die Tür öffnete, strahlte er sie an.

»Na, schöne Frau?«

»Haben wir Viagra im Appartement gefunden?«, fragte Johanna und ignorierte seinen flapsigen Ton.

»Nein, haben wir nicht.« Besser hob fragend seine rechte Augenbraue. Als Johanna jedoch nicht antwortete, blätterte er geflissentlich in seinen Notizen, die er sich zusätzlich zu den Diktaten machte, die sie am Tatort erstellten. »Nein, es gab nur ASS im Badezimmerschrank, wie die Gattin uns ja auch mitgeteilt hat, und Vitamin C.«

»Mist«, fluchte Johanna.

»Wieso?«, fragte Jakob.

»Möglicherweise ist die Sachlage doch komplizierter.« Sie erzählte ihm von dem Gespräch mit Dr. Schmitthals, der festgestellt habe, dass Rischmöller etwa eine Stunde vor seinem Infarkt Viagra genommen hatte.

»Das kann einen Mann durchaus umbringen, wenn er herzkrank ist.«

Johanna gab ihm recht: »Aber irgendjemand muss ja wohl da gewesen sein.« Sie nahm sich die große Thermoskanne, die Besser auf dem Regal neben der Tür stehen hatte, und goss sich eine Tasse grünen Tee ein. Er war nach über zwölf Stunden nur noch lauwarm. »Lecker«, kommentierte sie und schüttete ihn mit einem Schluck hinunter. »Echt lecker.«

Jakob legte sich in seinem Bürostuhl zurück. Es war eine ausgesprochen seltene Konstellation, er hinter dem Schreibtisch und sie an der Tür stehend. Normalerweise saß er vor ihrem Schreibtisch auf dem Besucherstuhl und lehnte sich mit dem gekippten Stuhl gegen die Wand. Das spiegle doch ihre Stellung in der Hierarchie besser, frotzelte er gern, während er ungeniert seine langen Beine auf ihre Akten legte.

»Viagra nimmt der Mann vor dem Akt. Vielleicht ist seine Gespielin nicht gekommen, und er hat mit einer Dauererektion im Bett gelegen und ist daran gestorben.« Jakob grinste.

»Aber er wird anschließend nicht die Packung selbst entsorgt haben«, meinte Johanna Kluge. »Das ist das Problem.«

»Möglicherweise hat er sie irgendwo anders, vielleicht in seinem Auto in der Tiefgarage, aus der Packung genommen, und dort liegt sie noch.«

Sie spielten ein paar Möglichkeiten durch: Dass er selbst die Packung im Klo entsorgt hatte oder die Pillen einzeln mit sich trug – alles, damit die Freundin sie nicht zu sehen bekam. Doch Johanna Kluge war nicht gänzlich überzeugt. Nach einem Blick auf die Uhr entschied sie sich, noch einmal in Ruhe die Wohnung zu untersuchen und zu sehen, ob sie irgendwo die Schachtel fände. Am Morgen waren sie nach dem ersten Augenschein davon ausgegangen, dass es sich wahrscheinlich um ein natürliches Herzversagen gehandelt habe. Jetzt war die Sachlage anders. Sie wollte noch einmal nachsehen und sichergehen, dass sie wirklich nichts übersehen hatten, und nicht unnötig irgendwelche Pferde scheu machten.

»Ich komme mit, Frau Hauptkommissarin«, freute sich Jakob Besser, »und anschließend trinken wir bei dir ein Glas Wein.«

»Nein, wir trinken überhaupt keinen Wein.« Der Tag war lang genug gewesen und Johanna hatte sich vorgenommen, nur noch am Wochenende ein Glas zu trinken. Früher hatte sie sich gern zum Abspannen am Abend ein Glas Rotwein gegönnt. Jetzt, da sie allein wohnte, kam ihr das suspekt vor, nachdem sie vor einigen Wochen bei einem Kollegen des Fachkommissariats 2 Drogendelikte einen Prospekt für Alkoholkranke mitgenommen hatte. Sie hatte die Selbstprüfung nicht bestanden. *Trinken Sie regelmäßig, wenn Sie allein sind?* Sie fühlte sich ertappt, und ihr kleines abendliches Glas auf ihrem Balkon war ihr vergällt.

»Du trinkst doch ohnehin lieber Tee«, meinte sie und wandte sich zum Gehen.

»Dann trinken wir eben grünen Tee«, sagte Jakob und sprang auf. Er öffnete seinen Büroschrank, nahm seine Teedose und verstaute sie in seiner Leinentasche.

»Ich fahre aber mit dem Fahrrad, anschließend gehe ich

gleich nach Hause.« Seit April des Jahres war sie jeden Morgen mit dem Fahrrad zur Dienststelle geradelt. Auch eine Verbesserung in ihrem Leben, fand sie. Sie wohnte zwar allein, blieb aber fit. Jakob Besser wohnte hinter der Universitätsverwaltung am Schloss und ging morgens immer zu Fuß zur Dienststelle.

»Kein Problem, Herrin!« Er nahm den Schlüssel zum Rischmöller-Appartment, den sie am Morgen mitgenommen hatten, und gab ihn ihr. »Dann trinken wir den Tee eben auf deinem Balkon.« Er eilte den Flur entlang und sprang vor ihr die Treppe hinunter in den Hof der Polizeiinspektion, in der einige Fahrräder zur allgemeinen Verfügung standen.

»Wer ist zuerst da?«, forderte er sie noch von der Treppe auf.

An der Martinistraße wartete er auf sie und ließ ihr die Vorfahrt. Sie fuhren hintereinander, als wollten sie, wie andere auch, den Feierabend in der Altstadt genießen. Es war lau geworden, und der Abend lud ein, sich, solange es noch hell war, draußen niederzulassen. Sie fuhren am Hegertor vorbei über die Lotter Straße bis in die Bismarckstraße.

An einem Baum vor dem Haus schlossen sie ihre Fahrräder aneinander und stiegen anschließend in die zweite Etage. Sie streiften sich ihre Handschuhe über, erbrachen das Siegel und betraten die stille Wohnung. Sie lag im Dämmerlicht hinter den heruntergelassenen und dreiviertel geschlossenen Lamellenjalousien. Die gedämpfte Helligkeit des Juniabends legte den Raum mit dem großen Bett in eine unbehagliche Stille. Das Bett war ungemacht geblieben, und der Abdruck auf der rechten Seite des Bettes erinnerte an den schweren Körper Carsten Rischmöllers. In der Luft lag der eigenartige Duft eines Eau de Toilette.

»So ein Parfüm macht sich in einer leeren Wohnung irgendwie selbstständig«, meinte Johanna.

»Wie meinen?«, fragte Jakob.

»Heute Morgen, als so viele Leute mit ihren eigenen unterschiedlichen Körpergerüchen hier waren, habe ich es nicht so deutlich gemerkt. Jetzt riecht man doch deutlich ein Männerparfüm.«

Jakob schnupperte, empfand es aber nicht so stark. Er ging ins Badezimmer und öffnete den Spiegelschrank. »Eau de Toilette ist hier nicht. Wahrscheinlich nehmen Wohnungen die Gerüche an, wie sie in Kleidungen hängen bleiben. Er hat den Geruch mitgebracht.«

Ihre Suche nach der Viagraschachtel blieb erfolglos. Im Badezimmer fanden sie nicht mehr als das, was sie bei ihrer morgendlichen Sichtung festgestellt hatten. Johanna Kluge fasste auf den Spiegelschrank. Aber auch dort lag nichts.

»Ich werde bei der Staatsanwaltschaft einen Durchsuchungsbeschluss für seinen Wagen beantragen.« Vielleicht würde sich dann alles aufklären. Ob sie Iris Ostermann-Rischmöller noch einmal nach Viagra befragen sollten? Aber die verschlossene Frau hatte ihnen deutlich gemacht, dass sie im Grunde nichts über die Medikation ihres Mannes wusste. »Soweit ich weiß«, hatte sie das formuliert. Johanna hatte sich darüber gewundert. Ihr Noch-Ehemann Paul hatte sie, solange sie zusammenlebten, über jedes Medikament, das er nehmen musste, informiert und die Unverträglichkeiten und möglichen Nebenwirkungen erörtern wollen. Gehörte Rischmöller nicht zu der Gattung der männlichen Hypochonder? Das Einnehmen von Viagra, davon war Johanna überzeugt, würde er allerdings nicht mit seiner Frau besprechen. Überhaupt war sie davon überzeugt, dass ein verheirateter Mann Viagra nicht für das Zusammensein mit der Ehefrau gebrauchte. Aber vielleicht irrte sie sich und es galt nur für manche Paare. Aber wenn sie sich Iris Ostermann-Rischmöller vor Augen führte, war das sicher nicht die Frau, mit der ein Mann wie Rischmöller sich in Fahrt bringen wollte.

»Was meinst du? Ob Bernhard Ostermann ›in der sechsten Generation‹ nicht froh ist, diesen riesigen Kasten jetzt ohne den offensichtlich ungeliebten neuen Gatten der Schwägerin zu beherrschen?«, rief Johanna Kluge aus dem Badezimmer Jakob Besser zu, der auf der anderen Seite des zentralen Raums im Büro des Appartements stand und das Bild mit den Mohnblüten betrachtete.

»Bestimmt«, rief Jakob zurück, »aber so wie er schnaufte, wird er diesen neuen Zustand nicht mehr lange genießen können.«

Johanna ging aus dem Bad, am Kingsizebett vorbei zur anderen Seite ins Büro und blieb im Türrahmen stehen: »Auf jeden Fall wusste Bernhard Ostermann, dass Rischmöller sexuell unterwegs war.«

»Sexuell unterwegs!«, wiederholte Jakob Besser. »Bernhard ist wahrscheinlich immer benachteiligt gewesen im Leben.«

Der Geruch war hier noch deutlicher wahrnehmbar. Eigenartig, dass sie es am Morgen nicht bemerkt hatte. Sie trat ans Fenster des kleinen Büroraums und schob den langen geschlossenen Vorhang zur Seite. Ein großes Fenster und eine Balkontür führten nach hinten auf eine Loggia mit Blick in einen schönen Garten, in dem sich ein Pärchen gerade mit einem Salat zum Essen hinsetzte.

Der Griff der Loggiatür stand waagerecht. Vorsichtig zog Johanna am Griff und öffnete die Tür. »Haben wir diese Tür heute Morgen nicht geschlossen und versiegeln lassen?« Sie trat auf die Loggia und schaute in den Garten. Links wuchs wilder Mauerwein in einer metallenen Rankhilfe.

Jakob sah ihr zu. »Nein, soweit ich weiß, haben wir die Tür gar nicht geöffnet.«

Johanna trat wieder in den Raum und schloss die Tür. »Wir sollten sie jetzt auf jeden Fall auch versiegeln.« Sie schnupperte noch einmal und wandte sich wieder an Jakob: »Außerdem sollten wir die Familienverhältnisse der Ostermann-Rischmöller auf jeden Fall genauer überprüfen – bevor wir den Fall vorschnell zu den Akten legen.«

»Du meinst also, es ist mehr als ein langweiliges Herzversagen?« Jakob Besser streckte seinen Kopf vor und feixte. Er freute sich über interessante Fälle, die wirkliche Untersuchungen benötigten. Die Osnabrücker Kriminalstatistik, was Mordfälle anging, war übersichtlich, die Aufklärungsquote lag – wie bei den meisten anderen Mordkommissionen Deutschlands – bei nahezu 100 Prozent, weil die Wirklichkeit weit profaner war als das glitzernde aufregende Leben in Literatur und Film.

»Jakob«, wies Johanna Kluge ihn zurecht. »Ich kann das nicht leiden.«

»Ich kann diese Bilder nicht leiden. Meine Oma hatte genau das gleiche Bild über ihrem Esszimmertisch.« Er hob die Hand und zeigte auf das Bild mit den Mohnblüten, das an seinem Platz hinter dem Schreibtisch hing.

»Ich finde es ganz hübsch«, meinte Johanna Kluge. »Wahrscheinlich mochtest du deine Oma nicht.« Es seien doch eigentlich immer eher die Erinnerungen, die mit den Gegenständen verbunden seien, die das Gefühl für ein Ding bestimmten.

»Philosophisch, Frau Kollegin?«, meinte Jakob. Er ging um den Schreibtisch und prüfte mit dem Finger den Farbauftrag des Bildes. »Es gibt vor, ein Stillleben in altmeisterlicher Manier zu sein, und spielt mit den Versatzstücken einer Kunst, die ihre eigene Zeit überlebt hat. Das nennt man Kitsch. Zudem ist es nicht gemalt, es handelt es sich um einen Farbdruck, der anschließend mit flüchtigem Farbauftrag versehen wurde, um die Illusion von Malerei zu erzeugen. Alles Talmi.« Jakob hob nach seinem Vortrag die Nase und wartete bereits auf einen Einwand.

»Talmi?«

»Blendwerk. Es hat keinen wirklichen Wert.«

»Aha.« Johanna ging um den Schreibtisch und strich mit dem Finger über die Farben des Mohnblattes. »Du magst recht haben, aber mir gefällt das Bild trotzdem.« Sie fuhr mit dem Zeigefinger über den breiten Rahmen aus Blattornamenten, der mit nachgedunkeltem Blattgold bestrichen war. »Der Rahmen gefällt mir auch.«

»Der ist auf seine Art allerdings echt«, sagte Jakob und ging einen Schritt vor. »Das ist Blattgold, mit dem solche Rahmen verziert wurden, damit die Kleinbürger sich in der Illusion wiegen konnten, am überbordenden Reichtum des Großbürgertums und des Adels teilhaben zu können.«

Noch bevor Jakob ihn berühren konnte, geriet der Rahmen aus dem Gleichgewicht, neigte sich nach rechts und fiel vom Haken, direkt auf seine untere rechte Spitze und zerbrach an dieser Stelle.

»So viel zum Blendwerk«, nickte Johanna, »dieses ist möglicherweise wertvoller als gedacht.« Sie zeigte auf den in die Wand eingelassenen Safe mit einem Zahlenkombinationsschloss. »Ist das nicht ein altes Schätzchen?«

»Keine Ahnung, ehrlich gesagt habe ich noch nie einen Safe gesehen und weiß nicht, wie die modernen aussehen.«

»Wirklich, du musst passen?«, staunte Johanna, zückte ihr Handy und fotografierte den Safe.

»Wie kriegen wir den auf?«, fragte Jakob.

»Wir erst mal gar nicht. Irgendwo wird ja wohl die Nummer für das Zahlenschloss hinterlegt sein«, vermutete Johanna. »Ansonsten müssen wir uns an die Herstellerfirma wenden.«

»Vielleicht weiß die Ostermann-Rischmöller, was da drin ist.«

Johanna zweifelte daran, dass Iris Ostermann wusste, was ihr Mann in diesem Safe aufbewahrte. Johanna war zudem gar nicht sicher, ob sie die Durchsuchungsberechtigung für den Safe bekämen. »Vielleicht ist ja die Viagrapackung da drin?«

Sie müssten mit der zuständigen Staatsanwältin Cora Schönhaus sprechen. Johanna warf einen Blick auf die Uhr. Heute war es dafür zu spät. Cora Schönhaus würde bei diesem Wetter bereits auf dem Golfplatz sein, und sie wollte sie dort nicht unnötig durch einen Handyanruf stören. Cora Schönhaus verlebte ihre Wochenenden dort, wenn sie auch zum Schlafen nach Hause kam. Aber so eilig war es nicht. Möglicherweise hatte sie sich zu sehr auf die fehlende Viagrapackung versteift. Es gab bis jetzt keinen Anhaltspunkt, dass nicht alles mit rechten Dingen zugegangen war. Aber sollte die Packung im Safe liegen, so könnte das den Verdacht, dass möglicherweise eine weitere Person im Appartement war, aus dem Weg räumen.

*

»Du trinkst überhaupt keinen Wein mehr?«, fragte Jakob Besser Johanna, als er aus deren Küche zurückkam, und mit dem Tee, den er dort bereitet hatte, ihr gegenüber auf dem Balkon Platz nahm.

»Doch. Aber die Drogenabteilung hat mir deinen grünen Tee ans Herz gelegt.«

»Gerade jetzt, wo ich beginne, deine Angewohnheiten anzunehmen, gehst du auf Entzug.«

»Damit es dazu nicht kommt, versuche ich, dir nacheifern.«

Jakob schenkte ihr ein und zog die Knie an, um den Metalltisch nicht umzustoßen.

»Was macht dein Mann?«, fragte Jakob, als Johanna keine Anstalten machte, ein Gespräch zu führen.

»Keine Ahnung.« Sie zuckte mit den Schultern. Es war ihr auch völlig egal. Es interessierte sie nicht mehr und sie wunderte sich, dass die lange Zeit von fast 20 Jahren, die sie mit ihm gelebt hatte, so schnell keine Bedeutung mehr für sie hatte.

»Du willst nicht darüber sprechen?«, vermutete nun Jakob.

»Doch, aber redest du über Dinge, die dich nicht interessieren?« Johanna nahm ihre Teetasse und prostete Jakob zu.

»Na denn«, stimmte Jakob zu. »Dann hol ich mir mal ein Glas Wein aus deinem Kühlschrank.«

Es fiel Johanna schwer, nicht auch um ein Glas Wein zu bitten, aber sie wollte nicht einknicken, obwohl der laue Abend eigentlich zum Weißweintrinken gemacht war.

Eine halbe Stunde später zog sie Laufschuhe an, um Jakob nach Hause zu begleiten, und fand, dass das ein weiterer Vorteil des grünen Tees war. Sie hatte Lust, sich noch sportlich zu betätigen und nicht nur auf dem Balkon zu hängen. Sie nahmen den Weg über den Jahnplatz zur Hans-Böckler-Straße, und dort verabschiedete sie sich von Jakob, während sie auf der Stelle trat, um nicht aus dem Rhythmus zu kommen.

»Übertreibst du deine gesundheitlichen Anwandlungen nicht ein bisschen?«, fragte Jakob, während er seine Haustür öffnete.

»Ach, mit der Gesundheit kann man es gar nicht übertreiben«, antwortete sie und drehte ab. »Du hast doch, seit es dich in unsere Provinz verschlagen hat, gepredigt, dass das asketische Leben die wahren Freuden verspricht.«

Jakob war überrascht. »So siehst du mich?«

»Bist du gar nicht so?«, warf Johanna vergnügt über die Schulter zurück. Während sie durch die Adolfstraße zurückjoggte, überlegte sie, sich für diese Sportattacke möglicherweise doch mit einem kleinen Glas Wein zu belohnen, wenn sie zu Hause wäre. Mit sich hadernd, dass sie überhaupt solche Dinge denken konnte, und ob das nicht das Zeichen der Abhängigkeit sei, kollidierte sie, obwohl sie auswich, fast mit einem kräftigen Mann im schwarzen T-Shirt, der ihr gemächlichen Schrittes rauchend entgegenkam.

»Entschuldigung«, stieß sie aus und ärgerte sich gleichzeitig, weil er um keinen Zentimeter von seiner Spur abgewichen war.

»Nicht so schnell, Mutti.« Er wandte ihr sein Gesicht zu und grinste sie anzüglich an.

Der Geruch des Mannes stieg ihr in die Nase. Dass manche Männer so einen widerlichen synthetischen Geruch an sich hatten. Sie vermutete dahinter immer Unsauberkeit und ungewaschene Achseln, die nach Sport oder Sex mit Deo benebelt wurden. Vielleicht waren es aber nur die Männer, mit denen sie beruflich viel zu tun hatte, die diese Gewohnheiten hatten. Ihr Herz klopfte vor Zorn, immer wieder erneut empört, obwohl diese Sorte Männer zu ihrer Klientel gehörten. Sie riss sich zusammen, weil sie fühlte, dass sie ihn am liebsten mit einem Kick in den Unterleib zu Boden gebracht hätte. Sie schloss die Augen und spuckte virtuell ihren Zorn auf die Erde. Bevor sie sich abwenden konnte, um wieder in Tritt zu kommen, hatte er sich bereits entfernt. Auf seinem breiten Rücken prangte ein großer Hundekopf.

Erst an der nächsten Straßenkreuzung drehte sie sich um, weil sie vermutete, dass er bereits hinter der nächsten

Ecke verschwunden sei. Aber er hatte sich an die Hauswand eines gelb gestrichenen Wohngebäudes gelehnt und schaute zu den Fenstern in der zweiten Etage des gegenüberliegenden Gebäudes hoch.

10

Julia verließ die Oldenburger Landesbank um 18.05 Uhr. Sie fühlte sich erleichtert, als sie vor dem breiten Glasportal der Bank stand, die sie als letzte Kundin verlassen hatte. Sie blickte sich noch einmal um und sah den smarten Kundenberater, der sie zur kleinen Seitentür gebracht hatte, wie er die Tür verschloss und ihr nachsah. Sie fühlte sich erleichtert, weil sie hier den Rest des Geldes, das sie heute über die Stadt verteilt hatte, losgeworden war. Ihr waren nur drei kleine Schlüssel geblieben.

Sie setzte sich auf die Treppenstufen und schaute den Menschen zu, die an ihr vorbeigingen. Wenn sie wüssten, lächelte sie in sich hinein. Aber sie wussten nicht. Sie hatte das schlau angestellt, fand sie. Neben den Konten von heute Morgen hatte sie noch drei weitere angelegt und konnte nun je ein Schließfach in der Sparkasse, der Sparda und der Oldenburger Landesbank ihr Eigen nennen.

Julia drückte auf die Schlüssel, die sie in ihrer vorderen Hosentasche in ihrer Leiste spürte. Ein erregendes Gefühl. Das einzig Bedauerliche an der Geschichte war, dass sie niemandem davon erzählen konnte, nicht einmal Alexander. Sie biss sich auf die Lippe und erwog, ihn anzurufen. Aber unschlüssig steckte sie das Handy wieder in ihren Rucksack. Langsam ging sie zu ihrem Fahrrad, das sie in den Fahrradständer vor der Bank angeschlossen hatte, und beugte sich vor, um das Riegelschloss zu lösen.

Da sah sie ihn. Er stand an der Ecke Georgstraße und trat gerade seine Zigarette aus, als sie ihn wahrnahm. Er trug ein weißes T-Shirt mit irgendeinem Schriftaufdruck. Sie hielt den Atem an und hantierte an ihrem Schloss. Hinter dem Vorhang ihrer Haare behielt sie ihn im Auge und sah, wie er sich von der Ecke löste und im Schlenderschritt auf sie zu kam. Mit Sicherheit kam er zu ihr. Mit fahrigen Fingern löste Julia das Schloss und hängte es über den Sattel. Dann schaute sie sich um und nahm mit Erleichterung wahr, dass eine Frau mit einem Stadtrucksack sich auf ihrer Seite des Bürgersteigs näherte. Julia griff sich das Fahrrad und schob es direkt hinter der Frau her, der sie fast im Gleichschritt folgte. Auf der Höhe des Mannes senkte sie den Kopf und schob sich rechts neben die Frau, die sie so zwischen sich und den Mann brachte.

Sie trat mit dem linken Fuß auf die linke Pedale und rollte an der Frau vorbei, schwang ihr rechtes Bein über den Sattel und überquerte die Straße. Die Fahrbahn war frei, das fühlte sie mehr, als dass sie das sah. Auf der anderen Seite der Straße riss sie das Vorderrad hoch und fuhr über den Bürgersteig weiter. Sie hetzte um die Ecke, wich einem Ehepaar mit Karstadt-Plastiktüten aus, die hinter ihr her schimpften. Das Fahrrad schlug hart auf, als sie das Rad wieder auf die Fahrbahn brachte. Julia keuchte, sie fühlte die Hitze der Anstrengung und fröstelte dennoch.

Erst am Marktplatz hielt sie an, weil sie der Meinung war, am sichersten sei sie jetzt unter Menschen. Sie atmete heftig und versuchte, mit ruhigem Blick die Menschen zu scannen, die hinter ihr waren. Es waren fröhliche, arglose

Menschen, die den Sommerabend und ihren Feierabend in der Stadt genießen wollten. Das Bild beruhigte Julia.

Julia stockte der Atem. Im Hintergrund des Marktplatzes erschien er, der Mann im weißen T-Shirt. Übelkeit überkam sie, und die Bilder eines Traums durchfuhren sie, in denen sie endlose Flure entlang floh, schneller und schneller, ohne die Chance, ihrem Verfolger zu entkommen. Wie konnte er ihr nur so schnell gefolgt sein. Ohne zu überlegen, riss sie ihr Fahrrad herum und sprang auf.

»Passen Sie doch auf! Dass Fahrradfahrer immer glauben, dass für sie die Verkehrsregeln nicht gelten«, fuhr eine Frau sie an, die mit ihren Einkaufstüten gerade vorschriftsmäßig hinter ihr den Platz überqueren wollte.

Julia hatte damit zu tun, ihr Gleichgewicht zu halten. Der kalte Schweiß brach ihr aus. Sie fuhr über den Platz, vorbei am Rathaus. Erst als sie um die Ecke biegen wollte, blickte sie hinter sich und sah gerade noch, dass ein Mann in weißem T-Shirt eine Frau umarmte.

Sie hatte sich also getäuscht. Dieser Mann hatte sie nicht verfolgt. Sein Hemd hatte keine Aufschrift gehabt, wurde ihr jetzt bewusst. Das lag an ihrer Anspannung. Dieser Mann war harmlos. Der Raucher, der sie an der Bank beobachtet hatte, der hatte sie gemeint. Mit einem Mal wurde ihr bewusst, dass sie vor Anstrengung keuchte.

In schnellem Tempo schob sie ihr Fahrrad weiter Richtung Altstadt und nahm den Weg durch die Fußgängerzone, vorbei an den Geschäften. Sie musterte die Leute, die ihr durch die Einkaufsstraße entgegenkamen, und kontrollierte den hinter ihr liegenden Teil der Straße, ob ihr Verfolger irgendwo zu sehen war. Sie sah niemanden, vor dem sie Angst haben musste. Aber sie war sich nun über nichts mehr gewiss. Im Schutz der einkaufenden Menschen schob sie das Fahrrad zum Neumarkt und stellte sich einen Moment an den Rand einer Bushaltestelle zu den Wartenden. Dann entschied sie sich, die Straßenseite zu wechseln. Langsam im Strom der Passanten. Der vertraute Anblick des Schlosses beruhigte sie und flößte ihr Sicherheit ein. Sie ging durch das große Barockportal in den um diese Zeit recht leeren Innenhof und setzte sich auf die Stufen des großen grünen Portals. Ihr Fahrrad lehnte sie gegen einige andere Räder, die hier an das Geländer geschlossen waren. Sie konnte die Anlage vor sich gut überblicken. Auch am Abend waren hier in der Gegend viele Studierende, sie musste erst einmal Zeit gewinnen.

Woher kannte dieser Mann sie? War sie vielleicht doch nicht gemeint, war sie nur schuldbewusst, weil sie sich an Rischmöllers Geld vergriffen hatte? Wie dem auch sei, ihre Nerven waren dem nicht gewachsen. Wer konnte denn überhaupt wissen, dass sie im Besitz des Geldes war? Es war kurz nach sieben und ein wunderbarer Tag. Aber sie traute sich jetzt nicht nach Hause. Einen Moment dachte sie daran, Elisa zu fragen, ob sie bei ihr übernachten könne, aber die neugierige Freundin schien ihr nicht geheuer.

Sie war fremd in dieser Stadt, das wurde ihr nun deutlich. Außer Elisa kannte sie niemanden wirklich gut, hatte sich für niemanden interessiert. Ihre karge Freizeit hatte sie mit Carsten Rischmöller verbracht. Es gab eigentlich nur Alexander Pflüger, den sie nun doch anrufen musste.

*

»Augenblick«, sagte Alexander Pflüger, als er das Gespräch annahm. Er war den ganzen Tag in seinem Büro geblieben, nicht schlüssig, was er tun sollte. So hatte er weitergearbeitet, als sei dieser Tag ein ganz normaler Tag und er ein ganz normaler Angestellter.

»Ich bin's«, rief sie, »Julia.«

»Entschuldigen Sie, Herr Huber«, hörte sie Alexander sagen, »meine Mutter. Ich bin gleich zurück.«

Julia wartete. Sie hörte, wie Alexander eine Tür schloss und mit hallenden Schritten über den Flur ging.

»Ja, was ist, Julia?«, sagte Alexander Pflüger nun.

»Wieso, was ist?« Julia unterdrückte die Tränen. »Du hast nicht einmal versucht, mich anzurufen.« Die große Tür hinter ihr öffnete sich, und sie zuckte zusammen. Es war eine etwa 50-jährige Universitätsangestellte. Julia lächelte sie von unten aufschauend dankbar an.

»Warum sollte ich dich anrufen?« Alexander blieb ruhig, wie er das ihr gegenüber immer gewesen war. Auch als sie so sehr in ihn verliebt war.

»Alexander …« Sie wusste nicht, was sie ihm sagen sollte, schon wieder hatte er sie irritiert mit seiner Distanz. »Alex, ich …«

»Nenn mich nicht Alex!«, unterbrach er sie.

»Alexander, bitte, ich muss dich sehen.« Julia war verwirrt, weil er nicht davon sprach, dass Rischmöller tot war. Alle Welt wusste es. Sie wartete auf eine Antwort.

»Carsten ist tot«, stieß sie aus, weil er nichts sagte. »Rischmöller«, ergänzte sie, weil sie fürchtete, ihn mit der Intimität, wenn sie ihn mit Vornamen benannte, zu belästigen.

»Warst du dabei?«

Julia schwieg. Das war das Einzige, was ihn interessierte, schien ihr. Sie fühlte sich verloren und schwieg.

»Bist du zu Hause?«, fragte Alexander Pflüger.

»Nein, ich bin an der Uni, ich …« Julia stockte, denn sie wusste nicht, was sie eigentlich genau von Alexander wollte.

Da ergriff er zu ihrer Erleichterung das Wort. »Wir treffen uns in einer halben Stunde in meiner Wohnung.«

*

»Er ist einfach gestorben.«

Alexander lehnte sich zurück und sah Julia skeptisch an. »Wie?«

»Er ist einfach kollabiert.«

Alexander konnte das nicht begreifen und bohrte nach, wollte genau wissen, wo sie war, als es geschah, ob Carsten Rischmöller etwas gesagt oder gelitten habe.

»Nein«, sagte Julia zum wiederholten Mal. »Er ist verdammt noch mal einfach gestorben.« Sie sah ihn an, den schönen Alexander mit seinen schwarzen Haaren und dem bleichen Gesicht. Zum ersten Mal, seit sie ihn kennengelernt hatte vor zwei Jahren, hatte sie ein wenig Macht über ihn.

»Sei doch froh, dass Rischmöller tot ist«, sagte sie, obwohl sie wusste, dass er es nicht war. »Du hast ihn doch gehasst.«

»Ja, er war ein Schwein«, nickte Alexander. »Das größte Schwein, das mir jemals begegnet ist.«

Julia kamen die Tränen. »Warum hast du mich nur mit ihm bekannt gemacht? Wenn er so ein Schwein war?« Sie senkte den Blick, weil sie es wusste. Alexander hatte sich nicht für sie interessiert. Er hatte seine Gedanken nur bei Carsten Rischmöller. Sie war so verliebt gewesen in Alexander, als er sich als »NN« bei einer Lehrveranstaltung in ihrem Fachbereich entpuppt hatte, und so stolz mit ihren gerade mal 21 Jahren, dass ein so gut aussehender Dozent sie einlud und ihr den Hof machte, wie sie damals vermutete.

Alexander antwortete nicht, weil sie recht hatte. Sie hatte ihn damals angehimmelt, und er war sich sicher, dass es neben seiner Berufstätigkeit als Jurist und Betriebswirt die Funktion als Lehrbeauftragter am Fachbereich BWL war, die sie ihm ins Bett getrieben hatte. Er hätte viele der jungen Studentinnen haben können. Aber er wollte keine Einzige. Auch nicht Julia. Doch er hatte erkannt, dass sie ehrgeizig war. Ehrgeiz und Aufstieg gaben ihrem Leben den Antrieb. Sie wollte gewinnen. Er hatte ein paar Mal mit ihr geschlafen, weil er sich bemüht hatte, etwas anderes in seine Welt zu lassen, aber er fühlte nichts für sie. Sie ließ ihn kalt. Aber er leitete ihren Ehrgeiz um auf Rischmöller, und als sie akzeptiert hatte, dass Alexander sie nicht liebte, hatte sie sich auf das Verhältnis eingelassen. Sie hatte eine lukrative Beziehung und konnte weiterhin mit Alexander in Kontakt bleiben.

Julia biss sich auf die Lippen und verscheuchte die alten Gedanken an den unnahbaren Alexander und ihre Schwärmerei für ihn. Er hatte sie nicht geliebt und nur benutzt. Wo war der Unterschied zu ihrem Verhältnis zu Rischmöller?

»Er hat mich gemocht«, sagte Julia mit einem gewissen Trotz in der Stimme. Sie wusste, dass Alexander, auch wenn er es nicht gesagt hatte, sie für dieses Verhältnis verachtete.

»Dann ist doch für dich alles in Ordnung. Er hat es dir doch zudem gut vergolten«, bestätigte Alexander.

Julia kniff die Lippen zusammen und schlug automatisch die Hand vor den Mund, damit er sie nicht so aufgelöst sah. »Warum bist du so verächtlich?« Sie schloss die Augen und drückte ihre Tränen fort, weil sie wusste, dass er sie nicht trösten würde. »Du hast das doch gewollt«, stieß sie aus und schlang die Arme um sich. »Dir war es doch recht.« Sie schüttelte den Kopf. »Du wolltest doch immer alles genau über ihn wissen.« Sie hatte ihm alles erzählt, was sie in Erfahrung brachte. Sie hatte Alexander informiert über geplante Geschäftstermine, Reisen, Rischmöllers Einstellung gegenüber Huber und allerlei, was sie nicht für bedeutsam hielt, Alex aber immer interessierte. Sie hatte ihm auch von Rischmöllers sexuellen Neigungen erzählen müssen, von seinen sexuellen Schwierigkeiten, von seinem Stress mit dem Bruder des verstorbenen Ex-Mannes seiner

Frau – es gab nichts, was Alexander nicht wissen wollte. »Du warst doch besessen von dem Mann.«

Alexander schwieg weiter, weil sie auch damit recht hatte.

»Du könntest doch jetzt verdammt noch mal froh sein, dass er endlich tot ist.« Sie biss sich in den Daumenballen und atmete ein.

Alexander verließ den Platz hinter dem Schreibtisch und schüttelte verneinend den Kopf. Sein bleiches Gesicht hatte eine leichte Röte angenommen. Er setzte sich Julia gegenüber, die sich ihm nun noch weiter entgegenlehnte.

»Was hast du denn eigentlich gewollt?«

»Dass er leidet.« Alexander biss sich auf die Zähne und kniff die Lippen zusammen. Er spannte die Rückenmuskulatur an, denn er fühlte seine Tränen aufsteigen. Dass Rischmöller nicht gelitten hatte, ließ ihn geradezu verzweifeln.

»Es tut mir leid für dich, verdammt, dass er nicht gelitten hat.« Sie verschlang die Finger ineinander. »Dann hättest du selber dafür sorgen müssen, dass er leidet.« Welch absurdes Gespräch führten sie hier? Der Gedanke an den Mann im weißen T-Shirt schoss ihr durch den Kopf. Sie hatte ganz andere Probleme.

»Ich hätte ihn gern zur Rechenschaft gezogen.« Alexander nickte gedankenversunken.

»Du hattest doch allerhand gegen Rischmöllers Firma in der Hand. Warum hast du das nicht längst der Staatsanwaltschaft übergeben?« Ihr war bekannt, dass das für Alexander kein Argument war. Das hatten sie schon einige Male im letzten Jahr besprochen. Sie wusste, dass Carsten Rischmöller unsaubere Geschäfte machte. Alexander hatte ihr erklärt, welche Möglichkeiten ein Facility-Management-Betrieb hatte, an der Legalität vorbeizuagieren. Aber er hatte immer wieder darauf gedrungen, dass sie ihm mehr von Rischmöller erzählte. Wie er zu seiner Frau stehe, welche Wünsche er habe, er wollte wissen, wie er »tickte«, hatte er einmal gesagt, bevor er etwas gegen ihn unternehme. Julia hatte diese Manie nicht verstanden. Sie hatte Alexander immer wieder gesagt, Rischmöller sei ein ganz normaler, politisch rechtsorientierter, übergewichtiger Mann, der ihrer Ansicht nach nicht viel Unrechtes mache. »Außer seine Frau betrügen und möglicherweise ein bisschen Steuer hinterziehen.« Aber wer mache das heute nicht.

»Er hätte dafür bezahlen sollen – für das, was er uns angetan hat.« Er war aufgestanden und nahm seinen Platz am Schreibtisch wieder ein.

»Mein Gott, was soll denn das? Du sagst immer uns, ›uns angetan hat‹. Wer ist denn ›uns‹? Fuck, bei dir gibt es doch gar kein uns.« Julia brach ab, als sie sah, wie er die Lippen zusammenkniff. Sie fürchtete, zu weit gegangen zu sein. Über seine Mutter hatte sie ihn nur zweimal sprechen hören, nur abfällig, weil sie trinke. Auch über seinen Bruder Christopher redete er so gut wie nie.

Alexander sah sie starr an, und einen Moment dachte sie, er würde sie vor die Tür setzen. Es war noch immer hell. Die Nächte im Juni begannen erst spät, bald würde Sommeranfang sein.

»Ich werde versuchen, Christopher zu erreichen.« Als habe er nicht gehört, was sie ihm vorgeworfen hatte, stand er auf und ging zum Fenster. »Ich habe ihn vergessen in der letzten Zeit.« Er hatte ihn seit fast anderthalb Jahren nicht gesehen, wenn er ehrlich war. Er blickte auf die Straße, auf der junge Menschen vorbeiliefen. Der Anblick machte ihn wehmütig. Sie waren etwa in Christophers Alter.

Julia betrachtete ihn aufmerksam.

»Es ist nicht leicht, Christopher zu erreichen«, schien sich Alexander vor sich selbst zu verteidigen. »Er hat ja keinen festen Wohnsitz.«

Julia war der einzige Mensch, mit dem er über seinen Bruder gesprochen hatte. Aber er mochte nicht, dass sie von sich aus das Gespräch auf ihn brachte. Er selbst hatte ihn nicht häufig erwähnt. Ihn schmerzte das Thema. Deshalb mochte er auch seine Mutter nicht anrufen. Sie sprach immer über Christopher und fragte ihn jedes Mal, wo denn sein Bruder sei. Er war als älterer Bruder verantwortlich für Christopher und konnte doch nichts für ihn tun. Christopher hatte das letzte Mal, als er ihn gesehen hatte, nur über ihn gelacht, als er das sagte. Sein Bruder wollte ja im Grunde auch keinen Kontakt, sonst wäre er doch einmal gekommen. Alexander dachte nicht gern an seinen Bruder, deshalb sprach er nicht von ihm. Das Gefühl für seinen Bruder hatte keinen Platz neben seinem Hass.

Julia wusste nicht, dass Christopher keinen festen Wohnsitz hatte. Sie hatte ihn vor knapp zwei Jahren kennengelernt, als er Alexander einmal überraschend besucht hatte. Das war in der kurzen Zeit gewesen, die sie mit Alexander verbracht hatte. Er war ein bisschen schräg, fand sie. Aber er hatte ihr imponiert. Er hatte ihr erzählt, er wohne in einem linksalternativen Wohnprojekt in Berlin Friedrichshain. Sie erinnerte sich sogar noch an die Straße: Liebigstraße 13. Dass das kein fester Wohnsitz sein sollte, fand sie nicht.

»Ach Alex«, Julia sah zu ihm auf, »das finde ich gut. Sprich mit deinem Bruder.«

Alexander nickte, und für Julia unerwartet verließ er den Schreibtisch, näherte sich ihr und strich ihr mit der Hand über das Haar. Er setzte sich ihr gegenüber auf ein bordeauxrotes Ledersofa und schaute über sie hinweg.

Julia fühlte sich mit einem Mal, obwohl sie gekommen war, um bei ihm Schutz zu suchen, als die Sicherere und Überlegenere ermutigt: »Ja, lass Carsten Rischmöller. Für dich ist er endlich weg. Du bist ihn los. Oder?«

»Ja, ich bin ihn los.« Alexander fühlte sich leer und hilflos. Er würde es Christopher mitteilen. Vielleicht interessierte es seinen Bruder. Vielleicht auch nicht. Er atmete ein, legte den Kopf in den Nacken und sah an die Zimmerdecke, als würde er damit das Bild seines Bruders los. Er zwang sich, mit seinen Gedanken wieder zu Julia zurückzukehren.

»Hast du die Polizei gerufen?«, fragte er unvermittelt und musterte sie. Sie war heute auf eine seltsame Art nervös und fahrig. Sonst war sie auf eine gewisse Weise kühl und überlegt, dass es ihm schwerfiel, sie anders wahrzunehmen als berechnend.

»Nein.« Julia senkte den Blick. Alexander musterte sie scharf, und sie fürchtete, er könne ihre Gedanken lesen. Schnell fügte sie hinzu: »Ich habe einfach mein Zeug gepackt und bin gegangen.«

Alexander stand auf. Von oben blickte er auf die kleine Julia und schob die Lippe vor.

»Ich wollte nicht, dass bekannt wird, dass ich was mit ihm … Er hat unsere Beziehung doch geheim gehalten.«

Alexander lächelte sie von oben herab an und schüttelte den Kopf. »Das wäre doch völlig egal gewesen, jetzt, da er tot ist.«

»Ja sicher.« Julia war dankbar für das Stichwort. »Deshalb dachte ich, wo ich doch nichts mehr tun kann …« Unvermittelt fragte sie: »Kann ich bei dir schlafen?« Dass Alexander von seinem Bruder gesprochen hatte, schien ihn versöhnlicher zu stimmen.

»Warum?« Alexander wich einen Schritt zurück, wandte sich ab und ging zum Fenster.

Julia zögerte einen Moment: »Nur so, ich fühl mich allein.«

Als Alexander sich vom Fenster umdrehte, war sein Gesicht verschlossen: »Was soll das jetzt? Machst du jetzt auf trauernde Geliebte?«

Julia hob ihre Brust, sie hatte sich getäuscht, er war nicht sanft gestimmt. Da stand er wieder mitten im Raum, der Gedanke an den großen Carsten Rischmöller, der Alexanders Leben bestimmt hatte: »Alexander, du bist gemein. Ich kann doch nichts dafür, dass ich Carsten Rischmöller nicht so gehasst habe wie du.« Sie stand auf und machte Anstalten zu gehen und wusste, dass Alexander sie nicht zurückhalten würde. Er blieb regungslos und sah ihr zu, wie sie sich ihre Tasche griff.

»Du bist unglaublich selbstgerecht«, sagte sie. »Gab es jemals irgendjemanden in deinem Leben, den du nicht verurteilt hast?«

Sie ging zur Wohnungstür und zögerte eine Sekunde. Aber er hielt sie nicht zurück. Er blieb am Fenster stehen und wartete, bis sie auf der Straße vor seinem Haus erschien. Sie blickte nicht nach oben, und er sah ihr nach, wie sie auf dem Fahrrad davonfuhr. Es dämmerte um kurz nach 22 Uhr. In zwei Wochen würde der längste Tag des Jahres sein.

11

Dieser Morgen war ein wirklicher Sommermorgen. Die Sonne konturierte in ihrem orangefarbenen Hemd einen leichten Wolkenstreifen vor einem blassblauen Himmel und hob die Dunkelheit von den Dächern. Als Johanna an diesem Freitag den Vorhang ihres Schlafzimmerfensters zur Seite schob, war es erst fünf Uhr. Sie genoss noch immer jeden Tag, den sie in dieser Wohnung erwachte. Sie wohnte hier bereits seit sechs Monaten, aber nach den 19 Jahren in einem properen Siedlungshaus im Schinkel kam ihr die neue Umgebung immer noch wie ein Traum vor.

Energisch riss sie das Fenster auf. Es war früh genug, noch eine Runde über den Berg zu joggen. Auch diese gesunde Angewohnheit hatte sie erst in diesem Jahr angenommen.

»Ich war ganz schön behäbig«, bestätigte sie sich wieder, um sich wie so oft zu vergewissern, dass sie es richtig gemacht hatte. »Schade«, lächelte sie ihr Spiegelbild an und band sich ihre kinnlangen Haare am Hinterkopf zusammen, »schade, dass keiner sieht, wie fit ich werde.« Sie fuhr sich mit den Händen über ihre Brust und folgte den Konturen ihres Körpers. Sie gefiel sich.

Den Hund konnte sie so früh nicht mitnehmen. Mit Sicherheit lag der um diese Zeit noch gemütlich neben seiner Herrin Miriam. Die beiden schliefen gemeinsam in einem großen Bett: der Hund auf seiner Decke am Fußende, Miriam auf der einen Seite des großen Doppelbettes. Bei mir wäre eine Seite frei, dachte Johanna, während sie den Klettverschluss ihrer Joggingschuhe schloss.

Johanna genoss diese frühe Stunde, wenn die Stadt langsam erwachte, die ersten Menschen durch die Straße gingen, in ihre Autos stiegen oder mit dem Fahrrad den Berg herunterrollten. Sie hatte sich eine Runde von etwa 35 Minuten zurechtgelegt, die sie locker absolvierte. Sie hätte ihre Kondition ausbauen können, aber sie wollte es nicht übertreiben, also blieb sie bei ihrer regelmäßigen Tour.

»Du wirst ja immer gesünder«, hatte Jakob sie bereits angepflaumt. »Früher hast du lange geschlafen, warst morgens chronisch ungehalten und hast abends dem Wein zugesprochen. Jetzt schläfst du fast weniger als ich, bist unerhört aufgeräumt und trinkst nur noch grünen Tee.«

Mit diesem grünen Tee begrüßte Jakob sie auch an diesem Morgen, als sie um sieben Uhr in die Dienststelle am Kollegienwall kam. Seit er vor gut zwei Jahren in die Polizeiinspektion gekommen war, kredenzte er ihr unmittelbar nach ihrem Eintreffen den Tee, den er von zu Hause mitbrachte.

»So früh, wie du dein Tagwerk beginnst, kann ich gar nicht sein«, begrüßte Johanna ihren Kollegen. Er saß häufig schon um sechs an seinem Schreibtisch, weil er der Meinung war, dass die Ruhe am Morgen in einem Dienstgebäude etwas ganz Besonderes habe und er in dieser Zeit am effektivsten sei.

Die Besprechung war auf neun Uhr angesetzt. Jakob hatte den Beschluss der Durchsuchung des Wagens von Rischmöller, der immer noch in der Tiefgarage in der Roonstraße stand, bereits beantragt und hatte seinen Stuhl Johanna gegenüber eingenommen, um ihr seine Recherchen hinsichtlich der privaten Situation Carsten Rischmöllers mitzuteilen.

»Eigentlich haben wir keinen Grund, uns mit ihm zu beschäftigen«, meinte Johanna noch einmal. »Wie sieht es mit dem Safe aus? Hast du die Sache schon in die Wege geleitet?«

»Ja«, bestätigte Jakob, »es handelt sich um einen Eisenbachtresor, Format Wega 90-500. Aber …«, damit zückte er einen Papierausdruck, »wir können es uns, denke ich, einfacher machen, wenn wir bei der Facility Management auflaufen. Denn die Wohnung gehörte der Firma, nicht Rischmöller privat.«

Johanna nahm das mit einem Nicken zur Kenntnis. »Gut.« Woher weiß das Jakob Besser so schnell?, fragte sie sich, und er kam mit seiner Antwort ihrer Frage zuvor.

»Das hat mir Maria Sosas gesagt«, lächelte er und schlug seine Augen nieder, als Johanna das mit einem »Aha« kommentierte.

»So früh am Morgen?«, erläuterte sie ihren etwas geraunzten Ausruf.

»Nein, so spät am Abend.« Jakob hatte Maria Sosas gestern Abend noch angerufen, um sie zu bitten, ihre Aussage in der Polizeiinspektion zu unterzeichnen. Dabei waren sie ins Gespräch gekommen, und Maria Sosas wusste doch allerhand.

»Soso«, kommentierte Johanna und verscheuchte den Gedanken, dass sie möglicherweise eifersüchtig sein könnte. Jakob Besser behandelte sie normalerweise mit dieser verschrobenen Verehrung, die er ins Komische hob, sodass sie auf das Spiel mit dem mehr als zehn Jahre jüngeren Kollegen einsteigen konnte. Bislang hatte er sich ihres Wissens nicht ernsthaft für eine Frau interessiert. Vielleicht würde sie doch ein bisschen eifersüchtig, fragte sie sich, wenn er ihr diese koketten Ehrerbietungen entziehen würde. Sie hatte sich ein wenig auf das Spiel eingelassen.

»Sie ist nur eine Zeugin«, schien Besser ihre Gedanken zu lesen.

»Eine gut aussehende«, pflichtete Johanna bei.

»Eine kluge auch«, bestätigte Jakob, »für mich das Wichtigste bei einer Frau.«

»Aha, es stört aber nicht, wenn sie nicht hässlich ist«, fand Johanna und überlegte, ob Jakob Besser vielleicht doch ein viel normalerer Mann war, als sie vermutete.

Es war ein angenehmer Beginn des Tages, auch in der Dienststelle. Sie würde heute Abend wieder mit dem Hund laufen können und anschließend vielleicht mit ihrer Nachbarin Miriam ins Kino gehen. Sie hatten keinen Fall, der sie über Gebühr beanspruchte, und die ungeklärte Todesursache »Rischmöller« würde sicher in einigen Tagen abgeschlossen sein.

»Hast du Lust, heute Abend mit ins Kino zu gehen?«,

fragte sie Jakob, als er gerade im Begriff war, die Tür zu ihrem Büro wieder zu schließen.

»Aber immer.« Jakob drehte sich um und strahlte sie an. »Welcher Film?«, fragte er und blieb abwartend stehen. »Es läuft zurzeit ...«

Das Telefon unterbrach ihn. Johanna griff mit einer Hand danach, und nach dem Blick aufs Display hob sie den Zeigefinger, um Jakob zu bedeuten, dass er warten solle.

»Guten Morgen, werte Kollegin«, meldete sich Dr. Schmitthals. »Sie werden heute einen langen Tag vor sich haben.«

»Guten Morgen, Herr Doktor«, grüßte Johanna und winkte Jakob zu sich und wies mit der Hand auf seinen Stuhl. Da Dr. Schmitthals keine Anstalten machte, das Gespräch fortzusetzen, fuhr sie fort: »Wie soll ich das verstehen, Herr Kollege?«

Dr. Schmitthals schien ein wenig durch die Nase zu schnauben. »Weil Sie's mit einem Mord zu tun haben.«

»Wie bitte?« Johanna stellte das Gespräch laut.

»Ja, beim großen Rischmöller ist nachgeholfen worden.«

Johanna Kluge schaute auf Jakob, der sich nach vorn beugte, als könne er dann besser hören. Er nickte ihr wissbegierig zu.

»Womit?«

»Nachgeholfen?«, fragte Schmitthals.

»Ja bitte, Herr Doktor.« Johanna Kluge ging die gockelhafte und eitle Art des Gerichtsmediziners auf die Nerven, daher hatte sie Schwierigkeiten, ihn durch Fragen zu ermuntern und zu viel zu loben. Dabei war er in seiner Profession nicht nur gut und akribisch, sondern auch initiativ.

»Wenn ich auf den Beschluss der Staatsanwaltschaft für eine ADX-Untersuchung gewartet hätte, wäre es zu spät gewesen.« Dr. Schmitthals schniefte.

»Haben Sie denn die ADX schon durchgeführt?« Diese Untersuchung auf Alkohol, Drogen und Toxine hätte sie heute beantragen wollen, ohne staatsanwaltlichen Beschluss wurde in Deutschland nichts gemacht. Und bisher hatten eher keine Anhaltspunkte auf Fremdverschulden vorgelegen.

»Ja, verehrte Kollegin«, schallte es stolz im Raum, »ich bin mir manchmal selbst eine kleine Nasenlänge voraus.« Nachdem er sie gestern informiert habe, dass er Viagra habe feststellen können, sei er doch neugierig geworden und habe das eine und andere geprüft, um zu sehen, ob denn alles mit rechten Dingen zugegangen sei. Deshalb habe er als Erstes auf Nitrate getestet und sei gleich fündig geworden. »Er hatte Isosorbidmononitrat, also ISMN, im Blut.« Schmitthals schwieg und wartete jetzt auf die Fragen der Kollegen an der anderen Seite des Telefons.

»Was ist das denn für eine Wirksubstanz?«, fragte nun Jakob Besser laut und beugte sich zum Lautsprecher der Station.

»Ach, der Kollege Besser hört mit. Das ist gut«, freute sich Schmitthals. »Wirksubstanz! Fein formuliert.«

Johanna Kluge rollte die Augen.

»Es gehört zur Wirkstoffklasse der Vasodilatoren. Isosorbidmononitrat ist ein lang wirkendes Nitrat, das durch enzymatische Metabolisierung Stickstoffmonoxid freisetzt und gefäßdilatierend wirkt.« Schmitthals machte eine Pause, und da Kluge und Besser ihn nicht durch weitere Fragen ermunterten, fuhr er von selbst fort: »Es tendiert also dazu, Blutgefäße verstärkt in gleich große Gruppen zusammenzufassen und dadurch den Blutdurchfluss zu verstärken, da die Gefäße so erweitert werden.«

»Ist das nicht dieselbe Wirkung wie bei Viagra?« Jakob war mittlerweile auf Johanna Kluges Seite des Schreibtischs gekommen, um besser in das Mikrofon sprechen zu können.

»Ganz recht, Kollege Besser«, lobte Schmitthals, »aber diese Doppeldröhnung hat ihn umgehauen.«

»Sie sind also sicher, dass Rischmöller nicht selbst das Medikament in Unwissenheit der gefährlichen Wirkung genommen haben könnte?« Johanna Kluge schaute das Telefon an, als skype sie und Schmitthals blicke ihr aus dem Display entgegen.

»Mit Sicherheit nicht«, feixte Schmitthals. »Wer mischt sich denn seine Medikamente in den Grießbrei?« Er machte eine Pause.

»Wie bitte?« Johanna Kluge war erstaunt. »Es war im Grießbrei?«

»Ja«, bestätigte Schmitthals.

Johanna Kluge schwieg aufgebracht, dass er diese Information erst jetzt preisgab.

»Er hatte ungefähr eine bis zwei Stunden vor seinem Tod gegessen. Unter anderem Grießbrei.« Er habe noch einige der Retardkügelchen gefunden.

Wie ein Bild auf ihrer Netzhaut erschien das morbide Stillleben in Rischmöllers Appartement: der etwas schief in seinem Bett liegende Mann, daneben ein niedriger Tisch mit einer halb leeren Flasche Rotwein, ein Glas, ein voller Aschenbecher und ein leer gegessenes Schüsselchen.

Johanna bat um Aufklärung: »In welchen Fällen werden denn diese Medikamente verschrieben?«

»Isosorbidmononitrat wird bei Patienten mit Angina Pectoris oder Herzinfarkt eingesetzt«, klärte Schmitthals auf. »Aber – wie gesagt – hätte Rischmöller das regelmäßig genommen, hätte ihn jeder vor der Einnahme von Viagra gewarnt.«

»Was passiert denn, wenn ein Mensch ohne sein Wissen ISMN verabreicht bekommt?«

»Nach einer gewissen Zeit sackt sein Blutdruck ab, er

bekommt Kopfschmerzen, ihm wird schwindlig. Aber in der Kombination mit Viagra kann das schon mal letal ausgehen.«

Schmitthals lachte: »Aber er ist wohl während des Geschlechtsverkehrs hinübergegangen. Wir haben weibliche DNA feststellen können.«

Johanna Kluge atmete ein, sie mochte die Wortwahl des neidischen Gerichtsmediziners nicht. »*Während*, meinen Sie?«

»Ja, der Höhepunkt war ihm wohl nicht mehr vergönnt. Es gab keine Spermaspuren.« Schmitthals schniefte einmal. »Der Spitzwegerich blüht«, erklärte er sein Schniefen.

Johanna Kluge bedankte sich bei Dr. Schmitthals, beendete das Gespräch und blähte die Backen auf.

»Jetzt haben wir es doch mit Mord zu tun«, sagte Jakob Besser und hob die linke Augenbraue.

»Ja«, nickte Johanna. Es gab keinen Zweifel mehr daran, dass Rischmöller nicht allein in seinem Bett gewesen war. »Es wird Zeit, dass wir die Frau finden, die mit ihm im Appartement war.«

12

Es war an diesem schönen Frühsommermorgen, als Julia sich vorsichtig umschauend die Haustür aufschloss. Sie war am Abend, nachdem sie Alexander verlassen hatte, doch zu Elisa gegangen. Es war ihr leichter gefallen, als sie vermutet hatte. Elisa fand es ganz selbstverständlich, dass Julia nach so einem bewegenden Tag nicht gut allein sein konnte und die Nähe der Freundin suchte. Julia hatte sich ihr mit einer SMS angekündigt und gegen zehn Uhr bei Elisa geklingelt.

Sie hatten eine gute Stunde zusammengesessen und waren gegen halb zwölf ins Bett gegangen. Elisa hatte sich in das zweite Zimmer zurückgezogen, Julia hatte sich mit ihrer Hilfe ihr Bett auf einer großen Rattanrecamière zurechtgemacht. Nachdem die Tür hinter Elisa geschlossen war, hatte sie hinter den Vorhängen stehend die Straße kontrolliert, aber außer einem Pärchen, das auf der gegenüberliegenden Seite über den Bürgersteig ging, hatte sie niemanden gesehen.

Im diffusen Dämmerlicht des Wohnzimmers lag sie auf dem Sofa, starrte an die Decke und versuchte, das Bild des Mannes im T-Shirt zu verdrängen. Aber es gelang ihr nicht. Nach einer Stunde stand sie auf. Bei der ordentlichen Elisa fand sie schnell kleine quadratische luftgepolsterte Versandtaschen, die zum Verschicken von CDs gedacht waren. Sie adressierte je eine an ihre eigene Wohnadresse, an sich selbst per Adresse ihrer Eltern in Borken und erwog, den dritten Umschlag an Alexander Pflüger zu adressieren. Sie hatte nicht so viele Adressen im Kopf. Einen Moment zögerte sie, sah Alexander, an seinen Schreibtisch gelehnt, sie mit dieser unnahbaren Miene ansehen. Einem jähen Impuls folgend adressierte sie den Brief an Christopher in Berlin. Er war ihr noch sehr präsent nach diesem einen Treffen, und sie war sich sicher, dass er ein Mensch war, der sie mochte. Sie musste ja jetzt jemanden finden, dem sie vertrauen könnte. Christopher, fand sie, war ein netter Kerl, auch wenn er, wie Alexander mehrfach erwähnt hatte, aus der Spur geraten war.

Sie steckte die Identifikationskarten ihrer Schließfächer und den dazugehörigen Schlüssel in je einen Umschlag und verschloss ihn. Den Brief mit Schlüssel und Karte für das Schließfach in der Sparkasse hatte sie an sich selbst adressiert. Den Zugang zum zweiten Fach in der Oldenburger Landesbank schickte sie zu ihren Eltern. Karte und Schlüssel für das Fach in der Sparda sollte nach Berlin gehen. Sie blickte noch einmal auf die Adresse von Christopher und nickte. Es schien ihr eine gute Idee zu sein. Um sicherzugehen, klebte sie die Versandtaschen noch mit Tesafilm zu, weil sie fürchtete, der Selbstkleber könnte nicht reichen oder jemand würde hineingreifen können. Sogar Briefmarken fand sie bei Elisa in einer akkurat bestückten Schreibtischschublade.

Den Rest der Nacht verbrachte Julia in einem zermürbenden Schlaf. Um fünf Uhr stand sie auf, duschte und verließ anschließend leise die Wohnung. Sie stieg in den Hof, wo sie ihr Fahrrad über Nacht hatte anschließen können. Es war hell, und der Himmel zeigte sich klar und rein. Sie schob das Fahrrad durch den Hausflur und öffnete vorsichtig die Tür. Mit einem Blick nach links und rechts vergewisserte sie sich, dass niemand auf der Straße in unmittelbarer Umgebung war. Schnell schob sie das Fahrrad aus dem Flur, sprang mit einem Satz auf den Sattel und fuhr zügig in Richtung Lotter Straße zu einem Briefkasten. Auf dem Sattel sitzend hielt sie sich mit einem Bein im Gleichgewicht und blickte kurz um sich, sah aber nichts Ungewöhnliches. Mit einem Gefühl der Erleichterung warf sie ihre drei Briefe in den Kasten.

Als sie in ihre Straße einbog, fühlte sie sich sicher. Es gab nichts Greifbares mehr, das sie mit dem Geld in Verbindung bringen konnte. Lediglich die Kontoauszüge von zweien ihrer neuen Konten lagen in ihrer Wohnung. Die anderen hatte sie gestern mit in eines der Schließfächer gelegt. Sie hatte nichts mehr in der Hand. Es war fast so, als wäre nichts geschehen. Aber es war geschehen. Dieser Gedanke durchschoss sie siedendheiß und ließ die Furcht wieder aufsteigen.

Es war erst halb sieben, als sie die Treppe zu ihrer Wohnung hinaufging. Während sie mit dem Sicherheitsschlüssel den zusätzlichen Riegel der Wohnungstür mit zwei Umdrehungen aufschloss, blickte sie über die Schulter und lauschte. Es war absolut still im Treppenhaus. Nur aus der obersten Etage vernahm sie das Geräusch laufenden Wassers, das sie kannte. Es schien ein normaler Morgen.

Als sie mit dem zweiten Schlüssel der Schließanlage des Hauses die Wohnungstür öffnete, nahm sie den Geruch wahr. Instinktiv zögerte sie, und es war diese Sekunde, in der sie erstarrte, die sich in ihr verewigte. Die Wohnungstür wurde unmittelbar, nachdem sie die Tür in die Wohnung aufdrückte, mit einem heftigen Zug nach innen gerissen und zog sie mit hinein. Bevor sie noch den Knauf loslassen konnte, stolperte sie nach vorn. Im Fallen sah sie die Schuhe eines Mannes, feste schwarze Schuhe. Sie schlug mit der Stirn an das Schienbein des Mannes und der Nase auf die harten Schuhkappen.

Sie spürte, wie das Blut aus ihrer Nase lief, und wollte sich aufrichten. Der Mann trat einen Schritt zur Seite. Aus den Augenwinkeln sah sie, wie er gegen die Tür trat, die ohne Lärm ins Schloss fiel. Sie war in ihrer Wohnung, gefangen mit einem Mann, der hier eingedrungen war. Sie schluckte und unterdrückte den panischen Schrei der Verzweiflung, der sich ihres Körpers bemächtigt hatte. Ohne aufzusehen, robbte sie zur Wand und presste ihre rechte Schulter zum Schutz gegen die Mauer. Sie hatte sein Gesicht nicht gesehen, aber wahrgenommen, dass er dunkel gekleidet war. Er trägt kein weißes T-Shirt, dieser Gedanke setzte sich in ihrem Hirn fest, als sei das eine Beruhigung. Was will er hier, es ist nicht der, den ich gesehen habe? Sie zog die Beine an und versuchte, sich an der Wand aufzurichten, zu klein war sie, wie er so hoch über ihr stand. Während sie sich aufrichtete, hielt sie sich mit ihrem Blick an dem Schriftzug fest, der auf der Brust des Mannes prangte, ohne ihn lesen zu können. Sie schaute auf und sah dem Eindringling ins Gesicht.

Er war groß, übergroß schien er ihr, die sie so klein und zierlich war. Sie musste zu ihm aufschauen. Direkt vor ihr, hatte er den Kopf vorgestreckt und grinste. Seine Augen waren wasserblau.

»Na?«, sagte er gedehnt und beugte seinen Kopf langsam zu ihr hinunter, bis er mit seiner Stirn fast ihre Stirn berührte.

Sie drückte sich an der Wand ab und dreht ihren Kopf zur Seite. Sein süßlicher Geruch stieg ihr in die Nase.

Der Mann griff mit der Hand nach ihrem Kinn und zwang sie, ihn anzusehen.

»Na?«, wiederholte er gedehnt und leckte sich mit der Zunge über die Lippen.

Julia schloss die Augen.

»Wo ist das Geld?« Der Mann presste ihren Kiefer zusammen und schob ihren Kopf gegen die Wand. Sie versuchte, dem Schmerz auszuweichen und ihre Schultern zur Seite zu schieben, aber es gelang ihr nicht. »Wo ist unser Geld?«, wiederholte der Mann mit den wasserblauen Augen. Das süßliche Deo mischte sich mit der Nikotinausdünstung seiner gelben Finger, mit denen er ihr Gesicht zusammenkniff.

Vor Julias Augen erschien der Safe mit dem Stapel von Scheinen, mit denen sie gestern Abend noch glaubte, eine Zukunft zu haben. Sie sah sich am Briefkasten und die Versandtaschen einstecken. Bevor der Gedanke sich in ihrem Kopf verbreiten konnte, ob das möglicherweise ein Fehler gewesen sei, richtete sich der Mann kurz auf, grinste sie an, fuhr sich mit der Zunge über die Lippen und näherte sich ihr wieder mit nach vorn geschobenem Kinn. Er leckte über ihren Mund. »Wo ist unser Geld?«, zischte er leise an ihrem Ohr.

Julia schloss die Augen und öffnete ihren Mund. Sie hörte sich selbst sagen: »Es ist weg, es ist …«

Sie schaffte es nicht, ihren Satz zu beenden, denn sie ging von der Wucht seines Faustschlages in ihren Unterleib zu Boden. Der Schlag traf sie völlig unvorbereitet. Sie klappte nach vorn zusammen und schlug mit der Stirn auf die Fliesen.

»Hey, Frank. Wir brauchen sie noch.«

Zwei Männer waren in ihrer Wohnung. Auf dem Boden liegend wurde Julia diese Ungeheuerlichkeit klar. Sie war allein mit zwei Fremden, die ohne ihr Wissen in ihren intimsten Bereich eingedrungen waren. Sie blieb auf dem Boden liegen und rührte sich nicht. Sie fühlte, wie das Blut weiter aus ihrer Nase lief.

Der Mann im schwarzen T-Shirt griff unter ihre Achsel und zog sie hoch. Julia leistete keinen Widerstand, sondern folgte ihm, versuchte, die vier Schritte bis zu ihrem Sofa mitzugehen. Dort, wo sie vorgestern gesessen hatte, um ihren Schatz zu sichten, saß der andere. Er hatte ihr Sofa in Besitz genommen und einen Arm ausladend über die Rückenlehne gelegt. In der anderen Hand hielt er die zwei Kontoauszüge ihrer neuen Konten. Sie erkannte ihn. Das weiße T-Shirt mit dem Wikingerschiff spannte über der muskulösen Brust.

»Wo ist der Rest, Schätzchen?« Er wedelte mit den Kontoauszügen und sah sie mit der gespielten Nachsichtigkeit eines Chargendarstellers in einem B-Movie an.

Julia fuhr sich mit dem Arm über ihren Mund. »Es ist nicht hier, ich habe …«

Der Mann, der Frank hieß, schlug ihr dieses Mal mit solcher Kraft ins Gesicht, dass sie gegen das Regal stürzte, das ihrem Tisch gegenüberstand. Sie hörte den harten Aufschlag, fühlte aber keinen Schmerz. Sie erstarrte innerlich, und mit aller Klarheit wurde ihr bewusst, dass sie keine Chance hatte.

»Es ist in einem Schließfach«, keuchte sie.

»Das darf doch wohl nicht wahr sein«, höhnte der Mann im schwarzen T-Shirt. Er stand immer noch neben ihr. »Hast du geglaubt, wir können nicht an ein Schließfach?« Seine Zunge schob sich über seine Unterlippe und spielte langsam zwischen seinen Mundwinkeln. Die Hin- und Herbewegung seiner Zunge wurde schneller.

Julia sah ihn an und senkte die Lider. Sie fühlte trotzdem die Gegenwart seines großen Körpers, als er sich ihr wieder näherte und mit der Zunge über ihre Wange fuhr.

»Lass das, Frank«, hörte sie die Stimme des anderen vom Sofa her.

Als sie die Augen öffnete, sah sie, wie dieser Frank, dessen Speichel sie noch auf ihrer Haut spürte, die Hand erneut zum Schlag hob. Er suchte mit einem Blick um Zustimmung bei seinem Kumpel. Der aber untersagte es ihm mit einem Kopfschütteln und wedelte mit den beiden Kontoauszügen.

»Wo sind die Schlüssel?«, wandte er sich an Julia.

»In der Post, ich … ich habe sie …« Julia schaute verzweifelt auf, denn ihr wurde klar, dass sie einen Fehler gemacht hatte, den sie nicht rückgängig machen konnte. Sie hatte nichts mehr in der Hand, was sie ihnen hätte geben können. Fahrig blickte sie um sich und bemerkte, dass ihre Wohnung durchwühlt war.

Der Schreibtisch war geöffnet, einige Papiere lagen herum. Die Matratze lag schief auf dem Bett. Aber die Eindringlinge hatten schnell gemerkt, dass sie das, was sie suchten, nicht finden würden, und hatten auf sie gewartet. Jetzt hatten sie sie in der Hand. Und sie konnte sich nicht freikaufen. Julia begann zu weinen, als dieser Gedanke mit all seiner Bedeutung ihren Körper erfasste.

»Bitte«, schluchzte sie, »bitte …« Sie schlug die Hände vor das Gesicht, als sie in die Gesichter der beiden Männer sah, die mit leicht geneigten Köpfen ihr Opfer ansahen. Julia konnte sie nicht aussperren. Frank zog seine wasserblauen Augen zusammen.

»Wir werden uns schon die Zeit vertreiben, bis die Post morgen kommt«, sagte er und leckte sich erneut die Lippen.

Der Mann im weißen Hemd stand langsam auf, und mit einer unmerklichen Kopfbewegung veranlasste er Frank, einen Schritt zur Seite zu gehen und seinem Begleiter Platz zu machen. Er stellte sich genau vor sie. Ein wenig kleiner als Frank schien er umso muskulöser zu sein. Er hatte volle dunkle, einen Zentimeter kurz geschorene Haare, die wie die Stacheln eines Igels wirkten. Julia nahm das wahr, ohne dass sie etwas fühlte. Die Angst hatte in solch einer Weise von ihr Besitz ergriffen, dass sie sie nicht mehr empfand.

»Du kommst mit uns«, sagte er und hob die Hand. Julia schloss die Augen, um nicht zu sehen, wie die gestreckte Hand des Mannes sie mit voller Wucht traf.

13

Die Mordkommission »Facility« tagte um zehn Uhr zum ersten Mal. Sie setzten die Kollegen ins Bild über das, was in den letzten 24 Stunden geschehen war.

»Wir haben es also mit einem Tötungsdelikt zu tun. Zumindest aber mit einer Körperverletzung mit Todesfolge«, schloss sie ihre Zusammenfassung.

Der Mordkommission gehörten außer Hauptkommissarin Kluge als Leiterin der Ermittlungen und Jakob Besser die zwei jungen Kollegen Barbara Klampe und Kurt Glowitz an. Von der Kriminaltechnischen Untersuchung war Klaus Meyer zugewiesen, der auch gestern bei der Spurensicherung anwesend gewesen war.

Johanna lehnte sich in ihrem Sessel zurück und schob die Papiere vor ihr auf dem Tisch ein wenig zurück. »Was meint ihr?«, fragte sie mit einem Blick in die Runde.

Meyer biss sich auf die Unterlippe. »Johanna, wir sollten auf jeden Fall erst einmal den Safe öffnen.« Er legte sein Handy vor sich auf den Tisch, das er bei Besprechungen dauernd wie einen Handschmeichler in der Hand hielt. »Und damit sollten wir nicht lange warten, sondern schnell vorgehen.« Er griff wieder zu seinem Smartphone. »Wenn's nicht anders geht, bohren wir ihn auf.«

Johanna stimmte ihm zu. »Kurt und Barbara, ihr kümmert euch darum. Da die Wohnung auf die Firma Facility Management läuft, sollte dort auch etwas über den Safe in Erfahrung zu bringen sein.«

Barbara Klampe nickte nur. Sie war eine ruhige und besonnene junge Kollegin, mit der Johanna gern zusammenarbeitete.

Kurt Glowitz, ein großer Kerl, der in seiner Freizeit nichts anders machte, als seinen Körper mit Sport fit zu halten, schlug vor, nach weiteren Schlüsseln zu fragen, die dort möglicherweise im Umlauf waren. »Vielleicht haben ja noch andere aus der Firma die Wohnung genutzt.«

Johanna Kluge stimmte ihm zu, hielt das aber für unwahrscheinlich. Sie konnte sich nicht vorstellen, dass Rischmöller jemand anderen in die Räume gelassen hätte. Selbst als Toter hatte er auf sie noch den Eindruck vermittelt, dass er nicht nur in seiner körperlichen Präsenz unmissverständlich deutlich machte, dass er da war. Sie hatte noch die Ahnung dessen berührt, wer er einmal gewesen war. Ein Mann, der in einer unzweifelhaften Selbstverständlichkeit nicht hinterfragte, was er machte, und für den es selbstverständlich war, dass das getan wurde, was er für richtig hielt. Bei diesem Gedanken kam ihr das Bild der Iris Ostermann in den Sinn, die nicht so aussah, als habe sie sich kommandieren lassen. Sollte sie sich vielleicht doch irren in ihrer Einschätzung?

»Ich werde mit Jakob noch einmal Frau Ostermann-Rischmöller aufsuchen«, sagte Johanna. Immerhin hatte sie ihnen gestern erzählt, ihr Mann habe sich nach dem gemeinsamen Abendessen auf den Weg nach Osnabrück gemacht. Ob sie das Abendessen selbst zubereitete? Auf der anderen Seite stand in der Wohnung noch das sauber ausgelöffelte Schüsselchen. Vielleicht hatte er sich irgendwo Grießbrei gekauft?

Johanna Kluge fuhr fort: »Wir müssen davon ausgehen, dass Rischmöller nicht allein in der Wohnung war. Irgendjemand war mit ihm dort.« Es war jetzt nicht mehr nur die fehlende Schachtel Viagra, die auf eine Frau hinwies, sie hatten auch die DNA der Frau. Jetzt rückte vor allem das ungespülte Schälchen mit der Nachspeise in den Fokus. Am Abend, wenn Meyer zurück war, würden sie mehr wissen.

Klaus Meyer sollte mit seinen Kollegen den Wagen Rischmöllers, der noch in der Tiefgarage im Haus der Stadtwohnung stand, unter die Lupe nehmen und erneut Spuren in der Wohnung sichern. Ihre nächste Sitzung war für den späten Nachmittag vorgesehen.

Bevor sie sich mit Jakob Besser auf den Weg machte, rief Johanna Kluge die Staatsanwältin Cora Schönhaus an. Sie erreichte sie zu Hause am Frühstückstisch.

»Mein Gott, ich wollte gerade los. Ein wunderbarer Golftag.« Johanna schaute auf den Kalender. Es war Freitag. Leichtes Neidgefühl flog sie an.

»Es ist mein Brückentag«, informierte Cora Schönhaus sie, ohne den Eindruck zu vermitteln, sie entschuldige sich für ihren freien Tag.

Johanna hörte, wie ihre Gesprächspartnerin aufstand, während sie selbst weitersprach: »Schmitthals hat bei der ADX-Untersuchung, für die ich übrigens noch die Anordnung von Ihnen benötige, ein …«, Johanna suchte auf ihrem Schreibtisch nach dem Ausdruck des Berichts, »… ein Mittel namens Isosorbidmononitrat im Blut gefunden.«

Cora Schönhaus war offenbar an ihren Schreibtisch gegangen und hatte mittlerweile dort Platz genommen. »Verstehe, also nicht Viagra?«

»Doch, aber beides, Frau Schönhaus. Und das ist das Problem.« Johanna klärte Cora Schönhaus über die Unverträglichkeit der beiden Mittel auf und fasste Schmitthals' Bericht zusammen.

»Da hat also jemand etwas unter den Nachtisch gemischt«, fasste Cora Schönhaus zusammen. »Keine schöne Sache.«

Johanna Kluge stimmte zu: »Nein, keine schöne Sache.«

Sie einigten sich darauf, die sich häufenden Anfragen der Presse mit einem Pressetext zu befriedigen, der noch nicht zu viele Einzelheiten enthalten sollte. Sie wollten lediglich verlautbaren lassen, dass die Ermittlungen weiter andauerten.

»Schicken Sie doch Ihren schlauen Besser kurz rüber und lassen ihn unseren Pressesprechern zur Seite springen«, meinte Cora Schönhaus. »Der hält Ihnen doch gern den Rücken frei.«

*

Auch ein Sommertag kann unversehens sein Gesicht wandeln. Es kommt nur auf den Blickwinkel an.

»Was meinst du«, fragte Johanna, als sie auf demselben Weg wie am Vortag im Norden die Stadt verließen, »was ist da passiert?«

Jakob fädelte sich auf die Überholspur der Schnellstraße. »Cherchez la femme«, antwortete er und setzte sich vor einen Kleintransporter.

»Welche meinst du«, fragte Johanna, »die Gattin oder die Gespielin?«

»Das ist einerlei. Frau ist Frau. Giftmord ist Frauensache.«

Johanna Kluge musterte Bessers Profil. »Isosorbidmononitrat ist kein Gift«, wandte sie ein und folgte mit ihren Augen einer Herde Schafe, die rechts der Straße auf einer Wiese graste.

»An sich nicht, aber in Kombination mit einem anderen Wirkstoff durchaus.« Jakob schaute kurz und belehrend zu ihr hinüber, und Johanna gab ihm mit einem Kopfnicken die Zustimmung zu einem seiner Vorträge, den sie erwartete.

»Gift ist seit Jahrhunderten die typische Waffe von Frauen. Diese Morde von weiblicher Hand galten als skandalös, als besonders hinterhältiges Vorgehen.«

Johanna stöhnte absichtlich ein bisschen lauter: »Weiter, Herr Professor!«

»Im 18. und 19. Jahrhundert prägte sich so das Bild der heimtückischen Giftmörderin und damit insgesamt der bösen Natur des Weibes aus.« Jakob grinste sie an und überholte den nächsten Kastenwagen, der auf der Schnellstraße vorschriftsmäßig 100 Stundenkilometer fuhr.

»Ein Mann dagegen erschlägt, ersticht oder erschießt seinen Widersacher Aug in Aug, als wahrer Mann«, gab ihm Johanna Kluge das Stichwort.

»So ist es, Frau Kollegin: ehrlich und geradeheraus.« Besser war noch nicht ganz fertig, denn er hatte sich selbstverständlich kurz vor ihrer Sitzung, nach dem Telefonat mit Schmitthals, umgehend online schlaugemacht. »Arsen, Zyankali oder Polonium sind heute die bekanntesten Gifte der Mörder. Aber das ist ja viel zu offensichtlich. Es gibt doch für ein wenig bewanderte Menschen viel geschicktere Möglichkeiten, ungeliebte Zeitgenossen aus dem Weg zu räumen: Wenn nämlich Medikamente nicht korrekt eingesetzt werden oder sich gegenseitig ausschließen, können sie ja durchaus toxische Wirkung erlangen.«

»Wie wahr«, lobte ihn Johanna. »Guter Polizist.« Sie lachte. »Nein, schlauer Polizist.«

Es war kurz vor eins, als sie vor dem hohen Giebel des Artländer Hofes parkten. Die Sonne stand hoch über der Remise auf der rechten Seite. Der Range Rover und der Chevrolet-SUV parkten, als seien sie seit gestern nicht bewegt worden, in der offenen Remise. Es schien sich nichts verändert zu haben seit dem Vortag. Nur der Mercedes-Combi fehlte. Möglicherweise stand er in der anderen Garage.

Auch heute mussten sie nach dem Klingeln nicht lange warten, bis Iris Ostermann-Rischmöller ihnen öffnete. Sie hielt die Tür weit geöffnet in der Hand und bedeutete ihnen damit wortlos, dass sie eintreten durften. Da sie angekündigt waren, folgten die beiden der Aufforderung ebenso wortlos. Ohne sie mit einem Handschlag zu begrüßen, ging die groß gewachsene Hausherrin vor ihren Besuchern durch die große Diele. Im Hintergrund verschwand eine Frau mit einem Besen hinter einer Tür. Iris Ostermann führte ihre Besucher in den gleichen Raum wie am Tag zuvor.

»Nehmen Sie Platz«, war der erste Satz, den sie an Johanna Kluge richtete. Sie ignorierte Jakob Besser, und Johanna vermutete, dass sie als Hauptkommissarin größere Wertschätzung erhielt als der jüngere Kollege. Frau Ostermann war eine Frau, die auf Etikette und die Einhaltung der Hierarchie Wert legte.

Jakob Besser hatte sich – ungeachtet der fehlenden Aufforderung – auf denselben Sessel wie gestern gesetzt und seinen Notizblock aus der Tasche genommen. Schweigend und mit maliziösem Lächeln auf den Lippen folgte er der Szene.

»Danke«, antwortete Johanna Kluge und wartete, dass auch Iris Ostermann Platz nahm. Die aber blieb an die Anrichte gelehnt stehen. »Wo ist denn Ihr Schwager?«, fragte Johanna, immer noch stehend.

Diese Frage schien Iris Ostermann zu irritieren, denn sie schüttelte unwillig den Kopf. »Mein Schwager ist in seiner Wohnung, nehme ich an.« Sie schloss unvermittelt den Mund und ihre Lippen verzogen sich zu einer schmalen Linie.

Da Johanna Kluge stehen blieb und die Hausherrin mit den Augen und einem freundlichen Lächeln ermunterte, in ihrer eigenen Sitzgruppe Platz zu nehmen, setzte sich Iris Ostermann endlich auf eines der beiden Ledersofas, und Johanna Kluge konnte ihr gegenüber Platz nehmen.

»Dieser Raum war das Wohnzimmer meines Schwiegervaters Ostermann«, stieß Iris Ostermann unvermittelt aus. Als sei sie beschämt, dass sie damit zugegeben hatte, die Anspielung von Johanna Kluge verstanden zu haben, senkte sie die Augen. Dieser Ausdruck passte nicht in das Gesicht der Frau. Mit einem kurzen Blick verständigte sich Johanna mit Jakob, der zur erneuten Irritation der Witwe das Gespräch weiterführte.

»Wir müssen noch einige Dinge klären, was den Tagesablauf Ihres Mannes vorgestern angeht«, begann Jakob. »Wann genau hat er das Haus verlassen?«

»Das habe ich doch bereits gestern gesagt. Gegen sechs.« Sie schloss den Mund abrupt.

»Sie sagten gestern …«, Jakob blätterte in seinen Unterlagen, ohne jedoch einen Blick darauf zu werfen, »Sie hätten gegen sechs etwas gegessen.«

»Ich habe nicht auf die Uhr gesehen.« Iris Ostermann zuckte mit den Schultern. »Es mag vielleicht Viertel nach sechs gewesen sein, als er fuhr.«

»Wo haben Sie gegessen?«, fragte Jakob.

»Wie bitte?« Iris Ostermann hob ihren Kopf ein wenig. Sie schluckte und nahm nun Blickkontakt mit Johanna Kluge auf. »Wir haben im Esszimmer gegessen.« Als Johanna nichts sagte, fügte Iris Ostermann hinzu: »Wie immer. Mein Mann und ich.«

»Was haben Sie gegessen?«, führte Jakob Besser ungerührt die Befragung weiter.

Iris Ostermann schlug einen Moment die Augenlider herunter, als denke sie nach. Ihre Stimme wurde weicher, als sie antwortete: »Wir haben einen Salat gegessen, Carsten wollte ein wenig abnehmen.« Ihr Blick verlor sich hinter Besser an der Wand. Dann schien sich Iris Ostermann einen inneren Ruck zu geben und sie ergänzte: »Dazu hatten wir Spargel.« Sie schwieg und sie schüttelte unwillig den

Kopf: »Außerdem gab es noch Nachtisch.« Sie sah wieder zu Johanna Kluge. »Warum fragen Sie das alles?«

»Wir müssen den Tag Ihres Mannes zur Klärung seines Todes genau nachverfolgen«, antwortete Jakob Besser auf die nicht an ihn gerichtete Frage. »Welchen Nachtisch gab es denn?«

»Grießflammerie«, antwortete Iris Ostermann. »Aber ich weiß nicht, ob er ihn gegessen hat.« Sie blähte ihre Nasenlöcher leicht.

»Inwiefern?« Johanna Kluge lehnte sich ein wenig vor.

»Weil er ihn mitgenommen hat. Das machte er seit seiner Diät. Er hob sich das Süße als Belohnung für später am Abend auf.«

Ein Geräusch war durch die offenstehende Wohnzimmertür vernehmbar. Offensichtlich öffnete jemand die Haustür. Ein lautes Schnaufen kündigte an, dass Bernhard Ostermann die Diele betreten hatte. Iris Ostermann stand im gleichen Moment auf und eilte hinaus. Johanna Kluge und Jakob hörten, wie sie ihrem Schwager etwas zuzischte. Dieser schien Geräusche des Widerstands auszustoßen, denn die Frau wiederholte sich offenbar.

»Die Ostermann'sche Stube …«, hörten sie Bernhard Ostermann schnaufen. Dann fiel eine Tür ins Schloss.

»Entschuldigen Sie bitte«, sagte Iris Ostermann, als sie zurückkehrte. »Mein Schwager, es geht ihm heute nicht so gut.« Sie nahm wieder Platz auf dem Sofa. »Wie gesagt«, fuhr sie genau da fort, wo sie sich unterbrochen hatte, um Ostermann abzufangen, »er nahm sich seinen Nachtisch als Belohnung für den Abendtermin mit.«

»Sie meinen, in einem Tuppertöpfchen?«, fragte nun Johanna.

»Genau. In einem Tuppertöpfchen«, wiederholte Iris Ostermann pikiert. »Aber warum fragen Sie das alles?«

»Haben Sie den Grießbrei gemacht?«, fragte Jakob Besser. »Oder Ihre Haushaltshilfe?« Besser machte eine Kopfbewegung in die ungefähre Richtung der Diele.

»Grießflammerie«, korrigierte Iris Ostermann. »Ja, Carsten liebte meinen Grießflammerie.«

»War Ihre Haushälterin am Mittwoch anwesend?«

»Ja, aber meist ist sie nur bis 14.00 Uhr da.«

Johanna schaute Iris Ostermann direkt und sachlich an. »Wussten Sie, dass Ihr Mann manchmal Viagra nahm?«

Iris Ostermann schien sich langsam zu strecken auf ihrem Sitz, machte ihren Rücken noch gerader und entschied sich aufzustehen. »Was unterstellen Sie mir hier – und meinem Mann?«

»Wir unterstellen Ihnen nichts, Frau Ostermann«, antwortete Johanna Kluge ruhig. »Wir haben nur festgestellt, dass Ihr Mann Viagra genommen hat.«

Die große Frau ging zurück zur Eichenvitrine und lehnte sich mit durchgedrücktem Rücken an die hohe Anrichte. Sie schwieg.

»Viagra zu nehmen, ist doch nichts Verwerfliches.« Johanna Kluge lächelte. »Inwiefern könnten wir Ihnen denn etwas unterstellen, wenn Ihr Mann Viagra nimmt?« Johanna schluckte, da sie merkte, dass es ihr Genugtuung verursachte, der kühlen Frau mit Kälte zu begegnen. Sie riss sich zusammen und fuhr sachlich fort: »Wir wissen, dass er etwa eine Stunde vor seinem Tod Viagra genommen hat.« Johanna Kluge fasste Iris Ostermann wieder genau ins Auge. »Wussten Sie also, dass er Viagra nimmt?«

Iris Ostermann spitzte ihre Lippen: »Das habe ich doch bereits deutlich gemacht: nein.«

Johanna bat Iris Ostermann, für weitere Auskünfte und zur Protokollerstellung am Montag nach Osnabrück in die Polizeiinspektion zu kommen, und erhob sich. Mit einem kurzen Blick bedeutete sie Jakob Besser, dass sie das Gespräch als beendet ansah, und wandte sich zum Gehen. Besser folgte ihr noch mit dem Notizblock in der Hand zur Tür.

»Vielen Dank, Frau Ostermann.«

Die Tür schloss sich genauso schnell hinter ihnen wie am Morgen zuvor.

»Wir werden Iris Ostermann wohl vorladen und belehren müssen«, meinte Johanna Kluge, als sie sich auf den Beifahrersitz setzte. »Sie hat sich überhaupt nicht dafür interessiert, warum wir noch einmal hier waren. Sie fragt nicht einmal, ob etwas nicht gestimmt hat mit seinem ›Herzversagen‹, weil sie es genau weiß.«

Besser startete den Wagen. Johanna warf, während er in großem Bogen über den weiten Hof zur Ausfahrt fuhr, noch einen Blick auf den mächtigen Giebel. In der Tür, die das Gebäude rechts des Giebels mit dem Nebengebäude verband, lehnte Bernhard Ostermann und schaute zu ihnen herüber.

»Warte einen Moment«, sagte sie. Jakob stoppte den Wagen, und sie stieg aus.

Bernhard Ostermann schnaufte, als sie sich ihm näherte. Sein rotes Gesicht war ein wenig verschattet von einer Kopfbedeckung, die Johanna für einen Jägerhut hielt.

»Waren Sie jagen?«, fragte sie und schaute auf das Gewehr, das er in der rechten Hand hielt.

»Wer im Juni auf Rehwild geht, erreicht zumeist nur Negatives: viele Ansitze, viel Unruhe, wenig Abschüsse«, stieß Ostermann aus. »Das ist die Flinte von Rischmöller. Ich nehme sie in Verwahrung.«

»Haben Sie zusammen gejagt?«, fragte Johanna.

Bernhard Ostermann schnaufte und zog seine Lippe verächtlich hoch. »Mit diesem hergelaufenen Ossi, pah.« Er spuckte auf die Erde.

»Sie haben ihn nicht besonders gemocht, scheint mir«, lächelte Johanna Kluge ihn an.

»Da liegen Sie richtig, junge Frau«, stimmte Ostermann zu. »Von Anfang an nicht.« Er nickte großbäuerlich. »Nun hat dieses Intermezzo ja ein Ende.«

Bernhard Ostermann machte keine Anstalten zu gehen, und schien weitere Fragen der Kommissarin zu erwarten. Als sie ihn nur betrachtete, setzte er nach. »Iris ist im Grunde eine Ostermann.«

Johanna verstand, was er sagen wollte, ging aber nicht weiter darauf ein, sondern fragte ihn unvermittelt, ob er wisse, wann Carsten Rischmöller am Mittwochabend das Haus verlassen habe.

»Das war genau um zehn nach sechs.« Er sei gerade aus seiner Wohnung auf die Diele getreten, um in die Küche zu gehen, als Iris ihn an die Tür gebracht habe.

»Sie haben eine gemeinsame Küche?«, fragte Johanna überrascht.

»Wir haben keine gemeinsame Küche. Es ist die alte Küche meiner Eltern, die hier unten ist.« Er nutze dieses Haus, weil es seins sei. Mehr, als es Rischmöller je gehört habe. Und er gehe in die untere Küche und die Wohnstube seiner Eltern, wann immer er wolle. Ostermann lehnte sich an die grüne Tür, schob sein rotes Gesicht vor und reckte die Nase in die Luft.

Johanna Kluge erfuhr in diesem kurzen Gespräch mehr über das Leben der drei Menschen, die in diesem großen Haus zusammenlebten, als sie beabsichtigt hatte. Offenbar versuchte Ostermann, sein Wohnrecht in diesem Haus gegenüber dem Eindringling Rischmöller bis an die Grenze seiner Möglichkeiten auszukosten. Die alte Küche gehörte zum gemeinsamen Bereich, genauso wie die große Diele und die vorn gelagerte Ostermann'sche Wohnstube mit den

Geweihen. »Die Wohnung von Rischmöller interessiert mich nicht«, hatte er verächtlich gesagt. Die betrete er nicht. Rischmöller habe natürlich auch gejagt, aber er habe es nicht geschafft, richtig Fuß zu fassen, er sei aus dem Osten und erst vor sieben Jahren hierhergekommen und ein Fremder geblieben. »Wir haben ihn nicht gemocht«, hatte der letzte Ostermann seine Rede geschlossen.

»Er ist sehr verbittert, der jüngere Bruder der Ostermanns«, meint Johanna Kluge, als sie zu Jakob in den Wagen stieg. »Vielleicht hat hier doch mal ein Mann nicht geradeheraus gehandelt, sondern selbst nachgeholfen.«

Johanna verfolgte im Seitenspiegel, wie Bernhard Ostermann, auf das Gewehr gelehnt, ihrem Wagen nachsah, bis sie den Hof verlassen hatten.

14

Alexander Pflüger war so übermüdet, dass es ihn nahezu euphorisierte. Nachdem Julia hinter der Straßenecke verschwunden war, hatte er gar nicht erst versucht, zu schlafen. Er hatte begonnen, seinen Schreibtisch in seinem Arbeitszimmer zu ordnen und die Dateien auf seinem Rechner, die er in den letzten zwei Jahren über Rischmöllers Geschäfte angelegt hatte, zu sichten. Er konnte sich jedoch nicht entschließen, sie zu löschen. Sein gesamtes Leben der letzten Jahre hätte seinen Sinn verloren.

Beim Aufräumen war ihm ein Foto in die Hände gefallen. Es war am elften Geburtstag seines Bruders aufgenommen worden. Ihre Mutter hatte Christopher vor sich, die Hände auf seine Schultern gelegt, und er stand neben der Mutter, schon zu der Zeit größer mit seinen 19 Jahren als sein damals schon vor langer Zeit verstorbener Vater. Christophers Vater hatte sich schon einige Jahre vor dem 11. Geburtstag seines Sohnes aus dem Staub gemacht. Die Mutter hatte Alexander alles aufgebürdet. Er war es, der sich um alles hatte kümmern müssen.

Alexander warf einen Blick auf das Bild, das er gegen den Kugelschreiberhalter gelehnt hatte. Seit sieben Uhr war er in seinem Büro bei der Facility Management und sichtete den Rechner. Doch im Grunde gab es keine privaten Dinge, die er löschen musste, wenn er ging. Traurigkeit überkam ihn.

Kurz nach neun hörte er Huber über den Flur kommen. Alexanders Bürotür stand wie gewöhnlich offen, damit er dessen Ankunft wahrnehmen konnte. Ganz offensichtlich telefonierte Huber mit seinem Handy.

»Wo bist du?« Huber schien hochgradig erregt zu sein. »Wie bitte?« In diesem Moment eilte Huber an Alexanders Büro vorbei. Der hatte sich der angelehnten Tür genähert und hörte, wie Huber in seinem Büro verschwand: »Verdammte Scheiße. Das interessiert mich nicht …«

Alexander betrat vorsichtig den Flur und hörte, wie sich die Tür zu Hubers Büro schloss. Mit zwei großen Schritten eilte er hinterher, riss die Tür auf und vernahm gerade noch, »… gehört mir.«

»Verdammte Scheiße«, fluchte Huber und starrte Alexander verblüfft an.

»Entschuldigen Sie bitte, ich habe die testamentarischen Regelungen von Rischmöller …« Alexander Pflüger brach ab, weil Hubers Blick flackerte, als überlegte er, entweder aus der Haut zu fahren oder eine seiner herablassenden

Bemerkungen zu machen. Stattdessen wendete er Alexander den Rücken und beendete sein Telefonat.

»Ruf an, wenn du weiter bist.« Den offenbar vorgetragenen Einwand des Gesprächspartners ließ Huber nicht zu. »Dann dauert es eben bis Montag.« Huber legte das Handy auf seinen Schreibtisch und setzte sich langsam auf seinen Lederbürostuhl.

»Sagten Sie nicht gestern, Sie seien beim Testament nicht ›involviert‹«, äffte er Alexanders Wortwahl vom Vortag nach.

Alexander schwieg und schüttelte den Kopf. Er habe letztlich keine Ahnung, wie das notarielle Testament aussehe, aber die ganzen Vorbereitungen habe er vor gut einem Jahr mit Rischmöller getroffen, und seines Wissens habe es seitdem keine Veränderungen gegeben. Er war an Hubers Schreibtisch herangetreten und berührte mit der einen Hand die Schreibtischplatte.

»Dann lassen Sie mal hören«, sagte Huber und lehnte sich zurück.

Dazu müsse er erst die entsprechenden Unterlagen zusammenstellen, damit er ihn nicht etwa falsch informiere. Jetzt habe er lediglich einen Termin mit ihm vereinbaren wollen. »Es sieht aber grundsätzlich gut aus für Sie.«

Huber starrte Alexander Pflüger wieder an, irritiert über dessen Anwesenheit in seinem Büro. »Termin vereinbaren!« Er griff zu seinem Handy und tippte den Sperrcode ein.

»Passt es um elf Uhr?«, fragte Alexander Pflüger sanft und stellte aus den Augenwinkeln fest, dass Huber seinen Code offenbar nicht geändert hatte.

Alexander Pflüger brauchte keine Unterlagen, um Huber ins Bild zu setzen, aber es war ihm zur Gewohnheit geworden, das, was er steuern konnte, zu steuern. Und so ließ er

Huber eben warten. Er hatte erlebt, wie sein Bruder zum Spielball anderer geworden war. Er wollte selbst gestalten und bestimmen.

Als Alexander zur vereinbarten Zeit in Hubers Büro erschien, ließ der sogar Tee für ihn kommen, ein Entgegenkommen, das er bis zu diesem Morgen noch nicht gezeigt hatte. Er schien aufgeräumter als um neun Uhr.

»Also, wie sieht's aus?«, fragte Huber und fuhr sich mit der rechten Hand über seine schütteren blonden Haare und brachte sie anschließend über seinem rosa Schädel mit den Fingerspitzen in Form.

Alexander Pflüger berichtete Huber und zog ab und zu an dem einen oder anderen Papier, um zu verdeutlichen, dass er selbst sich erst ein Bild habe machen müssen. Carsten Rischmöller hatte vor sieben Jahren, als er endgültig aus Brandenburg übersiedelte, um Iris Ostermann zu heiraten, sein privates Vermögen mit in die Firma Ostermann Gebäudeservice eingebracht und damit im Gegenzug alle Anteile an der Gesellschaft von Iris Ostermann als der Erbin von Klaus Ostermann bekommen. Rischmöller hatte sein Vermögen mit einem ähnlichen Unternehmen in Brandenburg gemacht, das mit in die neue Firma integriert wurde. Nach der Umfirmierung in Facility Management hatte er gleich die erste Filiale in Brandenburg. Die Facility Management als GmbH hielt Rischmöller mit 70 Prozent Geschäftsanteilen und Huber mit 30 Prozent.

»Kommen Sie zur Sache«, fuhr nun Huber genervt dazwischen, »und machen Sie hier keinen Kurs in Gesellschaftsrecht. Wem hat er seine Gesellschafteranteile vermacht?«

»Ihnen. Die Mehrheit.«

»Mir?« Huber schien perplex. Damit hatte er nicht gerechnet.

»Sie waren doch des gleichen Geistes Kind«, sagte Alexander und fragte sich, ob Huber diese Formulierung verstehen würde.

»Was soll das denn?«, herrschte Huber ihn an.

»Sie haben sich nicht nur geschäftlich gut verstanden«, erläuterte Alexander mit arglosem Gesichtsausdruck, »sondern waren auch sonst geistig auf einer Wellenlänge.« Er nahm einen Schluck Tee. Er ist irritiert, dachte Alexander, und er vermutet, dass die Anspielung anders gemeint war. Er ließ Huber jedoch nicht zu lange nachsinnen.

»Seiner Frau hat er nur 20 Prozent der Anteile vermacht. Und sein Privatvermögen.«

Huber lehnte sich genüsslich zurück, und Alexander vermutete schon, er würde wieder beginnen, sich über »die Ostermann« auszulassen, als der Anruf vom Empfang und seinem Sekretariat ankündigte, dass die Kriminalpolizei im Haus sei.

Alexander Pflüger blieb, obwohl ihr Gespräch beendet war, am Besprechungstisch sitzen, als Huber die beiden jungen Kriminalbeamten empfing. Er war neugierig und wollte wissen, warum die Kriminalpolizei hier im Verwaltungsgebäude der Firma Nachforschungen anstellte. Da Huber offenbar auch nicht damit gerechnet hatte, dass die Kriminalpolizei im geschäftlichen Umfeld recherchieren würde, schien es ihm recht zu sein, dass Alexander Pflüger anwesend war. Er stellte ihn den beiden Beamten mit einer kurz hingeworfenen Handbewegung als »unseren Justiziar Pflüger« vor.

Alexander nickte den beiden Beamten schweigend zu und blieb sitzen. Es waren eine junge blonde Frau und ein übergroßer sportlicher Typ, der ihm einen skeptischen Blick zuwarf. Die beiden stellten sich kurz vor als Klampe und Glowitz und lehnten die Einladung, Platz zu nehmen, ab.

Dann fragte die Frau nach der Anwesenheit Rischmöllers am Abend seines Todes im Bürogebäude.

»Rischmöller war am Mittwochabend hier, so – na gegen kurz vor sieben.« Huber antwortete betont freundlich und wiederholte dabei seine Aufforderung, Platz zu nehmen. Der Mann kam dem nun nach, aber die junge Beamtin dankte erneut und bestimmt. So fuhr Huber fort, Rischmöller habe kurz reingeschaut, sich hier in genau diese Besucher-Sitzgruppe gesetzt und ihn von der Arbeit abgehalten. »Er kam immer kurz vorbei und rief dann als Alibi von seinem Bürotelefon kurz bei seiner Frau an.« Huber lachte auf. »Gegen halb acht ist er wohl gefahren.«

»Hatte er seine Aktentasche mit?«, fragte die junge Beamtin. Sie war Alexander Pflüger sympathisch, weil er ihre Ablehnung, sich mit Huber an einen Tisch zu setzen, für einen Ausdruck ihrer Antipathie hielt.

Huber zuckte irritiert die Schultern: »Ja?« Er sei immer mit seiner Tasche unterwegs gewesen, obwohl das eher ein Buko sei. Huber lachte anzüglich und erläuterte, ohne aufgefordert zu sein. »Beischlafutensilienkoffer«, hätte er das kleine Handgepäck genannt. Den habe er hier stehen lassen, sei rübergegangen, um zu telefonieren. Anschließend habe er seinen Bumskoffer wieder geholt und sei gegangen. Huber lachte.

»Laut Grundbuch ist die Firma Eigentümerin der Wohnung, in der Rischmöller übernachtete«, fuhr Beate Klampe fort.

Alexander beobachtete die junge Kriminalbeamtin. Er fand sie attraktiv. Mit einem Mal wurde ihm das bewusst. Sie war unauffällig und hatte eine warme Stimme. Das gefiel ihm. Doch seine Aufmerksamkeit wurde geweckt, als Huber seine aufgeräumte Stimme aufsetzte:

»Der Firma?« Er machte ein verblüfftes Gesicht. Sich

abwendend meinte er, das könne sein, er habe aber keine Ahnung. Vielleicht wisse das Sekretariat von Rischmöller da mehr. Plötzlich wurde Huber sehr entgegenkommend und sprang abrupt auf: »Warten Sie einen Moment, ich kümmere mich darum.«

Alexander Pflüger schwieg, als er verschwand, und begann seine Papiere zusammenzusuchen. Die beiden Beamten waren offenbar von dem plötzlichen Aufspringen von Huber auch überrascht worden und warteten schweigend.

Es dauerte nur eine Minute, bis Huber zurückkehrte. »Wir sind ja im Grunde so weit durch, Herr Pflüger«, wendete er sich unmittelbar Alexander Pflüger zu und entließ ihn, indem er seinen Kopf mit einem kleinen Ruck nach oben schob.

Alexander verabschiedete sich von den beiden Beamten. Im Blick der Frau sah er, dass der plötzliche Rauswurf »des Justiziars« sie überraschte.

Er wunderte sich, dass Huber leugnete, zu wissen, dass die Wohnung der Firma gehörte. Gestern hatte er ihn noch bedrängt, sich darum zu kümmern, die Wohnung möglichst schnell öffnen zu lassen. Offenbar hatte Huber ein Interesse an der Wohnung.

Pflüger kehrte zurück in sein Büro, setzte sich an den Schreibtisch und starrte aus dem Fenster auf irgendein Gebäude. Mit einem Seufzer nahm er das Foto wieder zur Hand und griff zu seinem Handy. Julia meldete sich nicht. Ihr Handy war offenbar ausgeschaltet, und es sprang nur die Mailbox an. Sie war gestern merkwürdig gewesen. Auf eine ungekannte Weise hatte sie nervös gewirkt. Auf der anderen Seite hatte sie ungewöhnlich direkt mit ihm gesprochen. Ja, sie hatte ihn gekränkt, das spürte er, als er das Foto seiner verlorenen Familie ansah. Du hast doch gar kein *uns*, hatte sie gesagt. Ja, er hatte niemanden. Aber es gab einen Schuldigen, der das zu verantworten hatte.

Er versuchte noch einmal, Julia zu erreichen, aber vergeblich.

15

Um 16 Uhr trafen sie sich im großen Besprechungsraum.

»Es ist nicht so einfach, wie wir gestern Morgen noch angenommen haben«, eröffnete Johanna Kluge die Sitzung. Der Presseordner mit der Information, dass die Ermittlungen weitergeführt wurden, war auf der Seite der Staatsanwaltschaft online gestellt worden – selbstverständlich ohne die Details, die sie mittlerweile zusammengetragen hatten. Johanna Kluge hoffte, dass sie damit vorerst ihrer Informationspflicht genüge getan hatten und sie in Ruhe weiterarbeiten konnten. Sie schaute in die Runde. Außer Jakob Besser und KTU-Meyer waren Beate Klampe und Kurt Glowitz an diesem Freitagnachmittag anwesend. »Es ist sicher, dass Rischmöller durch die Kombination von Viagra und Isosorbidmononitrat ums Leben gekommen ist. Die Frage ist nun: Wer hat es ihm verabreicht?«

Gemeinsam fügten sie zusammen, was ihre Ermittlungen an diesem Tag ergeben hatten. Rischmöller war am Mittwochabend um 18.10 Uhr mit seinem eigenen Wagen von seinem Wohnort im Artland nach Osnabrück gefahren. Seinen Chauffeur nahm er nur selten in Anspruch. Er hatte mit seiner Frau zu Abend gegessen und seinen Nachtisch in einem Behälter mitgenommen. Kurz vor sieben war er im Verwaltungsgebäude der Facility Management bei seinem Geschäftsführerkollegen Huber aufgetaucht und hatte von seinem Büro aus kurz mit seiner Frau telefoniert. Um halb acht hatte er das Gebäude wieder verlassen und war in seine Stadtwohnung gefahren. Den Mercedes hatte er in der Tiefgarage des Hauses geparkt.

»Dort müsste er ... gegen Viertel vor acht, spätestens zehn vor acht gewesen sein«, schloss Beate Klampe ihren Bericht.

»Der Todeszeitpunkt wurde von Dr. Schmitthals gestern früh vorläufig auf zwischen 19.00 und 22.00 Uhr datiert. In seinem endgültigen Bericht – so hat er vorab telefonisch mitgeteilt«, fiel Jakob Besser ein, »wird er ihn präzisieren können aufgrund der Untersuchung des Mageninhalts und des Zerfallsprozesses des Isosorbidmononitrats auf zwischen 20.00 und 21.00 Uhr.«

»Sein Tod muss also etwa eine Viertelstunde bis etwa Eineinviertelstunden nach seinem Eintreffen in der Wohnung eingetreten sein. Während er Sex hatte mit einer Frau.« Johanna fixierte diesen Punkt an der Wand. Sie wendete sich wieder dem Tisch zu, um den sie saßen. »Wir müssen unbedingt die Frau finden, die mit ihm in der Wohnung war.«

»Die Frau haben wir nicht, aber möglicherweise überall ihre DNA.« KTU-Meyer hatte mit seinem Team an diesem Tag die gesamte Wohnung gründlich auf Spuren gesichtet und das Material zum Landeskriminalamt nach Hannover gebracht. Sie würden in den nächsten Tagen zu tun haben, Vergleichsmaterial zu beschaffen. »Im Bett haben wir DNA sichern können, zudem mehrere schöne, lange kastanienbraune Haare.« Auf dem Nachtischschüsselchen waren nur die Fingerabdrücke des Toten nachzuweisen, das Tuppertöpfchen hatte sauber abgewaschen und abgetrocknet in der Küche neben der Spüle gestanden.

»Abgetrocknet?«, Johanna war skeptisch. Wenn sie an ihre Erfahrungen mit Männern in der Küche dachte, schien ihr das sehr ungewöhnlich. Ihr Mann hatte in der 20-jährigen Ehe nie abgetrocknet, und ihr Sohn Stefan hatte es bis zu seinem Auszug vor einem Jahr noch nicht einmal geschafft, das schmutzige Geschirr in die Spülmaschine zu stellen.

»Ja, es gab keine Fingerabdrücke darauf. Allerdings haben wir in der Wohnung Fingerabdrücke von wahrscheinlich zwei weiteren Personen gefunden. Wir müssen die mit der Putzhilfe …«

»Maria Sosas«, warf Jakob Besser ein, als Meyer eine Pause einlegte, da ihm der Name nicht präsent war.

»… abgleichen. Sie sagen es: Sosas.« KTU-Meyer grinste Besser an. »Hübsche Portugiesin.« Meyer schob anerkennend die Unterlippe vor. »Die anderen Fingerabdrücke waren am Messinggeländer am Kopf des Bettes. Das werden mit Sicherheit die Abdrücke der Frau sein.« Klarheit würde allerdings erst die Auswertung der daktyloskopischen Vergleiche beim LKA Hannover geben.

Den Safe hatten sie gegen Mittag geöffnet, nachdem der Schlüssel und die Codezahl von Beate Klampe vorbeigebracht worden waren. Die Sekretärin von Rischmöller hatte sie sofort griffbereit. Von der Geschäftsleitung der Facility Management war niemand interessiert gewesen, der Öffnung beizuwohnen.

»Dieser Frank Huber sagte, er kenne weder die Wohnung noch wisse er von einem Safe. Er vertraue aber der Polizei voll und ganz, dass – sollte dort etwas Wichtiges sein – nichts abhandenkommen würde.« Beate Klampes Mundstellung machte überdeutlich, dass sie Frank Huber nicht leiden konnte.

»Was ist mit dem Safe?« Johanna Kluge richtete die Frage an Meyer, der sich aufrecht setzte, sein Smartphone hinlegte und berichtete.

Meyer schüttelte den Kopf. »Nichts, der Schrank war völlig leer.«

»Gar nichts drin?«, wunderte sich Johanna Kluge.

»Absolut nichts«, bestätigte Meyer.

»Fingerabdrücke am Safe?«, fragte Johanna Kluge Meyer, der wieder seine Spielerei mit seinem Smartphone aufgenommen hatte.

»Im Innenraum ein paar des Toten, außen ein paar verschmierte am Rahmen. Die Portugiesin scheint eine ordentliche Putzhilfe zu sein.« Er lehnte sich wieder in seinem Stuhl zurück.

»Maria Sosas ist Deutsche, nicht Portugiesin«, korrigierte Jakob Besser.

»Sie wissen schon, was ich meine«, gab Meyer pikiert zurück und legte das Smartphone geräuschvoll auf den Tisch. »Putzhilfe mit Eltern mit Migrationshintergrund.«

Jakob Bessers Wangen röteten sich. Mit einem Blick, mit dem sie beide bedachte, beendete Johanna Kluge diesen Exkurs. Sie überlegte einen Moment zu intervenieren, hielt aber die Spitze von Meyer eher gegen Besser gerichtet, dessen Sympathie für Maria Sosas dem aufmerksamen Meyer nicht entgangen war. Es war ihr neu, dass Meyer Ressentiments gegen Zuwanderer aus dem EU-Raum hatte.

»Wenden wir uns der Frage zu, wer zu welchem Zeitpunkt den Grießbrei versetzt haben könnte.« Johanna Kluge hatte sich im großen Besprechungsraum vor die Wand gestellt, an der sie ihre Fakten für alle sichtbar zusammentrugen.

»Cherchez la femme«, wiederholte Jakob Besser seine Position und erläuterte den Kollegen seine morgendliche Theorie. »Frau Ostermann-Rischmöller hat den Brei gemacht, sie kann ihm das Medikament gleich untergemischt haben.«

»Ist das frei verkäuflich?«, fragte Kurt Glowitz.

»Nein, aber Bernhard Ostermann hatte einen Herzinfarkt, und mit Sicherheit wird er ein Mittel nehmen, das Isosorbidmononitrat enthält«, meinte Jakob Besser.

»Allerdings könnte auch Schwager Ostermann das Medikament in den Brei gemischt haben.« Johanna Kluge informierte die Runde über ihre beiden Gespräche mit den Bewohnern des Artländer Hofes. Die unverhohlen ausgedrückte Antipathie des Mannes gegenüber dem von ihm als Eindringling empfundenen Rischmöller war auch ein Motiv. »Er ist noch immer voller Abscheu gegen den Mann, der sich in seinem Haus festgesetzt hatte«, schloss Johanna ihre Einschätzung. Dass es sich immer noch um sein Haus, auch wenn er dort nur Wohnrecht hatte, handelte, mache er mit seiner Nutzung aller Räume, die er für »Ostermann'sche« Räume hielt, täglich deutlich.

»Würde er, wäre er denn der Täter, seine Antipathie so deutlich werden lassen?«, wandte Beate Klampe ein. Sie strich sich mit der rechten Hand die Haare hinter die Ohren.

»Du hast recht. Aber er ist so besessen von seiner Antipathie, dass er das möglicherweise nicht mehr richtig unter Kontrolle hat.« Johanna Kluge dachte an den Morgen, an dem Ostermann sie ihrer Ansicht nach absichtlich draußen abgefangen hatte, um ihr erneut darzulegen, wie verabscheuungswürdig er den Zugezogenen fand.

»Also kann es doch eigentlich nur seine Frau gewesen sein, die ihm das Medikament in den Pudding gemischt hat«, meinte Beate Klampe. »Grießbrei ist doch nach dem Erkalten total steif, wer außer der Köchin – oder Ostermann, der zur rechten Zeit in der Küche war – könnte denn da was druntermischen?«

»Nicht bei Grießflammerie«, gab Johanna Kluge nun zu bedenken. »Der bleibt locker.«

»Das stimmt«, bestätigte Beate Klampe. Sie zögerte. »Dann könnte es natürlich auch der Kompagnon gewesen sein.«

Beate Klampe erzählte erneut von ihrem Besuch bei der Facility Management und dass die Tasche Rischmöllers dem Zugriff Hubers eine gewisse Zeit ausgesetzt gewesen war. »Außerdem wurde Huber mit einem Mal so jovial, als wir nach der Wohnung fragten.« Er sei selbst ins Sekretariat gesprungen, um mit dem Code zurückzukommen. Das habe sie gewundert. Während er ihnen den Zettel mit dem Code in die Hand drückte, habe er noch launige Details über seinen Ex-Kompagnon verbreitet. Dass er immer so seine zehn bis 15 Minuten im Büro verbracht habe, um dann zu anderen Vergnügungen zu verschwinden. Dazu habe er sie angezwinkert. Wer die Frau sei, dazu hatte Huber keine Angaben machen können, sie sei seine »kleine Freundin« gewesen und das sei ja doch selbstverständlich für einen Mann wie Rischmöller. Er habe sie ihm nicht vorgestellt.

»Wir sollten uns diese Facility Management GmbH ein bisschen näher ansehen«, hielt Johanna fest. »Möglicherweise liegt das Motiv ja dort.« Irgendwas am Bericht von Barbara Klampe hatte Johanna hellhörig gemacht. Sie wollte das nicht laut äußern, weil sie es selbst nicht mochte, von Intuition zu sprechen. Doch hatte sie den Eindruck, dass Beate Klampe mit ihrem Unbehagen, das sie bei der Befragung von Huber ergriffen hatte, möglicherweise richtiger lag, als die Aussagen des Mannes hergaben.

Vielleicht kennt er die Frau doch, mit der sich Rischmöller getroffen hat, sinnierte Johanna Kluge. Diese Frau hatte die beste Gelegenheit, etwas in das Schälchen zu mischen.

»Wir müssen diese Frau unbedingt finden«, schloss Johanna Kluge die Sitzung. Und mit einem Mal bemächtigte sich ihrer das Gefühl, dass die Zeit drängte.

*

»Warum sollte die Frau, die Geliebte, den dicken Rischmöller umbringen«, fragte Jakob Besser, als er hinter Johanna Kluge in deren Büro trat. Es war mittlerweile fast 19.00 Uhr, sie waren müde, und am nächsten Tag würde für sie kein Wochenende sein. Ein Blick aus dem Fenster ließ Johanna das bedauern. Die Wetterlage war stabil, und der Sommer eröffnete mit einem klaren Himmel seine Saison. Das Frühjahr hatte dem Frühsommer vollständig Platz gemacht. Aber das war einerlei. Der Durchsuchungsbeschluss für den Ostermann'schen Hof war bei der Staatsanwältin Cora Schönhaus beantragt. Um sechs Uhr würden sie auf dem Anwesen sein müssen.

»Ach, was wissen wir schon!« Johanna schob ein paar Akten auf ihrem Schreibtisch zur Seite, weil Jakob Besser sich auf einen Stuhl geschmissen hatte und Anstalten machte, seine Füße auf ihren Schreibtisch zu legen. »Diese Frau muss Rischmöller nicht umgebracht haben. Sie kann auch einfach nur dabei gewesen sein – und hat sich nicht gemeldet, verdammt. Aber es sieht doch ziemlich verdächtig aus. Sie hatte die Gelegenheit, und wir müssen uns mit ihr beschäftigen, sonst zerreißt uns die Ostermann in der Luft.«

Iris Ostermann war eben nicht die Einzige, die ihrem Mann das Medikament hatte geben können. Wenn sie sich lediglich auf sie kaprizierten, hatten sie keine Chance, mit einer Anklage durchzukommen. Denn Motiv und Gelegenheit hatte auch der Schwager. Zudem hatte auch der Kompagnon Huber die Möglichkeit gehabt. Vielleicht lag bei ihm ja auch ein Motiv? Sie mussten dieser Spur nachgehen, um sich möglicherweise nicht von Beginn an zu verrennen.

»Jakob, du solltest dich näher mit Rischmöller und seinem Unternehmen beschäftigen. Schau mal, was du noch über diese Firma rauskriegst.«

»Sehr wohl, Chefin«, sagte Jakob, ohne irgendwelche Anstalten zu machen, seine Füße vom Schreibtisch zu nehmen.

16

Julia wollte nicht wachwerden. Doch sie konnte sich nicht dagegen wehren. Ihr Bewusstsein hob sich langsam aus der Tiefe. Hinter ihren geschlossenen Augen spürte sie eine noch größere Dunkelheit als die des Schlafes. Vorsichtig bewegte sie einen Finger ihrer rechten Hand und berührte damit ihre Haut. Mit dem Finger fuhr sie langsam über ihren Unterarm. Sie fröstelte, und eine Gänsehaut zog die äußere Hülle ihres Körpers zusammen. Reflexartig spannte sie ihre Rückenmuskel an, furchtsam, als könne sie dadurch ein Geräusch verursachen. Sie lag auf ihrer linken Seite auf einem Bett. Die Luft war feucht und muffig.

Um sie herum war es absolut dunkel. Dessen war sie sich sicher hinter ihren immer noch geschlossenen Augen. Sie wollte die Augen nicht öffnen, sondern wieder in den Schlaf versinken. Aber es ging nicht. Ihre Sinne waren wach, und sie lauschte.

Das dumpfe Geräusch war in ihr selbst. Sie konzentrierte sich auf den Ton, der sich in ihrem Schädel breitgemacht hatte. Auf ihrer linken Seite gab es ein dumpf-dröhnendes Brummen wie die Vibration eines Schwingschleifers in einem entfernten Raum. Auf dem rechten Ohr hatte sich ein feinerer Ton festgesetzt wie das leichte Surren eines defekten Oszillografen. Ihr Schädel spannte, als habe sie eine zu enge Kappe über dem Kopf. Auf dem Ohr, auf dem sie lag, hörte sie das Klopfen ihres Blutes.

Sie hatte nicht geschlafen, sie war ohnmächtig gewesen. Das Bild des breiten Brustkorbes in dem weißen T-Shirt schob sich in das Dunkel vor ihren geschlossenen Augen. Sie kniff die Lider zusammen, um den hellen Fleck zu verscheuchen, doch das Gesicht des anderen, schwarzen Mannes mit den wasserblauen Augen verbreitete sich in ihr und ließ sich nicht verscheuchen. Sie musste die Augen öffnen, um dem Bild zu entfliehen. Sie konnte den Schmerz in ihrem Kopf nicht dazu bewegen, ihr wieder den Schlaf zu bringen.

Sie öffnete die Augen und starrte unbeweglich vor sich hin. Ihr Gesicht lag auf einer harten Matratze. Ein säuerlicher Geruch stieg ihr in die Nase, ließ sie erstarren. Julia versuchte, die Luft anzuhalten. Sie schloss die Augen wieder und stellte keinen Unterschied im Grad der Dunkelheit fest.

Vorsichtig tastete sie mit der einen Hand nach vorn, hatte den Mut, sich aus der eigenen Umarmung zu entlassen. Sie berührte eine feuchte Wand. Zwischen dem Bett und der Wand war eine kleine Ritze. Mit der anderen Hand maß sie die Größe ihres Lagers. Es war ein schmales Holzbett, nicht breiter als 90 Zentimeter. Sie drehte sich vollends auf den Rücken und lauschte. Irgendwo bellte ein Hund.

Zaghaft setzte sie sich auf, schob sich mühsam mit den Beinen zurück an das Kopfende des Bettes. Ihre Schulter schmerzte und ihr Unterleib schrie, als sie das Becken zurückschob. Sie lehnte sich mit dem Rücken an die Kopfseite des Bettes und zog die Beine an. Ihren Brustkorb hielt sie mit ihren Armen umschlungen. So saß sie eine Weile, leer und fassungslos. Sie begann sich zu streicheln, schob beide Hände über ihre Schulter nach oben. Als sie ihr Gesicht berührte, fühlte sie getrocknetes Blut an ihrer Oberlippe. Sie sah wieder den Schlag auf sich niedersausen und duckte sich in sich selbst zurück.

Sie weinte nicht. Sie saß starr auf dem Bett und versuchte zu begreifen, was ihr geschehen war. Aber sie wollte es nicht begreifen. Der Frost ergriff sie wieder und sie tastete mit der einen Hand nach einer Decke. Aber sie fand keine. Mit plötzlichem Eifer prüfte sie ihre Kleidung. Sie trug ihre Jeans noch immer und das baumwollene T-Shirt, das sie sich letzte Woche gekauft hatte. Bei dem Gedanken an diesen unbeschwerten Einkauf in der letzten Woche ergriff sie der Schüttelfrost. Sie schlang erneut die Arme um sich und hielt sich selbst. Aber sie hatte keinen Halt mehr. Die Tränen stiegen heiß durch ihre Gedanken, und sie weinte, ohne darauf zu achten.

Natürlich hatte sie es ihnen gesagt. Dazu war nur ein weiterer Schlag nötig gewesen. Sie tastete über ihre schmerzende Oberlippe. Atemlos hatte sie ihnen von den drei Banken erzählt und die Hände schützend über ihren Kopf gehalten, als der Schwarze ihr in seiner Wut in den Nacken schlagen wollte. Der andere hatte ihn zurückgehalten, ihr Papier und Filzstift gereicht, und sie hatte ihnen die Adresse ihrer Eltern und die Berliner Adresse von Christopher aufgeschrieben. Sie fühlte den Griff in ihrem Nacken noch, der sie herunterdrückte, während sie schrieb.

Julia hob den Kopf und starrte in die Dunkelheit, und sie wurde von dem gleichen Entsetzen ergriffen wie in ihrer

Wohnung, als sie sie packten und zur Wohnungstür schleiften. Sie werde so lange bei ihnen bleiben, bis sie im Besitz der Umschläge seien. Diesen Wochenendtrip habe sie sich verdient.

Sie versuchte dem Grinsen des Dunklen zu entfliehen, das ihr vor Augen stand, und versuchte erneut, ihre Wahrnehmung auf den Raum und die Geräusche ihrer Umgebung zu richten. Ihr wurde bewusst, dass offenbar niemand in der Nähe war und sie allein in dieser Dunkelheit. Langsam rutschte sie am Kopfende des Bettes nach unten, streckte sich auf dem Rücken liegend aus und folgte mit ihrer Wahrnehmung dem Schmerz in ihrem Körper.

Als sie erwachte, lag sie auf der Seite. Das nahm sie mit Erleichterung wahr. Sie konnte also doch in einen traumlosen Schlaf entfliehen. Vorsichtig drehte sie sich erneut auf den Rücken und schob beide Beine über die Bettkante. Sie setzte die Füße auf die Erde. Eine Weile verharrte sie bewegungslos auf der Kante des Bettes. Mit ihrer rechten Hand tastete sie an die Wand hinter dem Kopfende. Auch diese Wand schien feucht zu sein. Dann schob sie sich zur Fußseite des Bettes und fasste dort ins Leere. Zögernd stand sie auf, hielt sich an der Lehne fest und tastete in die undurchdringliche Dunkelheit vor ihr. Sie konnte nichts fassen. So hielt sie sich mit einer Hand an einer Art Bettpfosten fest und streckte die andere aus. Mit den Fingerspitzen konnte sie eine weitere Wand berühren. Sie ließ den Bettpfosten los und stützte sich mit beiden Händen an der Wand ab. Dann tastete sie sich behutsam weiter an der Wand voran. Ihre Hand berührte eine unebene Fensterbank. Das Fenster war geschlossen. Sie fühlte über den kühlen Mörtel der Wand, der Raum schien keine Tapeten zu haben, die Oberfläche war uneben und weich. Julia fühlte, wie unter ihren Fingern die Farbe des Anstrichs abblätterte.

Ich bin nicht mehr in der Stadt, dachte sie, und fuhr mit ihren Fingern über den Rahmen des Fensters. Sie fühlte die harte alte Farbe eines alten Holzfensters. Es hatte Sprossen, und als sie mit den Fingern am Rand der Scheiben entlangglitt, ertastete sie das spröde Kittbett. Das Fenster muss von außen mit Läden verschlossen sein, dachte Julia in einer sie selbst überraschenden Klarheit. Ihre Augen hatten sich an die Dunkelheit gewöhnt, aber trotzdem konnte sie keine Nuancen wahrnehmen. Sie war in der absoluten Schwärze dieses Raumes, in den kein einziger Lichtstrahl eindrang.

Sie richtete ihre Aufmerksamkeit wieder auf Geräusche und stand regungslos in der Dunkelheit am Fenster. Aber es gab kein Geräusch, auch der Hund bellte nicht mehr. Plötzlich knackte es über ihr. Der Schreck fuhr ihr durch die Glieder, und sie hielt sich an der Fensterbank fest. Dann herrschte wieder dumpfe Stille. Vorsichtig löste sie sich von der Fensterbank und setzte einen Fuß vor. Das Holz des Fußbodens unter ihr knarrte.

Sie atmete aus. Das Haus sprach. Es waren die Geräusche und das Knarren der alten Holzbalken, die sie wahrnahm, und jetzt, da sie ihre Aufmerksamkeit darauf richtete, hörte sie es in allen Tönen hell und dunkel um sie herum arbeiten. Dieses Haus tat ihr nichts. Davor musste sie sich nicht fürchten.

Langsam tastete sie sich an der Wand jenseits des Fensters weiter. Der Raum war klein. Fünf- oder sechsmal hatte sie ihre Füße voreinandersetzen können. Dann erreichte sie die Ecke. Ich bin mutig, sagte sie hysterisch zu sich. Ich wage es, mich von dem Bett zu entfernen und weiß nicht, wohin ich gehe. Sie schluckte und biss die Kiefer zusammen, um nicht laut zu schreien.

Die Wand, an der sie sich entlang schob, war uneben, aber nicht so feucht wie die anderen. Sie konnte höchstens drei Meter lang sein. Auf der gegenüberliegenden Seite stand das Bett, auf dem sie erwacht war. Sie musste sich nur noch an der Längswand, die dem Fenster gegenüberlag, zurücktasten.

Da hörte sie das Motorgeräusch eines Autos. Ein Auto näherte sich dem Haus. Dessen war sie sicher. Als gäbe es Sicherheit auf dem Bett, auf dem sie sich wiedergefunden hatte, tastete sie sich schnell mit den Händen an der Wand entlang, um das Bett wieder zu erreichen. Ihre Hände spürten einen Türrahmen. Panik ergriff Julia, als ihr bewusst wurde, dass es eine Tür gab. Mit der rechten Hand griff sie nach der Klinke, sie ließ sich herunterdrücken, aber die Tür öffnete sich nicht. Sie war in diesem Raum gefangen. Sie machte die beiden Schritte, die ihr noch bis zum Rand des Bettes fehlten schnell und stieß mit dem Knie gegen die Kante des Bettes. Sie hörte den Schlag, spürte aber nichts.

Als sie sich auf die Kante des Bettes setzte, erlosch das Motorgeräusch, und stattdessen drangen zwei Stimmen an ihr Ohr. Julia schluckte.

Sie legte sich vorsichtig wieder in die gleiche Position, in der sie erwacht war. Niemand hatte ihr das befohlen, und sie wusste, dass ihr diese Haltung genauso wenig helfen würde wie jede andere. Zusammengekauert lag sie auf der linken Seite, den Kopf in das klamme Laken gedrückt und lauschte auf den Pulsschlag in ihrem Ohr. Doch sie hörte ihn nicht mehr. Sie hörte nur das Geräusch der schweren Schritte, die das Haus durchquerten und vor ihrer Tür hielten.

Die Tür öffnete sich.

Julia blieb bewegungslos mit dem Gesicht zur Wand liegen, als sei sie noch in tiefer Ohnmacht. Aber sie vernahm das Knarren der Dielen im Raum. Sie waren in dieses Zimmer eingedrungen. Es wurde eng um sie. Der Geruch der Männer hatte den Raum zwischen den engen Wänden ausgefüllt.

Eine Hand griff an ihre Schulter und zerrte sie mit einer kräftigen Bewegung auf den Rücken. Sie öffnete die Augen und blickte auf den Mann, der mit seinem Körper die Türöffnung schräg hinter ihrem Rücken fast einnahm. Ein schwacher Lichtschein im hinteren Teil des Hauses beleuchtete seine Silhouette. Der andere, der sich Frank nannte, stand direkt neben ihr. Er betrachtete sie mit seinen wasserblauen Augen und grinste. Das sah sie nicht, aber sie musste nichts sehen, um das zu wissen.

17

Am frühen Sonnabend stand Alexander unschlüssig am Ende der Straße, in der Julia wohnte. Er hatte einen Parkplatz gleich um die Ecke gefunden. Am Sonnabend war das leicht, im Katharinenviertel gab es keinen Markt, und viele Städter schienen dieses erste verfrühte Sommerwochenende zu nutzen, die Stadt zu verlassen oder sich wirklich in die Einkaufsstraßen zu stürzen.

So oft wie gestern hatte er noch nie versucht, Julia telefonisch zu erreichen. Sie musste einen Grund haben, sich nicht zu melden. Trotzdem hatte er sich an diesem Sonnabend entschieden, bei ihr vorbeizufahren, um zu sehen, ob sie zu Hause war.

Er stand gegenüber dem schön renovierten gelb gestrichenen Haus und schaute auf die Fenster im zweiten Stock, die zu Julias Wohnung gehörten. Aber er konnte keine Bewegung sehen und war unschlüssig, was er machen sollte, als das Postauto vor ihm stehen blieb. Die Zustellerin nahm ihre Briefpost, ging zum Nachbarhaus und warf die Post in die Briefschlitze der Briefkästen, die in die Hauswand eingelassen waren. Dann ging sie zu Julias Haus und klingelte. Als sich die Tür öffnete, eilte er über die Straße und schlüpfte hinter ihr in den Hausflur.

»Ach, vielen Dank«, sagte er freundlich und stieg an der jungen Frau vorbei, zwei Stufen auf einmal nehmend, in den zweiten Stock. Er klingelte und hörte, wie die Zustellerin im ersten Stock eine Einschreiben-Rückscheinsendung abgab, und verhielt sich ruhig.

»Hier müssen Sie unterschreiben«, hörte er die Zustellerin sagen.

Als sich die Wohnungstür schloss und die Zustellerin die Treppe hinunterstieg, klingelte er erneut bei Julia. Er legte sein Ohr an die Wohnungstür, aber er vernahm kein Geräusch. Sie musste woanders sein. Aber warum ging sie nicht an ihr Handy?

Nachdem sich im Erdgeschoss die Haustür hinter der Zustellerin geschlossen hatte, öffnete sich die Haustür erneut. Es war Sonnabend. Die Leute gingen zum Einkauf oder kamen mit Brötchen vom Bäcker. Jemand hantierte am Briefkasten. Alexander beneidete die Leute in diesem Haus um diesen Sonnabendmorgen. Er dagegen begann sich Sorgen zu machen.

Julia musste einen Grund haben, sich zurückzuziehen. Sie hatte sich möglicherweise einfach verkrochen, weil sie ein paar Tage aus der Schusslinie sein wollte, bis die Sache mit Rischmöller erledigt war. Immerhin hatte sie nicht die Polizei darüber informiert, dass der Mann während ihrer Anwesenheit tot umgefallen war. Alexander seufzte, und das Gesicht des feisten Rischmöller schob sich in sein Gedächtnis. Obwohl dieser einfach verschwunden war aus der Welt, musste er sich immer noch mit ihm beschäftigen.

Langsam stieg Alexander Pflüger die Treppe hinunter. Eine Werbesendung lag auf dem Boden vor den Briefkästen. Er beugte sich, hob gewohnheitsmäßig das Papier auf und legte es auf die obere Abdeckung der Briefkästen, die rückwärtig hinter der Haustür im Flur vorstanden. Es war in der Tat ein ordentliches Haus, in dem Julia hier mit der Unterstützung von Rischmöllers Immobilienverwaltung eine Wohnung bekommen hatte. Es hatte Rischmöller nur einen Anruf gekostet. Ob er ihr auch die Miete gezahlt hatte? Julia hatte das ihm gegenüber zwar immer verneint, aber nach ihrem Gespräch am Donnerstag und ihrem Verschwinden war er sich jetzt nicht mehr so sicher, ob sie vielleicht noch andere Vergünstigungen in Anspruch genommen hatte. Warum nur blieb sie verschwunden?

Er war unschlüssig, was er machen sollte und wohin er sich wenden sollte an diesem lauen Frühsommertag. Jetzt, da Julia, ohne ihm etwas zu sagen, nicht aufzufinden war, fühlte er sich verraten und einsam an diesem Ort. Er öffnete die Haustür und trat auf die Straße. Zögernd blieb er einen Moment stehen und seufzte. Er machte sich mehr Gedanken um Julia, als er für möglich gehalten hatte. Ein dunkelblauer Golf fuhr an ihm vorbei und bog um die Ecke. Als Alexander Pflüger aus seinen Gedanken aufschreckte, war das Auto verschwunden. Er wusste nicht genau, warum, aber er entschloss sich, in die Firma zu fahren.

18

Sie waren fündig geworden. Als Johanna Kluge und die Kollegen kurz vor Mittag dieses schönen Sonnabends wieder in die Dienststelle zurückkehrten, schien es, als seien sie der Aufklärung des Todes von Rischmöller ein Stück näher gekommen.

Iris Ostermann hatte sie ohne ein Wort empfangen und mit erhobenem Haupt auf den Durchsuchungsbeschluss geschaut, den die Staatsanwältin Cora Schönbaum beim Gericht für das gesamte Anwesen einschließlich aller Nebengebäude angefordert hatte. Mit einem »Bitteschön« hatte sie alle in ihr Haus eingelassen und mit dem Rücken an die Anrichte in der Ostermann'schen Wohnstube gelehnt mit verschränkten Armen deutlich signalisiert, dass sie dort zu warten gedachte, bis die Eindringlinge ihre Wohnung wieder verlassen haben würden.

Sie war vollständig angekleidet und nicht überrascht, als sie mit den Kollegen um sechs Uhr im kühlen Licht des Morgens in das ruhige und stolze Haus einfielen. Johanna Kluges formelle Belehrung, sie werde verdächtigt, ihrem Mann ein Medikament beigebracht zu haben, hatte sie ebenfalls mit einem wortlosen Nicken zur Kenntnis genommen.

Es dauerte nur eine halbe Stunde, bis sie im Badezimmer Bernhard Ostermanns fanden, was sie suchten: eine angebrochene und eine noch nicht geöffnete Packung der Marke Conpin 100 Stück à 20 mg. Die angebrochene Schachtel hatten sie mitgenommen.

Die Gewissheit, mit der sie der Hausdurchsuchung offenbar entgegengesehen hatte, und ihre kühle zur Schau getragene Distanz wirkten wie inszeniert. Und das feine

Lächeln, mit dem Iris Ostermann sie bedachte, machten Johanna Kluge unmissverständlich deutlich, dass Iris Ostermann genau das getan hatte, was sie vermuteten.

»Wir haben zwei schöne Abdrücke auf der Schachtel«, sagte Meyer, als er die Tür ihres Büros öffnete. Er war an diesem Sonnabend ebenfalls anwesend und kam gerade von den Kollegen aus der Daktyloskopie zurück: »Eine superglatte Schachtel, eine Freude für jeden Daktyloskopen«, grinste Meyer.

Johanna Kluge hatte in ihrem Büro gewartet und hing ihren Gedanken an Iris Rischmöller nach, dieser kühlen Frau, zu der Johanna keinen Zugang fand.

»Sicher?«

»Auf jeden Fall. Wenn wir Vergleichsabdrücke haben, können wir sie auf jeden Fall zuordnen.«

Johanna dankte ihm und lehnte sich zurück. Heute Morgen hatte sie auf ihren Lauf über den Berg verzichtet, sie war zu angespannt gewesen. Vielleicht konnte sie am Abend laufen. Das sollte sie tun, sagte sie sich, denn wenn eine gute Angewohnheit erst einmal durchbrochen wird, ist sie schnell völlig aufgegeben.

Sie hatte gehofft, dass sie mit der Hausdurchsuchung entscheidend weiterkommen würden. Aber jetzt verspürte sie ein ungutes Gefühl. Würde der Abgleich von Fingerabdrücken auf der Schachtel sie weiterbringen? Sie streckte sich im Bürosessel und stöhnte.

Gleichzeitig mit dem Klopfen öffnete Jakob Besser die Tür zu ihrem Büro. »Was ist los?«, fragte er mit einem erstaunten Blick auf sie. »Hier, trink.« Er machte zwei Schritte um ihren Schreibtisch und reichte ihr eine Tasse lauwarmen grünen Tee. Heruntergebeugt mit dem aufgesetzten Gesichtsausdruck einer besorgten Mutter in der 1032. Folge einer Soap fügte er hinzu: »Das wird dir guttun.«

Johanna lachte.

»Was bedrückt dich?«, fuhr Jakob Besser in seiner Rolle fort.

»Quatschkopf.« Johanna hob die Hand, um ihm zu signalisieren, dass sie jetzt keine Lust mehr hatte auf weitere Späße. »Ich denke an diese Frau, die mit Rischmöller im Appartement war. Wer ist sie? Warum ist sie verschwunden?«

Jakob stand auf, ging zum Besucherstuhl und begab sich in seine Kipplage.

»Ich habe einen Termin bei dem Kompagnon von Rischmöller gemacht. In einer Stunde. Er ist auch heute in seiner Firma.« Sie nahm einen Schluck Tee. »Der wird auch nicht besser, wenn er steht.« Johanna verzog ihr Gesicht.

»Irgendjemand muss diese Frau doch kennen!«, insistierte Johanna. »Es fällt sicher auf, wenn eine junge Frau mit so einem Mann unterwegs ist.« Johanna sah wieder das Bild des übergewichtigen Rischmöller vor sich. »Meine Güte, sie ist jung, nach Maria Sosas hatte er nur junge Frauen, die er aushielt.«

»Wir müssen sie finden. In jedem Fall müssen wir der Spur nachgehen. Sie ist mindestens so verdächtig wie die Witwe.« Obwohl Johanna sicher war, dass die junge Frau ihren Liebhaber nicht getötet hatte.

*

Kluge und Besser gingen über den großen Parkplatz neben dem sechsstöckigen Gebäude. Der Pförtner an der Schranke hatte ihnen den Weg gewiesen und ihnen erklärt, am Wochenende, wenn die Verwaltung kaum besetzt sei, würde der seitliche Eingang benutzt. Der große Wagenpark von Kleintransportern in Dunkelblau und kleinen Limousinen, fast alle beschriftet mit Facility-Management neben einem kleinen weißen Kreis in einem größeren blauen, das als dezentes Logo an der Fahrerseite angebracht war, war beeindruckend. Wenn der Wagenpark über die Geschäftslage der Firma etwas aussagen konnte, so ging es der Facility Management nicht schlecht.

Als sie sich von hinten der zum Parkplatz gerichteten Eingangstür näherten, öffnete sich diese. Zwei Männer in T-Shirts mit lässig über die Schulter geworfenen Blousonjacken traten heraus und setzten ihre Sonnenbrillen auf. Sie waren so intensiv in ihr Gespräch vertieft, dass sie Johanna Kluge und Jakob Besser in ihrem Rücken nicht wahrnahmen.

»Verdammt, bis Montag, Huber hat gesagt, dass …«, hörte Johanna den einen Mann in aufgebrachtem Ton zu dem anderen sagen. In dem Moment wandten sie sich in ihre Richtung, sahen die beiden, brachen ihre Unterhaltung ab und gingen ihnen mit heruntergezogenen Mundwinkeln entgegen. Kluge und Besser traten einen Schritt zur Seite und ließen sie ohne ein Wort passieren.

Johanna Kluge sah den beiden Männern nach. Groß und breitschultrig waren sie, und ihre engen schwarzen Jeans betonten das Gesäß. Die beiden gingen in einem wiegenden Schritt, der in Johanna den Gedanken an Bodybuilding aufsteigen ließ. Sie stiegen in einen nicht weit entfernt stehenden dunkelblauen Golf.

»Komm«, forderte Jakob Besser sie auf. Ein weiterer uniformierter Pförtner hielt ihnen die Tür auf und bat sie, einzutreten.

Johanna folgte ihrem Kollegen und versuchte, ein Bild heraufzubeschwören, von dem sie glaubte, dass es sich ihr eben gezeigt habe, aber ihre Erinnerung entzog es ihr. Sie blieb stehen und schloss die Augen, aber es blieb ungreifbar. Nur das Gefühl, dass da eben etwas hätte sein müssen, blieb zurück.

Jakobs Hand berührte sie am Arm. »Was ist los?«

»Ich weiß nicht. Dieser Mann … der roch, wie …«

»… ein ungeduschtes Frettchen«, ergänzte Jakob.

Johanna schüttelte den Kopf, weil es nicht das war, was ihr bei diesem Geruch ins Bewusstsein gestiegen war. Sie kannte den Geruch. Das war es.

Der Pförtner, der vorausgegangen war, blieb stehen: »Wenn Sie mir bitte folgen wollen. Herr Huber erwartet Sie bereits.«

Er führte sie zum Fahrstuhl über den weiten und hellen Fußboden einer Empfangshalle, deren Treppenhaus nach oben offen war und den Eindruck von absoluter Sauberkeit verbreitete. Die Halle war lichtdurchflutet an diesem hellen Sommertag. Die Sonne stand hoch, und es war warm im Gebäude. Auf einer schlichten Tafel aus gebürstetem Messing waren die Abteilungen der Firma aufgezählt: Facility Management GmbH, Geschäftsführer Carsten Rischmöller. Darunter waren die anderen Geschäftsbereiche angeordnet: Immobilienverwaltung – Gebäudereinigung – Instandhaltung. Ein weiteres Schild wies auf den Geschäftsbereich Sicherheit hin. Hier stand der Name ihres Gesprächspartners: Frank Huber.

Der Fahrstuhl hielt im obersten Stockwerk des Gebäudes.

»Kommen Sie, Frau Kluge«, sagte ein hochgewachsener Mittvierziger mit rotblondem schütterem Haar, der direkt vor ihnen stand, als sich die Fahrstuhltür öffnete. Er lächelte in extremer Aufgeräumtheit und wies ihnen mit der einen Hand den Weg über einen breiten Flur. »Folgen Sie mir unauffällig.« Er feixte sie an, als habe er einen besonders geistreichen Witz gemacht, und ging mit betont elastischen Schritten vor ihnen her. »Treten Sie ein.«

Mit dem freien Arm beschrieb er einen großen Bogen, mit dem er sein weiträumiges Büro mit bis zum Boden reichenden Fenstern präsentierte. Der schwarze Schreibtisch, auf dem neben einem großen Flachbildschirm mit einer Designtastatur lediglich ein altmodischer Füllfederhalter in einem Halter aus Granit stand, wirkte auf Johanna wie der Arbeitsplatz eines Bankberaters. Das ist also Frank Huber, dachte sie, ein Mann, der sich nicht vorstellen muss.

Huber stand groß und leicht gebogen, wie es zu große Männer häufig tun, in seinem weiträumigen Büro und wiederholte seine Bewegung vom Fahrstuhl, mit der er ihnen in der Sitzgruppe Platz anbot. »Kann ich Ihnen etwas anbieten?«, lächelte er und machte Anstalten, zum Telefon zu greifen. »Wir arbeiten hier auch am Sonnabend. Meine Assistentin bringt uns etwas.«

Johanna Kluge nahm das Angebot an und bat um einen Apfelsaft und einen grünen Tee für ihren Kollegen. Mit einem herablassenden Blick auf Jakob Besser gab er die Bestellung bei seiner Sekretärin auf.

Johanna wollte ihm signalisieren, dass sie sich nicht lange aufhalten lassen wollten von seinen großen Gesten, die ihnen unmissverständlich bedeuten sollte: »Alles meins.«

»Herr Huber, wir möchten uns ein etwas genaueres Bild machen von Ihrem Partner Carsten Rischmöller.«

Sie hatte ihn gestoppt in der Großartigkeit seiner Bewegung, denn er nickte beflissen und setzte sich. Zurückgelehnt in den schwarzen Ledersessel schlug er ein Bein über das andere. »Selbstverständlich, womit kann ich Ihnen dienen?«

»Kennen Sie die Freundin von Herrn Rischmöller?«, fragte Jakob Besser.

Huber schüttelte den Kopf. »Nein, er hatte öfter mal so kleine Flittchen«, dabei hob er in gespielter Entschuldigung die Hände, »Sie verstehen, ich will niemandem zu nahe treten, aber …« Huber brach ab, obwohl er nicht unterbrochen wurde. »Was verursacht eigentlich das enorme Interesse an Rischmöllers Herztod?«, fragte er nun unvermittelt.

»Sie wissen nicht, dass Rischmöller nicht so ganz von allein gestorben ist?«, fragte nun Jakob Besser und beugte sich leicht vor. Huber wandte sich ihm nicht zu, sondern drehte nur seine Augen in dessen Richtung, sodass Johanna die geplatzte Ader im gelblichen Weiß seines Augapfels sah.

»Nein«, sagte er gedehnt.

Johanna verfolgte interessiert sein Minenspiel. Ihm wird jetzt erst bewusst, dass der Besuch gestern von Beate Klampe und Kurt Glowitz schon unter anderen Voraussetzungen stattgefunden hatte, als er annahm, dachte sie. Bei Klampe und Glowitz hatte er gestern nicht nachgefragt, sondern war wohl selbstverständlich von einem »natürlichen« Herzinfarkt ausgegangen.

»Meinen Sie, die kleine Nutte hat ihn …« Huber schien ein wenig die Orientierung zu suchen. Er schwieg, und fast konnte man ihm zusehen, wie er versuchte, die Dinge, die in der letzten Zeit vor sich gegangen waren, zu einem zusammenhängenden Bild zu ordnen.

»Nein«, sagte Johanna Kluge entschieden. »Wer waren die beiden Herren?«

»Wie bitte?«, fragte Huber verblüfft.

»Ihre beiden Besucher?«, wiederholte Johanna Kluge und blickte Huber ausdruckslos an.

»Was geht Sie das denn an?«, blaffte Huber. In diesem Moment öffnete die Assistentin, eine blassblonde Frau in den Dreißigern die Tür und brachte die Getränke auf einem Tablett herein. »Ich habe Ihnen einen Milchkaffee gemacht«, hauchte sie zu Huber und schob anschließend den Gästen Apfelsaft und Tee hin. Huber zog den Kaffee zu sich heran und wartete, bis die Frau wieder die Tür hinter sich geschlossen hatte.

»Wir haben hier eine Menge Angestellte, vor allem im Securitybereich. Unsere Einsätze haben wir besonders am Wochenende. Hier im Haus werden die Schichten und Gruppen eingeteilt.« Er stand auf und ging zum Fenster.

Warum erzählt er uns diese lange Geschichte? Johanna nahm einen Schluck von ihrem Apfelsaft. Dass die beiden Männer bei ihm gewesen waren, hatte er damit ohne Not eingeräumt und wollte nun darüber hinwegreden. Deshalb sprach Johanna noch immer nicht. Sie spürte die latente Aggression des Frank Huber, als der weitersprach.

»Wir organisieren hier von unserer Zentrale aus einige Tausend Sicherheitskräfte, die unter anderem im Ruhrgebiet bereits polizeiliche Aufgaben in den Innenstädten übernommen haben. Die öffentliche Hand hat ja für solche Dinge kein Geld.« Er schnaufte und fuhr sich mit seinen Händen durch seine spärlichen Haare und schob sie mit den Fingerspitzen ein wenig in die Höhe. Dann schien er sich zu besinnen und machte eine unwirsche Handbewegung. »Ach, was erzähle ich Ihnen. Sie haben ja mit dem Gesocks auf den Straßen genauso viel Ärger wie wir.«

»Ich weiß nicht genau, wovon Sie sprechen«, sagte Johanna Kluge mit der gleichen Ausdruckslosigkeit, um die sie sich immer bemühte, wenn sie die heiße Wut in sich aufsteigen spürte.

Huber schien in ihrem Gesicht die Häme zu suchen. »Nichts für ungut«, lenkte er ein und als versuche er, seinen Ausbruch vergessen zu machen, fügte er hinzu: »Wie gesagt, es sind so viele Leute, die im Sicherheitsservice arbeiten, dass ich nicht alle kenne.«

Jakob Besser hatte den eigenartigen Ausbruch von Huber verfolgt und setzte nach: »Ihre Sicherheitskräfte tragen Uniformen?«

Huber wendete sich nun das erste Mal zu Jakob Besser, den er bis zu diesem Zeitpunkt versucht hatte zu ignorieren. »Ja«, antwortete er spitz, »unsere Mitarbeiter sind akkurat und zeigen in ihrer Kleidung die Kompetenz und Kontrollrechte, die ihnen von unseren Auftraggebern übertragen wurde.«

Er ist ein aggressives Pavianmännchen mit schütteren Haaren, ging es Johanna durch den Kopf. Sie schwieg, denn das Gespräch hatte eine unerwartete Wendung genommen, dessen Richtung sie nicht durch eine neue Frage ändern wollte.

In diesem Moment klopfte es, und ohne dass Huber den Klopfer aufgefordert hätte, wurde die Tür geöffnet. Ein blasser Mann von Anfang 30 kam herein und machte nicht im Mindesten den Eindruck, eine Entschuldigung für die Störung vorbringen zu wollen. Johanna musterte ihn interessiert. Er war gut aussehend, hatte dunkle volle Haare und mit seiner anthrazitfarbenen Leinenhose und gleichfarbigem Poloshirt wirkte er elegant.

Huber war irritiert, und Johanna schien es, als wolle er seinem Ärger über diese Störung nicht noch mehr nachgeben vor der Kriminalpolizei.

»Unser Justiziar«, stellte Huber den Mann in einem wegwerfenden Ton vor, »Alexander Pflüger.«

Alexander Pflüger gab mit einer zurückhaltenden Mischung aus Desinteresse und Zurückhaltung erst Johanna Kluge, dann Jakob Besser die Hand. Er blieb stehen, als gehörte er in dieses Szenario.

»Bei Rischmöller ist wohl nachgeholfen worden«, warf Huber den nächsten Satz in Pflügers Richtung. »Sie suchen diese kleine …«, mit einem Blick auf Johanna Kluge zögerte Huber, »… Freundin von ihm.«

Alexander Pflüger schien einen Moment noch blasser zu werden. Johanna Kluge sah in das unbewegliche, ebenmäßige Gesicht des jungen Mannes, und der Gedanke, ob dieser Mann mit Absicht ein so ausdrucksloses Gesicht hervorzaubern konnte, wie sie selbst es tat, wenn sie nichts von sich preisgeben wollte, drängte sich ihr auf. Für einen Justiziar eines solchen Unternehmens schien er erstaunlich weiche Züge zu haben. Johanna Kluge lächelte in sich hinein, weil sie sich wieder einmal dabei ertappt hatte, dass auch sie die Welt in Schubladen einordnete.

»Kennen Sie die Freundin von Carsten Rischmöller?«, fragte sie und erhob sich, denn Alexander Pflüger machte keine Anstalten, sich zu setzen.

»Nein«, antwortete er mit Bestimmtheit, und der Zug, der sich auf seine Lippen legte, ließ von der eben gezeigten Verletzlichkeit nichts mehr erkennen.

»Kannten Sie Herrn Rischmöller näher?«, fragte Johanna Kluge, ohne diese Frage direkt an einen der beiden konkret zu richten.

»Pah«, winkte Huber ab. »Ich kannte ihn, seit wir Geschäftspartner sind, seit zehn Jahren. Erst aus der Ferne, als er noch in Brandenburg war, dann hier, seit er das Unternehmen übernommen hat. Er war ein super Geschäftsmann.« Huber setzte an und skizzierte die Erfolgsgeschichte des Unternehmens unter der Führung Rischmöllers, das aus einer kleinen Klitsche, die ein paar Putzkolonnen regierte, zu einem der größten Facility-Unternehmen in Norddeutschland geworden sei. »Der Bereich Security rundet unser Produktportfolio ab. Den Bereich verantworte ich. Heute machen wir damit fast 30 Prozent unseres Gewinns«, schloss Huber stolz.

»Hatten Sie privaten Kontakt?« Johanna Kluge richtete auch diese Frage nicht direkt an einen der beiden.

»Kaum, dieses Gehabe der Ostermanns war mir zuwider.« Huber hatte sich ebenfalls hingestellt, war während seiner Ausführungen zum Schreibtisch gegangen und hatte sich auf seinen Bürostuhl gesetzt. Von diesem Platz aus wirkte er plötzlich wie jemand, der über die drei anderen, die im Halbkreis standen, residierte. Huber lehnte sich mit hinter dem Kopf verschränkten Armen zurück. »Arrogantes Pack.«

Johanna Kluge verstand, dass dieser unterschwellig aggressive Mann, der seine Emotionen nicht im Zaum halten wollte oder konnte, mit der herablassenden Hochnäsigkeit einer Iris Rischmöller nicht klarkommen konnte oder wollte.

»Und was ist mit Ihnen«, fragte Jakob Besser Alexander Pflüger, der den Ausführungen Frank Hubers mit seinem ausdruckslosen Gesicht gefolgt war. »Kannten Sie Rischmöller näher?«

Alexander Pflüger zögerte eine Sekunde und lächelte schmal: »Ja, ich kannte ihn sehr gut.« Er ließ das Lächeln auf seinem Gesicht liegen und betrachtete versonnen seine Fußspitzen.

»Ja, er konnte ja auch mit der Ostermann«, kommentierte Huber vom Schreibtisch aus und lachte.

»Pflegten Sie gesellschaftlichen Kontakt?«, fragte Johanna in Richtung Alexander Pflüger.

»Wenn Sie zwei Einladungen in den letzten gut eineinhalb Jahren auf ihrem Hof so nennen«, nickte Pflüger kühl und senkte die Lider unmerklich. »Dann ja.« Er nahm die Hand zum Mund und wischte sich über die Wangen, danach war das Lächeln, das sich auf sein Gesicht gelegt hatte, verschwunden.

»Ach, nun tun Sie mal nicht so. Rischmöller hatte doch einen Narren an Ihnen gefressen«, spottete Huber vom Schreibtisch. Er hieb mit der Hand auf den Tisch. »Sie haben doch viel zusammengesteckt … Sie …« Huber schüttelte verärgert über sich selbst den Kopf und schob die Lippen des geschlossenen Mundes vor.

Johanna Kluge betrachtete den farblosen Mann, der nur etwa zehn Jahre älter als der kühle Alexander Pflüger war, und fragte sich, ob es Neid gegenüber dem jungen Mann war, der den älteren zu den unfreundlichen Äußerungen trieb.

»Ja, ich kannte Herrn Rischmöller. Ich kannte ihn sehr gut«, wiederholte Alexander Pflüger, und Johanna Kluge sah ihm an, dass er mit sich rang, ob er noch etwas sagen sollte. Sie schwieg und wartete auf das Ergebnis seiner Überlegungen. Aber Pflüger sagte nichts mehr.

»Ja, die Ostermann war doch – wenn sie mal hier war – immer auf einen Kaffee beim Herrn Pflüger«, konnte sich Huber nicht enthalten, vom Schreibtisch mit näselnder Stimme hinzuzufügen.

Alexander Pflüger ignorierte die Bemerkung Hubers und setzte wieder sein glattes Gesicht auf.

»Und Sie kannten die Freundin des Herrn Rischmöller nicht, obwohl er – einen Narren an Ihnen gefressen hatte?«, wiederholte Johanna ihre Eingangsfrage.

»Ich bin erst seit knapp zwei Jahren im Unternehmen und habe mit Herrn Rischmöller in meiner Stabsstellenfunktion zwangsläufig viel zusammengearbeitet. Ich habe mich intensiv in die Geschäfte und Geschäftsstrukturen eingearbeitet. Das hat Herr Rischmöller geschätzt. Darüber hinaus hatten wir keine persönlichen Berührungspunkte.« Alexander Pflüger leckte sich die Lippen, begleitet von einem langsamen Lidschlag. »Frau Kluge«, sagte er und reichte ihr die Hand. »Wenn Sie mich bitte entschuldigen würden. Ich möchte nun an meinen Schreibtisch zurück.«

Johanna und Jakob Besser sahen ihm nach, wie er ohne ein Wort zu Huber das Büro wieder verließ, das er vor ein paar Minuten ohne eine Erklärung betreten hatte.

»Man muss schon ein sehr starker Charakter sein, um die Herablassung wegzustecken, mit der man als kleines, hierarchisch untergeordnetes Arschloch in der Gegenwart der großen, Autorität verströmenden Chefin behandelt wird«, kommentierte Jakob Besser fröhlich, als sie eine Viertelstunde später quer über den Parkplatz zu ihrem Wagen zurückgingen. Er hielt ihr die Fahrertür auf und reichte ihr den Schlüssel: »Fahr du. Du fährst bestimmt besser als ich!«

19

Alexander Pflüger hatte sich entschieden, die Facility GmbH noch nicht zu verlassen. Seinen unterschwellig rumorenden Gedanken, jetzt einfach seine paar restlichen Dinge zu packen und die Datenkopien doch an die Wirtschaftsabteilung der Kriminalpolizei zu schicken, hatte er zurückgedrängt.

Julia hatte sich offenbar versteckt. Die Kriminalpolizei verdächtigte sie, für den Tod Rischmöllers verantwortlich zu sein. Ihm gegenüber hatte sie das vorgestern noch vehement abgestritten. Der Tod Rischmöllers schien für sie völlig überraschend gekommen zu sein. Er war einfach gestorben, verdammt. Sie konnte ihm doch nicht etwa etwas vorgespielt haben? Mit diesem Gedanken, dass auch Julia in der Lage war, ihm gegenüber genauso eine Rolle zu spielen, wie er es tat, konnte er sich einfach nicht anfreunden. Für ihn war das Versteckspiel zum Alltag geworden. In den letzten Jahren hatte es ihn viel Energie gekostet, die Fassade aufrechtzuerhalten, sodass er manchmal nicht mehr genau wusste, wer er eigentlich war und warum er das alles trieb. Warum war er die beiden Jahre in Rischmöllers Nähe geblieben? Keiner seiner jetzigen Kollegen würde es für möglich halten, dass er diesen Mann abgrundtief verachtet hatte. Er benahm sich vorbildlich, seriös, und niemand hatte an seiner Loyalität gezweifelt. Er war Rischmöller auf diese Weise so nahe gekommen, dass er es fast nicht schaffte, seinen Alltag mit seinem Hass zu bewältigen. Er musste seinen Widerwillen gegen Rischmöller immer wieder besänftigen. Julia war ein direkter Mensch, sie sagte frei heraus, was sie dachte. Dass Julia ihm gegenüber ein ähnliches Theater gespielt haben könnte, verstörte ihn. Nein, er kam zu dem Schluss, dass sie an Rischmöllers Tod mit Sicherheit völlig unschuldig war.

Aber die Polizei ging offenbar davon aus, dass sie etwas mit dem Tod des Mannes zu tun hatte. Alexander ging zum Fenster seines Wohnzimmers, an dem er gestern gestanden und mit dem Rücken zu Julia die jungen Leute, die auf der Straße vorübergingen, beobachtet hatte. Es dämmerte bereits, und über den Rand seines Whiskyglases blickte er auf dieselbe Straße. Es waren einige Leute zu Fuß und auf dem Fahrrad in der angenehmen Wohnstraße unterwegs auf dem Weg in die Lokale der Altstadt.

Selbst wenn er gewusst hätte, wo sich Julia befand – er hätte ihren Aufenthaltsort auf keinen Fall der Polizei preisgegeben. Er hatte weiß Gott keinen Grund, der Polizei irgendwie zu trauen. Christophers Leben und das seiner Familie war auf genau diese Weise aus den Fugen geraten. Der Tag, an dem sie Christopher verhafteten, und die sechs Tage, die er unter diesen haltlosen Anschuldigungen in Untersuchungshaft gesessen hatte, hatten das Leben der Familie zerstört. Die Polizei schützte die Unschuldigen nicht.

Unschlüssig, was er machen sollte, rief er Iris Ostermann an. Seit dem Tod Rischmöllers gab es keinen Grund mehr für ihn, ihr gegenüber irgendein Interesse vorzugeben. Diese Frau war ihm einerlei. Sie interessierte ihn nicht, er hatte eher unangenehme Empfindungen für sie als Person und er machte sich keine Gedanken darüber, wie es ihr möglicherweise ging. Deshalb hatte er ihr auch nicht kondolieren wollen. Nun aber erhoffte er sich Informationen von ihr.

»Ach, Alexander«, sagte sie, und er war sich sicher, dass sie auf seinen Anruf gewartet hatte.

»Es tut mir leid … ich hätte Sie früher anrufen sollen, aber …« Er atmete ein und wusste nicht, was er noch sagen sollte.

»Das macht nichts«, unterbrach ihn Iris Ostermann. »Schön, dass Sie es jetzt tun.« Sie wartete nicht auf ein weiteres Wort von ihm, sondern erzählte ihm von den beiden Besuchen der Polizei. Ihr Mann habe offenbar zwei Medikamente genommen, die miteinander unverträglich waren. Mehr könne sie ihm auch nicht sagen. Alexanders Interesse, wie Carsten Rischmöller genau ums Leben gekommen war, wurde von Iris Ostermann nur zum Teil befriedigt.

»Alexander?«

Ihm war diese vertrauliche Anrede unangenehm. Aber er war neugierig und hielt das Gespräch. »Ja?«

»Wussten Sie, dass er eine Freundin hatte?«, fragte sie.

Er war verblüfft. Was wollte sie mit dieser Frage erreichen? »Nein, ich wusste das nicht.« Gelassen wartete er auf eine Reaktion.

»Hätten Sie es mir gesagt?«, fragte Iris Ostermann.

»Selbstverständlich nicht«, antwortete Alexander Pflüger und legte eine Wärme in seine Stimme, die ihn selbst überraschte. »Ich war Ihrem Mann verpflichtet.« Er fühlte, wie sich ein leichtes Lächeln auf sein Gesicht legte.

»Alexander, Sie sind ein wirklicher Ehrenmann«, befand Iris Ostermann-Rischmöller.

Er biss sich auf die Unterlippe. Sie ahnte also nicht, dass er es gewesen war, der ihr vor einigen Wochen ein abgerechnetes Privatrezept ihres Mannes für Viagra hatte zukommen lassen. Rischmöller hatte sein Sekretariat angewiesen, einen Schwung Einladungskarten, die über die Firma für ein sommerliches Reitvergnügen rund um dem Ostermann'schen Hof über die Firma gestaltet und gedruckt worden waren, seiner Frau zuzuschicken. Alexander hatte die kurze Abwesenheit der Sekretärin genutzt, das Rezept dazwischenzulegen, das er seit ein paar Monaten hatte. Julia hatte es ihm gegeben, nachdem Rischmöller es in seiner Stadtwohnung zerknüllt in den Papierkorb geworfen hatte. Alexander stöhnte auf beim Gedanken daran, welche Perfektion er erlangt hatte, alles, was Rischmöller und seine Umgebung betraf, zu registrieren – mit einem kurzen Blick aus den Augenwinkeln, auf dem Kopf gelesenen Notizen, begleitet von seinem desinteressierten arglosen Ausdruck, der ihm so selbstverständlich geworden war. Alles in sich aufzusaugen, war ihm in Fleisch und Blut übergegangen. Wozu brauchte er die Codenummer von Hubers Handy, hatte er sich gefragt, als er Huber irgendwann einmal beim Tippen der Sperrnummer beobachtete. Aber es bereitete ihm ein gutes Gefühl, sie zu haben.

»Sind Sie noch da?«, fragte die Frau.

»Ja.« Mit Sicherheit hatte Iris Ostermann gewusst, dass ihr Mann eine Freundin hatte. Dessen war sich Alexander absolut sicher. Sie musste das Rezept gefunden haben. Offenbar fragte sie ihn lediglich deshalb nach der Geliebten, um in ihm unausgesprochen einen Verbündeten zu finden. Denn ihr schien daran gelegen, ihm zu sagen, sie sei unwissend gewesen. Sie spielte die kühle Nichtsahnende, die sie nicht war, das verriet ihm ihre angespannte Stimme. Vielleicht hatte sie sogar herausgefunden, mit wem sich ihr Mann traf. Möglicherweise wusste sie, dass es Julia war. Ihn ergriff Beklemmung.

»Haben Sie es denn gewusst?«, fragte Alexander sie nun direkt, um die Antwort von ihr selbst zu hören.

»Selbstverständlich nicht«, sagte Iris Ostermann ruhig und machte mit ihrem Schweigen deutlich, dass sie dem nichts mehr hinzufügen wollte.

Als sie ihn bat, sie doch in den nächsten Tagen aufzusuchen, sagte er zu und war fest entschlossen, nicht hinzufahren. Er goss sich den nächsten Whiskey ein.

*

In der Nacht von Sonntag auf Montag erwachte Alexander aus unruhigem Schlaf. Irgendein Lärm drang in die Wohnung. Jemand klopfte kräftig gegen die Tür. Das Klopfen musste schon vor einer Weile angefangen haben, denn er hatte es in seinem Traum gehört. Rischmöller schlug mit einem Vorschlaghammer auf einen Holzklotz, auf dem er wie ein Tanzbär mit langen Ketten angekettet war, und versuchte, seine Füße zu treffen. Alexander setzte sich so jäh auf, dass ihm schwindlig wurde. Sein Magen rumorte, er war ohne etwas zu essen ins Bett gegangen.

»Verdammt, Alex, mach auf.« Die Stimme war gedämpft.

Alexander setzte sich auf die Bettkante und nahm einen Würgereiz wahr. Er versuchte, sich zu orientieren. Die Uhr stand auf halb drei. Das Klopfen wurde stärker. Jemand schlug mit der Faust gegen die Tür.

»Los, lass mich rein. Ich bin's.«

Das war Christopher. Alexander sprang auf und stolperte über seine Schuhe, die er gegen zwei Uhr irgendwo zwischen Wohnzimmer und Bett ausgezogen hatte. Die Wohnung lag im diffusen Licht der Straßenbeleuchtung.

»Christopher«, sagte Alexander, als er die Tür öffnete.

»In der Tat«, sagte sein Bruder, ging an ihm vorbei in die Wohnung und schmiss einen kleinen Rucksack aufs Sofa. »In der Tat, ich bin's.«

Alexander schloss die Wohnungstür und blieb einen Moment mit dem Rücken zur Tür stehen.

»Komm ruhig näher. Du wohnst doch hier«, sagte Christopher und begann sich seine Turnschuhe auszuziehen.

Alexander löste sich von der Wohnungstür und ging langsam ins Wohnzimmer. Er setzte sich auf das andere Sofa, seinem Bruder gegenüber: »Rote Haare?«

»Du hast mich lange nicht gesehen.« Christopher stieß die Turnschuhe von sich und strich mit der rechten Hand seine Haare nach oben. »Gibt's was zu essen oder nur das da?« Er zeigte mit der Hand auf die Whiskeyflasche, die neben einem Glas auf dem Sofatisch stand.

Alexander griff die Flasche und das leere Glas und schüttelte den Kopf. Scham überkam ihn. Er trank selten Alkohol, fand den Alkoholmissbrauch seiner Mutter abstoßend. Und jetzt kam sein Bruder, und er hatte seit gestern Nachmittag in seiner Wohnung gehockt und nichts getan, als Whiskey getrunken. Er ekelte sich. »Ein Brot?«, fragte er, als er mit Flasche und Glas zur Küche ging. »Warum hast du mich nicht angerufen?«

Christopher war ihm hinterhergegangen und lehnte sich gegen die Laibung der Küchentür. Mit den Spitzen seiner Haare stieß er fast am Rahmen an. Dass sein Bruder so groß und so dünn war, war ihm bisher nicht bewusst gewesen. Alexander öffnete die Tür der Spüle einen Spalt und stellte die halb leere Whiskeyflasche neben eine andere. Es klirrte leise, und Alexander verspürte wieder ein Würgen. Er rieb sich den Nacken.

»Hier, nimm!«, sagte er und drückte Christopher eine Packung geschnittene Graubrotscheiben in die Hand. Er öffnete den Kühlschrank, reichte wortlos ein Päckchen Butter nach hinten und nahm selbst eine Dose, in der er Schinken aufbewahrte. Mit zwei Tellern und Messern folgte er Christopher ins Wohnzimmer. Er stellte die Sachen vor seinen Bruder auf den Tisch und ging ins Badezimmer. Sein Morgenmantel kam ihm plötzlich zu elegant vor, aber er wollte seinem Bruder nicht die ganze Zeit in Unterwäsche gegenübersitzen.

»Bist du allein?«, fragte Christopher, als er zurückkehrte und sich hinsetzte. Christopher nahm sich eine Scheibe Brot und bestrich sie sich fingerdick mit Butter.

»Wieso?« Alexander nahm sich eine Scheibe und brach sie in der Mitte durch. »Schinken?«, fragte er und schob seinem Bruder die Dose rüber. Der legte sich zwei Blätter auf sein Brot und biss hinein. Er zerrte am Schinken und legte dabei eine große Zahnlücke am rechten Oberkiefer frei.

»Coole Wohnung«, sagte Christopher kauend und stand auf. Er ging an das Regal hinter dem Schreibtisch, fuhr mit den Fingern über die Buchrücken der juristischen Fachbücher. Er nahm eines heraus, murmelte den Titel »Norbert Hoerster: *Was ist Recht?«,* und stellte es zurück. »Bist du noch in dieser Firma?«, fragte Christopher beiläufig und setzte sich wieder hin.

»Noch.« Alexander stand auf, um in die Küche zu gehen. Mit einer Flasche Mineralwasser und zwei Gläsern kehrte er zurück. Er schenkte seinem Bruder und sich etwas ein. Er hatte viel zu viel Whiskey getrunken, wurde ihm noch einmal klar, als er sein Glas leerte. Er schenkte sich nach.

»Rischmöller ist also nicht mehr.« Christopher beugte sich vor und sah Alexander in die Augen.

»Ja.« Alexander senkte den Blick und fuhr sich mit der Hand übers Gesicht. Mit dem rechten Daumen polierte er seine Schneidezähne und begann, auf dem Daumennagel zu kauen.

»Wo ist deine Freundin?«, fragte Christopher und zog sich die Socken aus.

»Freundin?« Alexander wusste, wen Christopher meinte, denn als er das einzige Mal bei ihm in dieser Stadt war, hatte er Julia gerade kennengelernt. Die beiden hatten sich gut verstanden. »Ich habe keine Freundin.«

Christopher nickte. »Hast du sie vertrieben, die Kleine mit den süßen Titten?«

Alexander biss sich auf die Zähne. »Warum bist du gekommen?«, fragte er.

»Mama hat mich angerufen und mir gesagt, dass Rischmöller verreckt ist.«

»Hat sie das so gesagt?«, zweifelte Alexander.

»Natürlich nicht. Sie macht sich Sorgen.« Christopher nahm einen Schluck Wasser und lehnte sich dann im Sofa zurück.

Alexander schwieg und presste die Kiefer zusammen.

»Das glaubst du nicht, he?« Christopher stand auf, öffnete den Reißverschluss seiner Jeans und zog sich die Hose runter. »Wo schlaf ich, hier?« Er warf die Jeans in Richtung Schreibtischstuhl auf die Erde.

Alexander erhob sich, hob die Hose auf und ließ sie auf den Schreibtischstuhl fallen. Er vertrieb den Gedanken an seine Mutter. »Ich hol dir eine Decke«, sagte er und blieb stehen. Er blickte herab auf seinen kleinen Bruder.

Der zog plötzlich mit einem Griff quer über den Sofatisch das Foto, das Alexander vor ein paar Stunden noch in der Hand gehalten hatte, unter einer Zeitung hervor. Eine Ecke hatte herausgelugt, und Alexander wurde sich dessen in genau dieser Sekunde bewusst. Er stöhnte lautlos und wendete sich ab. »Dann bis morgen«, sagte er und wollte zu Bett gehen.

»Du warst ja schon damals ziemlich mies drauf.« Christopher lachte.

Zorn stieg in Alexander auf. Er drehte sich langsam um. Mit den wilden abstehenden Haaren und dem Grinsen sah Christopher auf dem Sofa sitzend eher aus wie auf dem Foto, mit dem er wedelte. »Warum bist du gekommen?«

»'tschuldigung.« Christopher ließ das Grinsen augenblicklich aus seinem Gesicht verschwinden.

Alexander nahm Christopher das Foto aus der Hand, sein Blick ergriff nur für den Bruchteil einer Sekunde das Bild. Er hatte es an diesem Abend oft betrachtet. Angelehnt an die Mutter strahlte sein Bruder in die Kamera, er selbst war ernst. Alexander schluckte, als er das Foto in die Schreibtischschublade seines Schreibtisches legte. Wie so oft fühlte er sich neben seinem Bruder hilflos und fragte sich, warum ausgerechnet Christopher so ungerecht mit ihm war.

»Alex, ich wollte mal sehn, wie's dir geht.« Christopher nickte bestätigend zu seinen Worten und schob seinen Mund schmollend nach vorn. Das war seine Art, alles wieder glattzubügeln. Alexander gab nach und setzte sich wieder hin. Warum nur war es so schwierig mit seinem Bruder?

»Ist echt kompliziert mit dir, Alex.« Christopher grinste seinen Bruder an. »Es ist doch gut, dass der Typ nicht mehr lebt. Er ist nicht mehr da.«

So war das letzte Gespräch, das sie vor eineinhalb Jahren hatten, auch verlaufen. Christopher konnte nicht begreifen, dass sein Bruder Alex ausgerechnet bei Rischmöller arbeitete. Bei dem Rischmöller, der seine Knüppelfreunde im Osten als »Mahnwache« vor ihr Haus geschickt hatte, die seine Mutter beschimpften, weil sie angeblich die Mutter eines »Kinderschänders und Mörders« sei.

»Chris, ich weiß. Aber ich kann es einfach nicht vergessen. Er hat uns doch alle … irgendwie auf dem Gewissen.« Alexander dachte an die kleine Straße, in der sie gewohnt hatten in der unscheinbaren Kleinstadt. Dieses Zuhause war mit einem Mal die Hölle geworden.

Christopher legte sich ein Sofakissen über die nackten Knie. Es war kühl in dieser Frühsommernacht. Mittlerweile war es kurz nach vier. »Ach Alex.« Christopher schüttelte nachsichtig den Kopf.

Wo hat er nur dieses altkluge Gehabe her, fragte sich Alexander und sagte nichts.

»Rischmöller war doch nur das Oberarschloch, ein Fascho, nicht mehr als die anderen.« Christopher verschränkte die Arme im Nacken und lehnte sich gegen den Sofarücken.

»Es war doch dieser Saubermann, dieses hassgetriebene Schwein, der dazu aufgerufen hat! Er hat uns alle auseinandergebracht und Mama in den Alkohol getrieben.« Alexander erhob sich und ging zum Fenster. Die Dämmerung war dem blassblauen Himmel des frühen Morgens gewichen, und die Sonne erhob sich über dem flachen Haus im Hintergrund einer städtischen Brache. Sein Kopf rauschte, und er konnte Christopher nichts entgegensetzen, weil er zu müde und erschöpft war. Sein Bruder verstand ihn einfach nicht, das machte ihn traurig, und er schaute schweigend aus dem Fenster.

»Alex, Mama hat doch schon immer zu viel getrunken.« Christopher setzte sich aufrecht. »Du hast verquere Erinnerungen«, nahm er den Faden wieder auf. Einmal habe die

Mutter ihn zu spät von der Schule abgeholt, da sei er gerade mal sieben gewesen, und er habe gehört, wie sein Freund Paul zur Lehrerin sagte, die Mutter von Christopher trinke, das habe sein Vater erzählt, deshalb würde sie ihn vergessen. Die Lehrerin habe Paul gesagt, so etwas dürfe er nicht sagen. Aber Paul hatte es bereits gesagt, und Christopher hatte es gehört. Von dem Tag an war Paul nicht mehr sein Freund.

Alexander kniff den Mund zusammen und wandte sich wieder Christopher zu. Sein Bruder war viel zu klein gewesen, um sich genau zu erinnern. »Ach, die Geschichte damals hat sie aber dann völlig aus der Bahn geworfen.«

Er betrachtete seinen Bruder versonnen, entschlossen, das nicht so nah an sich heranzulassen wie das letzte Mal. Seinem Bruder schien das alles scheißegal: dass die Mutter das Trinken angefangen hatte, weil sie den Druck nicht ausgehalten hatte, öffentlich in Misskredit gebracht zu werden, alleinerziehend mit wenig Geld. Als das alles geschehen war damals, hatte er sie jedes Wochenende besucht, auch als die Mutter mit Christopher die Stadt verlassen hatte und zu ihrer Schwester nach Ludwigslust gezogen war. Aber er hatte nicht verhindern können, dass Christopher die neue Schule schmiss und keine Lust mehr hatte, in solch einem Scheißland überhaupt irgendwas zu machen. Dass Christopher kurz vor dem Abitur einfach die Schule verlassen hatte, nach Berlin gezogen war und sich um alle Chancen im Leben brachte, war, wie er sagte, seine verdammt eigene Angelegenheit. Alexander ächzte. Er würde Christopher genauso wenig überzeugen können wie vor eineinhalb Jahren.

Christopher stützte sich auf und zeigte mit dem Finger in Richtung Schreibtischschublade, in der das Foto lag. »Alex, auch wenn du es nicht wissen willst, als das Foto gemacht wurde, hat Mama doch schon richtig gesoffen.«

Alexander schwieg und fühlte mit einem Mal, wie elend allein er war. Ausgerechnet mit dem einzigen Menschen, der ihn hätte verstehen können,

»Du warst doch schon gar nicht mehr zu Hause, als diese ganze Scheiße passiert ist«, fuhr Christopher fort. »Du warst doch höchstens zweimal im Jahr da.«

Alexander atmete ein. Christopher verstand es einfach nicht. Man musste nicht zu Hause wohnen, um sich zu Hause zu fühlen. War denn das nicht normal, dass er als 23-Jähriger nicht mehr so oft zu Hause war? Er stand damals kurz vor dem Ende seines BWL-Studiums und hatte eigentlich vorgehabt, irgendwo in Berlin in einem mittelständischen Unternehmen als Controller anzufangen. Das war sein Lebensziel gewesen. »Machst du mir das zum Vorwurf?«, traute sich Alexander zu fragen.

»Quatsch, kein Vorwurf.« Christopher stand auf. »Ich meine einfach, dass du die Sache irgendwie übertreibst.«

Alexander fühlte sich verraten von seinem Bruder, weil er selbst offenbar der Einzige war, der die Erinnerung an diese unglaubliche Ungerechtigkeit bewahrte.

»Hast du ein bisschen Dope?«

Abwehrend schüttelte Alexander den Kopf und sah Christopher lange an.

»Guck nicht wie eine Mutter«, feixte Christopher. »Ich rauche nicht oft. Mir wär' nur jetzt mal danach.«

»Ich mache mir seit acht Jahren Vorwürfe.« Alexander stand plötzlich auf und schob die Schreibtischschublade auf. Er griff in die hinterste Ecke und zog eine kleine Metallschachtel hervor. »Hier.« Er reichte sie seinem Bruder. »Das Zeug ist aber mindestens anderthalb Jahre alt.« Damals hatte er es seinem Bruder heimlich weggenommen. Als Christopher das entdeckte, hatte es ein furchtbares Theater gegeben mit gegenseitigen Vorwürfen. Christopher habe die Nase voll, sich von Alex bevormunden zu lassen, auch aus der Ferne. Alex hatte Christopher angeschrien, er ruiniere sein Leben doch absichtlich. Es sei sein Leben, verdammte Scheiße, hatte Christopher getönt, er mache, was er wolle. Alles, was er mache, sei von ihm so gewollt – und von niemand anderem. Und Rischmöller habe damit nichts, aber auch gar nichts zu tun. Das sei ja noch schöner, dass Alex ihm die Selbstbestimmung abspreche und irgendein Arschloch dafür verantwortlich mache, dass in seinem Leben etwas anders gelaufen sei, als sich der große Bruder das vorgestellt habe.

Christopher nahm das Döschen. Auch er schien sich an den Streit zu erinnern, der das ausgelöst hatte. »Ich glaube Alex, du bist ein bisschen verpeilt.« Er öffnete es, betrachtete den kleinen Klumpen Haschisch und grinste. Dann zog er seine Pfeife aus seinem Rucksack, in die ein kleines Sieb eingesetzt war und krümelte einen kleines Stück darauf. Er entzündete es mit einem langen Streichholz, das er auch bei sich führte, und zog zwei Mal. »Willst du auch?«

Alexander verzog die Miene, streckte dann aber die Hand aus. »Ach, gib her.« Er nahm zwei tiefe Züge und reichte die Pfeife zurück.

Christopher legte sich in das Sofa zurück, nahm einen weiteren Zug und ließ den Rest verglühen. Der Geruch verbreitete sich in der Wohnung, und Alexander versuchte, sich gegen das wohlige Gefühl zu wehren. Doch es war sein Bruder, der ihm da gegenübersaß, und trotz allem würde er zu keinem Menschen jemals ein größeres Maß an Vertrautheit haben können. Er war dankbar, dass Christopher gekommen war, aber er konnte es ihm nicht sagen.

»Warum bist du gekommen?«, fragte er zum dritten Mal an diesem Abend und legte sich in seinen Sessel. Die Luft um ihn wurde warm, und die Geschossdecke war ein wenig weiter entfernt als sonst. Sein Schädel war weit, und er fühlte ein großes Loch in seiner Brust, durch das er die Energie seines Bruders einsaugen wollte.

»Mama wollte, dass ich mich um dich kümmere.« Christopher starrte Alexander an, der mit sehr langsamen, aber nachdrücklichen Kopfbewegungen deutlich machte, dass er diese Erklärung nicht annahm. Christopher stand auf und ging um den Sofatisch herum. Er legte Alexander die Hand auf die Schulter und setzte sich neben ihn.

»Hey.« Christopher stieß ihn mit dem Arm in die Seite. »Alex.« Er kicherte und legte seinen Kopf auf Alexanders Schulter. »Ich wollte dich sehen.« Er hob den Kopf wieder und lachte. »Das ist wahr. Irgendwie ist doch jetzt was passiert, oder?«

Alexander musste sich ein bisschen zurücklehnen, um seinen Bruder ansehen zu können, so nah saß er neben ihm. Sie fingen an zu lachen.

Die Nacht zum Reden war vorbei, doch sie holten die Zeit ein und folgten der Dämmerung in den Tag. Sie redeten schnell und viel und waren sich sicher, dass sie alles Wort für Wort behalten konnten, nichts vergessen würden. Sie sprachen über die Kleinstadt, in der Christopher mit der Mutter gelebt hatte, die kleine graue und kotzlangweilige Stadt, die Alexander bereits verließ, bevor er sie überhaupt kennenlernte. »Du wolltest doch da nie sein.«

Alexander erzählte Christopher von dessen Vater, den er als älterer Bruder besser kennengelernt hatte als sein Halbbruder. »Der hatte sich doch schon verpisst, als ich zwei war.« Christopher lag auf dem Sofa, Alexander hatte ihm doch endlich eine Wolldecke aus dem Schlafzimmer geholt. Er saß ihm immer noch gegenüber.

Von der Straße hörten sie die Geräusche der erwachenden Stadt durch das geschlossene Fenster. Sie begannen zu dösen, und für diesen Moment fühlte sich Alexander seinem Bruder so verbunden, dass er über das Gefühl erschrak. Aus weiter Ferne hörte er Christopher sprechen, ohne ihn zu verstehen. Er war gefangen in einem Rausch, den er nicht steuern konnte, der ihn bestimmte, und er fürchtete, dass ihn Ängste ergreifen könnten. Um dem zu entfliehen, sprang er auf.

»Wann hört es endlich auf?«, fragte er und schaute auf seine Armbanduhr. »Ich hasse den Rausch, warum …«

»Keep cool, Baby.« Alexander erschrak, weil Christopher plötzlich neben ihm saß. »So ein Rausch ist doch nicht das Schlechteste. Was ist los mit dir? Warum ist deine Freundin nicht mehr da?«

»Woher weißt du das?«, fragte Alexander erschrocken.

»Weil du hier allein bist in der Wohnung«, kicherte Christopher. Er legte den Arm um Alexanders Schulter.

Der ließ ihn gewähren. Er fühlte die Wärme von Christophers Hand. »Sie ist verschwunden.« Sein Mund war trocken.

»Verschwunden? Puff?«

Alexander setzte sich auf und fühlte sich mit einem Mal klar. Er sah das blaue Auto, das durch die Straße fuhr, als er gestern vor Julias Haus stand. Und er war sich mit einem Mal sicher, dass die beiden Typen, die in einen der Firmenwagen stiegen, als er den Firmenparkplatz gestern auf der anderen Seite überquerte, in diesem Wagen gesessen hatten. Die beiden Bilder seiner Erinnerung erhielten plötzlich für ihn Bedeutung.

»Ich glaube, es ist ihr etwas passiert.«

20

Julia starrte an die Decke. Sie versuchte, dem Geräusch des Hauses zu folgen und keinen weiteren Gedanken zu formulieren, außer diese Geräusche zu benennen – das Knacken des Holzes, das Knarren der Balken, das Knirschen des Sandes unter dem Fußboden. Der Ton eines Lastkahns? Wo war der Hund? Sie hatte ihn nicht mehr gehört, seit sie das letzte Mal erwacht war. War das gestern gewesen? Es war zu dunkel, sie konnte die Zeit, die vergangen war, nicht in Tag und Nacht strukturieren.

Sie wollte mit dieser Aufmerksamkeit zu allem, was außen vor sich ging, Abstand bekommen zu all dem, was in ihr war. Sie versuchte, die Erinnerungen zu vertreiben. Aber sie war nicht in der Lage, über ihr Gedächtnis zu verfügen. Sobald sie in ihrer Konzentration auf die Geräusche des Hauses nachließ, stiegen die Bilder auf. Da wusste sie, dass sie sie wahrscheinlich niemals würde vergessen können.

So konzentrierte sie sich nun darauf zu begreifen, wie lang sie schon in diesem Haus war. Aber sie hatte keinen Anhaltspunkt, sie war, nachdem sie sie aus ihrer Wohnung mitgenommen hatten, aus der Bewusstlosigkeit in dem muffigen feuchten Raum erwacht. Und nachdem sie sie das erste Mal aus dieser Kammer in den großen stinkenden Raum brachten, war sie, zurück auf diesem Lager, wieder in die Bewusstlosigkeit geflüchtet. War es also doch möglich, einfach in Bewusstlosigkeit zu sinken?

Sie starrte an die Decke. Nein, sie hatten sie gezwungen, etwas zu trinken. Der gedrungene Mann hatte sein weißes T-Shirt die ganze Zeit nicht ausgezogen. Er saß auf einem alten durchgesessenen Ledersofa und zog sich seine Hose an. Der andere stand nackt an einem Fenster und rauchte. Durch die Scheiben der Dielentür fiel das Licht auf einen grauen fleckigen Teppichboden, der nicht bedeckte durchgetretene Holzboden war staubig.

Sie kniff die Augen zusammen, um die Bilder zu verbannen. Wieder versuchte sie, zu rechnen. Freitag früh hatten sie sie in ihrer Wohnung überfallen, hier war sie aufgewacht. Nach wie vielen Stunden? Der Geruch des kalten Zigarettenqualms in den Polstern der alten Sessel stand in ihrer Nase, die Brandlöcher auf den alten Armpolstern, über die sie sich hatte beugen müssen, erschienen vor ihrem inneren Auge.

Irgendwann hatten sie ihr wieder ein Glas mit einer Flüssigkeit hingehalten. Sie hatte es gierig leer getrunken, im Bestreben, den säuerlichen Geschmack hinunterzuspülen. Das Haus knarrte, die Dielen quietschten. Aber sie war jetzt allein. Sie konnte das Haus verstehen. Im Moment war sie sicher. Solange sie allein war, geschah ihr nichts.

Sie hatte geschlafen, oder war sie wieder bewusstlos gewesen? Eine Nacht war vergangen, bis sie wiederkamen. Es war ja wieder hell, als es von Neuem begann. Sie legte sich auf die Seite und kauerte sich zusammen. Der Mann mit dem weißen T-Shirt stand über ihr. Sie setzte sich auf. Wo war ihre Hose?

Sie ließ sich vor dem Bett auf die Knie nieder und auf allen Vieren kroch sie im Dunkel über den Holzboden des feuchten Raums, tastete sich langsam vor. Ihre Hose war nicht da. War es bereits Sonnabend? Aber sie hatte viermal etwas getrunken. Mit einem Mal war sie sich dessen sicher. Das erste Mal hatten sie ihr etwas im Auto gegeben; dann, als der nackte Mann am Fenster stand. Beim dritten Mal schlug der Mann im weißen T-Shirt sie mit ausgestreckter Hand ins Gesicht, weil sie sich zur Seite hatte wenden wollen, um ihn nicht mehr ansehen zu müssen. Dabei hatte sie es geschafft, einen Teil der Flüssigkeit nicht zu schlucken, sondern an ihrem Mundwinkel herablaufen lassen.

Deshalb vielleicht war sie jetzt wach. Julia kroch wieder zurück zum Bett und hielt sich mit den Händen an der Kante fest. Es war Sonntag. Heute Nachmittag waren sie zu dritt gewesen. Deshalb wusste sie, dass ein weiterer Tag vergangen war. Sie hatten ihr, als sie genug hatten, das Glas gereicht, und sie hatte ohne Widerstand getrunken.

»Bald geht's zur Bank«, hatte Frank gehöhnt, »da ist der Spaß für dich vorbei, kleine Fotze.« Er war stehen geblieben und fixierte sie mit seinem Blick.

»Komm«, hatte ihn der Mann im weißen T-Shirt aufgefordert. Der Dritte hatte an der Dielentür gewartet. Der namenlose Mann hatte sie am Arm hinter sich her in die Kammer gezerrt. Ihre Hose blieb in dem stinkigen Raum auf einem alten Stuhl.

21

Johanna Kluge war schlecht gelaunt. Ihr war klar, dass sie mit der gestrigen Hausdurchsuchung bei Iris Ostermann nichts gewonnen hatten. Diese Frau ließ sich von der Polizei nicht verunsichern. Sie war viel zu kühl und überlegt gewesen, als dass sie unschuldig hätte sein können. Iris Ostermann schien so überzeugt von ihrer Unangreifbarkeit, dass sie es noch nicht einmal für nötig befunden hatte, den Anschein von Überraschtheit oder Empörung aufrechtzuerhalten gegen die Unterstellung, sie habe ihrem Mann etwas angetan.

Dieser Sonntag hatte für Johanna Kluge genauso früh begonnen wie die anderen Arbeitstage. Das Einzige, was sie sich gönnte, war ihre Runde über den Berg. Wenn sie lief, hing sie ihren Gedanken nach und konnte sich ordnen. Heute aber, in der Dreiviertelstunde an diesem frühen Morgen, gelang ihr das nicht, weil sie zu angestrengt war und die Gedanken nicht einfach kommen ließ. Vor ihrem Haus beendete sie daher ihre Runde nicht, sondern lief weiter. Wenn sie schon den Kopf nicht freibekommen konnte, konnte sie auch zur Dienststelle joggen. Sie nahm den Weg durch die Straßen des Katharinenviertels, wollte bei Jakob vorbeilaufen und ihn fragen, ob er Lust habe, am Abend den Kinobesuch nachzuholen, den sie vorgestern nicht hatten unternehmen können.

Eigentlich mochte sie die Jogger nicht, die ihrer Mitwelt zeigten, wie sportlich sie waren und demonstrativ durch die Häuserzeilen liefen. Aber – so sagte sie sich – sie joggte nicht, sie hatte ein Ziel. Als sie in die Augustenburgerstraße einbog, zuckte ihr Magen. Ihre Augen hefteten sich an das gelb gestrichene Haus, sie lief langsam aus und stoppte.

Johanna Kluge schloss die Augen, und da stieg ihr die Erinnerung des Geruchs wieder in die Sinne. »Nicht so schnell, Mutti«, hatte dieser Proll mit dem Hundekopfhemd zu ihr gesagt. Und genau diesen Typen hatte sie gestern bei der Facility Management gesehen. Der Mann gestern hatte eine Sonnenbrille getragen, und vor einigen Tagen, als er sie anpöbelte, hatte sie sein Gesicht nicht direkt gesehen. Aber es war der gleiche Geruch. Da war sie sich sicher. Sie hatte, das wurde ihr jetzt klar, die ganze Zeit versucht, den Geruch zu orten. Als sie gestern mit Jakob Besser den Parkplatz der Firma verlassen hatten, hatte sie einen Moment gedacht, es sei der Geruch aus der Wohnung von Rischmöller. Aber dort lag eine süßliche Note. Dieser Mann verströmte den synthetischen Duft von Deodorant und Achselschweiß.

Sie lehnte sich, wie der Mann vor zwei Tagen, an die Wand des Hauses und hob den Blick. Er schien hier auf jemanden gewartet zu haben. Aber hatte das irgendeine Bedeutung?

Den Weg zu Jakob Bessers Wohnung ging sie in schnellem Schritt. Doch Jakob war nicht zu Hause. Johanna war ein wenig enttäuscht, und der Gedanke an die hübsche Maria Sosas kam ihr. Vielleicht war Jakob ja außer Haus bei einer Frau. Sie schüttelte den Kopf bei diesem Gedanken. War sie tatsächlich eifersüchtig, warum hatte sie nur diese sinnlosen Anwandlungen? Sie hatte sich an Jakob gewöhnt. Die Zusammenarbeit mit ihm tat ihr gut. Das war alles.

Den Rest des Weges bis zur Dienststelle ging sie etwas langsamer, und als sie um halb neun in ihrer Joggingkleidung den Korridor in der zweiten Etage betrat, öffnete sich die Tür des Büros von Oberkommissar Besser: »Sehr sportlich! Treten Sie ein, der Tee ist frisch gebrüht.«

Jakob Besser holte die Teetasse, die er ihr geschenkt hatte, aus ihrem Büro und schenkte ihr den fast farblosen grünen Tee ein.

»Was treibst du?«, fragte Johanna und nahm die Tasse.

»Ich recherchiere über Rischmöller«, sagte Jakob und setzte sich an seinen Schreibtisch. Er drehte den Bildschirm zu ihr. »Wir werden Schwierigkeiten haben, der Ostermann was nachzuweisen, denke ich. Deshalb wollte ich einfach eruieren, ob es noch eine andere Motivlage gibt.«

Johanna nahm einen Schluck Tee und nickte langsam. Iris Ostermann war zum jetzigen Zeitpunkt ihre Hauptverdächtige, auch wenn sie noch keinen gerichtsfesten Beweis hatten. Sie war sich so sicher, dass sie den in ihr selbst aufkommenden Vorwurf, sie ermittle möglicherweise einseitig, nicht an sich herankommen ließ.

»Ich habe den Typ, der deiner Ansicht nach roch wie ein verwahrloster Skunk …«

»… Frettchen«, korrigierte Jakob.

»Wie dem auch sei. Frettchen oder Skunk. Jedenfalls habe ich den schon einmal gerochen.«

Sie erzählte ihm die Begegnung mit dem Hundekopf-T-Shirt-Träger. »Aber das hat ja eigentlich keinen Zusammenhang mit unserem Fall.« Sie zögerte einen Moment, zweifelnd, ob Jakob ihre Überlegungen nachvollziehen könnte. »Es war nicht der Geruch aus der Rischmöller-Wohnung.«

Jakob nickte und zerstreute damit Johannas Bedenken, er könne ihre feine Geruchs-Differenzierung infrage stellen. »Frau Kommissarins hübsche Spürnase! Was Euer Gnaden in der Nase haben, hab ich im Urin.« Er drehte den Computer zu ihr. »Guck mal.«

Das Foto Carsten Rischmöllers prangte dort. Besser hatte eine Kriminalakte von Rischmöller aus Brandenburg auf dem Bildschirm.

»Das ist ja ein Ding«, nickte Johanna Kluge und überflog die Seite. »Rischmöller ist aktenkundig.«

Jakob Besser wirkte ein wenig aufgekratzt, setzte sich und strahlte Johanna an: »Ich hab Rischmöller einfach mal überprüft. Im Bundeszentralregister war er nicht! Aber Heureka! In Brandenburg liegt doch tatsächlich noch eine Kriminalakte. Das Ermittlungsverfahren lief vor acht Jahren, es war noch nicht gelöscht. Die Kollegen aus Brandenburg haben mir die Akte als PDF geschickt.«

Johanna Kluge nickte anerkennend. »Ich frage mich nur, ob uns das irgendwie weiterbringt.« Sie vermutete eher, dass Rischmöller ums Leben gebracht worden war, weil er in seinem jetzigen Leben etwas gemacht hatte, was jemanden zu der Tat veranlasst hatte.

»Du hast recht«, gab Jakob zu. »Aber wir bekommen doch ein besseres Bild der Gesamtsituation.«

Johanna stimmte ihm zu. Rischmöller war vor acht Jahren der Anstiftung zu einem Verbrechen beschuldigt worden. Die Opferinitiative Brandenburg hatte Strafanzeige gegen ihn gestellt, weil er zur Lynchjustiz an einem in Untersuchungshaft sitzenden Schüler aufgerufen hatte.

»Ich hab mir mal die alten Zeitungsausschnitte dazu geholt.« Jakob referierte. »Vielleicht erinnerst du dich. Ein kleines Mädchen war missbraucht und ermordet worden. Verhaftet wurde relativ schnell ein 17-jähriger Schüler. Es ging damals durch die Presse. Der aufgebrachte Mob versammelte sich vor dem Haus der Mutter und hetzte tagelang. Dann zogen sie zum Untersuchungsgefängnis und skandierten ›Hängt ihn auf‹, ›Kindermörder‹, ›Todesstrafe für Kinderschänder‹.« Jakob schob ihr ein paar Presseartikel und Fotos hin, die er ausgedruckt hatte, auf dem die Menschen mit ihren Plakaten ohne Scheu und mit dem Ausdruck größter Rechtschaffenheit in die Kamera schauten.

»Rischmöller hatte diese Sauberkeitsdemonstrationen organisiert, so warf man ihm vor. Das Verfahren wurde später eingestellt und von der Ordnungsbehörde lediglich ein Bußgeld wegen Störung der öffentlichen Ordnung verhängt.« Jakob nahm einen Schluck Tee. »Der junge Mann war übrigens völlig unschuldig. Er war einfach zur falschen Zeit am falschen Ort und hatte überhaupt nichts mit der Sache zu tun.«

Johanna Kluge lehnte sich vor. »Ein ekelhafte Geschichte, ich erinnere mich jetzt.« Wie flüchtig doch das menschliche Gedächtnis war. Ihr war dieses widerwärtige Ereignis nicht mehr präsent gewesen. Jetzt aber, konfrontiert mit den Artikeln und der Kriminalakte Rischmöllers, wurde ihre damalige Empörung wieder wach. Sie schüttelte den Kopf darüber, dass selbst der starke Affekt, mit dem sie damals mit ihren Kollegen diesen Vorgang begleitet hatte, es nicht geschafft hatte, ihre Erinnerungen wach zu halten.

»Du musst dich nicht grämen«, störte Jakob ihre Überlegungen.

»Dass ich das vergessen konnte«, ärgerte sie sich jetzt laut.

»Das ist normal.« Jakob Besser lehnte sich in seinem Bürostuhl zurück und erläuterte ihr mit seinem erhobenen belehrenden Zeigefinger, dass nach einer soziologischen Studie das gesellschaftliche historische Gedächtnis eine Halbwertzeit von maximal fünf Jahren habe. Nicht nur einzelne Menschen besäßen, so übrigens Maurice Halbwachs, ein Erinnerungsvermögen, sondern ganze Gesellschaften entwickelten »kollektive Gedächtnisse«. Weil aber das kollektive Gedächtnis einer Gesellschaft Erfahrungen bewahre, die der eigenen Identitätssicherung dienten, würden in einer Gesellschaft, die auf nichts weiter aus sei als auf den Unterhaltungswert einer Sache, solche Dinge ausgeblendet. Diesen Aspekt habe allerdings Besser höchstpersönlich der Theorie beigefügt. Damit hauchte er auf seine akkurat geschnittenen Fingernägel der rechten Hand und polierte sie mit ironischem Blick an seiner linken Schulter.

Johanna erhob sich: »Danke für den Vortrag. Weil ich mich ohnehin damit beschäftige, werde ich mich jetzt mal der Facility Management GmbH widmen. Vielleicht wirft das ja auch noch was ab, was ins Bild passt.«

22

Es war bereits später Nachmittag, als Alexander Pflüger mit seinem Bruder Christopher vor Julias Wohnungstür stand. Christopher hatte darauf bestanden, sie zu suchen. Wenn Alexander sicher sei, dass ihr etwas passiert ist, gäbe es doch keinen Grund, weiter zu warten und die Lage zu beobachten. Sie müssten endlich etwas tun.

Alexander fühlte sich schuldig. Musste sein Bruder kommen, um ihm zu sagen, dass er handeln musste? Er hatte wie so oft in den letzten Jahren, wenn er mit ihm zusammen war, das Gefühl, versagt zu haben. Und zu plötzlicher Eile getrieben, waren sie mit dem Wagen zu Julias Wohnung gefahren. Mit einem Hausbewohner, der seinen Hund ausgeführt hatte, gelang es ihnen, ohne Probleme in das Haus zu kommen.

»Ruf doch einfach an!«, forderte Christopher Alexander auf, als wie erwartet auf ihr Klingeln nichts geschah. Sie hatten bereits von Alexanders Wohnung aus vergeblich versucht, Julia telefonisch zu erreichen.

»Es hat doch keinen Zweck!« Alexander schüttelte den Kopf, drückte aber die Wahlwiederholung.

Eine Melodie von Rihanna wurde vernehmbar – nicht sehr laut, aber eindeutig. Alexander stockte der Atem. Julia würde nie ohne Handy weggegangen sein. Er starrte vor sich hin und kaute auf der Unterlippe.

»Was jetzt?«, fragte Christopher. »Was kann passiert sein, wenn sie ihr Handy nicht mitgenommen hat?«

Hatte sie möglicherweise ein weiteres Handy, von dem er nichts wusste? Woanders konnten sie nicht suchen. Er hatte es Christopher bereits erklärt. Er kannte niemanden, mit dem Julia Kontakt hatte. Sie hatte wohl eine Freundin, aber er wusste nicht, wie sie hieß, geschweige denn, wo sie wohnte. Außerdem war er sich jetzt sicher, dass sie nicht verschwunden war, um den Untersuchungen der Polizei zu entgehen. »Sie hatte vielleicht einen Unfall? Oder …« Alexander zögerte. »Sie ist diesen Typen in die Hände gefallen.«

Christopher sah in fragend an.

Alexander stieg die Treppen hinunter. »Wir müssen in die Firma.« Die beiden Typen von gestern Nachmittag, sie gehörten zum Personal der Firma, er hatte sie schon zweidreimal auf dem Firmengelände gesehen. Gestern waren sie mit Sicherheit aus dem Büro von Huber gekommen. Alexander zog seinen Bruder am Arm, obwohl er neben ihm stand: »Ich glaube, da gibt es zwei Security-Männer, die habe ich gestern gesehen.« Er würde sie wiedererkennen. Er wollte Christopher nicht sagen, dass er sie auch vor dem Haus von Julia gesehen hatte.

Aber sein Bruder fragte ihn: »Wo, hier?«

»Ja«, antwortete Alexander widerwillig, »aber ich habe es erst jetzt zusammengebracht, dass ich sie auf dem Firmenparkplatz gesehen habe und im Wagen.«

Auf dem Weg zum Hasepark erzählte er von seinem gestrigen Treffen mit der Kriminalpolizei, die offensichtlich auf der Suche nach Julia war, weil sie vermuteten, Julia könne was mit dem Tod dieses ekelhaften Menschen zu tun haben.

Es war noch immer warm, als sie gegen halb sieben auf den Parkplatz der Facility fuhren. Um diese Zeit schien außer den beiden Pförtnern niemand auf dem Gelände zu sein.

»Mein Praktikant, Fritz Kreisler«, meldete Alexander Pflüger seinen Bruder beim Pförtner an, der mit ungläubigem Blick auf die roten Haare, »Fritz Kreisler, Praktikant Pflüger« in die Liste eintrug.

Christopher kommentierte abfällig das Gebäude, in dem Alexander seit fast zwei Jahren arbeitete, und verstand nicht, dass er in so einem verfickten Bau überhaupt hatte arbeiten können. Die kapitalistische Scheiße sei doch durch alle Ritzen dieser coolen Cleanness zu riechen. »Alles nur Tünche über dem Dreck.« Alexander konnte nicht antworten.

»Wie hast du es hier nur ausgehalten?«, fragte Christopher kopfschüttelnd, als sein Bruder den Rechner auf seinem Schreibtisch hochfuhr.

Alexander gab das Passwort ein, um in die Personalakten Einsicht nehmen zu können. »Ich wollte Rischmöller fertigmachen.«

»Du bist ein Idiot«, sagte Christoph. »Was hast du denn erreicht?« Christopher schaute ihm über die Schulter, während Alexander die Angestellten im Security-Bereich aufrief. »Wolltest du einem Faschisten, der nichts weiter tut, als den kapitalistischen Normalzustand von Ausbeutung und Unterdrückung für sich zu nutzen, legal ans Bein pinkeln?«

Alexander schwieg und begann, die Akten alphabetisch durchzuklicken.

»Wie wolltest du denn Rischmöller fertigmachen? Indem du ihm juristische Tipps gibst?« Christopher schaute ihm weiter über die Schulter. »Hast du denn was gefunden?«

»Er hat verschiedene schwarze Konten in der Schweiz, die Firma beschäftigt illegale Putzkolonnen mit Rumänen und Bulgaren über Subunternehmer und illegale afrikanische Immigranten. Es gibt einiges an Schwarzgeld, das im Securitybereich anfällt, Discos, Großveranstaltungen und falsche Abrechnungen mit Subunternehmern, getürkte Briefköpfe an Auftraggeber der öffentlichen Hand.«

»Also alles alltägliche Dinge, wie sie sie alle machen«, sagte Christopher. »Was ist das denn für ein Fascho?«, sagte er und zeigte auf einen Security-Mann, der als Waffenträger zum besonderen Objektschutz berechtigt war.

Alexander reagierte nicht auf die Frage und klickte weiter: »Es war noch nicht genug, das, was ich habe, reicht höchstens für ein Verfahren wegen Steuerhinterziehung und möglicherweise ein bisschen Ärger bei der Abteilung Wirtschaftskriminalität.«

»Dieses System tut den eigenen Schweinen nichts«, kommentierte Christopher, schob wissend seine Unterlippe vor und nickte vor sich hin.

Alexander fühlte sich unter dem Blick des kleinen Bruders unwohl. Im Grunde musste er Christopher ja recht geben. Er klickte die nächste Akte an: »Das ist einer von den beiden.« Er hatte das Bild von Frank Kötterhans auf dem Bildschirm. 33 Jahre, seit drei Jahren in der Security, Objektschutz, Waffenträger. Er hatte die Sachkundeprüfung der IHK § 34a Bewachungsgewerbe abgelegt, war eingeteilt für Schutz privater Objekte, Banken, Kaufhäuser. Adresse: Dammer Hof, Dodesheide.

Alexander notierte die genaue Anschrift und suchte weiter. Nach drei Minuten wurde er fündig. Kevin Krombiegel, 29 Jahre, hatte die gleichen Qualifikationen wie Frank Kötterhans und wohnte im Schinkel. Er schrieb die zweite Adresse mit seiner ordentlichen Handschrift auf denselben Zettel, fuhr den Rechner runter, während Christopher bereits an der Bürotür auf ihn wartete.

»Moment noch.« Alexander nahm den Schlüssel für einen Golf an sich, den er in seiner Schreibtischschublade aufbewahrte.

»Wo fahren wir zuerst hin?«, fragte Christopher, als sie die Treppe hinunterstiegen.

»Wir teilen uns auf«, entschied Alexander. »Du nimmst meinen Wagen, ich nehme einen Firmenwagen.«

Alexander fuhr vor seinem Bruder her, als sie den Parkplatz verließen. Er meldete beim Pförtner kurz, dass er einen Wagen genommen habe, obwohl das nicht nötig war, hob die Hand zum Gruß und verließ das Gelände. Er sah, wie er sich einen Vermerk im PC machte.

*

Seit über einer Stunde wartete Alexander vor dem Mietshaus im Schinkel. Zweimal hatte er bereits Christopher angerufen, der am Dammer Hof in der Dodesheide im Wagen saß und auf Frank Kötterhans wartete. Sie hatten vereinbart, sich gegenseitig zu benachrichtigen, wenn einer der beiden auftauchen würde. Dann sollte der andere sofort losfahren und zum Bruder stoßen. Es war kurz nach halb zehn. Es war noch hell, obwohl die Sonne bereits hinter den Häusern versunken war. Es würde erst kurz vor halb elf richtig dunkel sein.

Langsam wurde Alexander unruhig. Vielleicht wohnte Kevin Krombiegel gar nicht mehr hier. Er hatte den Namen zwar auf der Klingel gesehen, aber das musste nichts bedeuten. Dass diese beiden etwas mit dem Verschwinden von Julia zu tun hatten, gründete ja nur auf der vagen Vision eines abfahrenden Firmenwagens vor Julias Wohnung, den er aus den Augenwinkeln heraus wahrgenommen hatte.

Er drückte die Wahlwiederholung. Nach dreimaligem Freizeichen sprang die Mailbox an. Alexander beendete den Anruf und versuchte es sofort erneut. Dieses Mal sprang die Mailbox unmittelbar an. Ihn packte die Furcht. Was sollte das? Sie hatten vereinbart, gegenseitig erreichbar zu sein. Vielleicht war Christopher auf dem Weg zu ihm. Unsinn. Wieder versuchte er es. Aber Christopher meldete sich nicht.

Mit einem Mal ergriff ihn Panik. Wie konnte er seinen kleinen Bruder allein einer solchen unterbelichteten Gestalt aussetzen. Er kannte die Schlägertypen, die sich für die Security meldeten. Es waren nicht die Hellsten, liebten Muskelspiele und Gewalt. Sein hagerer, hoch aufgeschossener Bruder könnte nichts gegen solch einen Mann ausrichten. Wenn er nun unvorsichtig gewesen war? Alexander verfluchte sich für die blödsinnige Idee, Christopher allein zu diesem Frank fahren gelassen zu haben.

Er startete den Wagen und fuhr los. Er hatte keine Ruhe mehr, die Wohnung von Kevin Krombiegel weiter zu beobachten. Jetzt musste er erst einmal Christopher suchen.

Als er in den Dammer Hof einbog, stockte ihm der Atem. Ein Streifenwagen mit Blaulicht stand inmitten einer Menschentraube, ein weiß-orangefarbener Krankenwagen setzte sich gerade in Bewegung und kam ihm mit Blaulicht und Martinshorn entgegen. Alexander hielt am rechten Straßenrand und stieg aus. Mit einem weiteren Mann, der von dem Menschenpulk angezogen wurde, näherte er sich dem Auflauf. Sein Herz klopfte, als er sich in den hinteren Kreis der Menschen stellte.

»Was isn hier los?«, fragte der Mann, der mit ihm gekommen war.

»In 135 ist einer fast totgeschlagen worden«, sagte eine Frau vor ihnen. »Is gerade abtransportiert worden.«

Alexander erstarrte. Sein Herz klopfte vor Entsetzen bis zum Hals. »Kennen Sie ihn?«, fragte er die Frau mit rauer Stimme.

»Ne, aber is wohl inne Wohnung gewesen.«

Alexander versuchte, sich zu fassen und seinen Atem zu beruhigen. Er lauschte noch einen Moment auf all die Menschen, die durcheinandersprachen und gleichzeitig versuchten, den Polizeibeamten zuzuhören, die einige Anwohner befragten. Alexander sah, wie der Beamte mit einem Anwohner ein wenig zur Seite ging.

Er schloss die Augen, ermahnte sich, jetzt ruhig zu bleiben und sich nicht von seiner Panik regieren zu lassen. Abrupt drehte er sich um. Seinen Wagen hatte er nicht gesehen, als er in die Straße einbog. Er löste sich ein wenig von der Gruppe und machte einen Schritt rückwärts auf die Straße, um zu prüfen, ob der Wagen in der anderen Richtung geparkt war. Aber er sah ihn nicht.

»Na denn«, sagte er zu seinem Nachbarn und schob sich vorsichtig ein wenig zur Seite, in der Absicht, weiter nach vorn zu rücken, um mehr zu verstehen.

Das Handy, das er die ganze Zeit in der Hand gehalten hatte, surrte. »Ich bin's«, hörte er Christophers Stimme, die ein wenig unsicher klang.

»Mein Gott, wo bist du?«, zischte Alexander und absentierte sich vorsichtig von der Menschentraube.

»Ich bin bei dir. Kannst du bitte schnell kommen?«

23

Sie hatte sich nicht getäuscht. Sie kamen wieder. Sie musste sich schlafend stellen, befahl sie sich. Sie war zu früh wach geworden.

Schwere Schritte näherten sich der Kammer. Sie blieb mit dem Gesicht zur Wand liegen und rührte sich nicht. Mit einem Schlag wurde die Tür nach außen aufgerissen, das Licht ging an, und eine Hand griff sie fest am Oberarm. Sie schloss die Augen, fühlte sich ohnmächtig, leistete keinen Widerstand, versuchte, ihre Muskulatur zu entspannen und die Schlafende zu spielen. Der Mann hob sie am Arm vom Bett hoch, sie ließ sich in seinen Griff fallen und ging zu Boden.

»Steh auf, du Fotze«, schrie der weiße Mann sie an und zerrte sie hoch. Julia öffnete die Augen einen Spalt. Er war allein.

»Oh«, stöhnte sie und das musste sie nicht spielen. »Ah«, stieß sie aus, als er ihren Arm verdrehte, und zwang sich, nicht in lautes verzweifeltes Heulen auszubrechen.

»Welche verfickten Linkssäue hast du auf meinen Kameraden angesetzt?«, schrie er sie an und stieß sie zurück aufs Bett.

Julia hielt sich mit der rechten Hand am Kopfende fest und zog den Kopf ein. Sie verstand nicht, was er meinte.

Mit hartem Griff zerrte er sie an ihren Haaren und hieb mit der rechten ausgestreckten Hand gegen ihren Kopf, dass sie mit der rechten Schläfe auf die Holzkante des Bettes krachte. Der Schmerz erschreckte sie so, dass sie die Arme hochriss, um sich gegen einen weiteren Schlag zu schützen.

Er hob ihren Kopf und zwang sie, ihn anzusehen: »Wer war das?« Er hatte sein Gesicht direkt vor sie geschoben und hob die Hand zum Schlag.

Julia begriff nicht, was er von ihr wollte, und starrte ihn an. »Wieso? Ich weiß nicht, ich weiß nicht …« Sie schüttelte verzweifelt den Kopf.

»Dreckstück«, schrie der Mann und stieß sie zurück.

Sie hielt ihren Blick auf ihn gerichtet, zog die Schultern an und schüttelte weiter den Kopf. »Ich weiß nichts …«

Der Mann im weißen T-Shirt machte einen Schritt zurück, und sie sah von unten, wie er sein Handy griff. Er entfernte sich einige Schritte in das Innere des Hauses, während er sprach. »Ich bin's, dieses verdammte Dreckstück … als ich kam, war Frank … wer? … nein … ja.« Die Stimme entfernte sich weiter. »Nein, sie weiß nichts, die hätte schon geredet … ja, bis morgen früh«, hörte sie, als er zurückkehrte.

Julia hielt den Kopf gesenkt und schaute mit weit geöffneten Augen auf den hell beleuchteten Fußboden. Sie hörte die knarrenden Dielen, als er zurückkam.

»Stell dich hin«, befahl er mit leiser Stimme. Sie stand auf, denn sie wusste, dass sie ihm nicht mehr vormachen konnte, sie sei noch halb betäubt.

»Dreh dich um.« Er nahm ihre Hände und zog ein festes Plastikband um ihre Handgelenke. Es schmerzte, und sie konnte und wollte den Aufschrei nicht unterdrücken.

»Halt die Fresse«, sagte er mit der gleichen ruhigen Stimme, als er sie wieder zu sich herumdrehte. In der einen Hand hielt er eine Rolle Teppichklebeband. Er riss ein Stück ab und klebte es ihr über den Mund.

Als er ihr mit dem gestreckten Bein in der Unterleib trat, schloss sie die Augen. Julia sackte vornüber auf dem Boden zusammen. Sie hörte, wie er den Reißverschluss seiner Hose öffnete, und zog die Schultern schützend hoch, als der Strahl seines Urins auf sie niederging.

*

Als sie aus der Ohnmacht erwachte, stieg ihr der Geruch in die Nase. Ihr T-Shirt, das Einzige, was sie trug, war feucht. Ihr Unterleib schmerzte, und ihr war flau. Sie war mit einem Mal wach, aus Furcht, ein Würgereiz könne sie überkommen und sie müsste unter dem Klebeband ersticken. Aber ihr Versuch, den Rand des Klebebands mit Reiben über den Fußboden aufzuwickeln, erwies sich sofort als völlig vergeblich.

Er wird mich töten. Das war ihr mit einem Mal klar. Sie warteten nur so lange, um sicherzugehen, dass sie wirklich das Geld fanden in den Schließfächern, zu denen sie sich die Schlüssel besorgen wollten. Ob sie sie bereits hatten? Den Gedanken an ihre Eltern und Christopher, die sie wahrscheinlich in Gefahr gebracht hatte, musste sie abschütteln. Mühsam erhob sie sich und tappte mit unsicherem Gang im dunklen Raum auf und ab, um die Ohnmacht, die sie überkommen wollte, zu vermeiden. Drei Schritte vor bis zur Wand und wieder zurück. Er hatte ihr offenbar, nachdem sie zu Boden gegangen war, wieder ein Betäubungsmittel eingeflößt, sonst könnte sie nicht so müde sein. Sie ging hin und her, um der Müdigkeit zu entfliehen. Wie am ersten Tag folgte sie den Wänden ihres Gefängnisses. Heute aber war sie mit einem Kabelbinder gefesselt. Es war ihr unmöglich, das schmale Band zu zerreißen. Es schnitt ihr bereits, ohne dass sie die Hände bewegte, tief in die Haut.

Sie setzte sich auf die Bettkante, versuchte, Ruhe zu finden, und durchsuchte in Gedanken den Raum nach einem Gegenstand, an dem sie die Fessel durchscheuern konnte. Aber es gab nichts darin außer dem Bett, auf dem sie saß.

Wie viel Zeit hätte sie noch? Würden sie sie überhaupt mitnehmen zur Bank, um sicherzugehen, dass sie das Geld bekamen? Irgendwann hatte der eine zum andern gesagt, sie müsse einigermaßen passabel aussehen, wenn sie die Konten auflösen würde. Sie brauchten sie also noch. Aber irgendetwas war ja geschehen. Er hatte plötzlich keine Rücksicht mehr darauf genommen. Vielleicht würde ihm das Geld reichen, das sie in den beiden Schließfächern deponiert hatte. Sie fröstelte bei dem Gedanken an die kalte Grausamkeit des Mannes ohne Namen.

Sie konnte nicht warten, in der Hoffnung, dass sie sie laufen lassen würden. Das Gesicht des Mannes stieg vor ihr auf, und ein Schauer durchfuhr sie. Entschlossen stand sie auf und rutschte, einen Fuß vor den anderen setzend, zu dem kleinen, von außen mit Läden fest verrammelten Fenster. Sie drehte dem niedrigen Fenster den Rücken zu und mit aller Kraft und Verzweiflung durchschlug sie mit dem rechten Ellbogen eine der kleinen Scheiben. Es klirrte, als sie zerbrach. Mit der Oberseite ihrer Finger tastete sie vorsichtig an der Glaskante entlang. Einige Scherben waren stehen geblieben. Sie beugte sich leicht vor, stützte sich mit dem Gesäß gegen die niedrige Fensterbank und schob die Plastikfessel vor die Scherbe. Doch bei ihrem ersten Versuch, mit einem kräftigen Druck das Band zu durchschneiden, schnitt sie sich tief in den Handballen. Sie fühlte, wie das Blut an ihren Fingern nach unten lief. Es schmerzte sie nicht. Erneut schob sie die gefesselten Hände vor die Scherbe. Diese Mal spürte sie den Widerstand, den die Plastikfessel leistete. Ihre Schultern schmerzten, weil sie die Arme so weit heben musste, aber sie hielt sich weiter vornübergebeugt und fuhr fort, die Fessel an der Scheibe zu reiben.

Ein Lastkahn hupte. Sie war irgendwo am Kanal. Wo war der Hund? Sie scheuerte weiter, auch wenn sie sich immer wieder mit der Spitze der Scherbe schnitt. Einmal hob sie den Kopf in den Nacken, um die Verkrampfung zu lösen, denn sie traute sich nicht, die Position, die sie jetzt hatte, zu ändern, sondern musste so bleiben, um die kleinen Bewegungen weiterzuführen.

Mit einem Ruck fielen ihre Hände plötzlich auf die Fensterbank, sie stolperte auf den Boden und fiel auf ihre Knie. Mit einem kräftigen Griff riss sie sich das Klebeband vom Mund. Sie begann zu weinen. Sie war zwar von den Fesseln befreit, aber die Tür war verschlossen und das Fenster vernagelt.

Sie werden mich töten, sagte sie sich erneut. Du musst hier raus. Der Geruch von Urin stieg ihr in die Nase, und mit einem Aufheulen riss sie sich das stinkende T-Shirt vom Leib und kämpfte mit dem Würgereiz.

Doch mit der Angst kamen die klaren Gedanken. Sie hob die Matratze von ihrem Lager ein wenig an und fühlte nach den Latten, die unter der Matratze waren. Zum Teil waren sie verschoben und fielen auf die Erde, als sie danach tastete. Im Dunkeln zog sie drei Latten unter dem Bett heraus, die sie zusammenhielt. Sie krabbelte über den Boden zurück und suchte das Klebeband, das sie dort hatte fallen lassen. Zu ihrer Überraschung fand sie es sofort. Sie robbte zurück und versuchte damit die drei dünnen Latten miteinander zu verbinden. Das Bettlaken knüllte sie zu einem Polster zusammen, das sie sich vor den Brustkorb legte. Dann schob sie ihre Latten vor die Tür, hob sie an und setzte sie vorsichtig neben die ertastete Türklinke in Position. Sie machte sich auf einen Schlag gegen ihren Körper gefasst, als sie einen Schritt zurücktrat und sich mit ihrem Werkzeug mit aller Kraft gegen die Tür warf.

Die alte Tür schlug sofort nach außen auf, und Julia stürzte über die Latten auf den Steinboden des Flurs. Sie hatte keine Zeit mehr, zu weinen oder sich auszuruhen. Bleib ruhig, sprach sie sich Mut zu. Überleg genau. Vorsichtig ging sie über den Steinboden des kurzen Flurs in das muffige Zimmer, das im grauen Licht der sternklaren Nacht lag. Die dünne Sichel des abnehmenden Mondes stand hinter einem Baum in der Flucht des Fensters, an dem der schwarze Frank am Nachmittag gestanden hatte. Julia erbrach sich auf den fleckigen Teppichboden.

Ihre Jeans lagen auf dem Stuhl. Mit einem größeren Schritt stieg sie über ihr Erbrochenes. Mit einem Arm hielt sie sich an der Lehne des Stuhls fest und stieg mit einem

Bein in die Hose. Sie konnte sich nicht auf eines dieser Möbel setzen. Als sie den Reißverschluss hochzog, fühlte sie sich erleichtert und atmete tief aus. Das Haus war still und machte nur die ihr vertrauten Geräusche. Sie war allein, und solange sie allein war, war sie sicher. Ohne Schuhe, nur bekleidet mit ihrer Jeans, stieg sie aus dem Fenster auf das taufeuchte Gras der Wiese, die das Haus umgab. Mit einem Blick auf den kleinen Weg, der von diesem Haus an einem weiteren Kötterhaus vorbeiführte, entschied sie sich für die entgegengesetzte Richtung. Auf keinen Fall konnte sie die Straße nehmen. Über die Wiese stolperte sie durch das kniehohe Gras in Richtung des Kanals.

Der Mond stand als schmale Sichel am Himmel, und die Sterne leuchteten deutlich und hell. Es war kühl. Doch sie spürte es nicht. Mehrfach fiel sie in das feuchte Gras, raffte sich wieder auf. Sie war mit einem Mal so unerträglich müde und begriff nicht, warum sie nicht schneller sein konnte, um sich in Sicherheit zu bringen. Als der Kanal als helles Band vor ihr auftauchte und sie das leichte Plätschern des Wassers an der steinigen Böschung hörte, fühlte sie Erleichterung. Sie musste runter ans Wasser, um sich endlich zu waschen.

24

Es war etwa 22.15 Uhr an diesem Sonntagabend, als Johanna Kluges Feierabend ein abruptes Ende fand. Sie war, nachdem sie sich den Nachmittag mit Recherchen über die Facility Nordwest um die Ohren geschlagen hatte, kurz nach Hause gegangen und hatte auf ihrem kleinen Balkon die frühsommerliche Sonne genossen. Sonntag war eigentlich ihr Telefontag mit Stefan, ihrem Sohn. Heute hatte sie ihn jedoch nicht erreicht. Wahrscheinlich machte er mit irgendwelchen Freunden einen Ausflug entlang der Elbe. Und zu seinen bemerkenswerten Angewohnheiten gehörte, dass er sein Handy häufig ausschaltete und nicht erreichbar war.

Johanna hatte ihn in diesem Winter das erste Mal in Hamburg in seiner WG besucht. Seit sie sich von ihrem Mann getrennt hatte, gab es keinen gemeinsamen Familiensitz, und auch der Kontakt zu ihrem Sohn war nun kein Anlass mehr, gemeinsam irgendetwas zu unternehmen. Stefan hatte das letzte Mal, als er nach Osnabrück gekommen war, bei Paul in ihrem ehemaligen gemeinsamen Haus am östlichen Stadtrand gewohnt. Er hatte dort noch immer sein Zimmer, sie konnte ihn in ihrer kleinen Zweieinhalbzimmerwohnung nur schwer unterbringen. Johanna fand diese Regelung praktisch, denn sie hatte keinen Stress mit ihrem Mann Paul. Aber einen kleinen Stich hatte es ihr doch versetzt, dass Stefan sie nicht wenigstens gefragt hatte.

Unsinn, sich von solchen Eifersüchteleien leiten zu lassen, schloss sie ihre Gedanken ab und machte sich fertig für den Kinobesuch, für den sie sich mit Jakob Besser verabredet hatte. Er hatte einen anspruchsvollen Autorenfilm aus Argentinien vorgeschlagen, aber Johanna war an dieser Stelle ganz entschieden: in der Freizeit keine Filme mit Anspruch! Sie liebte Mainstream-Filme, möglichst Komödien, die nicht allzu banal waren, weil sie das wirkliche Leben schon anstrengend und belastend genug fand. Da sollte es wenigstens in ihrer Freizeit amüsant und unangestrengt sein. Sie einigten sich auf einen Film, in dem ein einzelner Mann, in einem Schlauchboot mutterseelenallein auf dem Atlantik treibend, seiner eigenen Sterblichkeit ins Auge sieht. Jakob fand es akzeptabel, weil in einem Einpersonenstück auf jeden Fall nicht allzu viel Unsinn gesprochen werden würde. Johanna konnte sich – obwohl es sich nicht um eine Komödie handelte – darauf einlassen, weil sie den alten Robert Redford gut fand. Zudem war das Szenario doch weit genug entfernt von ihrem Alltag, in dem sie täglich Zeugin des Elends der Menschen wurde.

Sie hatte sich gefreut auf das anschließende Glas Wein im Garbo, einem Lokal im Kinogebäude. Es war gut besucht, und sie stießen mit ihren Gläsern an. »Du entwickelst dich noch mal zu einem wirklichen Gourmet«, meinte Johanna zu Jakob. Sie trank gern einen guten Rotwein, während Jakob Besser bislang eher Freund asiatischer Tees und gerösteten Tofus war.

»Schöne Frauen trinken Wein. So auch ich«, grinste Jakob.

Johanna Kluge schaute ihm versonnen über die Schulter, weil sie sich erneut ertappte, dass ihr das Geplänkel guttat. Sie ließ ihren Blick über die anderen Menschen schweifen, die hier ihren Abend ausklingen ließen, bis er an einem Mann hängen blieb, der einige Tische weiter, leicht rechts von ihnen, saß und ihnen das Halbprofil zuwandte.

Jakob registrierte, dass ihre Aufmerksamkeit eine andere Richtung genommen hatte, und folgte ihrer Blickrichtung: »Ja, gegen George Clooney kann der untergeordnete Kollege natürlich nichts ausrichten.«

Bei diesen Worten erinnerte sie sich schlagartig. In einem anderen Fall hatte sie diesen Mann einmal als Zeugen vernommen. Jakob Besser hatte sie damit aufgezogen, sie hätte ihn attraktiv gefunden, weil er so gut aussah wie der junge George Clooney. Sie legte die Hand vor den Mund und nickte. »Ja, ich erinnere mich.«

»Frau Kollegin, mir können sie nichts vormachen. Soll ich mal rübergehen und ihn verhaften?« Jakob grinste sie an.

In diesem Moment hob George Clooney den Blick und schaute sie direkt an.

Johanna hatte das Gefühl, rot zu werden und senkte den Blick. Doch der Mann erhob sich, sagte irgendetwas zu seinem Gesprächspartner und setzte sich in ihre Richtung in Bewegung. Johanna hatte gerade noch genug Zeit zu erkennen, dass er mit einem Freund und nicht mit einer Frau am Tisch gesessen hatte. Außerdem fiel ihr sein Name wieder ein: John von dem Bruche. Hatte sie ihn zu lange angestarrt, dass er sich aufgefordert fühlte, zu ihrem Tisch rüberzukommen?

»Guten Abend, Frau Kluge«, sagte John von dem Bruche, reichte ihr die Hand und lächelte sie an. Er hatte jedenfalls ihren Namen auch nicht vergessen.

»Guten Abend, Herr von dem Bruche«, nickte Johanna Kluge, und weil sie wusste, dass Jakob Besser sie mit Argusaugen beobachtete, unterdrückte sie das freudige Lächeln und sah ihn ernsthafter an, als sie das beabsichtigt hatte.

»Ich möchte nicht stören«, meinte John von dem Bruche. »Aber, irgendwie, ich …« Er brach ab.

In diesem Moment vibriert das Handy in ihrer Jackentasche. »Ja bitte«, meldete sie sich und lächelte dabei John von dem Bruche entschuldigend an.

»Frau Kluge, tut mir leid, Sie sollten hier mal vorbeischauen.« Es war ein Kollege der Bereitschaft, der sie informierte. Ihr, als leitender Ermittlerin, wurde mitgeteilt, dass in Haste ein schwer verletzter Mann in seiner Wohnung aufgefunden worden war.

»Es gibt Blutspuren. Und …«, der Kollege zog die Nase hoch, »der Mann hat eine recht bizarre Wohnung.« Er schniefte wieder. »Ein Spurenteam ist schon vor Ort. Der Verletzte ist bereits abtransportiert worden.«

Johanna Kluge dankte, steckte das Telefon in die Tasche und richtete sich an Jakob. »Kein Wein, Herr Kollege, ich muss nach Haste.« Sie sah John von dem Bruche an und neigte noch einmal entschuldigend den Kopf. »Es tut mir leid«, sagte sie, nickte nachdrücklich und dachte: Es tut mir wirklich leid. John von dem Bruche hatte etwas unbeholfen gewartet, und es war deutlich, dass ihm die Situation unangenehm war. Johanna war über sich verärgert und ungeachtet der Anwesenheit Jakobs fügte sie noch hinzu: »Ich hätte gern mit Ihnen ein Glas Wein getrunken.« Damit wandte sie sich zum Gehen. »Vielleicht ergibt sich ja ein andermal eine Gelegenheit.«

»Das wäre schön«, beendete von dem Bruche das Gespräch und bewegte sich wieder in Richtung seines Tisches.

Johanna warf ihm noch einen Blick hinterher und wollte Jakob bitten, in Ruhe auszutrinken und zu bezahlen. Der war jedoch bereits auf dem Weg zur Theke und rief ihr zu »Ich komme mit«, warf mit einer großen Geste der attraktiven Bedienung 20 Euro auf den Tresen. »Ich komme demnächst mal wieder«, rief Jakob Besser von der Tür über die Schulter und sprang Johanna nach, die bereits die große geschwungene Treppe hinunterstieg.

»Du entwickelst dich noch mal zu einem richtigen Draufgänger«, fand Johanna, als sie den Parkschein am Automaten des Parkhauses bezahlte.

*

Die Menschentraube vor dem Haus war beachtlich. Obwohl nichts weiter zu sehen und zu erfahren war, hatte das Interesse am Unglück des Nachbarn nicht abgenommen. Der Abend war angebrochen, aber es war sommerlich lau mit immer noch 17 Grad, doch der sternenklare Himmel verhieß, dass es kühl werden würde in der Nacht.

Der Wagen der Kriminaltechnik stand vor dem Haus, und ein Streifenwagen parkte auf der dem Haus gegenüberliegenden Seite der Straße, halb auf dem Bürgersteig. Der Kollege, der sie informiert hatte, empfing die beiden und begrüßte Jakob Besser mit einem Kopfnicken.

»Wir waren gemeinsam im Kino«, beantwortete Hauptkommissarin Kluge seine nicht ausgesprochene Frage. »Wo ist die Wohnung?«

Er schickte sie in die zweite Etage, rechte Tür, und reichte ihnen je einen Einmal-Overall. Johanna bedankte sich und stieg die Treppe hinauf. Es war eines dieser 1960er-Jahre Häuser, dreistöckig mit kleinem Satteldach, die einzelnen Treppenhäuser bereits auf der Fassade mit unterschiedlichem Anstrich voneinander abgegrenzt, mit quadratischen Fenstern. Das Treppenhaus war grau, und die Steintreppe hatte ein metallenes Geländer, dessen Handlauf mit beigefarbenem Kunststoff überzogen war. In der offenen Wohnungstür in der ersten Etage rechts sah ihr ein rauchender beleibter Mann im Unterhemd, gegen den Türrahmen gelehnt, entgegen. Johanna ging ohne ein Wort an ihm vorbei. Sie hörte, wie Jakob Besser hinter ihr dem Dicken einen schönen Abend wünschte.

Aus der Tatwohnung drangen Geräusche, die Spurensicherung war noch bei der Arbeit. Sie warteten an der Wohnungstür, die von zwei Beamten gesichert war. Von der oberen Etage drangen Geräusche. Die Wohnungstüren dort waren geöffnet, und die Bewohner standen im Treppenhaus, um teilzuhaben an dem, was hier geschah.

»Kann ich reinkommen?«, fragte Johanna. »Ach, Meyer!

Hast du Dienst?« Sie wunderte sich, denn KTU-Meyer hatte seine Mutter in der Reha besuchen wollen.

»Nö«, knurrte er. »Aber Lehmanns Frau hat Wehen. Und das Leben geht vor. Meine Mutter ist schließlich 84. Da ist ja noch Zeit. Die kann ich immer noch besuchen.« Er lachte und wartete, bis Johanna Kluge in den Overall gestiegen war, und ließ sie ein.

Die Kollegen waren noch dabei, die Wohnungstür auf Spuren zu untersuchen. Johanna ging vorsichtig um sie herum.

»Die Tür stand offen«, erklärte Meyer. »Kein Anzeichen von gewaltsamem Eindringen.« Es war eng in dem winzigen Flur. Sie wich aus und wartete in einer Küche, die das Wort nicht verdient hatte. Es gab einen Herd und eine Spüle. Küchenmöbel gab es außer einem Hängeschrank nicht. Auf einem quadratischen Tisch mit Plastikplatte standen leere Bierflaschen und eine aufgerissene Pizzaschachtel. Ein riesiger Marmoraschenbecher voll mit Kippen stand neben einem trockenen Brötchen und einem geöffneten Paket Butter. In den Ecken standen einige Plastiktüten, aus denen der Müll herausquoll, meist Pizzaverpackungen. Der Backofen stand offen. Er war schwarz.

»Igittigitt«, sagte Johanna Kluge. »Wie alt war das Opfer?«, fragte sie den Kollegen vom Spurenteam, der nun neben Meyer auftauchte.

»Frank Kötterhans, 33 Jahre alt.« Der junge Kollege musste sich bücken, um durch die Küchentür zu kommen. »Er lag im hinteren Raum.« Er wies mit dem Finger über seine Schulter.

Johanna Kluge verließ die Dreckküche und fragte sich wie so oft, wenn sie in solche Behausungen kam, ob die Zeiten sich immer noch nicht so weit geändert hatten, dass Mütter ihren Söhnen auch beibrachten, sich zu waschen und aufzuräumen. Aber offenbar taten sie das nicht. Sie räumten ihren Söhnen alles hinterher, und sobald diese eine eigene Wohnung hatten, konnten sie sie nach Herzenslust verdrecken lassen, bis sie eine Frau fanden, die die Rolle und die Aufgaben der Mutter übernahm und für sie wusch und kochte. Sie schüttelte den Kopf.

Das Wohnzimmer bestätigte ihr das in der Küche gewonnene Bild über den Mann, der hier wohnte. Es gab ein braunes Kunstledersofa vor einem niedrigen Sofatisch, der in etwa so aussah wie der Küchentisch, außer dass hier zwei leere Wodkaflaschen neben den Aschenbechern standen. Auf dem Fußboden war der Umriss des Körpers markiert. Ein extremer Geruch von kaltem Rauch, verbrauchter Luft, Schweiß und Deodorant lag in dem Raum.

Der Kollege vom Spurenteam setzte sie ins Bild. Frank Kötterhans war von seinem Nachbarn gefunden worden. Die Wohnungstür hatte offen gestanden, als er zurückkam. Er war mit dem Fanbus des VFL zu einem Auswärtsspiel mitgefahren und gegen kurz vor halb zehn nach Hause gekommen. Da war die Wohnungstür bereits einen Spalt offen gewesen. Als er fünf Minuten später mit seinem Hund rauswollte, hatte er sich darüber gewundert, dass die Tür immer noch offen stand, und hatte nachgesehen.

»Wo ist er?«, fragte Johanna.

»Der ist drüben in seiner Wohnung. Seine Aussage wird gerade aufgenommen.«

»Ich geh anschließend rüber«, sagte Johanna und forderte den Kollegen auf, weiterzusprechen.

»Der Mann lag hier. Sein linkes Knie war zerschmettert. Er war bewusstlos und nicht ansprechbar. Möglicherweise hat er sich beim Sturz eine Kopfverletzung zugezogen. Hier lag ein Klappmesser.« Er wies auf die Stelle, an der eine Nummer die Position markierte. »Es sieht aus, als habe er das Messer in der Hand gehabt, als er attackiert wurde.« Einen Meter vor seinen Füßen markierte eine weitere Zahl drei kleine Flecken im Teppichboden. »Wahrscheinlich Blut«, sagte der Kollege. »Und wahrscheinlich vom Täter.« Er zeigte Johanna einige Fotos, auf der die Position festgehalten war. Frank Kötterhans lag mit geschlossenen Augen auf dem Rücken, das Gesicht zur Seite gewendet. Das linke Bein war im Kniegelenk nach außen abgeknickt, das rechte war gerade, jedoch eigenartig verdreht. Der Fuß lag rechtwinklig auf dem Teppichboden.

»Zeigen Sie mir bitte noch einmal das erste Bild«, bat sie den Kollegen. Der hielt ihr die Kamera hin. Johanna Kluge war sich sicher. Zwar hatte sie den Mann weder auf der Straße noch auf dem Parkplatz der Facility GmbH länger gesehen. Dort hatte er eine Sonnenbrille getragen, vor einigen Tage im Katharinenviertel hatte er ihr nur kurz sein Gesicht zugewendet. Aber das Gesicht war unverwechselbar, und die dem ganzen Gestank durchdringende Mischung aus Deodorant und menschlicher Ausdünstung machte sie völlig sicher. Frank Kötterhans war ihr in den letzten Tagen im Zusammenhang mit dem Rischmöllerfall zweimal über den Weg gelaufen: Einmal war es Zufall, das zweite Mal nicht. Dass er jetzt in der eigenen Wohnung überfallen worden war, musste mit Rischmöller oder der Facility GmbH zusammenhängen.

Johanna nickte. »Irgendwelche Zeugen?«

Der Kollege schüttelte den Kopf und erklärte, dass sie erst eine gute halbe Stunde – etwa Viertel vor zehn – vor ihr eingetroffen seien. »Wir sind noch nicht so weit.«

Johanna warf einen Blick auf Jakob, der an der Wohnzimmertür den Ausführungen des Kollegen gefolgt war. »Fang mal oben an, ich geh gleich zum Nachbarn.«

Sie ging zum Fenster und warf einen Blick auf die Straße, auf der sich mittlerweile, da es völlig dunkel geworden war, der große Menschenauflauf ein wenig aufgelöst hatte. Einige standen aber doch noch zusammen, rauchten und unterhielten sich. Solange sie mit ihren Wagen hier bleiben würden, würde diese Gruppe dort stehen bleiben und auf weitere Informationen hoffen. Auch hier im Haus war noch alles wach. Sie drehte sich um und betrachtete vom Fenster aus den trostlosen Raum. Gegenüber dem Sofa stand ein gigantischer Flachbildschirm. Darüber hingen als einzige Dekoration des Raums zwei Plakate mit der Aufschrift »Rock für Deutschland«, einmal 2010 und 2012. In einem 60 Zentimeter hohen Regal aus Holzimitat mit zwei Einlegeböden lagen CDs. Johanna nahm einige in die Hand und las die Aufschriften: »Absurd«, »Noie Werte«, »Die Lunikoffverschwörung«, lauter Gruppen, von denen sie noch nie etwas gehört hatte. Die Gestaltung der CD-Hüllen passte aber zum Plakat: »Rock in Deutschland 2010«, stand in Frakturschrift in einem Band, gehalten von einem Adler, darunter der Ort: Gera. Das Plakat von 2012 war eine rotgrundige Collage, unten rechts stand der Versand: Germaniaversand.de. Außerdem lagen da noch ein paar selbstgebrannte CDs auf dem Regalboden: »Geile Fotzen«, »GangBang« und »Abgesprizt« waren sie mit einer ungelenken Handschrift beschriftet. Johanna Kluge verzog angewidert den Mund. Schwach in Orthografie. Irgendwie bestätigte all das ihr Vorurteil.

Sie wandte sich ab und sah auf die Silhouette des niedergeschlagenen Frank Kötterhans. War das hier eine politische Auseinandersetzung? Ein rechtsradikaler Mann wird in der eigenen Wohnung niedergeschlagen? Eine Auseinandersetzung unter Freunden? Schließlich war die Wohnung nicht verschlossen gewesen.

»Kein PC?«, fragte Johanna Kluge nach dorthin gerichtet, wo sie das Schlafzimmer vermutete.

»Doch, hier«, vernahm sie den Kollegen von der Spurensicherung aus dem Flur. Er zeigte auf einen Raum, in dem ein Bett und ein Kleiderschrank standen. Es stank nach Schweiß und Deo. Auf der Erde lagen schwarze Jeans und drei Unterhosen. Johanna warf einen Blick in den offen stehenden Kleiderschrank. In drei Fächern waren in einem wüsten Haufen vermutlich T-Shirts zusammengestopft. In der Ecke am Fenster stand auf einem Tisch ein Laptop.

»Na also. Ich hätte mich schon gewundert. Irgendwo muss er ja seine Pornos gucken.« Aus dem Flur war ein Grunzen zu vernehmen. »Ich gehe mal rüber in die Nachbarwohnung«, meldete sie sich bei den Kollegen ab.

Der Kollege von der Schutzpolizei hatte seine Befragung gerade beendet und begrüßte Hauptkommissarin Kluge an der Wohnungstür: »Haben wir Ihnen einen schönen Abend beschert, was?«, grinste er sie an. »Der kann im Grunde nicht viel sagen.« Er zeigte auf den Wohnungseigentümer, der hinter ihm an der Tür erschien.

Johanna stellte sich vor und ließ sich noch einmal wiederholen, was der Nachbar bereits zu Protokoll gegeben hatte. Er tat das gern, schließlich wolle er ja der Polizei die Arbeit erleichtern, sei ja keine leichte Sache heutzutage, ihr Job.

»Nein, da haben Sie recht«, nickte Johanna sachlich. »Kennen Sie Ihren Nachbarn gut?«

Der Nachbar verneinte das, Frank Kötterhans sei vor einem Jahr eingezogen, aber nicht oft zu Hause gewesen. Sie hätten auch unterschiedliche Arbeitszeiten. Kötterhans arbeitete wohl für eine Security-Firma, oft auch nachts. Er habe manchmal einen dieser kleinen blauen Firmenwagen vor dem Haus gesehen. Der habe auch heute, als er zurückkam, vor der Tür gestanden.

»Haben Sie denn mal einen Freund oder Bekannten von ihm hier gesehen?«, wollte Johanna wissen.

Der Nachbar wusste doch mehr, als er anfangs zugeben wollte. Er habe wohl ein, zwei Freunde oder besser Arbeitskollegen, denn die hätten auch diese Firmenwagen.

»Ja, heute war doch einer da.« Der Mann überlegte. Jetzt erst, da sie frage, falle es ihm ein. Denn Franks Wagen stehe ja hier auf dieser Seite. Er ging aufgeregt zum Fenster und zeigte auf den KTU-Wagen, der vor einem Firmenwagen der Facility geparkt war, sodass Johanna den Wagen beim Kommen nicht bemerkt hatte. »Und der andere parkte weiter hinten. Er zeigte mit dem Finger über den KTU-Wagen hinweg, die Straße entlang.

»Wann war das?«

Der Nachbar wollte sich nicht so festlegen, immerhin sei das gewesen, als das ganze Aufgebot hier schon aufgefahren sei. »Na sagen wir, eine Viertelstunde, nachdem Ihre Kollegen gekommen sind.« Er sei ziemlich sicher, dass der Wagen vorher nicht dort gestanden habe.

»Wie sieht es bei dir aus?«, fragte Johanna Kluge Jakob, der aus der oberen Etage zurückkam.

»In drei Wohnungen im oberen Stockwerk hat niemand etwas bemerkt. Alle haben ›Tatort‹ geguckt. Aber eine dicke Frau oben rechts hat einen Firmenwagen gesehen, der ein wenig weiter vor dem Haus geparkt hatte.« Jakob zeigte rüber in die Richtung zur Hauptstraße.

»Du irrst. Wir sind jetzt im Treppenhaus, der stand in die andere Richtung«.

»Wollen die Frau Kollegin mich der Fehlorientierung im Raum bezichtigen? Das wird doch eher als genetisches Defizit von Frauen vermutet, so jedenfalls die trivialen Übernahmen aus der Gehirnforschung.« Er ging zum Fenster des Treppenhauses und zeigte nach rechts. Dort habe der Wagen gestanden, habe die alte Dame behauptet.

»Und mein Zeuge behauptet, er habe dort gestanden«, meinte Johanna Kluge und zeigte genau in die entgegengesetzte Richtung. »Klär das bitte.«

Jakob Besser legte die Hand an die Stirn und beugte sich leicht vor. »Wie befohlen.« Und zwei Schritte auf einmal nehmend sprang er wieder die Treppe hinauf.

25

Alexanders Herz schlug bis zum Hals. Er wusste nicht, ob vor Aufregung oder Erleichterung, dass es nicht Christopher war, der im Krankenwagen abtransportiert worden war. Aber die Furcht hatte ihn derart ergriffen, dass er das Zittern unterdrücken musste. Er fror.

Christopher handelte. Er war der Beobachter. Wie hatte er als der große Bruder Christopher allein vor dieses Haus schicken können? Er verstand nicht mehr, was ihn vorher dazu angestachelt hatte. Vielleicht hatte er seinem Bruder etwas vormachen wollen, zeigen, wie dynamisch er war. Aber Christopher war ja völlig ahnungslos, kannte den Typ Mensch nicht, aus dem sich bevorzugt die Wachleute in der Firma zusammensetzten. Er hatte Christopher, obwohl er es hätte besser einschätzen können, in eine Situation gebracht, die er gar nicht bewältigen konnte.

Alexander rieb sich das Kinn und spürte seine Bartstoppeln. Er musste sich unbedingt rasieren. Ärgerlich fluchte er vor sich hin, weil er in diesem Augenblick an seine Rasur dachte.

Als er in seine Straße einbog, sah er bereits seinen Wagen vor seinem Haus ordentlich geparkt. Er wollte direkt dahinter stehen bleiben, besann sich aber und fuhr den Firmenwagen um die nächste Straßenecke. Gleichzeitig machte er sich Vorwürfe, dass er nicht unmittelbar zu Christopher geeilt war, sondern Mätzchen um das Parken veranstaltete. Christophers Stimme hatte dünn geklungen, und er hatte ihn wie ein kleiner Junge gebeten, zu kommen. Alexander presste die Kiefer zusammen. Den kurzen Weg zu seinem Haus lief er und stürmte die Treppe hinauf.

Auf den Treppenstufen sah er einige Blutstropfen. Auf dem Absatz vor seiner Etage war ein verschmierter größerer Fleck. Alexander ergriff Panik. Die letzten Stufen sprang er mit dem Schlüssel in der Hand hinauf und steckte ihn ins Schloss. Mit einem Stöhnen stieß er die Tür zu seiner Wohnung auf. Auf dem Boden zu seinem Sofa lief eine kleine Blutspur. Eine andere Spur führte zum Badezimmer.

Christopher lag auf dem Sofa und wandte seinen Kopf abrupt zu ihm. Er hatte offenbar die Augen geschlossen gehabt. Seine blauen Jeans lagen auf der Erde. Um seinen linken Oberschenkel war ein Handtuch gewickelt.

»Hallo«, sagte Christopher und lächelte matt. »Ich hab's verbockt.«

Alexander setzte sich neben ihn auf die Erde und legte eine Hand auf seine Schulter. »Was ist mit deinem Bein?«

»Der Typ hat mich mit einem Messer angegriffen«, sagte Christopher leise, und obwohl Alexander auf der Fahrt zu sich nach Hause darüber gegrübelt hatte, wie hilfsbedürftig sein Bruder geklungen hatte, berührte ihn diese Aussage in dem Moment derart, dass er mit den Tränen kämpfen musste.

»Lass sehen«, befahl Alexander und sah in streng an. »Ich muss mit dir ins Krankenhaus.«

»Nein.«

»Lass mich jetzt die Wunde ansehen.« Er zog das Handtuch vorsichtig vom Oberschenkel weg, Christopher wendete sein Gesicht ab. »Bleib so liegen.« Alexander eilte ins Badezimmer, suchte in seiner Apothekerschublade nach Verbandszeug, warf alles durcheinander, ohne etwas zu finden. Mit weiteren Handtüchern kam er zurück zum Sofa. »Du musst ins Krankenhaus«, befand Alexander energisch. »Diese Wunde muss versorgt werden.« Im Außenmuskel von Christophers Oberschenkel klaffte ein tiefer, mindestens zehn Zentimeter langer Schnitt. Es würgte Alexander. »Wir fahren sofort los.«

Christopher richtete sich auf, und die klaffende Wunde begann erneut heftig zu bluten. Er sah Alexander ins Gesicht und verzog den Mund wie ein Kleinkind, das erst mit einer gewissen Verzögerung bemerkte, dass es wehtat. Bevor er beginnen konnte zu weinen, nahm Alexander ihn in den Arm und legte seine Stirn an seine Brust. »Ach Christopher.«

Christopher schluchzte. Alexander streichelte ihm seine roten Haare und wartete.

»Was ist passiert?«

»Ach, dieses Schwein. Ich …« Christopher begann wieder zu weinen. Alexander fühlte leichte Ungeduld, und seine Gedanken wanderten zu den Blutflecken im Treppenhaus. Er musste sie wegwischen.

»Ich hab ihn kommen sehen. Er hat vor dem Haus geparkt und ist breitbeinig zur Haustür gegangen. Da bin ich einfach hinterher.« Christopher hatte den Wagen verlassen, war schnell rüber auf die andere Straßenseite und hatte, bevor die Haustür, die mit einem Verzögerer ausgestattet war, ins Schloss fiel, seinen Fuß davorgestellt. Er hatte unten gewartet, bis der Typ oben seine Wohnung aufgeschlossen hatte. »Ich wollte ihn überraschen und aus ihm rausholen, wo deine Freundin ist.«

Alexander schüttelte den Kopf bei der Vorstellung, dass ein so untrainierter dünner Kerl wie sein Bruder allen Ernstes auf den Gedanken kommen konnte, aus einem Bodybuildertyp vom Schlag eines Frank Kötterhans irgendetwas »rauszuholen«.

Christopher war die Treppen raufgegangen und hatte einfach geklopft. Der Typ hatte ihm aufgemacht und ihn nur angeguckt. Da war er einfach rein in die Wohnung.

»Du bist einfach so, wie du bist, zu so einer Dumpfbacke in die Wohnung?« Alexander konnte es nicht fassen.

»Nicht so, wie ich bin. Ich hatte eine Eisenstange mit.« Christopher schluckte. »Unter meinem Parka.«

»Eine Eisenstange?«

»Aus deinem Kofferraum, das ist dieses Ding, um den Kreuzschlüssel zu verlängern, wenn man eine Reifenpanne hat.«

»Bist du bei Verstand?« Alexander schüttelte den Kopf, doch mit einem Blick auf die tiefe Wunde in Christophers Oberschenkel besann er sich. »Wo ist diese Stange jetzt?«

»Die liegt wieder im Kofferraum. Wir sollten sie besser loswerden, oder?« Christopher sah Alexander fragend an. Der nahm ihn wieder in den Arm, ein bisschen stolz, dass Christopher das erste Mal, seit er in seine Wohnung geschneit war, ihn als den Erfahreneren betrachtete.

»Und dann?«, fragte Alexander und ließ die Frage nach der Stange erst einmal unbeantwortet.

Der Typ habe ihn gefragt, was er wolle und ihn aber

schon so komisch angeguckt. Dann habe er sich umgedreht und sei in die Wohnung gegangen – und er hinterher.

»Du bist ja wahnsinnig. Warum bist du denn rein?«

Christopher hatte angenommen, Kötterhans habe die Stange nicht gesehen, weil sie ganz von der Jacke verdeckt war. Und er hatte auf der Treppe nicht so ein Theater machen wollen, außerdem war es im Flur viel zu eng, als dass er da mit der Stange irgendetwas habe ausrichten können.

»Du bist da einfach rein. Ohne Angst?« Alexander sah seinen Bruder kopfschüttelnd an. Er verstand nicht, dass sein Bruder, der sich als vernunftbegabter Mensch begriff, gleichzeitig zu einer solch unbedachten, hirnlosen Aktion fähig war, um dann zu weinen wie ein Kind.

»Da hatte ich keine Angst. Das war so ein Typ ... mich hat die Wut gepackt, als ich die Fresse gesehen habe. Und ...«, er musste nachdenken, »irgendwie war ich damit beschäftigt, meine Wut nicht zu zeigen, darum habe ich keine Angst gehabt.«

Erst als er in der Wohnung stand, war ihm das Ausmaß seiner Dummheit bewusst geworden. Der Typ war nämlich zu seinem Wohnzimmertisch gegangen und hatte nach einem Messer gegriffen, das hatte er zum Glück rechtzeitig gesehen. Als Frank Kötterhans sich umdrehte und ihn mit dem Messer angriff, hatte Christopher die Eisenstange zur Verteidigung bereit gehabt. Er hatte sich zur Seite gedreht, und der Stich ging in seinen Oberschenkel.

»Ich habe einfach ausgeholt und zugeschlagen.« Es hatte gekracht, als Frank Kötterhans zu Boden ging und mit dem Kopf aufschlug. Der Mann hatte sich nicht mehr gerührt, und da hatte er es richtig mit der Angst zu tun bekommen und war mit der Eisenstange unter der Jacke einfach abgehauen.

»Gesehen hat mich, glaub ich, keiner«, sagte Christopher kleinlaut auf die Frage seines Bruders.

Bei seinem zweiten Versuch Verbandszeug zu finden, war Alexander erfolgreich. Er verband die Wunde notdürftig, Christopher verzog das Gesicht, und während er vorsichtig eine weite Jogginghose seines Bruders überzog, eilte Alexander ins Treppenhaus, um die Blutflecken aufzuwischen.

Eine halbe Stunde später fuhren sie in die Städtischen Kliniken. Sie erklärten der Schwester in der Notaufnahme, dass Christopher sich eine Verletzung mit dem Messer am Bein zugezogen habe. Trotzdem mussten sie noch eine knappe halbe Stunde warten. Während dieser Zeit ging Alexander den Flur auf und ab und wartete, dass Christopher behandelt würde. Er hätte gern gewusst, in welchem Zustand Frank Kötterhans war, aber es ging auf Mitternacht zu, und die Aufnahme und der Empfang waren selbstverständlich nicht besetzt. Zudem war gar nicht klar, in welche Klinik der Krankenwagen Kötterhans gebracht hatte. Als Christopher endlich in das Behandlungszimmer gebracht wurde, versprach Alexander seinem Bruder: »Ich bleib hier und warte auf dich. Ich gehe nur kurz raus, frische Luft schnappen.«

Auf dem Weg zum Ausgang suchte er eine Toilette auf, nahm sich mehrere Papiertücher und beträufelte sie mit dem Desinfektionsmittel, das über dem Handwaschbecken stand. Zurück auf dem Parkplatz bei seinem Auto öffnete er den Kofferraum und nahm zuerst den von Christopher achtlos liegen gelassenen Kreuzschlüssel heraus und wischte ihn sorgfältig ab. Dann betrachtete er die Verlängerung, ohne sie zu berühren. Nach kurzer Überlegung war er sich sicher, dass Christopher die obere Seite angefasst hatte, nicht die mit dem rechten Winkel. Damit hatte er Kötterhans' Knie getroffen. Er nahm die Stange und reinigte sie sorgfältig an der Seite, die sein Bruder berührt hatte. Anschließend nahm er zuerst den Kreuzschlüssel mehrfach in die Hand und steckte ihn wieder an seinen Platz unter der Kofferraumabdeckung. Dann nahm er die Stange mit beiden Händen fest in die Hand und markierte eine Schlagbewegung. Er platzierte sie neben dem Schlüssel und schloss die Abdeckung.

»Alles okay?«, fragte er Christopher, als sich die Tür des Behandlungsraums öffnete und sein Bruder an einer Krücke auf ihn zukam.

Der schaute unsicher. »Mit dem Bein ja.«

26

Es war das erste Mal seit Jahren, dass Johanna vor sechs Uhr in ihrem Büro saß. Sie hatte kurz nach halb eins im Bett gelegen und war sofort eingeschlafen. Auch nach einem wüsten Traum, in dem sich verschiedene Gestalten, die sie nicht kannte, in einen Bus zwängten und einen Berg hinunterschossen, ohne zu merken, dass der Bus führerlos war, hatte sie wieder einschlafen können. Als sie aber um fünf Uhr mit Eintritt der Dämmerung die Augen aufschlug, war ihr klar, dass sie es nicht noch einmal würde schaffen können. Nach kurzer Dusche, ohne Jogging und ohne Frühstück, hatte sie sich auf ihr Fahrrad geschwungen und stieg um 20 vor sechs die Treppe zu ihrem Büro hinauf.

Zu ihrer Verwunderung war Jakob noch nicht da. Sie hatte angenommen, dass er auch heute, wie sonst jeden Tag, bereits vor ihr anwesend wäre. Aber heute war sie zu früh für ihn. Offenbar hatte Jakob Besser einen so ritualisierten Alltag, dass er immer zur selben Zeit aufstand und sein strenges Morgenprogramm durchzog – einerlei, wann er im Bett war. Er war meist kurz nach sechs in der Dienststelle.

So war es auch heute. Johanna erwartete ihn bei geöffneter Bürotür an ihrem Schreibtisch. »Ich hatte gedacht, ich könnte gar nicht vor dir hier sein!«, triumphierte sie.

»Wenn ich die Meditation heute nicht hätte ausfallen lassen, wäre ich noch später gekommen.«

Wieder hatte sie sich getäuscht, so zwanghaft ritualisiert war sein Tagesablauf also doch nicht. »Bevor du deine guten Angewohnheiten völlig schleifen lässt, mach mir vorher schnell noch einen Tee«, bat Johanna und wandte sich wieder dem PC zu, auf dem sie die Zusammenstellung über die Facility GmbH aufgerufen hatte, die sie gestern Nachmittag erarbeitet hatte. Sie wollte die Dinge noch einmal rekapitulieren für die Besprechung, die sie auf neun Uhr angesetzt hatte. Für heute Vormittag war auch Iris Ostermann zur Vernehmung einbestellt worden. Davon versprach sie sich ohnehin nicht besonders viel. Nach der vergangenen Nacht schien ihr diese Angelegenheit jetzt noch weiter in den Hintergrund gedrängt zu werden.

»Was war gestern mit den unterschiedlichen Auskünften über die Position und die Zeitangaben, zu dem die Wagen gesehen worden sind«, fragte Johanna, als Jakob mit dem Tee und seinem Notizbuch zurückkam. Er setzte die zwei Tassen auf ihrem Schreibtisch ab und schob eine in ihre Richtung.

»Das ist so, wie es ist. Entweder ist es mysteriös, was ich als gescheiter Mensch ablehne, oder es waren drei Personen mit je einem Wagen von der Facility unterwegs.« Jakob setzte sich auf seinen Stuhl, nahm sein Notizbuch und bewegte sich in die Schräglage. »Kötternhansens Wagen stand auf der linken Straßenseite. Er war, wie der Nachbar sagte, bereits da, als der nach Hause kam. Das war circa um 21.20 Uhr. Andere Hausbewohner haben bestätigen können, dass er um 20.15 Uhr bei Beginn des »Tatort« auf ARD noch nicht da gestanden habe. Kötterhans scheint also zwischen 20.15 und 21.15 Uhr nach Hause gekommen zu sein, 21.25 ging der Anruf vom Nachbarn in der Leitstelle ein. Die Kollegen waren eigentlich sofort da, 21.35 Uhr, zeitgleich mit dem Krankenwagen. Er wurde abtransportiert um Viertel vor zehn. Das Spurenteam kam um 21.40 Uhr.«

Jakob kippelte nach vorn und nahm einen Schluck Tee. »Die alte Dame aus dem dritten Stock hat einen Wagen gesehen, der auf der rechten Straßenseite parkte, rechts vom Haus aus betrachtet, kurz, nachdem die Kollegen hier waren. Der Nachbar hat etwa eine Viertelstunde nach Eintreffen der Kollegen von der Schutzpolizei, also 21.35 Uhr, einen Facility Firmenwagen links parken gesehen. Beide waren sehr überzeugend und glaubwürdig.«

Johanna biss sich auf die Unterlippe und drehte sich vom Bildschirm weg. »Was treiben diese Facilityleute? Was sind das für Männer? Es laufen mir viel zu viele aus dieser Firma über den Weg.« Sie schob ihren Schreibtischstuhl nach hinten und stöhnte. »Und dann kommt um zehn die Ostermann.« Sie stand auf und ging um den Schreibtisch. »Gegen die haben wir nicht viel in der Hand.«

Johanna Kluge hatte das Gefühl, als seien sie die ganze Zeit, seit sie Rischmöller gefunden hatten, auf der Stelle getreten und dass sich im Grunde nichts weiterentwickelt habe. Sie waren der Aufklärung – dieser Ansicht war sie – zwar nähergekommen, aber sie würden Schwierigkeiten haben, Staatsanwältin Cora Schönhaus genügend Beweismaterial für eine Anklage gegen Ostermann zu besorgen. Nach wie vor tappten sie eigentlich im Dunkeln und konnten sich kein klares Bild von dem machen, was genau passiert war.

Das Telefon klingelte. Johanna Kluge nahm ab, und während sie dem Kollegen von der Leitstelle zuhörte, setzte sie sich langsam wieder auf ihren Stuhl.

»Was ist los?«, fragte Jakob und brachte seinen Stuhl aus der Kipplage wieder in die Senkrechte.

»Sie haben eine schwerverletzte Frau am Mittellandkanal gefunden.« Ein Binnenschiffer hatte um 5.25 Uhr am Kilometer 48,5 etwa 20 Kilometer von der Stadt entfernt zwischen Kronensee und Golfclub Varus am Ufer eine scheinbar leblose Person gesehen und den Notruf 110 angerufen. Die Kollegen vom Kommissariat Bramsche waren zuerst dort gewesen und hatten unmittelbar die Osnabrücker Polizeiinspektion benachrichtigt.

Johanna nahm ihre Jacke vom Haken. »Ich fahr raus.« Jakob nickte und setzte einen bedauernden Ausdruck auf. Er musste nicht so deutlich signalisieren, dass er gern mitgefahren wäre. Aber sie hatten auf einen Schlag drei offene Gewaltdelikte, und erst seit heute Morgen war ihre Mordkommission um ein paar Ermittler aufgestockt worden. »Guck nicht so. Ich bin schließlich nicht allein – wie im Fernsehen. Die Kollegen aus Bramsche sind doch noch vor Ort. Und bis zur Sitzung kannst du diesen Frank Kötterhans bitte unter die Lupe nehmen. Und frag in der Klinik nach, ob und wann er vernommen werden kann.«

Sie war schon auf dem Flur, machte dann aber noch einmal kehrt und nahm ihre Dienstwaffe aus der Schreibtischlade.

»Meinst du …?«, fragte Jakob Besser.

»Ich meine gar nichts«, unterbrach sie ihn. »Einfach …«

Das Einzige, was sie meinte, war, dass diese Frau die Frau war, nach deren Verbleib sie seit Tagen forschten.

*

Kurz bevor sie die Bundesstraße 218 verlassen musste, um die Landstraße zu nehmen, kam ihr der Krankenwagen entgegen. Obwohl sie nach Navigationsgerät fuhr und die Kollegen ihr erklärt hatten, welche Straßen und Abbiegungen sie nehmen sollte, da die Stelle nicht einfach zugänglich sei, verfuhr sie sich fast, weil sie der Beschreibung nicht recht traute. Dabei sah sie, als sie die Brücke überquerte, von oben in einiger Entfernung trotz des Dunstes, der noch über dem Kanal lag, an den Umrissen parkender Fahrzeuge, wo der Fundort der Frau sein musste. Beim zweiten Versuch hielt sie sich genau an die Erklärungen und folgte, nachdem sie die Kanalbrücke passiert hatte, zuerst einer parallel zum Kanal verlaufenden asphaltierten Straße, die dann in einem weiten Bogen an einem Feld entlang verlief, jedoch wieder vom Kanal wegführte. Nach dem Feld bog die Landstraße nach Norden ab, sie nahm dort einen links abbiegenden, asphaltierten landwirtschaftlichen Versorgungsweg. Dieser Weg führte durch Felder, auf denen das Getreide in fettem Grün stand, zurück in Richtung Kanal. Wenn sie nicht auf der Suche nach einem Fundort einer weiblichen Person gewesen wäre, hätte sie eine Weile zugesehen, wie sich die Farbe des Feldes langsam gegen den Morgendunst, der einen Meter über der Erde lag, durchsetzen würde.

Nach fast einem Kilometer musste sie rechts auf einen fest geschotterten Weg abbiegen. An der Ecke lag ein wenig zurückliegend ein Kötterhaus, vor dem einige alte Autos standen. Nach etwa 300 Metern lag rechter Hand ein weiteres altes Fachwerkhaus, zu dem ein schmaler Feldweg führte. Nach weiteren etwa 200 Metern endete der Schotterweg an dem Treidelpfad, der an dieser Stelle des Kanals an der nördlichen Seite verlief. Ein kleiner Streifen von Buschwerk und Bäumen grenzte ihn gegenüber den Feldern ab. Johanna war im letzten Sommer noch mit ihrem Mann Paul mit dem Fahrrad hier entlanggefahren. Damals schien noch alles in Ordnung mit ihrer Ehe.

Die Kollegen von der Schutzpolizei hatten mit ihren Wagen die kurze Verbindung zum Treidelpfad, die durch einen Grünstreifen führte, abgesperrt. Der Wagen von der Spurensicherung war noch nicht eingetroffen. Um ihnen den Weg nicht zu versperren, parkte sie ebenfalls an dieser Stelle.

Es würde heute ein schöner Tag werden, ein Frühsommertag, genauso frühsommerlich wie die Tage der vergangenen Woche. Die Sonne stand bereits über der Horizontlinie. Auf dem kurzen Weg, den sie zu Fuß machte, wappnete Johanna sich mit der nötigen Sachlichkeit. Sie ging langsam, es gab keinen Grund zur Eile. Die Frau war bereits ins Krankenhaus transportiert worden, sie konnte in Ruhe ihre Arbeit machen.

»Guten Morgen«, begrüßte sie die beiden Kollegen vom Kommissariat Bramsche, die den Fundort mit Flatterband abgesperrt hatten. Der ältere leicht korpulente Kollege stellte sich vor als Martin Kruse.

Der Kanal lag unter dem Dunst in der Morgensonne, die in Johannas Rücken genau in der Flucht des Kanals hellgelb über einer Brücke stand. Es war fünf nach halb sieben. Von Westen näherte sich ein Binnenschiff, von dem durch den flachen Dunst nur der Oberbau sichtbar wurde. An dieser Stelle hatte der Kanal eine begrünte Böschung. Im unteren Bereich waren die großen dunklen Steine der Böschungsbefestigung zu sehen. Die Neigung der Böschung betrug zwar 45 Grad und die gerade Linie des Kanals erinnerte deutlich daran, dass Menschen diesen Wasserlauf gemacht hatten. Aber das Licht der Sonne auf dem grünen Ufer des Kanals, das begann, die Reste des Morgennebels zu vertreiben, konnte den Betrachter in eine melancholische Stimmung versetzen. Das Schiff hatte sich mittlerweile bis zur nächsten Brücke herangeschoben, und der dunkle Bug teilte den schwachen Nebel, der den Kanal immer noch wie ein zweites Band bedeckte. Der Kapitän im Führerhaus musste der Sonne direkt entgegenfahren. Die Scheibe reflektierte in manchen Momenten das Licht in ihre Richtung.

»Wo ist der Binnenschiffer, der die Frau bemerkt hat?«, fragte Johanna Martin Kruse.

Der war schon nach Bad Essen weitergefahren. Er hatte sie erst wahrgenommen, kurz bevor er diese Stelle passierte. Es war um diese Zeit zwar bereits hell, aber aufgrund des starken Dunstes hatte er sie erst gesehen, als er unmittelbar auf ihrer Höhe war. So einen Kahn bekam man ohnehin nicht so schnell ans Halten. Er hatte sofort über Notruf akkurate Angaben gemacht, wo er die Person gesehen habe. Seine Aussage sollte in Bad Essen aufgenommen werden. Dort sei die nächste Möglichkeit für ihn, zu halten, meinte Martin Kruse. Mittlerweile sei er dort angekommen.

Johanna nickte. Der Mann würde ihr ohnehin im Moment nicht weiterhelfen können. »Fotos von der Auffindesituation?«

Kruse zückte seine Digitalkamera, stellte das erste Bild ein und drückte sie Johanna Kluge in die Hand.

Die Frau war sehr zierlich und sehr jung. Das war auch deutlich, ohne dass ihr Gesicht zu sehen war. Sie lag auf der Seite, trug nichts als Jeans, ihr Oberkörper war völlig unbekleidet und lag noch auf dem Gras der Böschung, die

Beine mit den nackten Füße ruhten bereits auf den Steinen, die den Kanal säumten. Die Hände waren voll Blut.

Die nächsten Bilder zeigten die Verletzungen an den Händen. An den Handgelenken hatte sich Grind abgesetzt. Der linke Arm zeigte am Unterarm eine tiefe Fleischwunde. Johanna sagte nichts und atmete hörbar aus.

»Sichtbare Schleifspuren?« Sie näherte sich dem mit Flatterband abgesperrten Fundort, wollte aber keine Spuren verwischen, bevor die Kriminaltechnik eingetroffen war. In diesem Moment hörte sie das Motorgeräusch des KTU-Wagens, der sich der Einfahrt zum Treidelpfad näherte.

Mit bloßem Auge konnte sie, wie auch der Kollege Kruse, der sich bereits oberflächlich umgesehen hatte, in dem morgenfeuchten Gras nichts erkennen. Auch auf dem Pfad waren keine Schleifspuren zu erkennen. Sie warf einen Blick auf das Grün, das an dieser Stelle den Kanal gegen die Wiese dahinter abgrenzte. Sie würden dort suchen müssen.

Schnell klickte sie die nächsten Bilder durch. Nachdem die Bramscher Kollegen unmittelbar nach ihrem Eintreffen die Vitalfunktionen der Frau geprüft hatten, hatten sie sie in die stabile Seitenlage positioniert, und damit war ihr linkes Halbprofil zu sehen. Was für ein hübsches Mädchen, dachte Johanna.

Die letzten Bilder waren einige Minuten später gemacht worden, nachdem der Notarzt eingetroffen war. Die Frau war offenbar weiterhin bewusstlos. Ihr Oberbauch war blau angelaufen. Das rechte Auge war geschwollen, und quer über die Wange lief ein tiefer Riss. Wer hatte diesem armen Mädchen das angetan?

Johanna ging zu den Kollegen der KTU, die sich nun am Fundort zu schaffen machten. »Schaut auch dort nach«, sagte Johanna und wies auf die Hecke, die den Kanal von der Wiese abgrenzte. »Irgendwoher muss sie ja gekommen oder gebracht worden sein.«

Johanna Kluge näherte sich dem Grünstreifen direkt gegenüber der Fundstelle. An dieser Stelle hatte er lichtes Unterholz, einige Bäume waren durchgewachsen zu einem kleinen Hain. Um keine etwaigen Spuren zu verwischen, ging sie über den Pfad zurück bis zum Durchgang, wo sie ihren Dienstwagen geparkt hatte. Dann näherte sie sich auf der Rückseite des Grünstreifens von der anderen Seite dem Fundort der jungen Frau. Hier im Schatten der Bäume hinter dem Kanal war es kühler. Während sie am Rand der morgenfeuchten Wiese entlangging, fiel ihr Blick auf das Haus, das sie vorhin passiert hatte. An der Stelle, die in der Verlängerung des Fundorts lag, drehte sie dem Hain den Rücken zu und schaute direkt in Richtung des Hauses. Von dieser Stelle war die Entfernung zum Kanal die kürzeste. Der Dunst schwebte noch kniehoch über der Wiese. Aber von ihrer Position aus konnte sie selbst mit bloßem Auge erkennen, dass in der Wiese eine Spur war. Das Gras vor ihr war niedergetreten worden. Sie schaute wieder hoch zu dem kleinen Fachwerkhaus, dessen hinterer Giebel von dieser Stelle aus zu sehen war. Drei weiß gestrichene Sprossenfenster wiesen zu ihr, dahinter wirkte es aus dieser Entfernung verlassen und dunkel. Johanna war sich sicher, dass die Spur, deren Anfang sie hier sah, bis zu diesem Haus führen würde.

Rasch ging sie zurück zu den Kollegen, die mit der Spurensicherung am Kanal begonnen hatten. Ihre Schuhe waren völlig durchnässt nach ihrem Gang über die Wiese. Sie informierte sie über ihren Fund und bat sie, dort im Anschluss weiterzumachen. »Ich statte dem Haus einen Besuch ab.« Sie griff sich einen Einmaloverall und Handschuhe. »Für alle Fälle«, sagte sie zu Kruse, der sie fragend ansah.

Zügig ging sie über den Schotterweg, über den sie gekommen war, bis zum Feldweg, der zu dem Haus führte. Über den kurzen Feldweg näherte sie sich dann dem Vordergiebel des Hauses. Das stark verwitterte grüne Dielentor war geschlossen. Das kleine Haus wirkte aus dieser Perspektive völlig unbewohnt. Aber das heruntergefahrene Gras in den Fahrrillen des Feldwegs machte deutlich, dass hier regelmäßig Autos fuhren.

Johanna Kluge stand auf einer geschotterten Fläche, wie ein kleiner Vorhof für das heruntergekommene Haus. Vor der Dielentür stand eine rostige Tonne, in der wohl von Zeit zu Zeit ein Feuer gemacht wurde. Daneben lagen zwei alte zerbrochene Steintröge, wie sie früher für die Fütterung der Schweine benutzt wurden. Diese dienten als Aschenbecher und waren voller Zigarettenkippen und anderem Abfall. Johanna streifte die Handschuhe über und versuchte, die Tür aufzudrücken. Sie war fest verschlossen. Sie warf einen Blick auf die rechte Seite des Hauses. Hier waren die Fenster mit Holzläden verschlossen. Zudem waren sie mit Latten gesichert. Sie wandte sich der linken Seite zu. Das erste Fenster an dieser Seite stand offen.

»Hallo!« Johanna näherte sich vorsichtig dem Fenster und lauschte auf Geräusche, die aus dem Haus kamen. Aber sie erhielt keine Antwort. Das Fenster stand weit geöffnet. Sie suchte den Rahmen des Fensters ab und fand, was sie suchte: Blutspuren.

Schnell trat sie einen Schritt zur Seite, riss den Einmaloverall aus der Verpackung, stieg hinein und informierte die Kollegen. »Wenn ihr fertig seid, kommt rüber. Ich habe hier einen Tatort.«

Vorsichtig stieg sie durch das niedrige Fenster. Als Johanna in dem kleinen verdreckten Wohnraum stand, musste sie würgen. Es roch nach kaltem Rauch, Schweiß und Erbrochenem. Das war ein Haus, in dem Männer hausten. Junge Männer, dessen war sie sich sicher, und dieses Mal bezichtigte sie sich nicht selbst irgendwelcher Vorurteile, die sie hatte und nicht haben sollte. Sie dachte an die junge Frau, die vor einer guten halben Stunde in eine Klinik gebracht worden war. Ein Blick ins Innere des Hauses stellte es für sie außer Frage: Das war der Raum, in dem die Frau gewesen war. Johanna blieb regungslos stehen, nahm alles auf und drehte sich dann langsam um die eigene Achse. Mitten auf dem Teppich war frisch Erbrochenes. Daneben lag ein T-Shirt. Die Spurensicherung würde hier eine Menge zu tun haben. Zwei frei stehende Ledersofas waren über Eck gestellt, davor ein niedriger Sofatisch, auf dem zwei leere Flaschen Weinbrand und eine halb volle Plastikflasche Cola standen. Zwei leere Literflaschen Cola lagen unter dem Tisch. In einem schmiedeeisernen Aschenbecher waren verschiedene Zigarettenkippen mit und ohne Filter.

In der Falte zwischen Lehne und Sitzfläche des einen der durchgesessenen fleckigen Sofas lag ein Kleenex. Sie ging einen Schritt darauf zu, beugte sich an dem Tisch vorbei und roch vorsichtig daran: der säuerliche Geruch von Sperma. Johanna Kluge musste sich zusammenreißen, um nicht zu fantasieren. Sie blendete aus, was an Bildern in ihr aufstieg. Sie wollte dem, was hier geschehen war, im Moment nicht die Gewalt über ihre Vorstellungen geben. Ein Blick hinter das Sofa zeigte ihr, dass sie es mit der Sicherung von DNA einfach haben würden. Hier lagen weitere Tücher. Hass stieg in ihr auf.

Sie verließ den Raum durch die offenstehende Zimmertür und fand sich in einer engen Diele mit Steinboden, die an der hinteren Seite von dem verwitterten Tor begrenzt wurde. Durch zwei Rautenscheiben im oberen Bereich der Tür fiel dunstiges Licht in den Raum. Hier standen eine Mülltonne und ein aus Hartfaserplatten zusammengeschraubtes

Regal, daneben ein Besen, mehrere Kisten mit leeren Bierflaschen und ein alter gelber Farbeimer mit allerlei Leergut von Wodka-, Weinbrand- und Ginflaschen. Neben einem Tisch mit einer rot-blau-karierten Plastikdecke waren mehrere Stühle gestapelt. Vielleicht machten es sich die Bewohner dieses Hauses von Zeit zu Zeit vor der Diele gemütlich. Das Bild rauchender Männer, die in dieser Abgeschiedenheit und Idylle breitbeinig Bier oder Wodka Cola tranken und es sich gut gehen ließen und dabei laut lachten, drängte sich ihr auf. Sie versuchte, die Bilder und Töne verschwinden zu lassen. Sie wollte ihre Arbeit machen.

Sie verließ die Diele. In dem sich anschließenden kleinen Flur mit Holzfußboden verdeckte eine offenstehende Zimmertür die Sicht. Mit der Fingerspitze zog Johanna Kluge die Tür zu sich heran und gegen die Flurwand, sodass sie den Raum einsehen konnte, zu dem sie führte. Von der hinteren Seite des Flurs drang durch ein schmales, völlig verdrecktes Fenster ein wenig Licht ein. Das Schloss der Tür war herausgebrochen. Sie griff zum Lichtschalter des Zimmers. Drei Latten lagen auf der Erde, darüber ein alter Lappen. Links stand ein schmales altes Holzbett, das sicher noch aus der Zeit stammte, als hier anständige Kötterleute gelebt hatten. Vor dem Fenster lagen die Scherben einer zerbrochenen Scheibe. Als Johanna Kluge das Blut auf der Fensterbank fand und die durchtrennten Teile eines Kabelbinders, wusste sie, was geschehen war.

Sie verließ das Haus auf dem gleichen Weg, wie sie es betreten hatte, und entledigte sich ihres Overalls. Langsam ging sie über den Feldweg zurück und wollte sich schon zu ihrem Wagen begeben, als sie sich dafür entschied, auch dem anderen Haus einen Besuch abzustatten. Neben diesem kleinen Kötterhaus war es weit und breit das einzige Gebäude. Vielleicht gab es Bewohner, die möglicherweise etwas von den

Vorgängen mitbekommen hatten. Sie ging über den Schotterweg die 300 Meter zu Fuß und vergewisserte sich von Zeit zu Zeit mit einem Blick auf das Kötterhaus, ob die Kollegen von der kriminaltechnischen Untersuchung schon auf dem Wege waren. Aber sie waren offenbar noch am Kanal beschäftigt.

Vor dem anderen Haus standen drei alte Golfs, zwei waren abgemeldet, einer hatte ein noch gültiges Nummernschild. Der TÜV war in drei Monaten fällig. Johanna umrundete das Haus und lugte durch ein ehemaliges Stallfenster, das auf die Diele führte. Es sah ein wenig aus, als wenn es jungen Leuten als Treffpunkt diente. In der Diele waren in einem großen U mehrere wohl ursprünglich ausrangierte Sofas um drei Tische aufgestellt. Hier sah es auf den ersten Blick etwas ordentlicher aus. In der einen Ecke, die Johanna gerade noch sehen konnte, standen Bierkisten und ein großer alter Kühlschrank. Darauf klebte ein rotgrundiges Plakat. Aus der Entfernung konnte sie den Schriftzug, der das Plakat zierte, nicht entziffern. Aber sie wusste es auch so: »Rock für Deutschland«. Noch einmal ging sie zum Dielentor, es war, wie sie vermutet hatte, fest verschlossen. Das Haus schien nicht ständig bewohnt zu sein. Es war ein Jugendtreff.

Mit Blick auf das andere Haus zückte Johanna ihr Handy. Oberkommissar Besser schien auf ihren Anruf gewartet zu haben, so schnell war er in der Leitung. »Jakob, kannst du bitte prüfen, wem diese beiden Häuser gehören. Ich schicke dir die Koordinaten gleich zu.« Sie informierte ihn lediglich, dass sie den Tatort wohl gefunden habe, an dem die junge Frau, die am Kanal aufgefunden worden war, die letzten Tage verbracht hatte. Sie berichtete ihm akribisch von ihren Beobachtungen, obwohl es ihr zuwider war, das was sie gesehen hatte, zu benennen.

Jakob sicherte ihr zu, dass er sich sofort um alles kümmern werde. »Heute Morgen ist übrigens eine Vermisstenmeldung eingegangen«, hielt er sie noch fest, bevor sie das Gespräch beenden wollte. »In Borken haben gestern Abend Eltern ihre Tochter als vermisst gemeldet. Das Fax kam vor zehn Minuten bei uns an.«

»In Borken?« Johanna ging zum nächsten Fenster und wollte einen Blick hineinwerfen. Da bemerkte sie, dass die Scheiben von innen mit schwarzer Folie beklebt waren, sodass von Weitem der Eindruck entstand, dass es sich um gardinenlose Fenster handelte, durch die man hindurchschauen konnte, obwohl sie vollständig blickdicht waren. Johannas Interesse war durch diesen Umstand nun erst recht geweckt. Sie setzte ihren Rundgang fort, während Jakob sie informierte.

»Ja, die Eltern waren verunsichert, weil sich ihre Tochter, die hier in der Stadt studiert, entgegen ihrer Gewohnheit seit mehreren Tagen überhaupt nicht telefonisch gemeldet hat.«

»Wie heißt die Tochter?«

»Julia Schlosser.« Johanna Kluge hörte, wie Jakob das Fax zu sich heranzog. »Wohnhaft …«

»In der Augustenburger Straße«, schnitt Johanna Jakob das Wort ab.

»Alle Achtung, du läufst mir ja den Rang ab, was die geistig-spriritueIle Kraft angeht.«

»Mir ist nicht nach Scherzen zumute, Jakob.« Johanna Kluge schloss einen Moment die Augen, um nicht ungehalten zu reagieren. »Vielleicht war es ein Zufall, aber ich habe den Täter gesehen. Wenn wir früher gewusst hätten, wer die Frau war, wäre das wahrscheinlich alles nicht passiert.«

Kriminalhauptkommissarin Kluge hörte am Brummeln ihres Kollegen, dass der unzufrieden war, weil er nicht ganz genau wusste, was sie meinte.

»Um neun Uhr ist unsere Sitzung, dann informiere ich euch. Ich beeile mich.«

27

Um halb neun war Johanna Kluge zurück in ihrem Büro. Ein weiteres Team der Spurensicherung war zur Unterstützung in das Haus geschickt worden, in dem Julia Schlosser gefangen und vergewaltigt worden war. Sie nannte ihr Opfer vom Kanal bereits auf der Rückfahrt vom Kanal in die Stadt beim Namen, obwohl letztlich erst nach ihrer Rückkehr in ihr Büro Klarheit herrschte.

Was für ein hübsches Mädchen, dachte Johanna Kluge wieder, als sie das Foto des Personalausweises von Julia Schlosser auf dem Bildschirm hatte. Trotz der Vorgaben für isometrische Aufnahmen strahlten ihre Augen auch ohne Lächeln, und sie wirkte trotz der verordneten Ernsthaftigkeit ausgesprochen attraktiv und lebensfroh. Das war die Frau, die sie vor einer guten Stunde auf der Digitalkamera des umsichtigen Kommissars Martin Kruse gesehen hatte.

Jakob Besser hatte sie wider Erwarten bei ihrer Rückkehr nicht mit Fragen bedrängt, sondern sich ruhig verhalten und abgewinkt, als sie ihn kurz ins Bild setzen wollte.

»Gleich, bei der Sitzung«, hatte er lediglich gesagt. »Wer informiert die Eltern?«, fragte er. »Du scheinst dir ja sicher.«

»Ja, das bin ich.« Sie warf noch einmal einen Blick auf das Foto von Julia Schlosser, nahm den Telefonhörer, zog das Fax der Vermisstenmeldung heran und wählte die Nummer. »Ich mache das.«

Jakob Besser schloss vorsichtig die Tür hinter sich.

*

Sie trafen sich im großen Sitzungssaal. Die Kollegen von der Spurensicherung waren noch nicht zurückgekehrt. Außer Johanna Kluge, Jakob Besser, Beate Klampe und Kurt Glowitz waren auch Martin Kruse vom Kommissariat Bramsche und die neuen Kollegen, die ihrer Mordkommission mittlerweile zugewiesen worden waren, anwesend. Johanna Kluge hatte darum gebeten, ihn mit in das Ermittlerteam einzugliedern, da er dem zuständigen Kommissariat angehörte und sich in der Gegend besonders gut auskannte.

»Wir haben mittlerweile drei Fälle«, eröffnete Johanna Kluge die Sitzung. »Zum Ersten ist da Carsten Rischmöller. Mittwochabend infolge eines gezielt verabreichten Präparates durch Medikamentenunverträglichkeit ums Leben gekommen. Rischmöller war Inhaber und Geschäftsführer der Facility GmbH Nordwest. Mit ihm im Appartement war eine bislang unbekannte Frau, deren DNA sowohl durch Abstrich bei Rischmöller, als auch in der Wohnung gesichert wurde.

Dann haben wir Frank Kötterhans, Mitarbeiter der Facility GmbH, Bereich Security, der mit zertrümmertem Knie und Schädelverletzung in seiner eigenen Wohnung gelegen hat. Bislang keine Zeugen. Lebensgefahr liegt nicht vor. Über mögliche bleibende Schäden seiner Knieverletzung können wir bis jetzt nichts sagen. Es scheint sich nach Lage am Tatort eher um gefährliche Körperverletzung zu handeln denn um ein versuchtes Tötungsdelikt.

Und heute Morgen wurde Julia Schlosser, 23 Jahre, schwer verletzt am Mittellandkanal aufgefunden. Sie war bewusstlos und wird zurzeit in den Städtischen Kliniken operiert. Lebensgefahr besteht nach Auskunft der Ärzte nicht mehr. Sie wurde – wahrscheinlich mehrere Tage – in einem Haus in der Nähe festgehalten und vergewaltigt. Ich denke, es wird sich in den nächsten Stunden herausstellen, dass sie die Frau aus dem Rischmöller-Appartement ist«, schloss Johanna Kluge ihren kurzen Überblick.

Es kam Unruhe in die Runde, denn bis zu diesem Morgen ging die gesamte Mordkommission im Grunde von einem einzigen Fall Rischmöller aus, den sie zu lösen hatte, und war auf der Suche nach der Frau, sei es als Zeugin oder als Verdächtige.

»Was macht dich so sicher, dass es sich um die Frau aus dem Rischmöller-Appartement handelt?«, fragte Barbara Klampe. Sie war damit befasst gewesen, sich um den Verbleib der jungen Frau zu kümmern, hatte aber in den beiden Tagen der letzten Woche damit nicht weiterkommen können. Weder konnte in der Nachbarschaft des Appartements jemand konkrete Angaben machen noch hatten die unmittelbaren Nachbarn im Haus die Frau je gesehen oder mit ihr gesprochen. Sie hatten noch nicht einmal gewusst, dass ihr Nachbar der wohlhabende Rischmöller war. Es war möglich, aus der Garage im Keller direkt mit dem Fahrstuhl vor die Wohnungstür zu fahren, ohne von jemandem gesehen zu werden.

»Kötterhans ist in der rechtsradikalen Szene. In seiner verdreckten Wohnung hängt das gleiche Plakat wie in einem der beiden Häuser, die ich vorhin gesehen habe. Und außerdem habe ich diesen Kötterhans vor der Wohnung unseres Opfers gesehen …«, und gerochen, sagte Johanna zu sich selbst und machte eine längere Pause, »… am Donnerstagabend.«

Dass es sich um eine Verbindung zu Rischmöller beziehungsweise zur Firma Facility Nordwest handelte, sei ihr erst gestern in der Wohnung des rechtsradikalen Kötterhans deutlich geworden. Sie würde sich mit dem Fachkommissariat für politisch motivierte Straftaten in Verbindung setzen müssen.

Jakob Besser räusperte sich. »Die beiden Häuser gehören übrigens einem Landwirt, dessen Hof etwa drei Kilometer von ihnen entfernt liegt. Er hat das eine langfristig verpachtet an einen Kevin Krombiegel und das andere an einen Matthias Flexkemper.« Der Landwirt sei am Telefon ein wenig beunruhigt gewesen und habe gefragt, ob etwa irgendwas nicht in Ordnung sei. Er habe es gut gefunden, dass junge Leute sich in ihrer Freizeit zusammenfinden. Aber er könne nichts dafür, wenn etwas Unrechtes geschehen sei. Manchmal seien sie vielleicht ein bisschen laut gewesen, aber sie störten ja niemanden weit und breit.

Johanna Kluge warf einen Blick auf die Uhr. Sie musste gleich in den Vernehmungsraum, weil Iris Ostermann einbestellt war: »Wir werden heute Mittag oder Nachmittag viel klarer sehen, wenn die KTU fertig ist. Ich bin jedoch davon überzeugt, dass wir die Spuren von diesem Kötterhans in dem Haus finden werden.«

Jakob räumte seinen großen Haufen Papiere, den er zur Sitzung mitgebracht hatte, zusammen. »Kötterhans ist frühestens heute Nachmittag vernehmungsfähig. Er wird zurzeit operiert. Es ist eine langwierige und komplizierte Geschichte, so ein Knie. Sie rufen an, wenn er wach genug ist, seine Aussage zu machen.«

Johanna Kluge richtete sich an alle: »Wir werden uns später intensiver mit der Firma auseinandersetzen müssen. Irgendwie hängt ja alles mit diesem Laden zusammen.« Normalerweise vermied sie es, vor den Kollegen geringschätzige Äußerungen über noch so anrüchige Sachverhalte zu machen. Abfällige Gedanken sprach sie meist, während sie eine Pause machte, nur stumm in sich hinein. »Der Kollege Besser und ich haben am Sonntag, als alles noch ruhig war, ein wenig recherchiert. Das muss jetzt zurückstehen.« Sie selbst hatte ihre Zusammenstellung über die Firma zu dieser Sitzung gar nicht erst mitgenommen. Jetzt stand erst einmal etwas anderes auf dem Programm.

»Nach der Vernehmung von Iris Ostermann nehme ich mir mit Klaus Meyer und dem Team die Wohnung von Julia Schlosser vor.«

Die Eltern der Frau würde sie direkt in der Klinik treffen. Sie hatten sich nach ihrem Telefonat sofort von Borken aus auf den Weg gemacht. Auch ihre Tochter Julia wurde zurzeit operiert. Vor Mittag würde sie auf keinen Fall ansprechbar sein, hatte man Johanna auf ihre Anfragen mitgeteilt. Sie selbst würde das Gespräch mit den Eltern führen. Johanna hoffte, dass die Mutter sich bis dahin gefangen hätte. Aber Johanna war besorgt, wie die aufgelöste Mutter den Anblick ihrer geschundenen Tochter aufnehmen würde. Wieder einmal war sie dankbar, dass sie einen Sohn hatte, und die Gefahr, dass er Opfer sexueller Gewalt werden könnte, vergleichsweise gering war. Als Mutter machte sie sich ohnehin genug Sorgen. Die anstehende Begegnung mit Julias Mutter verursachte ihr schon jetzt Beklemmungen.

Die verbleibende Viertelstunde nutzten sie zur Aufgabenverteilung. Sie würden Julia bewachen müssen und ihren Vergewaltiger ebenso. Auf jeden Fall würden sie das Krankenhauspersonal ansprechen, darauf zu achten, ob sich jemand mit ihnen in Verbindung setzen würde. Martin Kruse und ein weiterer Bramscher Kollege, der am Nachmittag nach Johannas Antrag zur Kommission hinzugezogen werden sollte, würden sich um die Nutzer beziehungsweise Bewohner der beiden Häuser am Kanal kümmern.

»Herr Kruse, Sie sollten als Erstes klären, ob Krombiegel und Flexkemper auch bei der Facility angestellt sind.« Der besonnene Kruse nickte nur zustimmend. »Außerdem sollten wir diesen Kevin Krombiegel zur Fahndung ausschreiben lassen und Haftbefehl erlassen. Ich werde wegen der Sache gleich noch mit Staatsanwältin Cora Schönhaus telefonieren.« Die belastenden Momente waren in Johannas Augen eindeutig: Krombiegel gehörte das Haus, in dem die junge Frau gefangen gehalten wurde. Das DNA-Gutachten würde den letzten Beweis erbringen.

Der andere Täter – dass er sich als dieser herausstellen würde, davon war Johanna Kluge absolut überzeugt, ohne auf die Auswertung der DNA aus dem Haus warten zu müssen – konnte ihnen nicht davonlaufen. Dafür hatte irgendjemand bereits gesorgt.

Jakob Besser und Kurt Glowitz sollten sich weiter um den Fall Kötterhans kümmern und systematische Befragungen am Dammer Hof durchführen: »Es muss doch Zeugen geben, die die verschiedenen Leute, die den Betriebswagen dort geparkt haben, gesehen haben.« Sie mussten sich mit der gleichen Energie um die Aufklärung dieser Tat kümmern.

Johanna Kluge warf einen Blick auf ihre Armbanduhr: »Komm, Barbara«, forderte sie die junge Oberkommissarin auf. »Wir wollen mal sehen, was Frau Iris Ostermann vorzubringen hat.«

*

Iris Ostermann erschien um zehn Uhr mit ihrem Anwalt Dr. Krampmeier. Sie bedachte Johanna Kluge mit einem herablassenden Kopfnicken, Beate Klampe nahm sie genauso wenig wahr, wie sie Jakob Besser nicht registriert hatte.

Johanna betrachtete Iris Ostermann und den steifen Dr. Krampmeier, der mit seinem businessgrauen Anzug mit zugeknöpfter Weste einem weiteren ihrer Stereotypen entsprach. Iris Ostermann schien verärgert zu sein, dass es

Beate Klampe war, die sie zu Beginn des Verhörs erneut darüber belehrte, dass sie verdächtig sei, ihrem Mann ein Medikament gegeben zu haben, in der Absicht, ihm damit Schaden zuzufügen. In Dr. Krampmeier kam mit einem Ruck Bewegung, und er setzte die beiden Kommissarinnen daraufhin unmittelbar und ohne Umschweife ins Bild, dass die Anschuldigung gegen seine Mandantin, sie habe ihrem Mann ein unverträgliches Medikament in den Brei gemischt, jeglicher Grundlage entbehre, gleichwohl sei sie bereit, die Fragen der Ermittler zu beantworten. Lächelnd blickte er auf seine kühle Mandantin.

»Kennen Sie Isosorbidmononitrat?« Johanna fand das Getue des Dr. Krampmeier eher lächerlich, als dass sie sich darüber ärgerte. Sie lächelte daher Iris Ostermann nachsichtig an.

Iris Ostermann spitzte die Lippen: »Ja, selbstverständlich kenne ich Isosorbidmononitrat.« Sie nickte unterstützend mit ihrem makellos frisierten Kopf mit dem aufgesteckten Knoten. »Es ist der Wirkstoff in einem Medikament.« Sie spiegelte Johanna Kluges Lächeln zurück. »Mein Schwager hat, wie Sie ja wissen, Herzprobleme.« Mit dem rechten Daumen fuhr sie sich über die Finger der linken Hand. Sie hatte sorgfältig manikürte Fingernägel. Manieriert lehnte sie sich auf ihrem Stuhl im Vernehmungszimmer zurück: »Er hatte vor einigen Jahren einen Herzinfarkt.« Mit einer Bewegung zur Tür setzte sie hinzu: »Ich denke, das sagt er Ihnen am besten selbst.« Mit der einen Hand wies sie auf die geschlossene Tür. »Er ist freundlicherweise mit mir gekommen, damit Sie nicht zu viel Mühe haben.«

Johanna Kluge warf ihrer Kollegin, die zur Tonaufnahme, die sie erstellten, gleichzeitig schriftliche Notizen machte, einen ausdruckslosen Blick zu. Beate Klampe erwiderte den Blick auf die gleiche Weise.

»Wussten Sie, dass Ihr Mann eine Geliebte hatte?« Johanna kannte die Antwort und musste sich bemühen, nicht zu schnell zu sein, und in ihrer Ungeduld, Julia Schlosser aufzusuchen, keine Fehler zu machen, was die Verdächtige Ostermann anging.

»Nein, das wusste ich nicht.« Iris Ostermann verzog die Mundwinkel leicht nach unten.

»Sie wussten sicherlich ebenfalls nicht, dass Ihr Mann Viagra nahm?« Johanna Kluge versuchte, aus ihrer Abneigung gegen die Frau kein weiteres Hehl zu machen.

»Nein, selbstverständlich nicht.«

Johanna Kluge schaute Iris Ostermann nun mit der überzogenen Attitüde einer Psychotherapeutin in die Augen: »Hatten Sie noch ehelichen Verkehr?«

»Das geht Sie – mit Verlaub – einen feuchten Dreck an.« Iris Ostermann schürzte die Lippen und konnte nicht verbergen, dass sie getroffen war.

»Ihre Fingerabdrücke wurden auf der im Badezimmer Ihres Schwagers sichergestellten Packung Conpin gefunden«, stellte Johanna nun lapidar fest.

»Selbstverständlich«, nickte Iris Ostermann und vergewisserte sich kurz bei Dr. Krampmeier, der sie lächelnd ermunterte, weiterzusprechen.

Johanna Kluge nickte, weil diese Vernehmung genauso lief, wie sie es erwartet hatte. »Sie werden mir sicher eine völlig plausible Erklärung dafür anbieten.« Und als Iris Ostermann ansetzte und den Mund öffnete, wusste Johanna, was sie sagen würde.

»Ich habe meinem Schwager noch letzte Woche Freitag, als er eine leichte Schwäche hatte, seine Medikamente geholt.«

Johanna Kluge unterbrach sie, als sie ausführen wollte, wie sie hinaufging, und er auf dem Sofa des Ostermann'schen

Wohnzimmers auf sie gewartet habe. Im Grunde konnten sie das Verhör abbrechen. Denn sie selbst hatte gesehen, dass der gute Schwager in diesem Haus jederzeit überall sein konnte.

»Sie sollten besser ermitteln, wer dem Mann meiner Mandantin etwas untergemischt hat«, wollte Dr. Krampmeier das Gespräch beenden und machte Anstalten, sich zu erheben.

»Kennen Sie diese Frau?«, fragte Johanna Kluge entschieden und schob Iris Ostermann die Vergrößerung der Ausweisfotografie von Julia Schlosser zu.

Die kantige Frau warf lediglich einen kurzen Blick auf das Bild und fing dann entschlossen den kühlen Blick von Johanna Kluge auf: »Ist das das kleine Flittchen, mit dem mein Mann sich vergnügt haben soll?« Sie lächelte wieder maliziös: »Nein.«

Bis zu diesem Augenblick hatte Johanna Kluge angenommen, dass Iris Ostermann die junge Freundin ihres Mannes nicht kannte. Nach dieser Reaktion war sie sich da nicht mehr so sicher. Hätte sie sich das Bild nicht länger angesehen, wenn sie sie nicht gekannt hätte? Sie selbst war interessierter gewesen, als sie die Geliebte ihres Mannes zum ersten Mal gesehen hatte. Empört, aber doch interessiert. Aber Menschen waren eben verschieden.

»Mmh«, kommentierte sie Iris Ostermanns Aussage sibyllinisch: »Danke, Frau Ostermann. Sie können gehen.« Hauptkommissarin Kluge erhob sich und nickte ihr und ihrem Rechtsanwalt zu. Die beiden erwiderten ihr Nicken und machten ebenfalls keine Anstalten, freundlicher zu sein als geboten.

Johanna und Beate warteten, bis sich die Tür hinter den beiden geschlossen hatte. Obwohl sie weder Lust noch Zeit hatten, den schnaufenden Bernhard Ostermann zu befragen, nahmen sie sich die zehn Minuten. Ostermann hatte auf dem Korridor auf die beiden gewartet. Er erzählte ihnen die exakt gleiche Geschichte wie Iris Ostermann und schien ein wenig gekränkt, dass sie nicht intensiver in Zweifel zogen, dass sich seine Schwägerin so liebevoll um ihn kümmere. Johanna Kluge überließ ihn diesem leichten Groll gern. Sie würde später noch genug Zeit haben, seine Aussage eindringlicher zu prüfen.

28

Alexander beugte seinen Kopf über die Badewanne und spülte sich die Blondierung aus den Haaren auf dem Oberkopf. Eine bräunliche Suppe lief in den Abfluss, er nahm das dunkle Handtuch, mit dem er seine Schultern abgedeckt hatte, und rubbelte sich den Kopf trocken. Mit einem frischen Tuch über den nackten Schultern stellte er sich vor den Spiegel und betrachtete sich.

Christopher war noch nicht wach geworden. Nachdem sie nachts nach Hause zurückgekehrt waren, hatte Christopher die Schmerzmittel genommen, die man ihm im Krankenhaus gegeben hatte. Seitdem schlief er. Er hatte sich auch nicht gerührt, als Alexander an diesem Morgen um halb sieben vorsichtig die Wohnungstür hinter sich geschlossen hatte und zum nahe gelegenen E-Center gefahren war, um die Dinge einzukaufen, die er in der Nacht im Internet recherchiert hatte.

Er hatte versucht zu schlafen, aber es gelang ihm nicht. Stundenlang hatte er auf seinem Bett gelegen bei geöffneter

Tür, um über den Schlaf seines Bruders zu wachen. Seine Gedanken drehten sich im Kreis, und er fand einfach keine Ruhe. Nicht nur, dass sie überhaupt nichts erreicht hatten – er hatte seinen Bruder in verantwortungsloser Weise in eine unerträgliche Situation gebracht.

Sie konnten natürlich darauf hoffen, dass Christopher von niemandem gesehen worden war, aber angesichts der Wohnanlage mit den vielen Fenstern, die von den großen, lang gestreckten Häusern auf die Straße führten, hinter denen Hunderte von Menschen wohnten, schien das fast hoffnungslos.

Zudem war die Wunde so tief gewesen, dass Alexander den Beteuerungen Christophers nicht trauen wollte, erst im Auto auf der Rückfahrt habe das Blut seine Hose durchtränkt und eine Spur hinterlassen. Sie würden wahrscheinlich Christophers DNA in der Wohnung von Kötterhans finden. Dass er nicht wusste, in welchem Zustand sich dieser Mensch im Augenblick befand, verschlimmerte seine Sorge. Wenn er tot wäre, handelte es sich um Körperverletzung mit Todesfolge. Die Vorstellung, dass er mit seiner Unbedachtheit dafür verantwortlich wäre, wenn Christopher ins Gefängnis müsste, drückte ihm im wachen Zustand wie ein Alb auf die Brust.

Wo Julia war, hatten sie nicht erfahren können. Über das Ergebnis seiner Kombination hinaus, dass die beiden Männer aus der Security der Facility etwas mit ihrem Verschwinden zu tun hatten, weil er die beiden am Sonnabend vor ihrem Haus gesehen hatte, gab es überhaupt nichts.

Auch Julia hatte er im Stich gelassen. Diese Worte brannten in seinem Kopf. Sie hatte ihn am Donnerstagabend gebeten, sie bei sich schlafen zu lassen. Und er hatte sie fortgeschickt, obwohl sie offensichtlich Angst hatte. Das hatte er nicht wahrhaben wollen. »Warum bist du so hart«, hörte er die Stimme seiner Mutter, die sich bei ihm beklagte, dass er nicht nett genug zu ihr war. Aber er konnte dem unausgesprochenen Bitten seiner Mutter genauso wenig nachkommen wie Julias immer ein wenig mädchenhaft und kokett vorgebrachten Wünschen. Er verachtete seine Mutter dafür, dass sie sich so gehen ließ, und Julia konnte er nicht nachsehen, dass sie sich tatsächlich mit diesem Mann hatte einlassen können, obwohl er sie dazu animiert hatte. Er hatte sie darin bestärkt und sie gleichzeitig dafür verurteilt. Doch trotzdem war sie neben seinem Bruder die einzige Person, die ein klein wenig von ihm kannte. Sie war ihm vertrauter als andere Menschen. Vielleicht mochte er sie deshalb oder er mochte sie, weil sie ihm vertraut war. Er wusste nicht, was eigentlich zuerst gewesen war.

Alexander warf einen Blick auf die Anwendungsanweisungen der zweiten Packung, die er heute gekauft hatte, und rührte die rote Farbe an. Er bestrich sich die nun bleichen, leicht orangefarbenen Strähnen seiner Deckhaare mit der Paste und zog sich eine Duschhaube über den Kopf, die er von einem Hotelaufenthalt mitgebracht hatte.

Auch als er in der Küche versuchte, sich möglichst geräuschlos sein Frühstück zuzubereiten und ihm ein Deckel herunterfiel, machte Christopher keinerlei Bewegung. Er schlief immer noch tief und fest.

Es war etwa eine halbe Stunde später, als Alexander seine Haare prüfte und sich beim Blick in den Spiegel fragte, ob das die richtige Idee gewesen sei. Da brummte das Handy von Christopher. Die Vibration machte auf dem Wohnzimmertisch fast so laute Geräusche wie ein Klingelton.

Alexander stürzte hin und nahm das Gespräch an: »Ja«, flüsterte er und zog sich mit dem Gerät in sein Schlafzimmer zurück.

»Ey«, hörte er eine Männerstimme, »Chris?«

»Christopher schläft«, sagte Alexander. »Ich bin sein Bruder.«

»Alex?«, fragte der Mann.

»Ja.«

»Dann weck ihn mal«, sagte der andere munter und bestimmt.

Alexander warf von der Tür aus einen Blick auf den schlafenden Bruder und erklärte dem Anrufer, dass das im Moment ungünstig sei, da es Christopher nicht so gut gehe.

»Sag mal, du bist ja tatsächlich so 'n Bestimmer, wie Chris immer erzählt. Jetzt aber mal dalli.«

Alexander schluckte. Er fühlte sich, als habe er eine intime Aussage belauscht, die nicht für seine Ohren gedacht war. Ein Fremder erzählte ihm, was sein Bruder über ihn dachte. »Okay, ich versuche es.«

Er musste Christopher nicht wecken. Als er sich ihm vom Schlafzimmer aus vorsichtig mit dem Handy am Ohr näherte, öffnete Christopher die Augen und versuchte, über die Schulter in Alexanders Richtung zu schauen.

»Was gibt's«, fragte er unsicher und bemühte sich, sich aufzusetzen.

Alexander erklärte ihm entschuldigend, dass er ihn nicht habe wecken wollen und daher einfach das Gespräch angenommen habe. Damit reichte er ihm das Handy. Der andere schien sich über ihn auszulassen, vermutete Alexander, denn Christopher fiel ihm ungeduldig ins Wort, er solle mit dem Gelaber aufhören, sein Bruder könne ruhig an sein Handy gehen. Alexander spürte seinen Solarplexus zucken und seine Wangen wurden warm, weil sein Bruder den Freund auf diese burschikose Art zurechtwies und ihm bedeutete, dass er als Bruder das Recht habe, ihm nahe zu sein.

»Echt?« Christopher bemühte sich, in die Senkrechte zu kommen, und Alexander kam ihm zu Hilfe, indem er ihm einen Arm reichte, damit er sich auf dem weichen Sofa aufrichten konnte. »Das ist ja was!« Das Gespräch dauerte noch eine Weile, unterbrochen von einigen erstaunten Geräuschen von Christopher. »Von Julia Schlosser?« Wieder schien der andere etwas zu erzählen, Alexander stand neben Christopher und starrte ihn an. »Keine Ahnung, was da drin sein soll, echt.«

»Was ist los, Christopher?«, zischte Alexander, der mit vorgebeugtem Oberkörper vor ihm stand.

Christopher hob beschwichtigend die rechte Hand. »Ne, ich kenne keinen Matthias Flexkemper.« Der andere sagte noch irgendwas, dann beendete Christopher sein Telefonat: »Super, Mecki, pass gut auf meine Post auf. Ich danke euch. See you.«

Alexander wartete, bis Christopher von selbst ansetzte und erzählte. Heute Morgen seien Mecki zwei Faschotypen im Treppenhaus entgegengekommen. Er war auf dem Weg runter und wollte eine Zeitung kaufen. Mecki sei schon angefressen gewesen, als er die Typen im Haus sah, und sei langsam um den Treppenabsatz weiter runtergegangen.

»Von da hat er gesehen, dass unser Briefkasten unten im Flur aufgebrochen worden war. Er ist sofort wieder rauf und hat gerade noch gesehen, wie Tom, einer aus unserer WG, die Tür aufgemacht hat und die beiden auf ihn losgegangen sind. Mecki hat dann wohl eine Etage tiefer die Leute geweckt, ›Fascho-Alarm‹ reingerufen, und ist dann rauf in unsere Wohnung. Die hatten Tom am Kragen und redeten irgendwas von mir und einem Brief. Na ja, es ging wohl hin und her, dann hat einer eine Waffe gezogen. Aber dann kam Carlo mit einem Baseball-Schläger aus seinem Zimmer und hat den mit der Waffe von hinten erwischen können – mit Carlo ist nicht zu spaßen – und dann haben die Typen richtig was auf die Fresse gekriegt. Einem Typen, Flexkemper oder so, haben sie den Ausweis abgenommen.« Christopher machte eine Pause und schaute Alexander erstaunt an. »Was ist denn mit dir los?«

Alexander strich sich mit der Hand durch die roten Haare. »Ach ja.« Er senkte die Augenlider. »Habe ich mir heut morgen gefärbt. Nur so.«

»Du hast sie ja nicht alle.« Christopher schüttelte den Kopf. »Ja also, Mecki erzählt, dass die beiden abgehauen sind. Außerdem hatte ich gar keine Post.«

»Was war mit Julia Schlosser?«, fragte Alexander.

»Der Brief, den die beiden haben wollten, war wohl von Julia. Keine Ahnung. Heißt sie denn Schlosser?«

Alexander setzte sich auf das Sofa gegenüber Christopher und fuhr sich wieder mit den Fingern durch seine mittlerweile trockenen Haare. »Ja, sie heißt Schlosser.« In was hatte Julia sich da manövriert, fragte er sich, obwohl ihm mittlerweile schwante, was dahintersteckte. »Sie hat dir offensichtlich etwas geschickt, was jemand unbedingt haben will.« Und das konnte ja nur Geld sein, wahrscheinlich eine Menge Geld.

»Wieso schickt sie ausgerechnet mir was?«, fragte Christopher und sah seinen Bruder nachdenklich an. »Meinst du, dass die beiden Typen deshalb hinter ihr her sind?«

Alexander fröstelte. Vielleicht waren sie ja nicht mehr hinter ihr her, sondern hatten sie bereits. Ihm wurde flau. Wenn sogar Schläger nach Berlin geschickt wurden, um das zu suchen, was sie von Julia wollten, dann musste es ihnen viel wert sein.

»Ja, ich denke schon«, nickte Alexander. Doch die beiden Security-Typen Krombiegel und Kötterhans hatten sicherlich nicht ohne Auftrag gehandelt. Am Sonnabend, als er sie auf dem Parkplatz der Facility gesehen hatte, waren die beiden mit Sicherheit von Huber gekommen. Alexander wollte sich gerade erheben und Christopher einen Kaffee bringen, bevor er ging, als sein Telefon klingelte. Es war Elisa, Julias Freundin.

»Alexander?«, schluchzte das Mädchen.

»Ja?« Ihm stand der Schweiß auf der Oberlippe.

»Julia ist im Krankenhaus, sie ist schwer verletzt und …« Elisa begann so entsetzlich zu weinen, dass Alexander in diesem Moment das ganze Grauen durch die Glieder fuhr, zu dessen Imagination er überhaupt fähig war.

»Elisa«, versuchte er, auf die Entfernung auf sie einzuwirken und sie zu beruhigen, »sprich doch weiter bitte.« Er hörte, wie Christopher sich in seinem Rücken regte, und schaute über die Schulter.

Elisa hatte gerade von Julias Eltern erfahren, dass Julia aufgefunden worden war und im Krankenhaus sei. Sie sei wahrscheinlich mehrere Tage irgendwo festgehalten worden. Weil Elisa übers Wochenende zu Hause bei ihren Eltern gewesen war, hatte sie die Nachricht, dass Julias Eltern nach ihr suchten, gerade erst heute früh gehört, als sie nach Hause kam. Sie hatten mehrfach am Sonntag auf ihren Anrufbeantworter in der Wohnung gesprochen. Als sie die Eltern eben angerufen hatte, wollten die gerade aufbrechen, um nach Osnabrück zu fahren. Da hätten sie es ihr gesagt. Julia werde zurzeit wohl noch operiert.

»Nein, ich weiß nicht, was sie genau …«, antwortete sie unbestimmt auf Alexanders Nachfrage. »Und …«, Elisa machte eine Pause, »es waren wohl mehrere Männer, die das gemacht haben.« Sie verstummte, zog die Nase hoch und wartete auf eine Antwort des Mannes.

»Fahr in die Klinik zu den Eltern«, bestimmte Alexander Pflüger. Er werde nachkommen, wenn sie ihm Bescheid gegeben habe, ob Julia wach sei. Nachdem er das Gespräch beendet hatte, schaute er eine Weile aus dem Fenster. Eine bleierne Mattigkeit überkam ihn. Hatte er die ganze Nacht noch darüber gegrübelt, wie er die Geschichte mit Christopher wieder geradebiegen könnte, so hatte ihn diese Nachricht jetzt so getroffen, dass er sich wie gelähmt fühlte. Er hatte ihr Hilfe verweigert, als sie ihn unausgesprochen darum gebeten hatte. Ihr war etwas zugestoßen, und es stand nicht in seiner Macht, das ungeschehen zu machen. Und auch jetzt konnte er nichts tun, was ihr nützlich wäre. Alles hätte nicht geschehen müssen, wenn er sich anders verhalten hätte. Er schüttelte diese Gedanken ab, legte die Arme um sich selbst und rieb seine Oberarme, als wäre ihm kalt.

»Was ist los?«, fragte Christopher.

»Ach Chris«, seufzte Alexander. Er setzte sich noch einmal auf die Kante des Sofas und erzählte ihm knapp, was er von Elisa erfahren hatte, und versuchte, so sachlich zu bleiben, wie er es von sich erwartete und wie es sonst seine Art war. Er wollte seinem verletzten Bruder nicht zeigen, dass er im Moment eigentlich überhaupt nicht wusste, was er machen sollte.

»Alex.« Christopher legte seinem Bruder die Hand auf. »Du kannst doch nichts dafür«, wollte er ihn trösten.

Alexander war gerührt von dem Versuch seines Bruders. Aber Christopher wusste ja nicht, dass er doch etwas dafürkonnte. Er senkte die Augen, weil er der Meinung war, er lüge seinen Bruder an und er dessen Fürsorge unberechtigterweise empfing. Er musste aber irgendetwas tun, und der einzige Ort, den aufzusuchen ihm sinnvoll schien, war die Facility GmbH. Alles hatte ja mit diesem verdammten Unternehmen zu tun.

»Ich muss für eine Stunde ins Büro. Versprichst du mir, dass du hier bleibst?«, fragte er seinen Bruder und fürchtete, dass der auf dieses besorgte Ansinnen abweisend reagieren könnte. Aber als er ihn ansah, war er erleichtert.

Christopher nickte: »Was soll ich denn sonst machen?«

»Gut.« Alexander nahm eine Baskenmütze von der Garderobenablage, schob sie sich über den Kopf und winkte Christopher von der Wohnungstür noch einmal zu.

»Was soll das mit den roten Haaren?«, rief Christopher skeptisch hinter ihm her.

Achselzuckend verzog Alexander das Gesicht zu einem flüchtigen Grinsen: »Ach was weiß ich. Vielleicht weil wir Brüder sind.«

29

Eine Viertelstunde nachdem Alexander Pflüger die Facility GmbH betreten hatte, sah er Kevin Krombiegel breitbeinig über den Parkplatz in Richtung auf den Hintereingang zulaufen. Er trug einen dunklen Koffer. Selbst wenn Alexander Pflüger nicht geahnt hätte, was er dort transportierte, wäre ihm Krombiegel aufgefallen. Der Koffer war zu groß und zu elegant für einen Mann wie Kevin, der auch an diesem Tag ein T-Shirt trug.

Alexander verfolgte ihn vom Fenster seines Büros aus, bis er ihn aus den Augen verlor. Erst dann öffnete er seine Bürotür und wartete. Nach etwa zwei Minuten passierte Kevin Krombiegel die weit offen stehende Tür des Büros des Justiziars und warf einen Blick herein. Alexander stand mit dem Gesicht zur Garderobe im Garderobenraum seines Büros, richtete seine Baskenmütze und betrachtete den vorbeieilenden Krombiegel im Spiegel, ohne dass dieser es bemerkte.

Der Mann hat keine Skrupel und fürchtet nichts, dachte Alexander. Er ging zum Schreibtisch, öffnete die obere Schublade und steckte sich eines der Prepaid-Handys, das die Firma bevorratete und manchen der Mitarbeiter zur Verfügung stellte, in die Jackentasche. Er hatte es sich sofort nach seiner Ankunft im Logistikzentrum der Putzkolonnen besorgt. Zudem hatte er Glück gehabt, da die zuständige Sachbearbeiterin sich gerade am Kopierer zu schaffen machte. Er hatte das Handy noch nicht einmal anmelden müssen, er hatte es einfach genommen. Die Nummer von Kevin Krombiegel hatte er bereits eingespeichert. Es war die einzige Nummer, die er brauchte. Die von Huber hatte er auf seinem persönlichen Gerät. Anschließend schloss er die Personalakte Krombiegels und fuhr seinen Rechner herunter. Er lehnte die Tür ein wenig an, trat einen Schritt zurück und wartete, den Blick durch den Türspalt auf den Flur gerichtet.

Es dauerte etwa fünf Minuten, bis Kevin Krombiegel ohne Koffer an ihm vorbeieilte. Alexander betrat hinter ihm leise den Flur und wartete, bis er um die Ecke zum Treppenhaus gebogen war. Dann setzte er ihm mit langen, elastischen Schritten nach.

Auf dem Parkplatz ging Alexander an den Wagen, mit dem er seit dem gestrigen Tag fuhr, als er auf die unselige Idee gekommen war, seinen Bruder allein loszuschicken. Er wartete, bis er sah, dass sich auf der anderen Seite der Wagen von Krombiegel in Bewegung setzte. Der Pförtner winkte ihm freundlich zu, als er kurz nach Kevin Krombiegel das Firmengelände verließ.

Zu Alexanders Verwunderung wendete sich Krombiegel nicht in Richtung Schinkel zu seiner Wohnung oder zu einer Bank, wie er vermutet hatte, sondern er fuhr über die Mindener Straße Richtung Osten, um dann über die Autobahn und die Bundesstraße 65 in nordöstlicher Richtung die Stadt zu verlassen. Alexander versuchte immer, zwei, drei Wagen zwischen sich und Krombiegels Auto zu bringen, und fürchtete, dass dieser als geschulter Mann aus der Security bald entdeckt haben würde, dass er seit fast 20 Kilometern hinter ihm herfuhr. Aber Krombiegel schien mit anderen Dingen beschäftigt.

Als der dunkle Golf Krombiegels auf die Bundesstraße 218 einbog, wurde Alexander Pflüger bewusst, dass der Mann offenbar vorhatte, an den Mittellandkanal zu fahren. Er vergrößerte die Distanz und sah, wie der von ihm verfolgte Wagen auf die Brücke fuhr und plötzlich die Geschwindigkeit drosselte. Mit einem Ruck fuhr der Wagen anschließend zügig über die Brücke. Als Alexander Pflüger die Brücke passierte, sah er, was Krombiegel offenbar erstaunt hatte: Von hier oben war deutlich ein Flatterband zu erkennen, das eine Stelle am Kanal markierte, und in einer Zufahrt zum Treidelpfad stand weithin sichtbar ein Polizeiwagen. Alexander passierte die Brücke und wahrte den Abstand zu Krombiegel, der nun in gemäßigtem Tempo weiterfuhr, bis er plötzlich in eine asphaltierte Feldzufahrt einbog, offensichtlich in der Absicht, zu wenden. Alexander beschleunigte und wandte seinen Kopf ein wenig zur Seite, als er zügig an der Einbuchtung vorbeifuhr. Im Rückspiegel beobachtete er das Manöver, das Krombiegel veranstaltete, um zu wenden.

Krombiegel hatte ihn an den Ort geführt, an dem Julia gefunden worden war. Aber Krombiegel hatte das offenbar nicht gewusst. Er hatte sie also nicht freigelassen und war anscheinend davon ausgegangen, dass sie noch hier war. So musste es sein. Was hatte er vorgehabt? Alexander schüttelte die beklemmende Frage von sich ab. Er hatte nun keine Eile mehr. Bei der nächsten kurzen Ackerzufahrt wendete er ebenfalls und fuhr langsam in Richtung Stadt zurück.

Weit vor sich sah er Krombiegel, aber für ihn gab es keinen Grund mehr, ihn zu verfolgen.

Er wählte die eingespeicherte Nummer. Es dauerte einige Freizeichen, bis Krombiegel sich meldete.

»Ja?«, fragte der Security-Mann skeptisch.

»Alexander Pflüger hier. Ich rufe Sie im Auftrag von Huber an.«

»Wer sind Sie?«, fragte Krombiegel ungehalten.

»Ich bin der juristische Beistand der Firma. Herr Huber lässt Ihnen dringend ausrichten, dass Sie bitte nicht zu einem bestimmten Ort fahren sollen, er sei nicht mehr sicher.«

»Das habe ich auch schon bemerkt«, raunzte Krombiegel. »Warum ruft er nicht selber an?«

»Das genau ist das Problem. Herr Huber hält es angesichts der Lage, die sich ergeben hat und hinsichtlich der anstehenden Untersuchungen der Polizei für problematisch, direkt mit Ihnen Kontakt aufzunehmen.«

Alexander sah, wie der Wagen Krombiegels, dem er während des Gespräches immer nähergekommen war, rechts in einen asphaltierten Feldweg einbog und auf dem Grünstreifen hielt. Er fuhr an dem Feldweg vorbei und hielt sich weiter in Richtung Stadt, weil es ihm einerlei war, wo genau Kevin Krombiegel sich im Moment aufhielt.

»Er hat mich jedoch beauftragt, Ihre Provision angesichts der neuen Sachlage zu erhöhen.«

Krombiegel schwieg einen Moment. Alexander wartete und fuhr weiter.

»Wie viel?«

»Viel«, betonte Alexander Pflüger. »Ich möchte das jedoch nicht am Telefon erörtern.« Alexander schlug Krombiegel ein Treffen in der Nähe von Hubers Privathaus vor, nach Einbruch der Dunkelheit gegen 22.00 Uhr. Der exakte Treffpunkt werde ihm noch per SMS mitgeteilt werden.

Huber wohnte in Bad Iburg, einem südlich von Osnabrück gelegenen hübschen, ein wenig in die Jahre gekommenen Kurort, an dessen Südseite eine beliebte Wohngegend etwas betuchterer Leute lag. Am Südhang eines Berges mit Blick auf ein imponierendes Schloss, das den kleinen Ort dominierte, hatten diese Häuser den Vorteil der Alleinlage bei bester Anbindung an die Stadt im Norden. Huber hatte sich hier vor drei Jahren einen riesigen Kasten, den er Villa nannte, hingesetzt. Alexander Pflüger hatte einmal einen Umtrunk mitmachen müssen, zu dem Huber die Abteilungsleiter und Stabsstelleninhaber der Firma gebeten hatte, nachdem sie einen guten Auftrag für die Innenstadtsicherung eines Einkaufszentrums im Ruhrgebiet bekommen hatten.

Für Alexanders Plan hatte der Ort zwei Vorteile: Das Grundstück von Huber war zugänglich für den öffentlichen Verkehr und grenzte hinten direkt an den Wald. Er hatte noch knapp zwölf Stunden, um sich auf das Treffen vorzubereiten.

30

Die Ärztin war erstaunlich jung, fand Johanna Kluge und wunderte sich, dass sie bereits Fachärztin sein sollte. Aber wie so häufig in der letzten Zeit musste sie sich eingestehen, dass es wahrscheinlich daran lag, dass sie selbst älter wurde und sich die eigene Jugend immer weiter entfernte, sodass ihr alle Frauen um die 30 derart jung vorkamen.

Dabei konnte man in diesem Alter auf jeden Fall schon weit in seiner Karriere vorangeschritten sein. Sie war auch mit 34 Jahren zur Hauptkommissarin befördert worden und heute, nur zehn Jahre später, war sie leitende Ermittlerin.

Die Ärztin bat Johanna in das kleine Stationszimmer. »Julia Schlosser hatte einen Milzriss. Durch den Riss ist viel Blut in die Bauchhöhle getreten. Das riesige Hämatom über dem gesamten linken Oberbauch stammt möglicherweise von einem schweren Schlag – oder Tritt.«

Johanna Kluge sah die Ärztin fragend an.

Die junge Frau nickte, bevor Johanna Kluge ihre Frage gestellt hatte. »Ja, selbstverständlich haben wir all das getan, worum Sie uns gebeten haben.« So gut es ging, hatten sie vor der Operation fremde DNA am Körper der Frau gesichert. Der Vaginalabstrich hatte Spermaspuren ergeben.

»Haben Sie denn eigene Untersuchungen gemacht?«, fragte Johanna erstaunt, dass sie so definitive Aussagen machte.

»Ja, ich habe heute Morgen im Labor einen Nativtest einer mikroskopischen Untersuchung unterzogen.« Dabei habe sie Sperma festgestellt. Die offiziellen Proben seien selbstverständlich an Beamte der Spurensicherung übergeben worden, die sie per Kurier ans Landeskriminalamt nach Hannover weiterleiten wollten. Außerdem hätten sie auch von den verletzten Körperstellen, den Händen, dem Bauch und der Brust Aufnahmen gemacht. Auch im äußeren Genitalbereich seien Verletzungen sichtbar gewesen. Die Assistenzärztin biss die Zähne zusammen. »Diese Schweine.« Sie sog die Luft durch die Nase.

Johanna schaute sie erstaunt an. »Hat Frau Schlosser bereits gesagt, wer es war?«

»Nein, nein«, wehrte die Ärztin ab, »Ich meine ganz allgemein Männer, die so etwas tun.«

Johanna Kluge schwieg. Sie war sich nach ihrem Besuch in dem heruntergekommenen Kotten bereits sicher, dass Julia Schlosser von mehreren Männern vergewaltigt und misshandelt worden war. Aber für die Ermittlungen war es wichtig, dies auch beweisen zu können. Und das konnten sie.

»Wahrscheinlich hat die junge Frau einen Tritt in den Oberbauch bekommen. Sie hat einen subkapsulären Riss der Milz erlitten. Die Kapsel ist noch intakt, deshalb konnte sie wohl auch noch einige Zeit lang laufen. Aber wir mussten sie operieren, da die Gefahr einer weiteren Blutung zu hoch war.«

»Können Sie sagen, wann ihr die Bauchverletzung in etwa zugefügt wurde?«, fragte Johanna Kluge und zückte ihr Notizbuch.

»Der Operateur meinte, das müsse gestern am späten Abend geschehen sein. Vielleicht gegen Mitternacht.« Die Ärztin zuckte mit den Schultern. »Das Sperma war etwas älter. Mehr als zwölf Stunden. Also vom Nachmittag, frühen Abend.« Die Ärztin schluckte wieder. Johanna sah ihr an, dass sie gern etwas gesagt hätte, das ihr Mitgefühl und ihren Abscheu vor den Tätern gleichermaßen deutlich machte. Aber sie schwieg.

»Ich verstehe Sie«, sagte Johanna statt ihrer und legte der Frau die Hand auf den Arm. »Mir geht es genauso.« Sie war froh, dass jemand zur Bewachung der jungen Frau abgestellt worden war, auch wenn es nur war, um zu zeigen, dass sie alles taten, um sie wenigstens jetzt zu schützen.

Nachdem die Ärztin vor etwa zehn Minuten bei Julia Schlosser gewesen war, hatte sie Johanna mitgeteilt, dass die Patientin aus der Narkose erwacht sei und orientiert gewirkt habe, obwohl sie nicht gesprochen habe. Johanna überlegte, ob sie darum bitten sollte, schon einmal ins Zimmer der verletzten Frau gehen zu können, obwohl diese zurzeit wieder schlief, da kamen augenscheinlich die Eltern über den Stationsflur.

Sie gingen schnell, als wenn sie durch die beschleunigte Ankunft ihrer Tochter helfen könnten. Die Mutter war eine kleine Person mit kastanienbraunem Haar, Ende 40, schätzte Johanna auf die Schnelle. Schon ihr Schritt machte deutlich, dass sie ein lebhafter Mensch war. Johanna Kluge sah ihr ernst entgegen und versuchte damit, in irgendeiner Weise beruhigend auf sie zu wirken, da sie befürchtete, die Mutter könnte hysterisch reagieren. Das schien auch die Sorge des Vaters zu sein, ein etwas übergewichtiger Kerl, der nur wenig größer war als seine Frau. Er hatte seine Hand auf ihren Arm gelegt und schaute sie immer wieder besorgt von der Seite an.

Als sie vor Johanna Kluge standen, die sich ihnen vorstellte, schien er sich bei ihr für die Aufgelöstheit seiner Frau zu entschuldigen. Er verzog den Mund zu einem bedauernden Lächeln und zuckte mit den Schultern.

»Seien Sie beruhigt, Ihrer Tochter geht es jetzt gut. Sie ist in Sicherheit und liegt in einem warmen, sauberen Bett«, sagte Johanna Kluge zu Frau Schlosser, die mit fahrigem Blick Johanna Kluges Gesicht abtastete, die Lippen zusammenkniff und bestätigend nickte. »Danke, danke«, sagte sie und begann zu weinen.

Die junge Ärztin informierte die Eltern kurz und sachlich über die Verletzungen und den Zustand ihrer Tochter und den Verlauf der Operation. Sie hörten mit versteinertem Gesicht zu. Dann betraten sie zu dritt das Krankenzimmer. Die Ärztin öffnete ihnen die Tür, ging zum Bett und sprach Julia mit warmer Stimme an.

»Frau Schlosser, Ihre Eltern sind gekommen.«

Johanna Kluge war einen Schritt hinter den Eltern geblieben, bereit, das Zimmer umgehend zu verlassen, falls sie befürchten müsste, die Intimität zwischen Eltern und Tochter zu stören. Sie wollte im Moment ohnehin nur einen Eindruck darüber gewinnen, in welcher Verfassung die junge Frau war, ob sie vernehmungsfähig und vor allem auch vernehmungswillig war. Sie hatte in ihrer beruflichen Karriere mit einigen Vergewaltigungsopfern zu tun gehabt und wusste, wie unterschiedlich die Reaktionen der Frauen nach solch einer Gewalttat sind. Manche hatten geweint, waren völlig aufgelöst und verwirrt. Aber sie hatte auch Frauen gegenübergesessen, die äußerlich sehr gefasst und ruhig schienen. Schwer für sie auszuhalten war es, wenn die Frauen teilnahmslos und wie erstarrt waren. Diese junge Frau war darüber hinaus verschleppt und in einem einsamen Haus über Tage festgehalten worden. Johanna sah wieder den widerwärtigen Raum mit den fleckigen Sofas vor sich und war froh, dass die Eltern keine Vorstellung davon hatten.

Julia Schlosser öffnete die Augen, sah ihre Eltern kurz an und schloss sie sofort wieder. Über ihre rechte Wange zog sich ein längliches Pflaster, darunter war ein großer Bluterguss sichtbar. Der Tropf stand rechts von ihr, beide Handgelenke und Unterarme waren verbunden. Johanna warf einen Blick auf die Mutter, die mit einem Mal, als sie vor ihrer Tochter stand, völlig ruhig war. Schweigend stand sie neben dem Bett, senkte den Kopf, und die Tränen liefen ihr über die Wangen. Mit geneigtem Kopf blieb sie dort stehen und schaute auf ihr geschundenes Kind.

»Meine Kleine«, flüsterte sie und berührte zaghaft den Arm ihrer Tochter. »Meine Kleine.« Die Mutter wandte sich zu ihrem Mann, der etwas unbeholfen am Fußende des Bettes stehen geblieben war und die Stange am Fußende des Bettes mit seinen kräftigen Fingern umklammerte. Er ging einen Schritt auf seine Frau zu, nahm sie in den Arm und strich ihr mit der Hand über den Kopf.

Die Mutter schluchzte, machte sich aber schnell frei und ging zu Johanna Kluge, die sich bereits wieder zur Tür zurückgezogen hatte. »Wer hat ihr das angetan?« Ihr kamen wieder die Tränen, und Johanna legte der Mutter den Arm um die Schulter. »Wir werden Ihnen bald sagen können, wer das getan hat«, versicherte sie leise.

»Ja?«, fragte der Vater und riss die Augen auf. Er ließ das Bett los und folgte den beiden Frauen auf den Flur.

»Ja«, bestätigte Johanna Kluge vor der Tür. »Wir stehen kurz vor einer Verhaftung.«

Die Mutter atmete tief ein und sah Johanna Kluge so dankbar an, dass sie wie so oft überzeugt davon war, dass sie eine Arbeit machte, die sich lohnte. Sie wollte Gerechtigkeit für die Opfer, und ihr wurde wieder einmal bewusst, wie wichtig das nicht nur für die Opfer, sondern auch für die Angehörigen und die Allgemeinheit war.

31

»Hallo, Johanna«, grüßte KTU-Meyer, als sie aus ihrem Dienstwagen stieg. Die Kollegen warteten bereits auf sie, und Klaus Meyer wedelte mit einem Schlüssel.

»Wunderbar, wie seid ihr so schnell daran gekommen?«, fragte Johanna, während sie die Zentralverriegelung ihres Autos betätigte. Sie hatte auf dem Bürgersteig hinter dem KTU-Wagen geparkt.

»Besser, unser Schlaumeier«, sagte Meyer. Der sei bei seinen Recherchen über dieses Facility-Management darüber gestolpert, dass sie auch eine Sparte Wohnungsverwaltung haben, und sei fündig geworden. Die Facility Nordwest betreute nämlich auch dieses Wohnhaus und habe nicht nur Schlüssel für die zentrale Schließanlage und die jeweiligen Wohnungen, sondern auch einen für den Panzerriegel der Wohnung Schlosser 2. OG rechts. Meyer hielt die beiden Schlüssel hoch. »Der Riegel ist von ihrer Sicherheitsabteilung eingebaut worden.«

»Aha, so ein Zufall.« Das war nun eigentlich keine Überraschung mehr, nur eine weitere Verbindung in dem Netz, das in den letzten Tagen nach und nach sichtbar wurde.

Die Wohnungstür im zweiten Obergeschoss rechts war geschlossen, ohne sichtbare Zeichen von Versuchen, gewaltsam einzudringen. Johanna steckte beide Schlüssel in die jeweiligen Schlösser und öffnete die Tür. Sie war nicht verriegelt gewesen, sondern beim Verlassen einfach nur zugezogen worden. Während sie und die Kollegen noch vor der Wohnung standen, ging im obersten Stockwerk eine Tür auf, und ein Kopf erschien auf dem Treppenabsatz.

»Was gibt es denn?«, fragte eine ältere Dame.

»Nichts, gnädige Frau!«, antwortete Meyer lakonisch. Er war in der Lage, seinen Ärger über die sensationsgetriebene Neugier der Menschen mit einem Kopfnicken und unbewegtem Gesichtsausdruck zu kompensieren

Sie orientierten sich noch vor der geöffneten Wohnungstür stehend, und ein Blick auf den Wohnraum, der in ihrer Flucht lag, verriet, dass Julia Schlosser diese Wohnung nicht freiwillig verlassen hatte. Auf dem Boden direkt hinter der Wohnungstür waren deutlich getrocknete Blutflecken zu erkennen. Vor dem Regal im hinteren Bereich lagen ein Bücherbrett und Bücher, und der Sofatisch stand in einer ungewöhnlichen Position schräg vor dem Sofa, als habe ihn jemand unachtsam verschoben.

»Das volle Programm«, forderte Johanna Kluge Klaus Meyer auf. »Und fangt bitte mit dem Bücherregal da hinten an, ich möchte mir nur das Telefon, das Handy und das Smartphone näher ansehen.« Auf dem Treppenabsatz stieg sie in einen Overall und betrat die kleine Wohnung von Julia Schlosser. Während die Spurensicherung mit der Arbeit begann, versuchte Johanna Kluge, sich einen Eindruck von der Wohnung zu machen. Sie gefiel ihr, zwei Zimmer, hell und in Topzustand, zentrale Lage. Neben dem offenen Wohnraum, in den man direkt mit der Wohnungstür eintrat, gab es ein geräumiges zweites Zimmer, das Julia Schlosser als Schlaf- und Ankleidezimmer nutzte, eine recht kleine Küche und ein fensterloses modernes Bad. Für eine Studentin von 23 Jahren ganz schön üppig, fand Johanna Kluge, und überschlug kurz den finanziellen Rahmen einer Studentin. Ihre eigene Wohnung war unerheblich größer um ein halbes Zimmer, aber die Miete konnte sie vergleichen. Der übliche BAföG-Satz war damit wohl bereits überschritten. Aber auch diese Wohnung wurde von einer der Facility GmbH eingegliederten Hausverwaltung betreut.

»Und sie haben Schlüssel zu den Wohnungen«, sagte Johanna laut und betrachtete die Tür, mit der sich die Kollegen gerade beschäftigten. »Da nutzt kein noch so dicker Riegel, wenn die Eindringlinge die Gelegenheit haben, sich Schlüssel zu beschaffen.«

Das Telefon des Festnetzanschlusses stand im Regal, ein Brett tiefer als das zu Boden gegangene. Es blinkte. Vorsichtig, um nichts zu verschieben, näherte sie sich. 16 neue Anrufe zeigte das Display. Johanna zückte ihr Notizbuch und drückte die Wiedergabetaste.

Der erste Anruf war vom Freitag 8.43 Uhr. Julias Freundin Elisa beschwerte sich, dass Julia so früh und ohne ein Wort die Wohnung verlassen habe. Der zweite war von

Freitagabend um 19.12 Uhr: »Alexander hier. Julia, ruf bitte zurück.« Diese Nummer erschien am selben Abend noch vier weitere Male, einmal noch mit der gleichen Bitte, die drei anderen Male hatte der Anrufer sofort nach der Ansage aufgelegt. Alexander – das war ein durchaus beliebter Name und war ihr schon häufiger begegnet. Aber hatte sie ihn nicht in den letzten Tagen bereits schon einmal gehört? Zwischen den Versuchen Alexanders lag der erste Anruf der Mutter. »Julia, Schätzchen, hier ist Mama, ich wollte nur mal so …« Die Mutter schien über die Schulter nach hinten in ihre Wohnung zu sprechen und erzählte weiter, sie wolle jetzt »mit Papa« ins Kino. Wenn Julia Lust habe, könne sie ja, wenn sie zurück sei, noch mal nach dem Heute-Journal anrufen. Das war kurz vor 19.32 Uhr. Am Sonnabend früh um 8.30 Uhr hinterließ wieder derselbe Alexander die Bitte, Julia solle doch zurückrufen. Am Sonnabend um Viertel nach neun klang die Stimme der Mutter noch fröhlich und sie wolle es später noch mal versuchen. Der nächste Anruf kam um 10.14 Uhr. Dieser Anruf aber war nicht mehr im Plauderton. Offensichtlich war die Mutter verunsichert. »Julia, ich verstehe nicht. Du rufst gar nicht an. Und wer war denn der Mann, den du da geschickt hast? Wir haben ihm den Umschlag gegeben … aber … Du gehst ja auch nicht ans Handy …« Die drei nächsten Anrufe am Sonnabendabend stammten alle von der Mutter. Am Sonntag früh um 9.12 Uhr war der letzte Versuch von Alexander. Die letzten beiden waren wieder von den Eltern. Die Mutter hatte nun keine Nachrichten mehr hinterlassen.

Julia war also in der Nacht bei der Freundin gewesen und hatte seit 8.43 Uhr am Freitag ihren Festnetzanschluss nicht mehr abgehört. Gefunden wurde sie heute Morgen um kurz vor sechs. Sie war also wahrscheinlich an die 72 Stunden – drei Tage und drei Nächte – gefangen gehalten worden.

Auf dem Regal lag ein Smartphone, das zwar angeschaltet, aber mit einem Code gesichert war. Johanna steckte es in eine Plastiktüte. Ein weiteres kleines Handy lag neben einem Schlüssel in einem Keramiktöpfchen neben dem Telefon. Dessen Batterie schien leer zu sein. Johanna sicherte es ebenfalls. Der Schlüssel gehörte nicht zu dieser Wohnung, dessen war sie nach einem optischen Vergleich mit dem Schlüssel, den sie benutzt hatten, sicher. Sie war davon überzeugt, dass es der Schlüssel zu der Wohnung von Rischmöller war, obwohl sie bis jetzt noch kein sicheres Anzeichen gefunden hatte, dass die Frau aus dem Appartement und Julia Schlosser ein und dieselbe Person waren. Sie würde diese Überprüfung beschleunigen und nahm den Schlüssel an sich.

»Ich fahre jetzt noch einmal in die Klinik«, verabschiedete sich Johanna Kluge von den Kollegen. Auf der Treppe versuchte sie, Jakob Besser in der Dienststelle zu erreichen. Der war jedoch noch unterwegs am Dammer Hof, wo sie ihn mobil erwischte. »Jakob, ich bin gegen 14.00 Uhr zurück. Kannst du bitte prüfen, ob und wer in dieser verfluchten Facility Nordwest den Schlüssel für die Wohnung Schlosser genommen haben könnte?« Sie wollte das Gespräch schon beenden, als sie noch fragte: »Sag mal, in der Facility, dieser eigenartige Justiziar, wie hieß der noch?«

»Pflüger«, sagte Jakob nach kurzer Überlegung.

»Vorname?«

»Alexander«, war jetzt seine schnelle Antwort. »Ich dachte nämlich, vorgestern als wir ihn trafen, wie passend Namen manchmal sind.«

Die Empörung, dass Alexander Pflüger mit Julia Schlosser ganz offensichtlich gut befreundet war, machte Johanna Kluge einen Moment so aufgebracht, dass sie erst einmal auf den sprachlichen Exkurs von Jakob Besser einging.

»Aha, passend. Wenn du mich mal aufklären könntest?« Johanna hatte mittlerweile das Haus verlassen.

»Der Name ist abgeleitet aus den griechischen Wörtern für ›schütze, verteidige‹ und ›Mann‹. Also, der Verteidiger. Ich fand das irgendwie passend für einen Justiziar«, meinte Jakob Besser.

»Vielen Dank für den Kurzvortrag.« Sie teilte allerdings Bessers Einschätzung. Der kühle, undurchsichtige Mann hatte auch auf sie den Eindruck eines Verteidigers gemacht – eines Menschen, der auf der Hut ist und sich selbst in Schutz nimmt und verteidigt.

»Dann wollen wir mal sehen, wen oder was dieser Alexander Pflüger hier glaubt, schützen zu müssen?« Sie knallte die Wagentür zu und überschlug die Zeit, die sie noch brauchte. »Dieser Mann sitzt um 16.00 Uhr in meinem Büro …«.

Heftig schob sie den Gang ins Getriebe und fuhr ohne Rücksicht auf die Reifen vom Bürgersteig. So wütend war sie schon lange nicht mehr gewesen.

*

Als Johanna Kluge den Haupteingang der Klinik zum zweiten Mal an diesem Morgen passierte, stieg Alexander Pflüger auf dem Parkplatz gerade in seinen Wagen, um wieder in die Facility Nordwest zu fahren. Er hatte noch einiges in die Wege zu leiten, wenngleich er jetzt noch nicht im Detail wusste, wie er genau vorgehen sollte.

Seine Gedanken waren noch ganz gefangen von seinem Besuch bei Julia. Elisa hatte ihm per SMS mitgeteilt, wo er sie in der Klinik finden könne. Elisa war mit den Eltern im telefonischen Kontakt, und diese hatten sie gebeten, erst später am Tag zu kommen. Julia sei sehr müde. Als Alexander eintraf, saßen die Eltern auf dem Flur vor dem Krankenzimmer, gegenüber einem Polizeibeamten, der direkt neben der Tür Position bezogen hatte.

»Sie sind Alexander«, stellte die Mutter eher fest, als dass sie fragte.

»Ja.« Er reichte erst der Mutter, dann dem Vater die Hand. »Alexander Pflüger.« Er zögerte einen Moment, ließ dann aber entgegen den von ihm sonst immer befolgten guten Manieren die Baskenmütze auf dem Kopf.

»Schön«, sagte die Mutter und stand auf. »Julia hat viel von Ihnen erzählt.« Alexander sah, dass sie mit den Tränen kämpfte. »Gehen Sie zu ihr. Vielleicht tut ihr das gut.« Sie hatten ihrer Tochter Ruhe gönnen wollen. Sie sei nur kurz wach geworden, habe aber nichts gesagt.

Alexander war unsicher. Die Eltern hatten ein wenig zusammengesunken auf ihren Stühlen gesessen und boten ein Bild der Hilflosigkeit. Die ganze Haltung der Mutter sprach davon, dass sie ihrer Tochter gern etwas Gutes getan hätte und gleichzeitig wusste, dass sie das nicht konnte.

»Wenn sie mich sehen mag«, sagte Alexander.

Die Mutter nickte beschwörend. »Bestimmt, Sie sind doch ihr Freund.«

Alexander hatte das Gefühl, rot zu werden, und wandte sich schnell ab, als käme er der Aufforderung jetzt unmittelbar nach. Aber es war Scham, die ihn ergriffen hatte. Er nannte dem Beamten, ohne dass der ihn aufforderte, seinen Namen. »Ich bin ihr Freund«, wiederholte er die eben so laut geäußerte Ansicht der Mutter und versuchte, seine Zweifel an dieser Aussage und seine Beschämung zu verdrängen.

Julia schlief, so schien es ihm, als er sich vorsichtig dem Krankenbett näherte. Leise zog er einen Stuhl an das Bett, und als er sich setzte, traf er ihren Blick, der seine Bewegungen verfolgt hatte.

»Julia.« Er zuckte mit der Hand, wollte ihren Arm berühren, aber er zog die Hände zurück und faltete sie zwischen seinen Knien.

Julia war bleich – und wie er sie so zerschunden und zerbrechlich in dem weißen Bett sah, dachte er an Carsten Rischmöller, den massigen Mann. Wieder überkam ihn Scham. Julia sah ihn weiterhin regungslos an, schloss dann die Augen.

Alexander schluckte. »Es tut mir so leid.«

Julia regte sich nicht und wendete den Kopf ab.

»Julia«, flüsterte Alexander und rückte mit seinem Stuhl noch näher an die Bettkante. »Julia, verzeih mir.« Er dachte in diesem Augenblick nicht an den Donnerstagabend, als er sie nicht gebeten hatte, zu bleiben. Das Bild des großen Rischmöller schob sich vor diese Erinnerung. »Julia. Es tut mir leid … alles.«

Sie wendete ihren Kopf zu ihm und öffnete die Augen. »Was redest du …« Es war keine Frage.

Jetzt traute er sich doch, ihren Arm zu berühren. »Ich …« Er brach ab, weil er einfach nicht wusste, was er sagen wollte. Er war zu beschäftigt mit seiner Reue angesichts dieses Mädchens, dessen er sich bedient hatte. Sie war ihm immer robust erschienen. All die kecken Sprüche, die sie ihm gegenüber über den so viel älteren Rischmöller gemacht hatte. Ihn hatte das entlastet. Denn es gab keinen Grund, sich gegenüber einer Frau, die so unempfindlich war und pragmatisch redete, verantwortlich zu fühlen. Er hatte nie groß darüber nachgedacht, dass diese junge Frau auch mit seiner Unterstützung in das Bett dieses fetten, selbstgerechten Mannes geraten war.

Julia stöhnte leise. »Du hast nichts getan.«

Nein, er hatte nichts getan. Er hatte alles so laufen lassen, um auf einen günstigen Moment zu warten. Aber der war nicht gekommen. Er hatte so lange abgewartet, bis alles ohne ihn ins Rollen gekommen war.

Sie schien wieder eingeschlafen zu sein. Er betrachtete ihr Gesicht, und die Vertrautheit, die er empfand, bestürzte ihn. Er hatte sie als so starkes und fröhliches Mädchen kennengelernt. Vor zwei Jahren war sie in die Vorlesung gekommen, die er als Jurist an der Uni gehalten hatte. Er war eingesprungen für einen erkrankten Lehrbeauftragten und hatte für zwei Semester den Grundkurs Recht und Ökonomik für Betriebswirtschaftler übernommen. Sie hatte den Vorlesungssaal betreten und gerade laut mit ihrer Freundin gelacht. Sie strahlte regelrecht, und es war so deutlich, dass sie sich selbst gefiel und ganz selbstverständlich davon ausging, dass sie allen gefallen müsse. Das war es, was ihn an ihr zu Anfang fasziniert hatte, nicht ihre Attraktivität. Sie war zielstrebig und intelligent und, er hatte sich geschmeichelt gefühlt, dass sie ihn anhimmelte. Aber auf Dauer hatte er ihre Freude und Lebenslust in seinem Leben nicht unterbringen können.

»Was kann ich tun?«, fragte er eher sich als sie.

Julia öffnete die Augen. Aber sie sagte nichts mehr und wendete den Kopf wieder ab. Genauso leise, wie er gekommen war, verließ er nach fünf Minuten den Raum, hinterließ den Eltern seine Telefonnummer und ging zum Parkplatz.

Genau in dem Moment, als Hauptkommissarin Johanna Kluge den langen Krankenhausflur betrat, hatte Alexander Pflüger entschieden, welchen Schritt er als nächsten unternehmen musste.

32

Johanna Kluge hatte sich auf denselben Stuhl gesetzt, den Alexander Pflüger vor wenigen Minuten verlassen hatte. Sie sprach nicht, nachdem sie sich vorgestellt hatte, sondern ließ Julia Schlosser einen Augenblick in Ruhe. Sie schwieg die Zeit, die sie glaubte, dass die junge Frau sie benötige, um sich auf sie einzustellen. Auf dem Weg die Treppe hinauf hatte sie zweimal innegehalten und versucht, sich in die Pein hineinzuversetzen, aber sie war sich darüber im Klaren, dass es ihr nicht einmal ansatzweise gelingen konnte. Aber der Grad der Dankbarkeit, dass ihr und den Menschen, die sie liebte, so etwas bis heute erspart geblieben war, ließ eine Ahnung in ihr aufkommen.

»Frau Schlosser«, begann Johanna nach einer Weile, »ich werde ein wenig mit Ihnen sprechen. Sie müssen mir nicht antworten. Geben Sie mir ein Zeichen, wenn Sie etwas sagen wollen.«

Julia öffnete die Augen, sah Johanna direkt an und nickte.

»Frau Schlosser, es geht jetzt nur darum, dass wir die Männer, die Ihnen das angetan haben, fassen. Um nichts anderes. Haben Sie das verstanden?« Johanna machte eine Pause.

Julia nickte. »Bitte *Julia*«, flüsterte sie.

»Gut, Julia.« Johanna rückte mit dem Stuhl ein wenig näher. »Haben Sie die Männer gesehen?«

Julia nickte.

»Würden Sie die Männer wiedererkennen?«

»Ja.« Julia wandte den Blick von Johanna und starrte auf die Fußkante des Bettes. Ihre Stimme war hart und klar.

»Darf ich Ihnen dann ein paar Fotos zeigen?«

Julia nickte wieder und starrte weiter auf das Fußende ihres Bettes.

Johanna Kluge zog ihr Tablet-PC aus der Tasche, schob es Julia hin und erklärte, dass nun sechs Fotos folgen würden. Barbara Klampe hatte die Einzellichtbild-Vorlagen aufgrund von isometrischen Personalausweisfotos zusammenstellen lassen und sie ihr übermittelt. Johanna Kluge hatte darum gebeten, auch Matthias Flexkemper, den sie bis jetzt ja nur als Pächter des Nachbarhauses ermittelt hatten, mit in die Vorlagen aufzunehmen.

Es dauerte keine Minute. Julia identifizierte zwischen den Vergleichsbildern alle drei Täter: Kevin Krombiegel, Frank Kötterhans und Matthias Flexkemper. Dreimal sagte sie nach einem kurzen Blick »Ja.«

Hauptkommissarin Kluge bedankte sich, versicherte ihr noch einmal, sie solle sich keine Sorgen machen. Alles andere, was geschehen sei, sei im Moment völlig unerheblich und habe überhaupt keine Bedeutung. Sie werde sich jetzt darum kümmern, dass diese Männer zur Rechenschaft gezogen würden. Zum Abschied legte sie Julia die Hand auf den Unterarm, nickte ihr zu und verließ den Raum.

Die Stationsärztin hatte vor der Tür von Julia Schlosser auf sie gewartet. »Sie sind ja sehr initiativ«, sagte Johanna Kluge zu der jungen Frau. »Ich bitte Sie jetzt von einem Ihrer Patienten, der von Julia Schlosser eben identifiziert wurde, einen Kranzfurchenabstrich zu machen. Er wurde heute operiert und ist zurzeit noch bewusstlos. Ich möchte keine Zeit verlieren.« Das Material solle sie bitte durch die Kollegen der Kriminaltechnik sichern lassen. Die junge Ärztin nickte zustimmend, und die beiden Frauen verabredeten sich in einer Viertelstunde vor dem Zimmer von Frank Kötterhans.

Der Beamte, der vor der Tür von Julia saß, hatte gewartet, bis die beiden Frauen ein wenig abseits von ihm das

Gespräch beendet hatten. Nun informierte er sie, dass ein Alexander Pflüger, der Freund von Frau Schlosser, hier gewesen sei, und die Eltern gerade zum Café Vital, in die Cafeteria im Souterrain, zum Essen gegangen seien.

Zorn stieg wieder in Johanna Kluge auf. Dieser Pflüger schien sich über die Polizei lustig zu machen. Während sie die Treppe zwei Stufen auf einmal nehmend zur Cafeteria hinuntereilte, telefonierte sie Besser ein weiteres Mal an.

»Verdammt, Jakob. Was ist mit diesem Pflüger? Müssen wir ihn mit der Staatsanwältin vorladen oder …«

»Nein. Wieso ereiferst du dich so?«

»Ich ereifere mich nicht. Aber ich dachte, ich hör mal von dir, ob du ihn erreicht hast. Der war nämlich bereits hier im Krankenhaus bei Julia Schlosser.«

Besser konnte die Zusammenhänge nicht ganz verstehen, er selbst war gerade auf dem Rückweg vom Dammer Hof. »Die Kollegen fahren heute Abend noch einmal hin.« Bis jetzt hatten sie außer der Dame im 3. OG, die ein Auto gesehen hatte, und dem Nachbarn, der das andere Auto bemerkt hatte, keine weiteren Zeugen ausfindig machen können. Er wollte am Abend noch mal ein Team losschicken.

»Ich habe deinen Befehl unmittelbar …«

»Oh«, stöhnte Johanna. Sie hatte im Moment keine Lust auf Jakobs Späße.

»… ausgeführt und ihm mitgeteilt, dass du erwartest, ihn um 16 Uhr vor deinem Schreibtisch sitzen zu sehen.« Pflüger habe vor einer knappen Stunde versichert, er komme der Aufforderung gern nach, könne sich aber möglicherweise verspäten. Jakob äffte die sachlich kühle Art der Sprache von Alexander Pflüger nach und lachte.

In der Cafeteria saßen die Eltern in einer Ecke am Fenster und starrten in ihre Tassen. Den Kuchen hatten sie schon gegessen. Johanna Kluge setzte sich zu ihnen.

»Sie haben gestern Morgen um Viertel nach zehn auf dem Anrufbeantworter Ihrer Tochter hinterlassen, ein Mann habe einen Umschlag bei Ihnen abgeholt.« Johanna Kluge hatte sich entschieden, den Eltern gegenüber nichts davon zu sagen, dass ihre Tochter möglicherweise eine Dummheit gemacht hatte, für die sie strafrechtlich zur Verantwortung gezogen werden könnte. Sie wollte auf keinen Fall gegenüber den Eltern den Eindruck vermitteln, Julia trage in irgendeiner Weise selbst Verantwortung für das, was ihr geschehen war. Zudem hatte Johanna Kluge das Gefühl, dass niemand letztlich Anspruch auf das Geld erheben würde. Deshalb schwieg sie und wartete auf die Antwort.

Die Mutter wurde lebhaft. »Ach, ich hätte ihm den nicht geben sollen, aber mir ist das erst hinterher aufgegangen. Das war ein komischer Typ.« Er habe gesagt, er sei ein Freund von Julia, die mit einer Gruppe von Freundinnen in einem Wellnesshotel in der Nähe sei, und das Gutscheinheft hätten die Freundinnen aber an ihr Elternhaus geschickt. Sie brauche das jetzt. »Ich hab mich gewundert, dass Julia mir das nicht erzählt hat, und gefragt, wo denn das Hotel wäre …« Aber da sei der Typ irgendwie scharf geworden und habe gemeint, ob das ihre Angelegenheit sei, und ob sie Julia das Wochenende restlos »versauen« wolle. »Und als ich es ihm gegeben hab, fiel mir ein, wieso dann Julias Absender draufstand und nicht einer von einer Freundin.«

»Machen Sie sich deshalb keine Vorwürfe. Es war sicher gut, dass Sie ihm gegeben haben, was er wollte.« Johanna Kluge zog ihr Tablet raus und rief die Bilder auf, die sie vor einigen Minuten Julia gezeigt hatte. »Ist der Mann, der bei Ihnen war, einer von diesen.«

Frau Schlosser musste nicht lange überlegen. »Der war es«, sagte sie und zeigte auf Kevin Krombiegel.

In Gedanken an Alexander Pflüger, die Facility, Kevin

Krombiegel und das zarte Mädchen, das in deren Machenschaften geraten war, stieg Johanna Kluge in die orthopädische Abteilung zu Frank Kötterhans hinauf. Sie schaute auf die Uhr. Es war kurz nach eins. Heute noch, so hoffte sie, würden sie Krombiegel und Flexkemper festnehmen können. Kötterhans konnte ihr nicht mehr entkommen.

Als sie in den Flur einbog, hatte der uniformierte Kollege gerade erst vor seiner Tür Position bezogen. Kötterhans' Knie hatte man in einer mehrstündigen Operation zusammengeflickt, und er war erst vor zehn Minuten aus dem Aufwachraum auf die Station gebracht worden. Nach Auskunft des Stationsarztes würde es noch einige Stunden dauern, bis er orientiert und vernehmungsfähig sei.

Johanna Kluge wartete draußen und plauderte einige Minuten mit dem Kollegen, während die junge Ärztin sich für einige Minuten im Zimmer aufhielt. Sie nickte Johanna Kluge freundlich zu, als sie die Tür wieder öffnete und sich mit ihrer Metallschale und einigen Röhrchen entfernte.

Kötterhans konnte sich auch ohne Bewachung nicht davonstehlen. Ihn würde sie am Abend besuchen. Johanna Kluge atmete tief ein, bedankte sich bei dem Kollegen und verließ das Krankenhaus. Jetzt war es Zeit, sich um Alexander Pflüger zu kümmern.

33

Johanna Kluge merkte erst, wie müde sie war, als sie sich in ihrem Büro am Schreibtisch niedergelassen hatte. Einen

Moment legte sie den Kopf zurück auf die Lehne ihres Stuhles, schloss die Augen und gab sich dem Sog hin, der sie in den Schlaf zog. Genauso schnell, wie sie in den tiefen Kurzschlaf gefallen war, wurde sie aus dem Dunkel gerissen. Besser hatte mit seiner üblichen Dynamik die Tür ihres Büros geöffnet und war gerade im Begriff, sie wieder lautlos zu schließen, als sie abrupt die Augen öffnete.

»Bleib hier«, stöhnte sie. »Wenn du dich so stiekum verdrückst, werde ich doch erst recht wach.« Sie rieb sich ihren Nacken. »Sind schon alle im großen Sitzungsraum?«

Besser sah auf die Uhr. »Nein, es ist aber auch erst kurz vor halb drei.« Er sah sie bedauernd an. »Ich mach Eurer Gnaden schnell einen starken Kaffee.«

»Wenn du das kannst, gern.« Johanna stand auf, rollte mit den Schultern und rieb ihre Schulterblätter gegeneinander. Sie hatte doch tatsächlich 20 Minuten geschlafen. Das hatte sie auch gebraucht und sie hoffte, dass es sie bis zum Abend aufrecht halten würde. Sie machte zehn Rumpfbeugen, um den Kreislauf zu aktivieren, und riss anschließend das Fenster auf. Der Tag war hell und klar. Das hatte sie bis jetzt noch nicht wahrnehmen können. Seit sie heute im späten Morgennebel am Kanal in die Sonne geschaut hatte, war sie ununterbrochen unterwegs gewesen. Dabei hatte sie das Gefühl beschlichen, dass sie immer und überall ein wenig zu spät gewesen war. Die Mischung aus der Empfindung der Unzulänglichkeit und der Verärgerung machte sie missmutig, ein Zustand, den sie hasste, der sie aber immer wieder wie ein Virus befiel.

Sie ärgerte sich über sich selbst, konnte aber eigentlich kein Versäumnis feststellen. Zorn gegen Pflüger kam auf. Warum waren selbst solche Menschen, die einen völlig zivilisierten Eindruck machten, so unkooperativ. Es musste ihm doch klar sein, dass die Polizei irgendwann herausfinden würde, dass er Julia Schlosser kannte. Was sollte seine Falschaussage?

Auf dem Rückweg vom Krankenhaus hatte sie einen Abstecher zur Rischmöller-Wohnung gemacht, um sich selbst zu bestätigen, dass sie recht hatte. Die Schlüssel, die sie in Julia Schlossers Wohnung eingesteckt hatte, passten für die Haustür und die Wohnungstür der Wohnung am Fuß des Westerbergs. Sie hatte noch einmal in dem verlassenen Raum vor dem großen Bett gestanden, das unverändert den Lakenwurf wie am letzten Mittwoch aufwies, als sie den toten Mann aus der Wohnung geholt hatten. Sie würden die Wohnung wahrscheinlich in einigen Tagen freigeben können. Wer würde sie später einmal nutzen? Der Gang durch die unbewohnte Wohnung hatte sie bedrückt, weil die Vergänglichkeit so deutlich war und sie Mitgefühl mit dem schwergewichtigen Rischmöller hatte, der sicher noch nicht hatte sterben wollen. Er hatte wie alle Menschen in diesem Alter bestimmt noch einiges vorgehabt in seinem Leben.

Johanna schloss das Fenster in dem Moment, als Jakob mit dem großen Becher Kaffee eintrat.

»Hier, trink. Das wird dir guttun.« Er schaute über den Rand seiner Brille und setzte sich auf seinen Besucherstuhl. »Darf ich dich nach der Sitzung bei der Befragung von Pflüger begleiten?«, fragte er und klimperte kokett mit den Wimpern.

»Aha, habe ich doch recht«, sagte Johanna und grinste ihn an. »Ich hab schon drauf gewartet, wann du dich darüber beschwerst, dass du nicht mit beim Ostermann-Verhör dabei warst.« Jakob erheiterte sie, und sie merkte, dass sich ihre Stimmung deutlich besserte.

Jakob Besser kippelte mit seinem Stuhl. »Unsinn! Aber ich … bin … arbeite eben gern mit dir zusammen.«

»Blödmann«, flachste Johanna und freute sich gleichzeitig über das Kompliment. Denn sie war sicher, dass es als solches gemeint war.

*

Ihre Sitzung begann um 15.00 Uhr. Die Aufregung aller Anwesenden war greifbar, obwohl sie sehr konzentriert und bei der Sache waren. Nachdem sie vier Tage auf der Stelle getreten hatten, war heute alles auf einmal an den Tag gekommen. Diese positive Anspannung war allen anzumerken.

Johanna Kluge hatte sich den Nacken vor der Sitzung noch einmal mit Wasser benetzt, um sich selbst den Eindruck zu vermitteln, sie sei frisch und munter.

»Wir sollten uns trotz allem die Zeit nehmen, doch kurz auf die Facility Nordwest GmbH einzugehen. Ich denke, dass sie den Rahmen für alle Ereignisse bildet«, begann sie die Sitzung.

Jakob Besser, der an ihrer rechten Seite saß, nickte zustimmend und zupfte schon an seinen Papieren. Er hatte seine Vorbereitungen vom Sonntag ebenfalls vor sich liegen und war bereit, sie darzulegen.

»Ich werde es also mal versuchen. Vor acht Jahren wurde Carsten Rischmöller Geschäftsführer der Facility Nordwest. Zu der Zeit hieß sie noch Gebäudereinigung Ostermann. Rischmöller hatte Iris Ostermann, die Witwe von Klaus Ostermann, der bei einem Autounfall ums Leben gekommen war, ein Jahr nach dessen Tod geheiratet. Mit seinem Eintritt in die Firma wurde der Name modernisiert …«

»Muss ja alles Englisch sein …«, maulte KTU-Meyer, der sich an seinem Smartphone entspannte. Er sah mindestens so mitgenommen aus wie Johanna selbst. Sie hatte sich beim Blick in den Spiegel eben regelrecht erschreckt.

»Genau, im Insidersprech ›Facility‹. Ich habe auch erst vor einigen Tagen von Kollege Besser gelernt, dass es sich bei diesem Unternehmen um eine Art überhöhte Hausmeisterei handelt.« Sie rieb sich den Nacken, der jetzt anfing zu schmerzen. »Jedenfalls hatte Rischmöller in dieser Sache bereits Erfahrung, auch mit Sicherheitsdiensten. Er kam vor acht Jahren aus einer kleinen Stadt in Brandenburg«, sie schaute zu Besser, »darauf kommen wir im nächsten Schritt gesondert.«

Johanna führte noch kurz aus, dass Rischmöller nach der Umfirmierung in Facility Management damit gleich die erste Filiale in Brandenburg hatte. Die Facility Management hier in der Stadt wies, so der Eintrag im Handelsregister als GmbH, Rischmöller mit 70 Prozent Geschäftsanteilen und Huber mit 30 Prozent aus. »Frank Huber ist der jetzige Alleinherrscher der Facility, wie mir scheint. Er ist Ende 40, und ich habe in verschiedener Hinsicht den Eindruck, dass wir ihm auf die Finger gucken sollten.«

Ein Blick auf Beate Klampe, die ihn als Erste befragt hatte, ob er die Freundin von Rischmöller kenne, veranlasste diese zu nicken, und obwohl sie sich offenbar bemühte, nicht in ihrem Gesicht lesen zu lassen, war allen klar, dass Beate für Huber nicht viel übrig hatte. Nur geht es darum nicht, dachte Johanna. Wir müssen schauen, was Recht ist und was nicht. Es geht nicht um unsere Vermutungen und Antipathien.

Sie fasste kurz zusammen, dass Rischmöller und Huber beide als Geschäftsführer eingestellt waren, wobei Huber vor allem für den Bereich Security verantwortlich sei und Rischmöller die anderen Bereiche bearbeitete wie Gebäudereinigung, Instandhaltung, kaufmännisches Facility

Management – dazu gehörten bei vergleichbaren Firmen, so ihre Recherchen am Sonntag, Vertragsmanagement, Objektbuchhaltung, Projektmanagement, Sonderdienstleistungen und Nebenkostenabrechnungen. Dann gebe es noch sogenanntes infrastrukturelles Facility Management. »Das heißt, diese Firma macht alles: Gebäudereinigung, Unterhaltsreinigung, Glas- und Fassadenreinigung, Sonder- und Grundreinigung, Grünservice, Winterdienst, Abfallentsorgung, Hausmeisterdienst, Notruf-Service-Leitstelle, Empfangsdienst, Catering, Sonderdienstleistungen. Für uns interessant ist aber der Punkt, dass dazu auch Sicherheitsdienste und Wach- und Objektschutz gehören.«

Sie schaute in die Runde, die ihr zwar aufmerksam, aber doch auch recht erschöpft zugehört hatte. Es war nicht ganz deutlich, wie sich dieses Bild für sie alle zusammenfügen sollte. »Die Struktur der Firma ist für unsere drei Fälle ›Rischmöller‹, ›Julia Schlosser‹ und ›Frank Kötterhans‹ zwar nicht ursächlich nötig für die Aufklärung. Aber doch hängen offenbar alle Fälle zusammen mit dieser Firma, oder zumindest sind die Personen über diese Firma miteinander in Beziehung zu setzen.«

Johanna schloss ihre Zusammenfassung, bat die Kollegen jedoch um noch ein wenig Geduld, denn, um das Bild abzurunden, wollte sie auch noch die Erkenntnisse heranziehen, die sie am Sonntag über Rischmöllers Vergangenheit ermittelt hatten.

Jakob Besser schob seine Brille mit dem Zeigefinger seiner rechten Hand zurecht und zog den Bogen, auf dem er sich Stichworte gemacht hatte, zu sich heran.

Er hatte doch heute in der Tat Zeit gefunden, sich auf diese Sitzung vorzubereiten. Ein bisschen neidisch auf die Organisiertheit ihres Kollegen stellte Johanna Kluge das mit einem trotzdem anerkennenden Seitenblick fest.

»Rischmöller war vor acht Jahren in Brandenburg als Leiter seiner Firma ›Sauberkeit und Sicherheit‹ maßgeblich dafür verantwortlich, dass ein Mob sich zusammenfand und zur Lynchjustiz aufgerufen hat«, setzte Jakob an. Er selbst – wie viele der Kollegen – habe das damals mit Abscheu und Interesse in der Presse verfolgt. Die Anwesenden stimmten ihm zu, als er den damaligen Fall in Erinnerung rief. Selbst der Besser gegenüber immer skeptische Klaus Meyer legte sein Smartphone aus der Hand und folgte interessiert. Alle erinnerten sich an diesen Fall, der bundesweit Schlagzeilen gemacht hatte. Ein kleines Mädchen war missbraucht und ermordet worden. Im Zuge der Ermittlungen war ein Gymnasiast unter Verdacht geraten, und die Polizei hatte damals den jungen Christopher Nortmann inhaftiert. Drei Tage lang sei die Haftanstalt belagert und die Herausgabe des Schülers gefordert worden. Außerdem hatten sich die Menschen – begleitet von einer gierigen Pressemeute, vorgeblich, um ihrer Informationspflicht nachzukommen – vor dem Haus der Mutter versammelt. Die Kollegen in Brandenburg hätten damals einen Schutzwall um das Haus bilden müssen. Nach drei Tagen sei der Junge wegen erwiesener Unschuld freigelassen worden.

»Und dieser Rischmöller hat das in Gang gesetzt?«, fragte Beate Klampe. Sie schob ihre blonden Haare hinter die Ohren und wartete auf die Antwort.

»Ja«, versicherte Jakob Besser. Er habe in Flugblättern zu Sauberkeit und Ordnung aufgerufen und gefordert, »Kinderschänder« aus der Stadt zu vertreiben und aufzuhängen. Möglicherweise habe er sich davon einen PR-Vorteil für seine Reinigungsfirma versprochen. Jedenfalls wurde sein Name aktenkundig, da er presserechtlich verantwortlich zeichnete. Aufgrund dessen sei ein Ermittlungsverfahren wegen Anstiftung zu einem Verbrechen eingeleitet worden. »Es kam jedoch zu keiner Verurteilung«, schloss Besser, »aber die Akte ist, obwohl die Aufbewahrungszeit vorbei war, nicht gelöscht worden. Offenbar hat er keinen Antrag gestellt.«

Johanna Kluge wunderte sich, warum ein Mann wie Rischmöller nicht mehr interessiert daran gewesen war, die Akte löschen zu lassen. Wieder kam ihr Alexander Pflüger in den Sinn.

»Kollegen, möglicherweise hat all das nichts mit unseren Fällen zu tun«, schloss Jakob Besser seine Zusammenfassung. »Aber es wirft ein Bild auf den gesamten Kontext dieser Saubermänner und rechtsradikalen Security-Mitarbeiter.«

Johanna Kluge wunderte sich, dass Jakob, der sich so intensiv vorbereitet hatte, sein Wissen und seine Einschätzung so kurz fasste, kannte sie doch seine Vorliebe zu langen, belehrenden Ausführungen. Deshalb nickte sie anerkennend und dankbar.

Sie fuhr fort. »Nach dem, wie sich die Sache heute darstellt, scheint Folgendes geschehen zu sein: Am Mittwochabend etwa gegen 21 Uhr bricht Carsten Rischmöller während des Geschlechtsverkehrs zusammen. Davon können wir ausgehen …«, sie warf einen Blick auf den Bericht von Dr. Schmitthals. »Die weibliche DNA wurde festgestellt.« Sie schob den Bericht wieder von sich. »Er stirbt an der Kombination von Viagra, durch Selbsteinnahme und Isosorbidmononitrat, das in seinem Grießflammerie war. Hauptverdächtige ist für uns seine Frau Iris Ostermann, die im Verhör jedoch behauptet hat, ihre Fingerabdrücke seien deshalb auf der Packung, weil sie am Freitag vorvergangener Woche …«, Johanna Kluge machte eine Pause und spürte einer Irritation nach, »vorvergangener Woche? … Kann man das sagen?«

Alle in der Runde zuckten mit den Schultern und nickten, und alle waren der Ansicht, dass der Ausdruck korrekt war. Sie tun damit lediglich kund, dass sie wissen, was ich meine, dachte Johanna. »Also, demnach dürfte Iris Ostermann ihrem Schwager vor acht Tagen das Medikament gegeben haben … deshalb.« Johanna stoppte erneut, über sich selbst irritiert, und schalt sich still, sie sei einfach zu müde. Sie machte sich eine kleine Notiz auf einem Zettel. »Ostermann – Medikament – vor acht Tagen.«

»Theoretisch könnte auch sein Geschäftspartner Huber das Grießflammerie versetzt haben …«, räumte sie ein.

»Oder die Frau, die in seinem Appartement war«, ergänzte KTU-Meyer, der eine Akte vor sich hatte, sein Smartphone lag neben ihm auf dem Tisch. »Vielleicht war er ihr zu alt geworden …«

Johanna Kluge seufzte tonlos. »Ja, Klaus, sie kann es gewesen sein.« Johanna dachte an die junge Frau, die sie vor zwei Stunden gesehen hatte, und überlegte, ob sie wirklich Interesse gehabt haben könnte, diesen Mann ums Leben zu bringen. Sie glaubte das nicht, trotzdem mussten sie auch diesem Verdacht nachgehen. »Wir müssen auf jeden Fall prüfen, ob Julia Schlosser die Möglichkeit hatte, an Isosorbidmononitrat zu kommen.«

Sie verteilte Abzüge des vergrößerten Fotos des Personalausweises von Julia Schlosser für die Infomappen der Kollegen. »Das ist Julia Schlosser, die Frau, die mit Rischmöller im Appartement war und mit ihm Geschlechtsverkehr hatte.« Als Zweites nahm sie das Foto, das Kruse heute Morgen gemacht hatte, und ließ es ebenfalls herumgehen. »Und das ist Julia Schlosser, wie wir sie heute Morgen am Kanal gefunden haben. Misshandelt und vergewaltigt.«

Johanna Kluge wusste, dass sie manipulativ vorging, aber sie hatte ihr Bild von dem Zusammenhang und steuerte die Untersuchungen. »Julia Schlosser hat die Vergewaltiger heute Mittag identifiziert.« Sie blickte zu Kurt Glowitz. »Einer der Vergewaltiger ist unser zweiter Fall: Frank Kötterhans.« Sie bat Glowitz, kurz zusammenzufassen, wie weit sie mit dem Fall Kötterhans am Vormittag gekommen waren.

Der lange Glowitz lehnte sich vor: »Gestern Abend gegen 21.15 Uhr wurde Frank Kötterhans, Angestellter der Security der Facility, in seiner eigenen Wohnung gefunden, niedergeschlagen und mit zerschmettertem Knie. Der Täter ist unbekannt. Zurzeit liegt Kötterhans im Städtischen Krankenhaus, ist noch nicht vernommen worden. Eine Bewachung ist abgestellt. Die Zeugensuche in der Straße wird heute Abend fortgesetzt.« Es seien drei Wagen der Facility in der Straße zu fast der gleichen Zeit gesehen worden. Er gehe nach der Sitzung, wenn die Leute von der Arbeit zurück seien, noch einmal mit einem Team Klinkenputzen. »Kötterhans war wohl übrigens ein glühender Anhänger rechtsradikalen Rocks und sah ansonsten in seiner Freizeit Pornos.«

»Er wurde von Julia Schlosser heute Mittag identifiziert als einer der Vergewaltiger«, wiederholte Johanna Kluge. »Übrigens hat sie außer ihm auch Krombiegel und Flexkemper, die Pächter der beiden Kotten, erkannt.«

Der besonnene Kruse hatte die ganze Zeit ruhig abgewartet, bis sein Part begann. »Zu Krombiegel. Der kleine Kotten, in dem Frau Schlosser festgehalten wurde, ist seit sechs Jahren an Krombiegel verpachtet.« Seit der Zeit sei er auch Angestellter der Facility. Der größere Kotten an der Ecke, der vor zwei Jahren an einen Matthias Flexkemper mit einem Zehnjahrespachtvertrag abgegeben worden war, schien eine Art privates Jugendzentrum zu sein. Dort träfen sich meist am Wochenende Jugendliche aus der Region, bauten an Autos rum, tränken Bier. Der Verpächter, dessen Hof in einem Nachbardorf liege, meinte, es seien harmlose Freizeitvergnügen, denen sie dort nachgingen.

»Wir werden sehen, wie harmlos diese Freizeitvergnügen waren«, konnte sich Johanna Kluge nicht enthalten, zu ergänzen. »Wohnt Flexkemper auch dort?«, fragte sie Kruse.

»Wahrscheinlich. Flexkemper ist zwar bei seinem Vater in einer Ortschaft, die zu Ostercappeln gehört, gemeldet«, ergänzte Kruse. »Aber …«

»Ja?«, ermunterte Johanna Kluge den Bramscher Kollegen.

»Ich denke, er geht nur zum Essen dorthin und um sich von seiner Mutter die Wäsche waschen zu lassen.«

»Sicher?«, fragte Johanna Kluge, weil sie sich bereits Gedanken machte, wohin sie die Kollegen schicken sollte, um Flexkemper zu verhaften. Sie wollte ihn und Krombiegel noch heute festnehmen lassen. Ein Blick auf die Uhr zeigt ihr allerdings, dass sie sich sputen mussten. Die zuständige Staatsanwältin Cora Schönhaus wollte unmittelbar nach einem Termin hier vorbeischauen, um die verschiedenen Anträge und Haftbefehle selbst auf den Weg zu bringen.

»Ja«, erzählte Kruse. Er hatte bei einem Kollegen, dessen Schwägerin in der Nachbarschaft von Familie Flexkemper wohne, nachgehakt und diese Information aus sicherer Quelle erhalten. »Er scheint also meist in dem Kotten zu wohnen.« Kruse zog die Stirn kraus. »Es ist allerdings die Frage, ob er nicht mitbekommen hat, dass die Spurensicherung heute Morgen im Nachbarhaus war.«

»Sie haben recht«, stimmte Johanna zu. »Auf der anderen Seite war er heute Morgen, als ich mich dort umgesehen habe, nicht da.« Möglicherweise war er bereits abgetaucht, dachte Johanna. »Vielen Dank, Herr Kruse. Die

Haftbefehle für Krombiegel, Flexkemper und Kötterhans liegen, so hoffe ich, nach der Sitzung vor.« Sie warf wieder einen Blick auf die Uhr, die über der Tür des Sitzungssaals installiert war. Viertel vor vier.

»Kommen wir noch einmal auf die Männer zurück und die Verschleppung von Julia Schlosser.« Johanna Kluge setzte ihre Kollegen ins Bild über die Ergebnisse der Funde in der Wohnung Schlosser und die Aussagen der Eltern der jungen Frau. »Offenbar haben Krombiegel und Kötterhans Julia Schlosser am Freitagmorgen, nachdem sie – wahrscheinlich, weil sie Angst hatte – bei einer Freundin übernachtet hat, in ihrer Wohnung überfallen und anschließend verschleppt.«

»Wie kamen denn diese Männer in die Wohnung?«, wollte Beate wissen. »Kannte sie sie?«

»Ich denke nicht. Der Wohnungsschlüssel von Julia Schlosser lag in ihrer Wohnung, es fehlten nur die Briefkastenschlüssel. Ich denke, die Männer haben sich über die Facility Immobilienverwaltung, von der die Wohnung betreut wurde, die Schlüssel besorgt. Inclusive des Panzerschlossschlüssels.«

»Wie furchtbar«, kommentierte Beate. Sie wohnte auch allein. »Die Vorstellung, dass jemand in deiner Wohnung auf dich lauert …«

»Konnten diese Typen dann nicht auch in die andere Wohnung?«, meinte Glowitz und streckte seine langen Glieder. Er hatte wie sie alle keine Pause gehabt und heute noch einen langen Tag vor sich. »Immerhin war da ja ein leerer Safe.«

»Das ist durchaus möglich…« Johanna nickte. »Denn auch diese Wohnung lief auf die Facility. Dann kämen sie natürlich auch als Verdächtige für den Tod von Rischmöller infrage. Aber wie Besser uns dargelegt hat: Retardkügelchen in einen Grießbrei zu mischen, ist wohl eher Frauensache. Wenn wir uns diese Gesichter mal anschauen«, und damit blätterte sie in der Infomappe bis zur Lichtbildervorlage von Krombiegel und Kötterhans, »hat von diesen, denke ich, keiner das Format dazu.« Das waren Männer, die zuschlugen, wenn sie etwas haben wollten, vor allem, wenn sie der Ansicht waren, dass es ihnen zustand. »Diese Männer setzen mit Gewalt durch, was sie wollen. Und es ging mit Sicherheit um Geld«, meinte Johanna.

»Der Safe war geschlossen und leer«, stimmte Klaus Meyer zu. »Außerdem gab es keine Fingerabdrücke außer Rischmöllers.«

»Eben. Vielleicht war er aber offen, als Rischmöller zusammengebrochen ist«, schlug Johanna Kluge vor und hatte eine Sekunde das Gefühl, sie hintergehe Julia Schlosser, der sie heute Mittag noch gesagt hatte, es gehe in erster Linie um das Verbrechen, das an ihr begangen wurde. Aber sie mussten das gesamte Bild beleuchten. Sie schluckte: »Nur so wird es eine schlüssige Geschichte.« Johanna Kluge schaute in die Runde.

Jakob Besser beugte sich ein wenig vor und begann für alle laut zu spekulieren: »Rischmöller hat den Safe geöffnet, geht mit ihr ins Bett und kollabiert. Sie nimmt sich …«, Jakob zögerte einen Moment, »… ihr Honorar und haut ab.«

Johanna Kluge forderte die Kollegen auf, sich das Bild der misshandelten Julia Schlosser anzusehen. »Es geht wohl um etwas mehr. Meiner Meinung nach hat sie die Gelegenheit genutzt und etwas … aber doch wahrscheinlich sehr viel Geld, aus diesem Safe mitgenommen.« Sie blickte auf die Uhr. »Welche andere Erklärung kann es geben, dass Krombiegel zu den Eltern fährt und einen Umschlag abholt, als dass da drin ein Schlüssel oder ein Code ist – jedenfalls etwas, was den Zugang zu sehr viel Geld ermöglicht.«

Es war bereits nach vier. Sie mussten sich vertagen und wieder jeder an seine Arbeit gehen. Auf jeden Fall würden sie mit Unterstützung der Abteilung für Wirtschaftsdelikte morgen die Banken der Stadt überprüfen müssen, ob Julia Schlosser dort irgendwelche Geschäfte gemacht oder Schließfächer gemietet hatte.

»Außerdem müssen wir der Frage nachgehen, wer von dem möglichen Geld in der Rischmöller-Wohnung wusste und es unbedingt haben wollte«, schloss Johanna Kluge die Sitzung. »Die drei Gewalttäter waren mit Sicherheit nicht ohne Auftrag unterwegs.«

*

Jakob eilte mit langen Schritten neben Johanna her und riss ihr die Schwingtüren auf. Alexander Pflüger war bereits in einen Vernehmungsraum geführt worden und wartete dort.

»Jakob, ich bitte dich, bevor du zur Befragung hinzustößt: Nimm dir doch noch mal aus der Akte Rischmöller die Vernehmung der Ostermann und ihre Aussage, wann sie ihrem Schwager das Medikament gegeben haben will.«

Jakob Besser schaute enttäuscht über den Rand seiner Brille und schob die Lippen zum Schmollmund zusammen.

»Machen Sie keine Faxen, Herr Besser«, drohte Johanna, »du bist doch gut in Kopfrechnen. Es ist wirklich wichtig.«

Sie ließ ihn stehen, eilte weiter und winkte ihm, ohne weitere Erklärungen und ohne sich umzudrehen, mit erhobenem Arm zu.

34

Alexander Pflüger hatte sich pünktlich um 16.00 Uhr am Empfang der Polizeiinspektion Osnabrück am Kollegienwall gemeldet. Er hatte sich nicht einmal beeilen müssen, denn im Grunde musste er, nachdem er das Krankenhaus verlassen hatte, außer einem Telefonat nicht mehr viel erledigen. Als er im Vernehmungsraum Platz genommen hatte, war eigentlich für ihn überhaupt nichts weiter zu organisieren. Alles, was er in die Wege leiten wollte, war geschehen. Er fühlte sich daher erschöpft und ausgelaugt – und in einer gewissen Anspannung. Doch die brauchte er. Er war zwar nicht ängstlich, aber er musste konzentriert und vorsichtig sein, damit alles so ablaufen würde, wie er es geplant hatte.

Die anstehende Vernehmung durch Hauptkommissarin Kluge hatte ihm deshalb zuerst Probleme bereitet. Er wusste nicht genau, was sie von ihm wollte. Wenn Christopher gesehen worden war, würde es möglicherweise eng für ihn werden. Auf jeden Fall hatte er sich entschieden, nachdem er die Klinik verlassen hatte, noch einmal kurz bei Christopher vorbeizufahren. Er hatte ihm ein belegtes Brötchen aus einer Bäckerei mitgebracht und ihn noch einmal inständig gebeten, keinen Unsinn zu machen und das Haus nicht zu verlassen.

»Ich bleibe, Alexander«, hatte sein Bruder ihm versprochen, und in seinen Augen hatte er gelesen, dass er von ihm Hilfe erwartete.

»Ich bring das in Ordnung, Christopher«, hatte er ihm versprochen und ihn unvermittelt in die Arme genommen.

Christopher hatte ihn ein wenig von sich weggeschoben und ihn verschämt angegrinst, dabei sah er aus wie auf dem Foto, das sie gemeinsam zeigte. Alexander fühlte sich elend, als er das bemerkte.

Anschließend war er in die Firma gefahren und hatte genau das Glück, das er sich erhofft hatte. Es ist gut, wenn die Menschen ihre Gewohnheiten nicht ändern, fand er. Huber war nicht in seinem Büro, sondern wie üblich um diese Zeit in der Cafeteria, um einen Salat zu essen. Sein Smartphone steckte in einer Dockstation auf dem Schreibtisch. Huber würde nicht vor zwei Uhr zurückkommen. Die Mittagszeit, so gab er sich immer als ganz moderner Geschäftsmann, war freie Zeit – »Time out« – da ließ er das Handy auf seinem Schreibtisch zurück »um wirklich relaxen« zu können.

Alexander brauchte nur zwei Minuten. Es war 13.23 Uhr, als er das Smartphone von Huber mit dessen Codenummer entsperrte und die Nummer von Kevin Krombiegel wählte.

»Sind Sie sicher, dort, wo Sie sind?«, fragte er unmittelbar, ohne sich namentlich zu nennen, als Krombiegel das Gespräch annahm.

»Ja«, antwortete der lauernd. »Wieso?«

Alexander Pflüger erläuterte ihm, dass er gesucht werde und die Polizei bereits in den Morgenstunden in der Firma gewesen sei, um ihn zu verhaften. Er solle auf jeden Fall öffentliche Orte und seine eigene Wohnung meiden. Dann bestätigte er ihm noch einmal, dass es beim besprochenen Treffpunkt bleibe, er ihm die konkrete Zeit und genauen Koordinaten aber noch per SMS durchgeben würde.

»Wie sieht es aus mit Ihrer Waffe?«, fragte er ihn.

»Was soll damit sein?« Krombiegel war ungehalten und ärgerlich. Alexander spürte diese Ungeduld.

»Wenn Sie sich erst einmal eine Weile absetzen, sollten Sie die Waffe der Firma wieder zurückgeben. Andere Dinge interessieren uns nicht.«

»Haben Sie keine anderen Probleme?«, zischte Krombiegel.

»Herr Krombiegel, wir wollen, dass die Firma möglichst nicht involviert wird. Das ist Herrn Huber einiges wert.«

»Über welche Summe sprechen wir eigentlich?«, stellte Kevin Krombiegel dieselbe Frage wie am Morgen.

Alexander hatte sich die Antwort bereits zurechtgelegt. »100 000.«

Krombiegel schwieg, und Alexander hörte ihn atmen. Anscheinend schien er nicht mit solch einer Summe gerechnet zu haben.

»Herr Krombiegel. Es ist, wie gesagt, der Firma daran gelegen, in keine Ungelegenheiten zu kommen. Sie werden damit eine Weile ein gutes Auskommen haben. Wir bringen Ihnen heute Abend die entsprechenden Papiere mit.«

Kevin Krombiegel sagte immer noch nichts, offenbar skeptisch gegenüber der Großzügigkeit seines Chefs. Aber er fand das Angebot von Huber, so viel zu zahlen, anscheinend doch nicht zu verwunderlich und überraschend, denn er kommentierte es letztlich mit einem knappen »Okay«.

Mehr musste Alexander nicht wissen. Für ihn hätte das Gespräch gar nicht besser laufen können, und nach einem Blick auf die Uhr befand er, dass sie lange genug miteinander gesprochen hatten. Mit der Aufforderung, auf keinen Fall zurückzurufen und sich bedeckt zu halten, beendete er das Gespräch.

Es hatte zwei Minuten und 34 Sekunden gedauert. Das würde reichen. Dann schrieb er die SMS: »Provisionsübergabe 22.30, Treffpunkt Höhenweg, Grundstück hintere Pforte«, fügte noch die genauen Koordinaten hinzu und sendete die SMS. Anschließend löschte er die Kommunikation, damit Huber sie nicht zufällig entdeckte. Nachdem er das Smartphone in die Dockstation zurückgestellt hatte, kontrollierte er schnell den hinteren Büroschrank in Hubers Büro. Befriedigt stellte er fest, dass er verschlossen war. Der Koffer, den Krombiegel am Morgen hierhergebracht hatte, war also noch an Ort und Stelle.

Anschließend machte sich Alexander Pflüger in seinem eigenen Büro einen Darjeelingtee und wartete auf Frank Hubers Rückkehr, um mit ihm ein Gespräch zu führen über die Summe, die Kevin Krombiegel ihn eben beauftragt hatte, in dessen Namen einzufordern.

*

Alexander hatte im Vernehmungsraum zehn Minuten Zeit, sich zu überlegen, wie er sich im Gespräch verhalten sollte. Er erwog eine Weile, seine Baskenmütze abzunehmen, aber er wollte nicht riskieren, dass sie ihn unnötig lange hierbehalten würden. Mit Sicherheit war Christopher gestern Abend in der kleinen Sackgasse aus einer der vielen Wohnungen gesehen worden. Daher entschied er sich, die Kappe aufzulassen.

Bevor Johanna Kluge den Vernehmungsraum betrat, sammelte sie sich eine Weile. Sie versuchte, Konzentration zu gewinnen und sich an den Zorn zu erinnern, der sie heute Mittag getrieben hatte. Aber der war einer matten Traurigkeit gewichen, weil sie sich nicht vom Bild der geschundenen Julia Schlosser freimachen konnte.

Sie betrat den Raum, und als er sich erhob, um ihr die Hand zu reichen, bedeutete sie ihm mit der Hand, sitzen zu bleiben. Sie hatte keine Lust, ihm gegenüber über Gebühr freundlich zu sein. Mit einem Kopfnicken nahm sie auf der anderen Seite des Tisches Platz und schaute auf die Uhr. Sie wollte sich Zeit nehmen und sich nicht von der Uhr treiben lassen. Während ihrer runtergespulten Belehrung, dass er als Zeuge zur Wahrheit verpflichtet sei, musste sie sich erneut gegen ihre Wut wappnen, denn dass Alexander Pflüger ein sehr eigenwilliges Verständnis von Wahrheit hatte, lag für sie auf der Hand.

»Sie kennen Julia Schlosser«, stellte sie ohne weitere einleitende Worte fest und sah den blassen Alexander Pflüger an. Er trug eine schwarz-wollene Baskenmütze. Warum nahm er sie nicht ab? Es war ein Sommertag, und sie hatte diesen Mann eher als elegant und formell eingeschätzt. Diese ungezogene Art, die Mütze aufzubehalten, hatte sie ihm nicht zugetraut.

»Ja.« Alexander schaute Johanna Kluge direkt an. Er war erleichtert. Offensichtlich ging es nicht um Christopher und nicht um das Ereignis am Dammer Hof. Er musterte sie, obwohl er sie am Sonnabend in Hubers Büro, als er sie kurz gesehen hatte, aufmerksam wahrgenommen hatte. Diese Kommissarin sah ihn aber auf so ausdruckslose Weise an, dass er sich im ersten Moment verunsichert fühlte, weil ihm bewusst wurde, dass er sich wünschte, diese Frau würde ihn verstehen.

»Ja«, wiederholte er, »ich kenne Julia Schlosser gut.« Mit einer unvermittelten Bewegung ergriff er seine Baskenmütze und zog sie sich vom Kopf. »Entschuldigen Sie bitte, ich bin unhöflich.«

Johanna Kluge warf einen Blick auf seine rot gefärbten Haare, unterließ es jedoch, sie zu kommentieren. Er würde sie schon aufklären.

Sie wartet darauf, dass ich spreche, vermutete Alexander. Es gab keinen Grund, das nicht zu tun. »Nur ein Spaß«, begann er, seinen Text zu sprechen, und fuhr sich mit der rechten Hand durch die roten Strähnen am Oberkopf. »Mein Bruder hat mich nach langer Zeit am Wochenende besucht. Wir haben uns Sonnabend die Nacht um die

Ohren geschlagen und … naja, dann habe ich mir auch die Haare gefärbt …« Alexander brach ab.

»Warum haben Sie uns verschwiegen, dass Sie Julia Schlosser kennen, als wir Sie nach der Geliebten von Carsten Rischmöller fragten?« Johanna Kluge versuchte, den Zorn, der sie langsam wieder ergriff, hinter ihrem ausdruckslosen Gesicht zu verbergen.

»Es tut mir leid.« Alexander sah Johanna Kluge wieder direkt an, sodass sie ihm unmittelbar glaubte. Er wirkte zerknirscht. »Es tut mir wirklich leid. Aber ich dachte, sie habe sich selbst versteckt.«

Johanna Kluge wartete auf weitere Erläuterungen.

Alexander Pflüger fuhr sich erneut durch die roten Haare und wiederholte nur: »Ich habe gedacht, ich helfe ihr, wenn ich sie nicht nenne.«

»Ist Ihnen eigentlich bewusst, dass Sie durch Ihr Schweigen dazu beigetragen haben, dass Julia Schlosser verschleppt, misshandelt und vergewaltigt wurde?« Johanna Kluge lehnte sich zurück, verschränkte die Arme und spürte, dass sie die unbeteiligte Miene nicht mehr aufrechterhielt, sondern ihren Mund zusammenkniff.

Alexander Pflüger erschrak. Darüber hatte er bis jetzt nicht nachgedacht. Inwiefern hätten sie das verhindern können? Er selbst hatte erst am Sonntag früh einen Verdacht entwickelt.

»Ja, da erwachen Sie aus Ihrer eigenen Welt«, blaffte Johanna Kluge Alexander an.

»Ich verstehe nicht …«, stammelte er. Mit diesem Verlauf hatte er nicht gerechnet. Er selbst hatte sich schon genug Vorwürfe gemacht, dass er nicht rechtzeitig aufmerksam geworden war. Aber inwiefern hätte die Polizei wissen können, wo sie war und ihr helfen können? Seiner Ansicht nach konnte die Polizei nicht helfen. Er allein hätte am Donnerstagabend auf sie aufpassen müssen. »Sie hätten doch …«

»Was hätten wir …?«, fuhr Johanna Kluge ihn an, als er schwieg.

»… gar nichts machen können«, beendete Alexander den Satz, obwohl er nicht vorhatte, das zu sagen.

Johanna Kluge stand auf und beugte sich über den Tisch: »Was fällt Ihnen eigentlich ein?« Sie war laut geworden. Dieser eigenartige Mensch versuchte zu ihrem Erstaunen nicht, sich zu verteidigen, deshalb setzte sie nach. Kurz dachte sie an Dr. Krampmeier, den Anwalt von Iris Ostermann, der nun juristisches Geschütz aufgefahren hätte. Dieser Pflüger aber schien betroffen, weil er sich Vorwürfe machte.

»Es tut mir leid«, sagte er nun zum wiederholten Mal.

»Was soll das falsche Bedauern?«, fuhr Johanna ihn an und schob das Kinn vor. Sachlich und mit sanfterer Stimme stellte sie die nächste Frage. »Warum sollte sie sich denn versteckt haben?«

Alexander fand die Unterstellung, es reute ihn nicht wirklich, kränkend. Diese Frau war sehr kühl und knapp. Es war ihm aber klar, dass er den offensichtlichen Fehler Julias nur noch begrenzen konnte, indem er seine eigenen Vermutungen offenlegte. »Ich denke, sie hatte von Rischmöller einiges Geld bekommen und nach seinem überraschenden Tod plötzlich die Sorge, dass man es ihr wieder wegnehmen könnte.« Alexander schluckte. Das war wieder sein Text, und er glaubte auch, dass es die richtige Strategie war, um Julia zu helfen.

Johanna Kluge registrierte emotionslos, dass Pflüger offenbar eine Strategie entwickelte, Julia Schlosser zu entlasten, ging jedoch nicht darauf ein, sondern führte das Gespräch wieder auf sein Verschweigen zurück und die Folgen, die das gehabt hatte. »Sie haben doch seit Freitag versucht, sie telefonisch zu erreichen! Wäre es da nicht angebracht gewesen, uns zu informieren?« Johanna Kluge stand auf, ging an der Schmalseite des Tisches auf und ab und beugte sich dann vor, sodass sie mit ihrem Gesicht neben seinem war.

»Hätten Sie auf meine Frage am Sonnabend früh wahrheitsgemäß geantwortet, hätten wir in der Wohnung Schlosser feststellen können, dass sie entführt wurde, hätten die Verbindung zu Rischmöller herstellen können und mit Sicherheit in der Kartei Ihrer sauberen Firma die Täter ausfindig machen können.« Sie schlug mit der flachen Hand auf den Tisch. Es war keine Rhetorik, die sie hier produzierte, sondern sie war überzeugt, dass es so war. Außerdem hatte sie sogar den späteren Täter am Tag vorher gesehen, als er das Haus beobachtete. »Julia Schlosser wäre Entsetzliches erspart geblieben.«

Alexander Pflüger senkte den Kopf und schloss die Augen. So, wie sie ihn von der Seite anschaute, in ihrem Zorn, konnte er das nicht aushalten. Er fühlte sich verantwortlich und unzulänglich. Ein Gefühl, das er hasste – er hasste es, weil sie recht hatte, denn genau so hatte er die Täter ja auch ermittelt.

»Sie haben recht. Es tut mir leid.« Er registrierte, dass er begonnen hatte, affirmativ zu nicken.

Was ist mit diesem Mann bloß los?, fragte sich Johanna Kluge und ging wieder zurück auf ihren Platz.

Langsam hob er seinen Blick, als warte er auf einen nächsten Angriff. Er wirkte auf sie, als sei er nicht Mitte 30, sondern ein Schüler, der eine schlechte Note bekommen hatte. Möglicherweise liegt das auch an den albernen roten Haaren, dachte sie.

»Kennen Sie Iris Ostermann?«, wechselte Johanna Kluge das Thema.

Alexander atmete tief ein. Er war dankbar, dass sie ihn nicht weiter beschimpfte. »Ja, selbstverständlich.«

»Haben Sie engeren Kontakt zu der Familie?«

Alexander Pflüger entschied sich in diesem Moment, fast alles auf den Tisch zu legen. Es gab keinen Grund mehr, irgendetwas zurückzuhalten. Er hatte es ja nicht geschafft, Rischmöller zu Lebzeiten zu bestrafen. »Nein, ich mochte das Ehepaar Rischmöller nicht«, sagte er. »Ich war zweimal dort, weil ich es beruflich musste.«

»Seit wann arbeiten Sie in der Facility Nordwest GmbH?«, erkundigte sich Johanna Kluge nun wieder in sachlichem Ton.

Er spulte seine kurzen, aber steilen Karriereschritte nach den beiden Studien Betriebswirtschaft und Jura ab, wie er es in seinem Lebenslauf geschrieben hätte, und Johanna Kluge war verblüfft über den teilnahmslosen Ton, mit dem er auf seine Erfolge verwies.

»So. Ihr erstes Studium in Wirtschaftswissenschaften war in Frankfurt/Oder.« Johanna Kluge musterte ihn aufmerksam.

»Ja.«

Sie sah ihn lange an, und mit einem Mal schien ihr das beklemmende Verhalten ihres Gegenübers eine Bedeutung zu bekommen. »Wo sind Sie aufgewachsen, sagten Sie?«

Alexander Pflüger sah sie an, und mit einem Mal überkam ihn ein großes Gefühl der Erleichterung und der Scham. Er wusste, dass er sein Verhalten dieser Frau gegenüber nicht würde nachvollziehbar darlegen können. Wie sollte er auch? Er konnte sich selbst nicht verstehen. »Ich sagte nichts. Aber ja. Ich bin in einem kleinen Dorf in Brandenburg aufgewachsen.«

Johanna Kluge betrachtete den blassen Pflüger, der ihren Blick ausdruckslos erwiderte. »Ihr Bruder heißt Christopher?«

»Ja, mein Halbbruder.« Alexander Pflüger schwieg, weil er nichts mehr zu sagen hatte. Sie wusste alles. Das sah er in ihrem Gesicht und er sah, dass sie sich fragte, warum ausgerechnet er bei dem Mann arbeitete, der seinen Bruder gehetzt und den Mob vor das Haus seiner Mutter getrieben hatte. Bei dem Mann, vor dem er versucht hatte, seine Mutter zu schützen, die ohnehin schon verzweifelt war, als die Polizei ihren kleinen Liebling mitgenommen hatte. Bei dem Mann, der ihm gezeigt hatte, wie hilflos er war, weder seine Mutter vor Schmerz zu beschützen noch seinen kleinen Bruder. Er hätte damals diesem ekelhaften Schwein die Eisenstange, mit der er sich hinter der Tür des Hauses verbarrikadiert hatte, um seine Mutter möglicherweise zu verteidigen, über den Schädel ziehen sollen. Aber er hatte das nicht getan und war mit all seinen Versuchen, Gerechtigkeit herzustellen und sich Genugtuung zu verschaffen, jämmerlich gescheitert.

»Es steht mir nicht zu, Ihr Verhalten zu beurteilen oder zu bewerten«, äußerte Johanna Kluge, obwohl sie gleichwohl versuchte, nachzuvollziehen, was diesen Mann in die Nähe des dicken Rischmöller getrieben hatte. »Das tut für unsere Ermittlungen nichts zur Sache.« Sie sah auf die Uhr, verwundert, dass Jakob Besser noch nicht zur Befragung hinzugestoßen war.

In dem Moment wurde die Tür vorsichtig geöffnet, Besser nannte seinen Namen mit einer kurzen Verbeugung in Richtung Pflüger und flüsterte Johanna Kluge ins Ohr: »Du hattest recht. Die Ostermann ist fällig.« Mit einem freundlichen Lächeln setzte er sich neben Johanna Kluge und richtete seinen Blick auf die roten Haare Alexander Pflügers.

Der bückte sich in dem Moment, als wolle er dem Blick ausweichen, griff in seine Aktentasche, holte einen kleinen Hefter mit Ausdrucken heraus und fingerte nach seinem Schlüsselbund. Klappernd legte er ihn auf den Tisch und zog einen USB-Stick in Schlüsselformat vom Ring, den er auf die schmale Akte legte. »Sie mögen mein Verhalten beurteilen, wie Sie wollen«, richtete er sich eher resigniert als kalt an Johanna Kluge. »Ich habe hier einige Dinge, die möglicherweise für die Abteilung Wirtschaftskriminalität von Interesse sind.« Er schob ihr die Sachen über den Tisch, weil er damit jetzt ohnehin nichts mehr anfangen konnte. »Ich habe alles zusammengestellt, was ich konnte. Mehr war leider nicht drin.«

Johanna Kluge zog die Akte mit dem USB-Stick zu sich herüber, signalisierte ihm jedoch im Moment keinerlei Interesse daran. »Denken Sie nicht, dass wir nach dieser Sachlage durchaus annehmen könnten, dass Sie verantwortlich sind für den Tod Carsten Rischmöllers?«

Alexander Pflüger wurde noch ein wenig blasser. Doch die Sorge, sie könnte mit dieser unvermutet vorgebrachten Verdächtigung seine Pläne für das Treffen am Abend durchkreuzen, ließ ihn wach werden und Widerstand aufbauen.

»Das ist doch absurd, Frau Kluge«, stieß er knapp vor. »Frau Ostermann ist eine eitle und herrische Person und war durch die Eskapaden ihres Mannes tief gekränkt. Warum sollte ich heute, nach mehr als acht Jahren, Herrn Rischmöller ums Leben bringen?« Zudem wusste er noch nicht einmal, auf welche Weise genau Rischmöller gestorben war. Die Polizei hatte darüber auch in der Presse nichts verlauten lassen. Es gab über den Tod von Carsten Rischmöller nichts als Vermutungen.

»Herr Pflüger ist übrigens der Bruder von Christopher Nortmann«, erläuterte Johanna Kluge in die Pause hinein Jakob Besser die Zusammenhänge. Der kommentierte diese Neuigkeit mit einer hochgezogenen Augenbraue und einem sachlichen Kopfnicken, lehnte sich in seinen Stuhl zurück und verschränkte interessiert die Arme vor der Brust.

»Kannte Frau Ostermann denn die Geliebte ihres Mannes?«, setzte Johanna Kluge das Gespräch fort.

»Ja selbstverständlich. Ich habe Sie selbst davon in Kenntnis gesetzt.« Alexander Pflüger sah Johanna Kluge direkt an. Er hatte Iris Ostermann gegenüber zwar nichts davon erwähnt, weil er es für nicht opportun hielt, aber er hätte es durchaus tun können. Alexander war sich im Klaren darüber, dass er erneut in den Augen der Kommissarin eine sicherlich nicht nachvollziehbare Handlung zugegeben hatte. Aber warum auch sollte sie verstehen können, dass ihm nichts weiter blieb, als mit kleinen Nadelstichen das Leben von Rischmöller zu vergiften. Wenig genug, was er erreicht hatte! »Rischmöller war nichts wichtiger, als die Anerkennung der Jagdgemeinschaft im Artland und von der alten Nachbarschaft in die Kreise seiner Frau aufgenommen zu werden. Als ehrenwerter Mann. Er kam doch aus ganz miesen Verhältnissen, aus der Ostplatte.« Er schloss den Mund und biss sich auf den Kiefer.

»Und da haben Sie dafür gesorgt, dass ihm das nicht gelang?« Johanna Kluge warf einen Blick zur Seite auf Jakob Besser, doch der schien die Zusammenhänge zu verstehen.

»So weit es mir möglich war, ja.« Er sah sie traurig an. »Ich hätte gern mehr getan, aber ich war machtlos.«

Sie verstand, was Alexander Pflüger sagen wollte. Als habe sie die Offenbarung seiner Seelenlage nicht bemerkt, fuhr sie lapidar fort: »Meinen Sie, dass Frau Ostermann darüber informiert war, dass ihr Mann Viagra genommen hat?«

»Selbstverständlich«, stimmte er kurz zu und informierte sie darüber, dass er ihr vor einigen Wochen das Rezept mit den Einladungskarten hatte zukommen lassen.

»Sie sind ein manipulativer Mensch, nicht wahr?«, stellte Johanna Kluge fest und bedauerte Alexander Pflüger, der das regungslos zur Kenntnis zu nehmen schien. »Damit haben Sie doch Julia Schlosser mit voller Absicht einer möglichen Gefahr ausgesetzt.«

Alexander Pflüger war sich darüber im Klaren, dass er von dieser Kommissarin keinen Dispens für sein Verhalten bekommen würde. Auch das, was er heute noch vorhatte, würde sie sicherlich nicht befürworten. Er hätte gern die Anerkennung dieser Frau bekommen, und da er wusste, dass das unmöglich war, verschloss er sich und begann in Gedanken den Ablauf des Abends vorwegzunehmen.

35

Jakob Besser wäre fast mit Staatsanwältin Cora Schönhaus zusammengestoßen, als sie beide von der Befragung auf den Büroflur ihrer Etage einbogen.

»Oh, Pardon!«, rief er und sprang mit einem eigenartig ungelenken Satz zur Seite.

Cora Schönhaus war fast so groß wie Jakob Besser, jedoch wesentlich kräftiger. »Sie sollten mal zum Golf kommen, das hilft der Bewegungskoordination ungemein.« Sie bleckte ihre weiße Zahnreihe zu einem freundlichem Grinsen und gab Johanna Kluge die Hand. »Ich habe alles, was Sie brauchen.« Der Blick der Staatsanwältin ging zu einer eleganten schmalen Aktentasche, die sie in der linken Hand trug. Mit dem dunkelblauen Hosenanzug und den kurz geschnittenen blond-grauen Haaren eine imponierende Persönlichkeit, fand Johanna Kluge wie jedes Mal, wenn sie Cora Schönhaus traf. Die Präsenz der Frau beeindruckte sie.

Sie gingen gemeinsam ins Büro von Johanna. Jakob Besser stürzte sich auf einen alten unbequemen Stuhl, der an der Wand stand, befreite ihn von Johannas Jacke und einem Stapel Fachzeitschriften, und zog ihn zur Schmalseite des Schreibtisches. Der Besucherstuhl, den er sonst immer belegte, blieb frei für die gut gelaunte Staatsanwältin.

»Frau Schönhaus, Sie müssten noch einmal tätig werden«, strahlte Johanna Kluge sie an.

»Alle Achtung, Frau Kluge, Sie sind ja heute nicht zu bremsen.« Sie zog die drei Haftbefehle für Matthias Flexkemper, Kevin Krombiegel und Frank Kötterhans aus der eleganten Tasche und schob sie Johanna über den Tisch. »Um wen geht's?« Mit einer großen Bewegung schlug sie die Beine übereinander und lehnte sich in die Rückenlehne.

»Iris Ostermann-Rischmöller. Uns liegt die Aussage von Alexander Pflüger vor, dem Justiziar der Firma, dass Iris Ostermann sowohl davon Kenntnis hatte, dass ihr Mann eine Geliebte hatte als auch von seiner Viagra-Einnahme. Zudem sind wir der Ansicht, dass wir sie überführen können, ihrem Mann das Medikament untergemischt zu haben, im Wissen um die Unverträglichkeit der Medikamente, mit der Absicht, ihm Schaden zuzufügen. Da meiner Ansicht nach die Tat daher durchaus Mordmerkmale aufweist, möchte ich sie gern morgen früh festnehmen lassen.«

Cora Schönhaus wechselte die Beine und schlug nun das andere nach oben. »Na, dann lassen Sie mal hören.«

Jakob stand auf und legte Cora Schönhaus eine kleine Excel-Tabelle vor: »Erlauben Sie mir, ich habe es zur Vereinfachung tabellarisch aufgeführt, damit es eindeutig ist.« Mit dem Finger auf dem jeweiligen Tabellenpunkt erläuterte er: »Es gab eine angebrochene Schachtel mit den Fingerabdrücken von Iris Ostermann. Es fehlten elf Tabletten. Hausdurchsuchung war am Sonnabend früh, vorgestern. An diesem Morgen hat Bernhard Ostermann eine genommen. Folglich hat er am Montag mit dieser Packung begonnen. Montag bis Freitag je zwei, Sonnabend früh eine, macht elf. Sie sagt aber, und der Schwager hat es bestätigt, sie habe ihm eine Woche zuvor«, dabei hob Jakob seinen Zeigefinger in die Luft, »also am Freitag vor einer Woche, die Medikamente aus seinem Badezimmer geholt, und aus diesem Grunde seien ihre Fingerabdrücke auf der Packung.«

Cora Schönhaus schien nachzurechnen, und auch Johanna Kluge musste diese Rechnung noch einmal nachvollziehen, denn ihr war die Sache nur aufgrund eines diffusen Gefühls, was die fehlende Menge anging, irgendwie eigenartig vorgekommen.

»Um etwaigen Einwänden des Herrn Dr. Krampmeier gleich vorzugreifen, habe ich die Hausapotheke von Bernhard Ostermann überprüft: Ostermann hatte immer zwei Schachteln. Die Ersatzschachtel hat er erst genau vor sieben Tagen am Montag abgeholt.« Jakob Besser strahlte erst Johanna und dann Cora Schönhaus an. »Das heißt, er hat erst am Dienstag«, wieder unterstrich er das mit seinem Zeigefinger, »mit der Einnahme aus einer neuen Schachtel begonnen. Denn mindestens zwei hat Iris Ostermann genommen, aber nicht am Freitag vorvergangener Woche, dann hätten noch acht weitere Pillen fehlen müssen – da war die Schachtel aber noch gar nicht angebrochen – sondern wahrscheinlich am Mittwoch.«

Cora Schönhaus schob in gespielter Hochachtung ihre volle Unterlippe vor und nickte anerkennend. »Dass Sie ein ganz Ausgeschlafener sind, ist mir ja schon häufiger zu Ohren gekommen«, flachste sie.

»Die Lorbeeren gebühren Frau Kluge, Frau Schönhaus. Ich war nur der Rechenknecht.« Mit einer Verbeugung schob er den Zettel zu Johanna.

»Aber die didaktische Aufbereitung für Menschen mit leichter Rechenschwäche ist einen Sonderpunkt wert«, schloss Cora Schönhaus. »Mich haben Sie überzeugt. Ich werde den Antrag für Sie formulieren, Frau Kluge, und Sie sollten sich mal ausruhen.« Sie beugte sich vor, um über den Schreibtisch nach der Tabelle zu greifen.

Johanna Kluge fuhr sich mit der Hand über das Gesicht. »Sehe ich so furchtbar aus?«

»Nein, Frau Kluge, Sie sehen großartig aus wie immer. Aber ausgeruht sähen Sie selbstverständlich noch besser aus.« Cora Schönhaus verabschiedete sich per Handschlag von Jakob Besser und winkte Johanna über den Schreibtisch zu. »Wir sollten mal einen schönen Wein auf dem Golfplatz trinken, wenn Sie alle hinter Schloss und Riegel gebracht haben.«

*

Sie mochte zwar ein wenig erschöpft aussehen, sie fühlte ihre Müdigkeit jetzt aber nicht mehr. Im Gegenteil, die drei Haftbefehle, die vor ihr auf dem Tisch lagen, und die Beweisführung gegen Iris Ostermann versetzten sie in eine aufgekratzte Stimmung. In der nächsten Stunde bereiteten sie die Verhaftungen vor. Sie wollten gegen 23.00 Uhr mit zwei Teams zu den Wohnungen von Krombiegel und Flexkemper gehen und sie in einer parallelen Aktion festnehmen lassen.

»Beide sind heute nicht zum Dienst erschienen«, informierte Beate Klampe Johanna. Sie hatte in der Facility Nordwest bei der Leitstelle der Security angerufen. »Sie waren für eine Schicht um 14 Uhr eingeteilt. Krombiegel ist einfach so nicht erschienen, Flexkemper hat sich telefonisch krankgemeldet.«

Das verblüffte Johanna. »Vielleicht hat Flexkemper in der Tat nicht mitgekriegt, dass das Nachbarhaus am Morgen von den Kollegen auf den Kopf gestellt wurde.« Sie würden bei ihrer Aktion für den späten Abend bleiben.

Johanna Kluge erwog gerade, ob sie einen kurzen Abstecher zu ihrer Wohnung machen sollte, bevor sie sich mit dem einen Haftbefehl zu Frank Kötterhans aufmachte. Sie wollte es sich nicht nehmen lassen, mit diesem Mann das erste Gespräch zu führen. Da klingelte das Telefon. Es war halb sieben.

In der Erwartung, es sei möglicherweise schon Cora Schönhaus, griff sie zum Hörer.

»Ja?«

»John von dem Bruche«, sagte eine sympathische Stimme, die Johanna Kluge für eine Sekunde in eine katatonische Lage versetzte. Sie erinnerte sich und konnte die Erinnerung gleichzeitig nicht einordnen.

»Ja bitte?«, wachte Johannas Bewusstsein langsam wieder auf und führte sie an den Tisch am gestrigen Abend vor nicht einmal 18 Stunden. Sie wartete.

»Ja, entschuldigen Sie, ich hätte nicht so früh angerufen …« John von dem Bruche schien zu merken, dass er etwas ungelegen kam, und suchte nach Worten. »Aber … Ihr Kollege Herr Besser bat mich heute Nachmittag, Sie zurückzurufen und hat mir Ihre Durchwahl gegeben.«

»Wie bitte?«, blaffte Johanna, obwohl sie eigentlich nicht John von dem Bruche anfahren wollte, sondern Jakob Besser. Was fiel diesem Burschen eigentlich ein?

»Entschuldigen Sie«, begann sich von dem Bruche zu wiederholen. »Herr Besser meinte, ich sollte mich morgen früh melden, aber … na ja, weil ich bis jetzt gearbeitet habe, dachte ich möglicherweise könnte ich Ihnen helfen …?«

Johanna Kluge wurde immer irritierter: »Inwiefern helfen?«

Da sie etwas freundlicher wurde, erläuterte ihr John von dem Bruche ein wenig gehetzt, dass Herr Besser ihn gefragt habe, ob er möglicherweise ein paar Rechnungen prüfen könne. Er wisse, dass er bei der Stadt arbeite, und da sie sich bereits aus einem anderen Fall kennen würden, habe er ihn gebeten, in dieser Sache mit der leitenden Ermittlerin Kluge Kontakt aufzunehmen.«

»Aha«, sagte Johanna Kluge und versuchte, einen Zusammenhang herzustellen zwischen dem attraktiven Mann, den sie erst drei Mal in ihrem Leben gesehen hatte, und ihrem Fall. »Warten Sie einen Moment.« Sie wählte Jakobs Nummer.

»Welche Rechnungen?«, fauchte sie ihn an.

»Wie bitte?«, fragte Jakob Besser arglos.

»Rechnungen, Stadt, von dem Bruche!«, zischte Johanna Kluge.

»Ach so«, lachte Jakob, »der hat es ja eilig! Ich habe ihn gebeten, morgen anzurufen.«

»Warten Sie bitte noch einen Moment«, schaltete Johanna zurück zu dem wartenden von dem Bruche.

»Dann klär mich bitte unmittelbar auf!«, forderte sie Jakob Besser in beißendem Ton auf.

Besser hatte die Unterlagen, die Alexander Pflüger ihnen zur Weiterleitung an die Abteilung Wirtschaftskriminalität überlassen hatte, kurz auf ihre mögliche Relevanz für ihren Fall überflogen. Dabei sei ihm eine Sache gleich ins Auge gesprungen. »Es geht um 1.000 ganz illegale Steuerhinterziehungstricks.« Die Facility habe nämlich seit Jahren bei Geschäften für die Abrechnung mit Städten und Kommunen, für die sie tätig seien, Geschäftspapier benutzt, auf dem eine andere Kontonummer verwendet werde. »Die sehen völlig gleich aus, aber das Geld geht auf ein Konto, das dem Finanzamt nicht bekannt ist.«

»Soso«, kommentierte Johanna Kluge.

»Ja, das wird nämlich nicht ruchbar, weil sie davon ausgehen, dass Städte und Kommunen keiner Betriebsprüfung unterzogen werden und es daher keine Rückprüfungen gibt.«

Johanna switchte zurück zu von dem Bruche. »Einen Moment noch bitte.«

»Und das war jetzt so eilig?«, fragte Johanna Kluge wieder ihren Kollegen.

»Nein, ich dachte nur, ich könnte zwei Dinge mit einer Klappe ...«

»Ja, Klappe!« Johanna drückte ihren Kollegen weg und schüttelte den Kopf.

»Herr von dem Bruche«, sie starrte aus dem Fenster, »es ist sehr freundlich, dass Sie sich sofort melden, aber ...« Sie schaute weiter aus dem Fenster, unschlüssig, ob sie sich auf Jakobs Manipulationen einlassen sollte. Aber, so dachte sie, wenn es denn schon geschehen war, warum nicht? »Es ist etwas delikat«, erläuterte sie. »Vielleicht können wir das besser bei einem Glas Wein besprechen.«

»Das war eigentlich der Grund meines Anrufs«, gestand John von dem Bruche ganz entspannt. »Wie ist's mit heute Abend?«

»Leider schlecht«, bedauerte Johanna Kluge.

»Dann morgen!«, räumte John von dem Bruche ein.

Johanna legte langsam den Hörer auf und fühlte, wie sich ein versöhnliches Lächeln auf ihr Gesicht legte, als sie an ihren Kollegen Jakob Besser dachte.

36

Der Mann lag allein im Krankenzimmer am Fenster. Er hatte noch das weiße OP-Hemd an, das ihn mit seiner Sonnenbankbräune und seinen schwarzbraunen Haaren, die unter einem Kopfverband herauslugten, noch dunkler erscheinen ließ. Frank Kötterhans hatte die Augen geöffnet, als er das Türschloss hörte, und sah Johanna Kluge interessiert entgegen.

Er fühlt sich sicher, dachte sie und näherte sich langsam seinem Bett. Dieses Gefühl wollte sie nicht erschüttern, vorerst jedenfalls nicht.

»Mein Name ist Kluge, Erste Kriminalhauptkommissarin, Fachkommissariat 1 der Osnabrücker Polizeiinspektion«, stellte sie sich vor und blieb in einiger Entfernung vom Bett stehen.

Frank Kötterhans grinste, er schien erfreut, dass sich eine hochrangige Beamtin der Attacke auf ihn annahm. »Prima«, sagte er und lud sie ein, sich zu setzen. Er hatte die Narkose offenbar überwunden und wirkte sehr wach.

»Danke, ich bleibe lieber stehen«, erwiderte Johanna kühl und hielt einen Meter vom Fußende des Bettes die nötige Distanz. Sie musterte ihn kurz. Er war sehr groß und ausgesprochen kräftig, seine Gliedmaßen zeichneten sich unter der dünnen Decke deutlich ab. Er lag auf dem Rücken, breitschultrig und mit kräftigem, sehnigem Hals, auf dessen stark ausgebildeten Trapezmuskeln die Ausläufer irgendeines farbigen Tattoos züngelten. Auf dem linken Unterarm, der auf der Decke lag, war eine einfarbige Fantasiegestalt – halb Totenkopf, halb Reptil – zu sehen; auf dem rechten Unterarm, den er in seinen Nacken schob, prangte eine barbusige Frau in wallendem Gewand, die wie eine Galionsfigur an einen gigantischen Schiffsbug gefesselt war.

Johanna Kluge musste sich bemühen, dass ihr Abscheu und ihr Widerwillen gegen diesen Menschen sich nicht in ihrem Gesicht widerspiegelten. Deshalb zählte sie ihm in sachlichem Ton die Zuständigkeitsbereiche auf, die in ihrem Kommissariat behandelt wurden. »Wir sind zuständig für Körperverletzung und häusliche Gewalt, natürlich auch für Todesermittlungen und Tötungsdelikte …«

»Na, so weit ist es ja zum Glück nicht gekommen«, unterbrach Frank Kötterhans und grinste wieder.

Johanna Kluge nickte und dachte an die junge Frau, die sie heute Mittag im selben Krankenhaus besucht hatte. »Nein, zum Glück nicht.«

Sie verzichtete darauf, ihm die weiteren Zuständigkeiten ihrer Abteilung – Sexualdelikte und Vermisstensachen – zu erläutern. Dessen würde er noch früh genug gewahr werden.

»Wie ist es denn zu dem Überfall gekommen?«, fragte Johanna und schaute auf die barbusige Galionsfigur auf seinem Arm.

Jetzt, so im Mittelpunkt des Interesses, schob sich Kötterhans ein wenig höher in eine mehr sitzende Position. »Es klingelte und da steht so'n großer Typ und sagt, er würde von der Facility kommen. Ich bin dann vor ihm her ins Wohnzimmer. Da seh ich über die Schulter, und da hat der Typ eine Stange in der Hand. Ich konnte grad noch mein Messer greifen. Da kam schon der Schlag.«

»Haben Sie ihn verletzt?«

»Keine Ahnung, wahrscheinlich hat er mir auch einen mit der Stange über den Kopf gezogen.« Kötterhans setzte sich jetzt ganz aufrecht und fasste mit der Hand an seinen Kopfverband. »Echt, ich hätt es mir denken können, dass der nicht von der Facility war.«

»Weshalb?«

»Die roten Haare, das war so eine linke Anarchosau.«

»Aha!«, kommentierte Johanna Kluge und versuchte, sich von der Information über den Typen mit den roten Haaren erst einmal nicht vereinnahmen zu lassen.

»Können Sie sich einen Grund vorstellen, warum dieser Mann bei Ihnen eingedrungen ist und Sie niedergeschlagen hat?« Sie musterte Frank Kötterhans, der sich wieder zurückgelehnt und ein selbstgefälliges Grinsen aufgesetzt hatte.

»Keine Ahnung«, sagte er, und die Flammen auf seinen Trapezmuskeln bewegten sich, als er den Ahnungslosen gebend mit den Schultern zuckte.

»Könnte es nicht damit zusammenhängen, dass Sie Julia Schlosser entführt, misshandelt und vergewaltigt haben?«, fragte Johanna im gleichen ruhigen Ton.

Ein Schatten der Furcht flog über das Gesicht des Mannes und spiegelte sich für eine Sekunde in seinen Augen. Aber wie ein Tier, das angegriffen wird, kam seine Verteidigung geradezu reflexartig. »Ha, kommen Sie mir nicht so! Die … das Flittchen war doch ganz heiß. Die war freiwillig dabei.«

Johanna Kluge konnte in diesem Moment verstehen, dass es einmal eine Bewegung von Frauen gab, die sich zusammenschlossen und sich gemeinsam an vergewaltigenden Männern rächten, weil sie sich auf die Hilfe der Polizei nicht verlassen konnten. Das war zum Glück nicht mehr so. Sie fühlte Genugtuung, dass sie daran mitwirken konnte, diese Männer aus dem Verkehr zu ziehen.

Sie machte sich sehr gerade und hob den Kopf ein wenig höher: »Sie sind Abschaum, Herr Kötterhans«, sagte sie, ohne die Stimme zu heben, wandte sich ab und ging zurück zur Tür. Über die Schulter gewandt fügte sie noch hinzu:

»Wir sind übrigens auch zuständig für Sexualdelikte. Alles Weitere werden Ihnen die Kollegen erörtern.« Damit öffnete sie die Krankenzimmertür und bat den uniformierten Kollegen, der vor der Tür gewartet hatte: »Kommen Sie bitte und lesen ihm seinen Haftbefehl einschließlich Rechtsbehelfsbelehrung vor.«

Sie war froh, dass dieser Mann noch am selben Abend mit einem Krankentransport in die Haftanstalt Lingen überführt werden konnte. Es war ein Anfang, und sie hoffte, dass sie in den nächsten Stunden so fortfahren konnten.

37

Dass Kevin Krombiegel nicht in seiner Wohnung sein würde, hatten sie angenommen, nachdem er nicht zur Arbeit erschienen war. Es wäre auch unwahrscheinlich gewesen, dass er die Flucht von Julia Schlosser und die langdauernde Durchsuchung seines Kottens im Verlauf des Tages nicht irgendwann bemerkt hätte. Auch aus diesem Grund hatte sich Johanna Kluge entschlossen, die Verhaftung von Matthias Flexkemper zu leiten. Sie war neugierig auf das Haus mit den zugeklebten Fenstern und der mit rechtsradikalen Plakaten dekorierten alten Diele.

»Weißt du, wen wir uns als Nächsten vorknöpfen müssen?«, begann sie ihren kurzen Bericht von ihrem Besuch im Krankenhaus bei Kötterhans. »Diesen verdammten Pflüger.«

Sie waren auf der Fahrt an den Kanal. Johanna fuhr mit

Jakob hinter Martin Kruse und einem weiteren Kollegen über die nördliche Ausfahrtstraße aus der Stadt. Sie hatten sich entschieden, nicht länger zu warten, sondern sofort zuzugreifen. Kevin Krombiegel war nach dem vergeblichen Zugriff, über den sie per Handy informiert wurden, bereits zur Fahnung ausgeschrieben worden.

»Meinst du, der hat sich die Haare gefärbt, damit er sofort dingfest gemacht werden kann?«, zweifelte Jakob Besser und verließ hinter Kruse die Schnellstraße, um auf die Landstraße einzubiegen.

»Nein, eigentlich nicht.« Johanna Kluge dachte eher, dass es in der Tat etwas mit dem Bruder zu tun hatte, wie Pflüger im Nebensatz erklärt hatte. »Obwohl es auch möglich wäre, dass er für eine Tat, die er begeht, zur Verantwortung gezogen werden möchte.«

Jakob Besser warf ihr einen skeptischen Seitenblick zu. »Das ist nicht dein Ernst, oder, Frau Dr. Psych?«

Sie antwortete ihm nicht, sondern wies mit der rechten Hand auf den vor ihnen fahrenden Wagen, der nun abbog, um die kleinen Wege zum Haus am Kanal zu nehmen. Die Sonne war mittlerweile hinter den Bäumen untergegangen. Die helle Dämmerung legte sich über die Wiesen, und aus den langen Schatten, die der Hain am Kanal noch vor einigen Minuten auf das Land geworfen hatte, war ein weites mattes Grün geworden.

Ein Hund schlug an, als sie vor dem Haus neben den diversen Fahrzeugen hielten. Ein weiterer Kleinwagen, den Johanna am Morgen dort nicht gesehen hatte, parkte auf der rechten Seite des kleinen Vorhofes. Johanna stieg aus und griff zu ihrer Waffe. Das war eines der wenigen Male in ihrer bisherigen Laufbahn, dass sie ihre Dienstwaffe überhaupt zog. Aber dieses Mal fürchtete sie, dass es notwendig werden könnte.

Sie postierten sich vor der Dielentür, in die eine kleine, separat zu öffnende Tür eingelassen war. Dort vermuteten sie den Eingang. Jakob Besser stand auf ihrer Seite, Kruse und seine Kollegen hatten sich rechts neben dem Türrahmen an die Wand gedrückt, nicht zu sehen, falls die Tür sich öffnen würde.

Der Hund kläffte weiter, und eine unwirsche Männerstimme meldete sich von der hinteren Seite des Hauses. »Aus, Arto!« Sie hörten, wie sich schlurfende Schritte näherten, dann drehte sich der Schlüssel im Schloss, ein Riegel wurde zurückgeschoben. »Kevin?«, fragte der Mann, und die Tür öffnete sich nahezu gleichzeitig nach innen.

Matthias Flexkemper war ein eher kleiner, zäher Mann mit stark vorgeschobenem Unterkiefer und unreiner Haut. Seine vollen braunen Haare waren zersaust, als sei er aus dem Bett geholt worden. Das rechte Auge war zugeschwollen, die Unterlippe ebenfalls. Im Mundwinkel klebte getrocknetes Blut.

Er erschrak, als er Johanna Kluge sah, und wollte zurückweichen und die Tür zuwerfen. Doch sie ging einen Schritt vor, hob die Waffe und stellte ihren Fuß in die Tür. Sie fühlte, dass Jakob sich neben ihr postiert hatte und die Tür mit der Hand aufdrückte. Flexkemper stolperte auf unsicheren Beinen hinter einem der alten Sofas vorbei in den nächsten Raum.

»Bleiben Sie stehen, Herr Flexkemper«, sagte sie mit lauter Stimme, »wir haben einen Haftbefehl gegen Sie.«

Der Hund war mitten im Raum stehen geblieben, unsicher, ob er seinem Herrn hinterherlaufen oder die Eindringlinge abwehren sollte. Er hatte sich entschieden, neben dem Sofa stehend mit erhobenem Kopf anhaltend zu kläffen.

Johanna Kluge war zwei Schritte in den Raum getreten, der in diffusem Dämmerlicht lag, und rief dem Mann mit ruhiger Stimme hinterher: »Kommen Sie mit erhobenen Händen zurück, Herr Flexkemper. Sonst schieße ich auf Ihren Hund.«

Flexkemper, bereits an der hinteren Tür des Raumes, drehte sich um und sah auf die Waffe von Johanna Kluge, die direkt auf den braunen Labradormischling gerichtet war. Mit unsicherem Blick und schwankendem Schritt kam er langsam zurück und stützte sich mit der einen Hand an dem Sofarücken ab. Er stand neben seinem Hund, rieb sich seine nackten Oberarme und schaute auf die vier Personen, die mittlerweile die Eingangstür verdunkelten.

Flexkemper schien irritiert, als sie ihm den Haftgrund vorlasen. Er empörte sich jedoch nicht, sondern entschied sich, zu dem Sachverhalt zu schweigen.

Er äußerte sich auch nicht zu dem Schießstand mit vier Bahnen, der in den hinteren Räumen angelegt war. Aus einer doppelten und zudem isolierten Kalksandsteinmauer war in die äußere Hülle des Fachwerkhauses eine Art schalldichter Raum eingebaut, für dessen Anlage einige Trennwände zwischen den ursprünglich kleinen Räumen entfernt worden waren. Hinter den Schießscheiben an der rechten Seite des Hauses waren Holzscheite gestapelt, um Fehlschüsse abzufangen. In einem Schrank vor der Anlage lagen Schießscheiben verschiedener Größen, aber auch Einweghandfesseln aus Stoff, Schlagstöcke und Elektroschockgeräte, Präzisionsschützenzielscheiben mit Männern, deren Köpfe in Palästinensertücher gewickelt waren. Die wurden hier jedoch nicht für Übungen für ein Präzisionsgewehr benutzt – dafür war die Schießanlage zu kurz –, sondern als Zielscheibe für Pistolenschüsse. In einer Ecke lagen diverse Scheiben, zerfetzt dort, wo das Foto einst ein dunkles, arabisches Gesicht gezeigt hatte. In einem alten Blechschrank fanden sie einen Revolver und eine Pistole, die sie sicherstellten.

Nach einer halbe Stunde verließen sie das Haus und versiegelten es. Die Spurensicherung würde morgen hier ihre Arbeit aufnehmen. Flexkemper saß im Wagen von Kruse und seinem Kollegen. Johanna und Jakob hatten Arto in ihrem Wagen. Er hatte einen Maulkorb und war mit einer Leine im Kofferraum des Kombis festgebunden. Interessiert schaute der Hund durch das Absperrgitter und machte ansonsten keinerlei Geräusch.

»Hättest du wirklich auf den Hund geschossen?«, fragte Jakob zweifelnd, als sie die Stadt wieder erreichten.

»Wo denkst du hin. Ich schieße doch viel zu schlecht. Ich hätte den Hund ja töten können.« Johanna drehte sich um und schaute den Labradormischling an, der seinen Herrn vermisste. »Ich hätte auf Flexkempers linke Schulter gezielt.«

Johanna Kluge sah aus dem Fenster, dankbar, dass sie ihren Hass in Worte kleiden konnte und nicht gezwungen gewesen war, auf einen Menschen zu schießen.

38

Es wurde dunkel, und mit der Dunkelheit kam die Angst. Alexander saß seit einer halben Stunde auf einem Baumstumpf und starrte in Richtung der kleinen Straße, die in fast 100 Metern Entfernung am Fuß des Berges verlief. Er hatte sich in Ruhe und bei genügend Tageslicht mit dem Ort, den er für das Treffen der beiden Männer vorgesehen hatte, vertraut machen können. Sein Auto war auf der hinteren Seite des Berges in einer kleinen Einbuchtung an einem schmalen Weg geparkt, sodass Krombiegel nicht vorgewarnt wäre und auch Huber keinen Verdacht schöpfen würde, falls er aus irgendeinem Grund zu früh sein Haus verließe. Dann war er erst quer über eine Wiese und anschließend durch den schnell ansteigenden Wald bis auf den Kamm des kleinen Höhenzuges direkt von hinten an die Grundstücksgrenze Hubers gestoßen. Das weiträumige Grundstück war von einem hohen Zaun umgeben, dessen Spitze mit Natodraht gesichert war. Nicht alle Hausbesitzer an diesem Hang hatten eine solch paranoide Einstellung. Zwei Nachbarhäuser waren überhaupt nicht eingezäunt, die Besitzer hatten es für unnötig befunden, den Wald durch eine übermannshohe Einzäunung als den ihren auszuweisen. Aber Huber schützte sich mit allem, was er hatte, gegen »das Gesocks«, von dem es seiner Ansicht nach genug gab.

Alexander war das gerade recht. Hier, am anderen Ende von Hubers Besitz, gab es eine hohe, sichere Pforte, die es dem Besitzer ermöglichte, das Grundstück zum Spazierengehen zu verlassen. Huber würde, so hatten sie es besprochen, durch diese Pforte zum Treffpunkt mit Kevin Krombiegel kommen.

Alexander Pflüger sah auf die Uhr. Nach Plan sollte Krombiegel in einer halben Stunde eintreffen. Bei dem Gedanken, dass er diesen ihm körperlich überlegenen Mann mit einer Waffe unter Druck setzen wollte, zuckte er zusammen. Er fürchtete plötzlich, er habe sich mit diesem Plan übernommen. Aber er wollte es nicht zulassen, dass Frank Huber, diese Hyäne, einfach ungeschoren davonkam wie Carsten Rischmöller. Rischmöller hatte er wie in Erstarrung beobachtet und letztlich überhaupt nichts getan. Bei Huber sollte ihm das nicht noch einmal passieren. Dieser Mann hatte seinen Kampfhunden den Auftrag gegeben, das fehlende Geld einzutreiben. Und das hatten sie getan, heute Morgen hatte er das Geld wieder in Besitz genommen, in einem Koffer, den Krombiegel ihm überreicht hatte. Warum in aller Welt hatte Julia sich ihm nicht anvertraut und ihm gesagt, dass sie Geld an sich genommen hatte? Er hätte ihr doch geholfen! Aber offensichtlich, ja ganz offensichtlich hatte sie ihm so wenig getraut, dass sie allein und mit den Verfolgern im Nacken durch die Stadt gehetzt war. Das kränkte ihn. Er hatte nicht gedacht, dass sie so fern von ihm war.

Er hörte, wie sich unten auf der Straße ein Wagen näherte. Dem Geräusch nach musste er das Eingangstor zur Villa Huber gerade passiert haben, entfernte sich nach rechts und schien in dem kleinen Wendehammer am Ende der Straße zu halten. Von dort ging es nur noch zu Fuß weiter. Er hatte Krombiegel den Weg genau beschrieben.

Alexander Pflüger begab sich in sein Versteck. Ein alter Ansitz, nicht höher als drei Meter, stand etwa 15 Meter von der Pforte entfernt. Er hatte sich auch aufgrund dieses Umstands für diesen Treffpunkt entschieden. Als er damals in der Villa Huber eingeladen war, hatte der ihm und anderen männlichen Gästen den Ansitz stolz gezeigt und getönt, er gehe, »um runterzukommen«, manchmal nach der Arbeit eine Stunde dorthin, um einfach allein zu sein. Alexander verzog angewidert den Mund, als er sich an diesen Abend erinnerte.

Er kletterte die sieben Tritte der Leiter hinauf, setzte sich auf die Sitzbank, auf der noch ein Rest Teppichboden lag, mit dem sich irgendein Jäger gegen die von unten aufziehende Kälte hatte schützen wollen. Er atmete tief ein. Lange konnte es nicht mehr dauern. Geräuschlos öffnete er seine Umhängetasche und nahm eine schmale Stablampe heraus, die er in seine linke Parkatasche steckte. Anschließend nahm er die Pistole, die er an diesem Nachmittag aus dem Waffenschrank in der Security-Abteilung der Facility bekommen hatte, aus der Tasche und legte sie neben sich auf die Sitzfläche. Er hatte sich ganz offiziell mit Namen bei der Sachbearbeiterin eingetragen, und sie hatte ihm keinerlei Probleme gemacht. Dass er gar nicht im Besitz eines Waffenscheins war, schien ihr beim Rechtsbeistand der Firma nicht von Bedeutung zu sein. Sie hatte ihm sogar ein Paar Handschellen ausgehändigt und ihm einen vielsagenden Blick zugeworfen.

Plötzlich hörte er ein Knacken. Zu seinem Erschrecken war das Geräusch viel näher, als er vermutete. Das musste Kevin Krombiegel sein, der versucht hatte, sich lautlos anzuschleichen. Er war also vorsichtig. Vielleicht misstraute er Hubers Ansinnen, ihm 100 000 Euro zu geben. Zu Recht. Alexander schob den Oberkörper ein wenig vor, um nach rechts schauen zu können, in die Richtung, aus der Krombiegel gekommen sein musste. Aber er konnte kaum etwas erkennen in der grauen Dunkelheit, die alten hohen Fichten standen hier eng und verdeckten den Himmel. Außerdem waren mittlerweile Wolken aufgezogen, sodass in der Lücke über ihm zwischen den Fichten nur ein einziger Stern am Himmel zu erkennen war.

Unvermittelt flackerte rechts unter ihm in nur ein paar Metern Entfernung das Licht einer Taschenlampe auf. Alexander zog sich ruckartig zurück, um nicht aus Versehen in den Lichtkegel des sich nähernden Mannes zu geraten. Sein Herz pochte. Dieser Mann war gefährlich, dieses Gefühl erfasste ihn mit einem Mal. Das, was er vorhatte, konnte sein eigenes Leben in Gefahr bringen. Heute Mittag, als er die letzten Vorbereitungen für diesen Augenblick getroffen hatte, war die Angst noch weit entfernt gewesen. Er hatte sich nicht vorstellen können, dass sie ihn so packen würde. Er hätte sogar bei dem Gedanken daran mit den Schultern gezuckt, weil es ihm unbedeutend schien. Jetzt aber musste er sich zusammenreißen, dass er sich von der Furcht nicht lähmen ließ.

Krombiegel schien zu versuchen, nicht zu laute Geräusche zu machen, während er sich vorwärtsbewegte, um nicht bemerkt zu werden. Aber das war auf diesem Untergrund aus alten Buchenblättern und trockenen kleinen Ästen nicht so einfach. Alexander vermutete, zurückgelehnt auf seinem Sitz, dass Krombiegel direkt unter ihm stehengeblieben war. Ein Lichtschein wanderte über die Bäume und den Zaun von Hubers Grundstück. Dann verriet das Rascheln, dass Krombiegel einige Schritte weiterging.

Vorsichtig beugte sich Alexander Pflüger nach vorn. Jetzt sah er ihn nur wenige Meter links von sich stehen, die Taschenlampe auf die Pforte im Zaun gerichtet. Krombiegel hatte sein Ziel erreicht. Er schien sich zu vergewissern, wich einige Schritte zurück und löschte das Licht der Stablampe.

In diesem Moment näherte sich durch den fast schwarzen Wald auf dem eingezäunten Grundstück langsam ein weiteres Licht. Huber. Alexander lehnte sich noch weiter zurück und erstarrte im gleichen Moment. Krombiegel hatte sich rasch noch einige Schritte zurückgezogen, den Ansitz umrundet, und war mit dem Fuß an die Leiter gestoßen. Der Ansitz bewegte sich leicht, denn Krombiegel war offenbar auf die gleiche Idee gekommen wie er. Er spürte, wie Krombiegel mit festem Griff eine Strebe ergriff und seinen Fuß auf das unterste Querholz stellte, die zweite Strebe nahm und nach dem dritten Schritt die Hand in die Öffnung rechts von ihm legte, durch die er in den Hochsitz einsteigen wollte.

Alexander drückte sich, so weit es ging, nach hinten und griff nach seiner Pistole. Damit hatte er nicht gerechnet. Er unterdrückte den Impuls, Krombiegel mit dem Griff der Waffe auf die Finger zu schlagen. Das hätte seinen Plan über den Haufen geworfen. Er hielt den Atem an.

Der Sitz wackelte ein wenig, als Krombiegel eine der Leiterstufen wieder hinunterstieg. Alexander musste sich zusammenreißen, um nicht erleichtert auszuatmen. Krombiegel hatte sich offenbar entschlossen, im Schatten des Ansitzes, aber auf festem Boden, auf Huber zu warten.

Das hohe Eisentor machte so gut wie kein Geräusch, als Huber es öffnete. Seine Lampe hatte er offenbar erst kurz vorher ausgemacht. Alexander beugte sich vorsichtig vor und sah den Mann als graue Silhouette neben dem Tor stehen bleiben. In der linken Hand hielt er einen kleinen Jutesack. Die rechte Hand steckte in seiner Jackentasche.

Krombiegel hatte seinen Abstieg unterbrochen, möglicherweise fürchtete er, Hubers Aufmerksamkeit damit auf sich zu ziehen.

Alexander wagte nicht, sich weiter nach rechts zur Einstiegsluke zu beugen, und wusste nicht genau, wo sich Krombiegel befand, ob noch auf der Leiter oder bereits auf dem Waldboden. Da sah er die Waffe. Offenbar stand Krombiegel immer noch auf der untersten Stufe der Leiter, hielt sich mit der Linken fest und hielt in der erhobenen ausgestreckten Hand eine Pistole, die gerade noch in Alexanders Blickfeld war, auf Huber gerichtet.

Huber stand regungslos neben dem metallenen Rahmen der Pforte. Er sah zwar in Richtung Hochsitz, konnte Krombiegel jedoch nicht sehen, da die Leiter auf der von ihm abgewandten Seite war.

Im Schatten der Dunkelheit verfolgte Alexander durch den vorderen Ausguck, wie Huber den Arm aus der rechten Tasche zog. Das ließ sich viel besser an, als Alexander gehofft hatte. Lautlos ergriff er die Stablampe mit der Linken und nahm die Pistole mit der Rechten. Gleichzeitig spürte er an der leichten Bewegung, dass Krombiegel die Leiter verlassen wollte. Er musste agieren: Mit einer schnellen Bewegung richtete er den Strahl der Stablampe durch den Ausguck direkt auf Huber.

»Verdammt, Krombiegel«, fluchte Huber, »was soll das?«

Den Strahl des Lichts weiter auf Huber gerichtet, beugte Alexander sich leicht nach rechts zur Einstiegsluke.

»Schießen Sie auf ihn«, zischte er Krombiegel an.

Krombiegel reagierte nicht sofort, schien verwirrt, dass er nicht allein war. Alexander umklammerte die Pistole und richtete sie von Krombiegel unbemerkt in Richtung der Einstiegsluke. Er zitterte.

»Er hat eine Waffe. Schießen Sie auf ihn!«, fuhr er jetzt Krombiegel an.

Huber duckte sich, geblendet vom Strahl der Lampe, doch Alexander hielt ihn mit der Lampe in Schach und verfolgte ihn mit dem Lichtkegel. Da fiel der Schuss.

Huber schrie, als er kopfüber in die Buchenblätter fiel. Er stieß einen kehligen Laut aus und zuckte. Alexander hielt die Lampe weiter auf den Mann gerichtet, spürte, wie Krombiegel die letzte Stiege der Leiter verließ und, einen Blick nach oben in Alexanders Richtung werfend, mit der Waffe in der Hand auf seinen Chef zuging.

»Du Mistkerl«, hörte Alexander, der sich in die dunkelste hintere Ecke des Hochsitzes zurückzog, gerade noch, als Krombiegel Huber den Jutesack aus der Hand nahm und hineinschaute. Er schien befriedigt. Offenbar unschlüssig, was zu tun war, stieß Krombiegel Huber noch einmal mit dem Fuß an. Huber stöhnte auf und begann ein anhaltendes Wimmern von sich zu geben.

Die Waffe noch in der Hand ging Krombiegel ein paar Schritte in Richtung Hochsitz. Alexander schaute auf seine

Pistole, und in dem Moment wurde ihm bewusst, dass er sie nicht entsichert hatte. Er begann zu zittern, als er gewahr wurde, dass er eben eine gesicherte Waffe auf Krombiegel gehalten hatte. Er schluckte trocken, und nachdem er sie entsichert hatte, fühlte er sich trotzdem hilflos in dem düsteren Ansitz. Krombiegel ging nun zügig, die Waffe in der Hand schlenkernd, auf den Hochsitz zu, und es schien Alexander, als wolle er vorbeigehen. Doch mit einer plötzlichen Kehrtwende drehte er sich nach rechts in Richtung der Leiter. »Arschloch!«, rief er, bevor er aus Alexanders Blickfeld verschwand.

Alexander beugte sich vor, richtete die Waffe mit aufgerissenen Augen auf das Einstiegsloch, in dem er Krombiegel erwartete, und schoss blind in die Dunkelheit.

»Du Dreckschwein«, rief Krombiegel, als er von der Leiter sprang. Alexander rückte nach vorn und sah Krombiegel durch den vorderen Ausguck am Zaun in die Richtung laufen, aus der er gekommen war.

Dieses Mal schoss Alexander nicht blind ins Dunkel, sondern richtete seine Waffe direkt auf den fliehenden Krombiegel.

39

Am Dienstagmorgen dachte Johanna Kluge beim Blick in den Spiegel nicht an die Pressekonferenz, die für den Nachmittag angesetzt war, sondern zuallererst an ihre Verabredung für den Abend. Sie hätte sich nicht darauf einlassen dürfen mitten in diesen Ermittlungen. Auf keinen Fall würde sie sich in diesem Zustand mit John von dem Bruche treffen können. Sie kämmte sich die nassen Haare aus dem Gesicht und stieß mit dem Finger ärgerlich in die Tagescremedose. Dabei hatte sie sich auf den Abend gefreut. Aber wie so oft im Leben hatte sie sich in der Zeit verkalkuliert: Alles, was sie am gestrigen Tag noch hatte erledigen müssen, brauchte länger, als geplant.

Sie hatte es fast geschafft, um halb elf im Bett zu sein. Doch da ging der Anruf der Leitstelle bei ihr ein, und sie hatte bis weit nach Mitternacht einen bizarren Tatort in einem Wald bei Bad Iburg in Augenschein nehmen müssen. Die Kollegen waren die ganze Nacht beschäftigt, wahrscheinlich waren sie immer noch dort. Sie hatte erst um zwei Uhr im Bett gelegen und entsprechend angeschlagen fühlte sie sich jetzt um halb sieben.

Aber sie hatte es sich nicht nehmen lassen, noch in der Nacht Alexander Pflüger festsetzen zu lassen. Frank Huber hatte sie nicht mehr gesprochen, er war mit einem lebensgefährlichen Schuss in den Unterleib bereits auf dem Weg ins Krankenhaus, als sie eintraf. Aber Krombiegel humpelte ihnen mit einem Steckschuss im Oberschenkel und auf den Rücken in Handschellen gefesselten Händen direkt in die Arme, als sie um fünf Minuten nach elf in der Straße eintrafen. Er leistete keinerlei Widerstand, bestand aber darauf, dass dieser Rechtsverdreher, »die miese Ratte«, auf ihn geschossen habe. Krombiegels Waffe fanden sie vor einem Ansitz, nicht weit von Huber.

Sie würden genug Zeit haben, sich mit dieser Aussage zu beschäftigen. Aber Johanna wusste bei aller Abneigung gegen Krombiegel, dass er keinerlei Grund hatte, Pflüger zu beschimpfen, es sei denn, er sprach die Wahrheit.

»Was erdreistet sich dieser Mann!« Johanna Kluge war fassungslos über die Schamlosigkeit, mit der er sich am

Nachmittag von ihr verabschiedet hatte, mit der festen Absicht, seine eigene Fehde weiterzuführen. Umso empörter war sie, als sie erfuhr, dass es Pflüger war, der nach dem Schusswechsel im Wald die Polizei informiert und sich dann nach Hause aufgemacht hatte. Sie bestand darauf, unmittelbar zu Pflüger zu fahren.

Er öffnete ihnen selbst die Tür, in der Hand einen kleinen Reisekoffer. »Ich habe Sie bereits erwartet«, sagte er, und Johanna Kluge zitterte innerlich vor Wut über diese selbstgefällige Art, mit der dieser junge Mann mit ihnen sein Theater spielte. Auf der Couch im Hintergrund saß der jüngere Bruder von Pflüger. Er war rothaarig und sah, wie Johanna fand, seinem Halbbruder verblüffend ähnlich. Er blieb etwas verloren auf dem Sofa zurück, als sie seinen Bruder abführten. »Christopher«, wandte sich Alexander Pflüger noch einmal von der Wohnungstür an ihn und sprach in strengem Ton, »denk dran, was du mir versprochen hast.«

»Ja«, hatte Christopher gesagt und genickt, als sie die Tür schlossen.

*

Gestern noch hatte sie sich darauf gefreut, der hochnäsigen Iris Ostermann ihre Beweisführung vorzulegen und daran mitzuwirken, die selbstgefällige Fassade dieser Frau zum Einsturz zu bringen. Aber heute konnte sie sich diesem Vergnügen ihres Berufes, das sie manchmal entschädigte für die Ränder unter den Augen und die vielen misslungenen Dinge, nicht nachkommen.

»Wir bekommen doch eigentlich nur die Dummen«, hatte sich Jakob Besser so manches Mal geärgert, wenn sie irgendeinen einfältigen Totschläger inhaftierten oder einen eifersüchtigen Mann, der seine ermordete Freundin drei

Jahre in einer Kühltruhe aufbewahrte. »Wie viele Menschen werden ums Leben gebracht, ohne dass wir es registrieren.« Aber bei Iris Ostermann waren sie aufmerksam geworden und hatten Beweise gegen sie in der Hand. Es würde unter diesen Umständen nur eine Frage der Zeit sein, bis der Schwager seine entlastende Aussage zurücknahm.

Iris Ostermann war zu konsterniert, als dass sie Widerstand leisten wollte. Sie sah älter aus als ihre 45 Jahre und ein wenig grau. Dass Alexander Pflüger sie belastete, registrierte sie eher mit Traurigkeit als mit Empörung. Johanna Kluge empfand kein Mitleid, obwohl sie die Verletztheit der Frau, die von ihrem Mann mit einer jungen Frau betrogen worden war, nachvollziehen konnte. »Wissen Sie, im Grunde war Ihrem Mann nichts wichtiger als das Leben mit Ihnen in dem schönen, großen Haus«, wiederholte Johanna Kluge ihr Wissen um die Seelenlage Carsten Rischmöllers.

Iris Ostermann setzte sich ein wenig aufrechter und legte ihren blonden Knoten in den langen Nacken. Dadurch wirkte sie mit einem Mal sehr einsam. Ihre Lippen zuckten, und sie begann zu weinen. »Ich wollte ihn doch nicht töten. Ich … wollte ihn einfach nur … demütigen.«

Johanna nahm ihr das ab. Wahrscheinlich hatte sich Iris Ostermann alles ein bisschen anders vorgestellt oder sie hatte gar nicht weiter nachgedacht. Es war nur einfach, wie so oft, ganz anders verlaufen.

»Sie haben ihn aber nicht ›nur‹ gedemütigt, sondern getötet, Frau Ostermann-Rischmöller«, beendete Hauptkommissarin Johanna Kluge das Verhör. Als Tat blieb im Grunde nur Körperverletzung mit Todesfolge. Mit der Hilfe von Dr. Krampmeier würde Iris Ostermann wahrscheinlich noch am selben Tag bis zum Beginn des Prozesses wieder zu Hause sein.

*

Johanna Kluge öffnete die Tür zum Verhörraum. Alexander Pflüger war ordentlich gekleidet wie immer, und seine Blässe war einer leichten Röte gewichen. Sie musterte ihn ruhig. Gestern Abend noch, während sie am Kanal unterwegs waren, hatte Glowitz mit den Kollegen einen Zeugen aufgetrieben, der in der Nähe der Wohnung von Frank Kötterhans einen kleinen Audi gesehen hatte, aus dem ein hoch aufgeschossener Mann mit roten Haaren gestiegen sei.

»Mit welcher Ihrer Geschichten wollen Sie denn beginnen?«, fragte Johanna Kluge, nachdem sie ihn erneut über seine Zeugenpflichten belehrt hatte, und kniff die Augen zusammen.

Alexander Pflüger schwieg.

»Sie führen doch gern Regie, nicht wahr?«, fuhr sie fort. »Warum erzählen Sie nicht das, von dem Sie meinen, es müsste erzählt werden?«

Alexander verstand ihre Ablehnung. Sie musste ja dieses Verständnis ihres Berufes haben. Aber sie hätte nicht das erreichen können, was er erreicht hatte, da war er sicher, nicht gestern Abend. Trotz dieser Überzeugung hätte er gern die Anerkennung dieser Frau bekommen. Aber in ihrem Gesicht spiegelte sich nichts als Verachtung, und er fühlte sich gekränkt.

»Herr Huber bat mich gestern Mittag im Büro, bei dem Treffen, das er mit Krombiegel für eine Geldübergabe vereinbart hatte, als Zeuge und Schutz auf dem Ansitz hinter seinem Grundstück anwesend zu sein.« Etwas Schnippisches mischte sich in seinen Ton.

Johanna Kluge hörte sich die Fassung Alexander Pflügers regungslos an. Pflüger sei, wie mit Huber vereinbart, auf dem Ansitz gewesen, der sei mit dem Geld gekommen, und Krombiegel habe auf ihn geschossen und das Geld an sich genommen. Er selbst habe den flüchtenden Krombiegel dann angeschossen und ihm anschließend, bevor er gegangen sei, die Handschellen angelegt. Wenn das strafbar sei, tue es ihm leid. Er wisse, dass er sich nicht hätte fortbewegen sollen.

»Krombiegel hat ausgesagt, dass Sie ihn aufgefordert haben, auf Huber zu schießen.«

Alexander Pflüger setzte sich aufrecht. »Das ist doch blanker Unsinn.«

»Krombiegel behauptet auch, Sie hätten ihm gesagt, Huber habe eine Waffe.«

»Das ist genauso wenig wahr«, sagte Alexander Pflüger kurz.

Johanna Kluge betrachtete ihn sinnend. Sie war sich mit einem Mal sicher, dass sich die Geschichte, die Pflüger ihnen erzählte, wahrscheinlich untermauern ließ. »Wissen Sie was: Ich glaube Ihnen kein Wort.« Damit verließ sie den Verhörraum und ließ Alexander Pflüger allein mit seinen Gedanken.

Als sie den Kopf durch die Tür des Büros von Jakob Besser steckte, um sich für eine halbe Stunde abzumelden, saß er inmitten diverser Listen von Handydaten und wedelte mit den Ausdrucken.

»Ich bin gleich so weit«, versprach er. »Huber hat gestern Mittag lange mit Krombiegel telefoniert und ihn in der Tat per SMS zu seinem Grundstück bestellt.« Huber selbst sei übrigens außer Lebensgefahr, aber nicht vernehmungsfähig.

»Lass dir Zeit«, versuchte Johanna Kluge, ihn zur Ruhe zu mäßigen. »Es gibt keinen Grund mehr zur Eile.« Vor allem nicht, da sie Pflüger erst einmal aus dem Verkehr gezogen hatten. »Ich muss noch eine Kleinigkeit klären, dann können wir Mittagessen gehen.«

Diese Kleinigkeit wollte sie überprüfen, bevor sie Pflüger Gelegenheit gab, seine zweite Geschichte zu erzählen.

Und sie hatte Glück. Derselbe Pförtner wie am Sonnabend hatte auch an diesem Tag Dienst am Haupttor der Facility GmbH Nordwest. Er bestätigte ihr, dass Pflüger am Sonnabend mit seinem rothaarigen Praktikanten Fritz Kreisler die Büroräume für eine halbe Stunde aufgesucht habe. Die Frage, ob der Justiziar Pflüger ebenfalls rote Haare gehabt habe, verneinte der Pförtner mit verständnislosem Kopfschütteln.

»Kennst du einen Fritz Kreisler«, fragte Johanna Kluge Jakob, als sie vom Mittagessen aus der Cafeteria kamen.

»Klar, Kreisler war ein österreichischer Geiger und Komponist.«

Johanna Kluge verdrehte die Augen. »Was soll das nur wieder?«, beschwerte sie sich bei Jakob, ließ ihn aber ratlos und ohne Aufklärung stehen und begab sich wieder zum Verhör von Alexander Pflüger.

Der ließ sich nicht anmerken, dass sie ihn lange hatte warten lassen, sondern widmete sich ihr gleich wieder, was er dadurch deutlich machte, dass er sich aufrichtete.

»Mögen Sie die Musik von Fritz Kreisler?«, führte Johanna das Gespräch mit der für Alexander unvermittelten Wendung weiter.

»Ja.« Langsam rieb er sich die Wangen und versuchte, sich zu konzentrieren, er wollte nun keinen Fehler machen. Mit einer leicht fahrigen Bewegung fuhr er sich durch seine Haare.

Johanna Kluge setzte ihn ins Bild, dass ein rothaariger Mann gesehen worden sei, als er von einem Auto zu Kötterhans' Wohnung ging. »Wessen Blut werden wir denn bei der Analyse identifizieren?« Sie neigte den Kopf zur Seite und betrachtete seine Reaktionen.

Alexander hatte sich auf diese Geschichte seit gestern vorbereitet und sammelte sich, sie nun vorzutragen. »Es ist das Blut meines Bruders. Ich mache mir große Vorwürfe, dass ich ihn mitgenommen habe.« Er blickte Johanna Verständnis heischend an. »Ich bin gemeinsam mit meinem Bruder zur Wohnung Kötterhans gefahren, er in meinem Auto, ich in einem Firmenwagen. Wir klingelten, ich stand etwas abseits, als Kötterhans die Tür öffnete. Er winkte meinen Bruder herein, ich folgte durch die offene Tür und sah unmittelbar hinter ihm stehend, wie Kötterhans ihn im Wohnzimmer unvermittelt mit dem Messer attackierte. Ich nahm die Verlängerung des Wagenkreuzes meines Autos, die ich unter der Jacke trug, und schlug zu. Ich weiß nicht genau, wo ich ihn getroffen habe. Dann habe ich meinen Bruder gegriffen, und wir sind zurückgefahren.«

Dem Einwand, Kötterhans habe nur von einem Mann gesprochen, widersprach Pflüger, da der ihn nicht wirklich habe sehen können. Pflüger verschränkte die Arme und machte mit seiner Haltung deutlich, dass er von dieser Version der Geschichte nicht abrücken würde.

»Kommen wir zurück auf den gestrigen Abend.« Sie betrachtete ihn eine Weile und fügte hinzu. »Warum haben Sie nicht selbst auf Huber geschossen?«, fragte sie Alexander direkt. »Sie haben doch dieses Treffen inszeniert, davon bin ich überzeugt.«

Alexander überhörte das und leckte sich die Lippen. Sie würde ihn, trotz aller Verwerflichkeit, mehr achten, wenn er geschossen hätte. »Ja, vermutlich haben Sie recht. Ich hätte vielleicht auf Huber schießen sollen. Wie ein Mann.« Er lächelte dünn. »Es tut mir leid, dass ich es nicht getan habe.«

Etwas Lauerndes lag in ihrer Stimme, ein Zeichen, dass sie kurz davor war, aus der Haut zu fahren. »Woher beziehen Sie eigentlich die Überzeugung, dass es richtig ist, was Sie tun?«

»Es ist vielleicht nicht richtig, was ich tue, juristisch

betrachtet, aber es ist recht. Ich habe Huber begleitet, weil ich mir davon versprochen habe, ihn belasten zu können, wenn er das Geld mitbringt. Huber hat mit Sicherheit seine Leute beauftragt, Julia Schlosser unter Druck zu setzen. Er ist letztlich verantwortlich für das, was ihr geschehen ist, wäre jedoch nicht zur Rechenschaft gezogen worden.« Alexander beschloss, nicht weiterzureden.

»Da haben Sie dafür gesorgt, dass er zur Rechenschaft gezogen wird!« Johanna war aufgestanden und lehnte sich gegen die hintere Wand des Raumes, brachte so mehr Distanz zwischen sich und ihn. »Sind Sie denn eigentlich so anders als Carsten Rischmöller, den Sie so verachten?« Ihre Stimme war leise geworden. Sie drückte ihre Schultern gegen die Wand und sah ihn missbilligend an, weil sie fühlte, wie gern er ihre Anerkennung hätte, die sie ihm auf diese Weise vorenthielt. »Meinen Sie denn nicht, dass auch Rischmöller zutiefst überzeugt davon war, richtig zu handeln?«

Alexander presste die Lippen aufeinander angesichts dieses ungerechten Vergleichs. Huber war eindeutig schuldig, das wusste er. Rischmöller hatte seinen unschuldigen Bruder beschuldigt und eine ganze Familie ins Unglück gestoßen. Er senkte die Augen, schließlich kannte er die Argumentation der Rechtsstaatlichkeit. Aber er fand es unangemessen von dieser Kommissarin, ihn mit einem Mann wie Rischmöller gleichzusetzen.

»Aber Sie wissen ja, was richtig und was falsch ist!« Johanna Kluge war zornig und musste ihre Stimme zwingen, in der normalen Lage zu bleiben. Sie setzte sich ihm gegenüber und senkte die Stimme. »Möglicherweise können Sie Ihrer Geschichte doch noch das entscheidende Detail hinzufügen, nämlich dass Sie es waren, der Krombiegel aufgefordert hat, auf Huber zu schießen.«

Alexander erhob fragend den Blick. Er fragte sich, auf was sie hinauswollte.

»Sie fühlen sich doch verantwortlich für Ihren Bruder.« Sie dachte an den rothaarigen jungen Mann, der ein wenig hilflos und kindlich hinter seinem großen Bruder hergeschaut hatte. »Sie haben sich doch sogar in einem Anfall von brüderlicher Verbundenheit die Haare rot gefärbt – in der Nacht zum Montag.«

»Sonntag.« Alexander betrachtete sie aufmerksam.

»Ach ja«, korrigierte Johanna Kluge sich langsam und sah ihn fest an. »In der Nacht zum Sonntag.«

Am Ende des Verhörs unterschrieb Alexander Pflüger, dass er es gewesen war, der Krombiegel aufgefordert hatte, auf Huber zu schießen, obwohl er wusste, dass Huber keine Waffe hatte.

*

Sie schaute in den Handspiegel und legte neues Make-up auf. Warum sollte sie auf die erste Verabredung, die sie mit einem Mann getroffen hatte, seit sie aus der ehelichen Wohnung ausgezogen war, verzichten – nur weil sie ein wenig übernächtigt war? Sie hatte schließlich auch die anstrengende Pressekonferenz überstanden und von Jakob nicht nur für ihre Darlegungen Lob bekommen, sondern auch für ihr Aussehen. Sie tuschte sich die Wimpern nach und legte noch einen Hauch Lippenstift auf. Geht doch, fand sie.

Mit einem Blick in den Spiegel vergewisserte sich Johanna Kluge, dass sie zu dem unausgesprochenen Abkommen, das sie mit Alexander Pflüger getroffen hatte, weiterhin stehen konnte. Er hatte zugegeben, dass er Krombiegel zum Schuss auf Huber genötigt hatte, und sie hatte im Gegenzug seine Version akzeptiert, er habe Kötterhans niedergeschlagen –

obwohl er zu diesem Zeitpunkt sicherlich noch schwarzhaarig gewesen war. Er würde für beide Taten zur Verantwortung gezogen werden, obwohl sie ein wenig zweifelte, dass seine Strafe allzu hoch ausfallen würde. Aber das war nicht mehr ihre Sache.

40

»Was wird eigentlich mit dem Geld?«, sinnierte Jakob zwei Wochen später, als sie immer noch damit beschäftigt waren, die unendliche Dokumentationsarbeit, die diese Fälle erforderten, zu erledigen.

»Tja, das kommt drauf an«, antwortete Johanna Kluge, die nach ihrem Abend mit John von dem Bruche über Steuerhinterziehung, Geldunterschlagung und komplizierte Besitzverhältnisse lückenlos informiert war. »Wenn Huber oder Ostermann nachweisen können, dass es ihnen zusteht oder sie die Erben sind, bekommen sie es möglicherweise zurück – und versteuern es nach.« Sonst behalte es »der Staat« und es werde für einen »guten Zweck« eingesetzt.

In der Villa Huber waren 221 000 Euro sichergestellt worden. Mit den 100 000 Euro aus der Jutetasche waren es 321 000 Euro. Krombiegel war auf den Kameras der Überwachungskameras der Oldenburger Landesbank und der Sparkasse zu sehen, die er am Montagmorgen kurz nach Öffnung aufgesucht hatte. Die Codekarten und Schlüssel – eine hatte er am Sonnabend aus dem Briefkasten von Julia Schlosser geholt, den anderen bei den Eltern in Borken –

waren verschwunden, er hatte sie in irgendeiner öffentlichen Toilette hinuntergespült. 80 000 Euro fanden sich auf den diversen Konten Julia Schlossers, deren Kontoauszüge in Kevin Krombiegels Wohnung sichergestellt wurden.

»Wahrscheinlich wollten sie mit ihr am Montag früh – denn ohne sie konnten sie ja lediglich an die Schließfächer – das Geld jeweils wieder abholen«, erläuterte Johanna ihrem Kollegen.

Julia Schlosser hatte sich nicht dazu geäußert und sagte, sie wisse nicht, wie viel Geld letztlich im Safe gelegen habe, denn sie habe einiges liegen gelassen, damit, wer auch immer den Safe kontrollieren würde, nicht auf den Gedanken kommen könnte, dass etwas fehle.

»Nicht dumm im Prinzip«, meinte Jakob anerkennend.

»Im Prinzip«, stimmte Johanna zu und dachte an die junge Frau, die zurzeit irgendwo in Bayern in einer psychosomatischen Klinik war. »Aber als Hubers Leute über die Loggia in die Wohnung eingestiegen sind und ihm dann nur den ›kümmerlichen‹ Rest bringen konnten, war es schon um sie geschehen.« Sie dachte manchmal darüber nach, wie sich die Dinge wohl entwickelt hätten, wenn sie mit KTU-Meyer den Safe früher geöffnet und die Polizei den Restbetrag sichergestellt hätte. Möglicherweise hätte Huber dann nichts weiter unternommen. Er machte ja auch jetzt keine Aussagen darüber, wie hoch die Summe seiner Ansicht nach letztlich gewesen war.

Johanna schaute aus dem Fenster ihres Büros in den hellen Sommerhimmel. Wie unwesentlich Geld doch wird, wenn man es mit einem Mal in eine Beziehung zu anderen, bedeutenderen Dingen setzt. Julia Schlosser hatte in den Gesprächen, die sie mit ihr geführt hatte, kein Verständnis mehr für ihr eigenes Handeln und die Gefahr, der sie sich damit freiwillig ausgesetzt hatte. Im Grunde war durch eine unbedachte Handlung eine Geschichte in Gang gesetzt worden, die eine ganz eigene Dynamik entwickelt hatte. Sie versuchte zu gesunden, und erstaunlicherweise kümmerte sich Christopher Nortmann um sie und wich nicht mehr von ihrer Seite. Niemand hatte bei diesen Ereignissen irgendetwas in der Hand behalten und gesteuert. Vor allem Alexander Pflüger, der davon besessen war, die Dinge nach seinem Gutdünken zu lenken, hatte letztlich nur reagiert. Sie dachte an das ungleiche Brüderpaar, den jungen Christopher, der im Alter ihres Sohnes Stefan war. Vielleicht hatte sie ihm gegenüber deshalb ein so mütterliches Gefühl gehabt, als sie sich das einzige Mal gegenübersaßen bei seiner Vernehmung als Zeugen, die sie ihm nicht ersparen konnte. Sein Bruder sorge sich um ihn, hatte er ihr gesagt. Und sie hatte ihm unter vier Augen empfohlen, genau das tun, was der ältere ihm empfehle. Damit tue er ihm bestimmt einen Gefallen. Johanna lehnte sich in ihrem Stuhl zurück und seufzte.

»Wovon träumst du?«, störte Jakob ihre wandernden Gedanken.

»Von einem langen Wochenende«, seufzte Johanna, »mit lauen Temperaturen und …«

»Genau. Das richtige Wetter für einen schönen Golftag«, kommentierte Cora Schönhaus, die in der geöffneten Tür von Johannas Büro erschien. Sie trug eine eng geschnittene dunkelblaue Funktionshose kombiniert mit einem schneeweißen Poloshirt. »Sind Sie bereit?«

Johanna Kluge stand auf, nahm ihre Tasche und nickte: »Brauche ich noch mehr?«

»Meinen Sie, dass das die richtige Kleidung für Schnuppergolf ist?«, fragte Cora Schönhaus mit Blick auf Johannas Seidenbluse aus Crêpe de Chine. »Golf ist ein Sport, kein Damenkränzchen«, grinste sie Johanna an.

»Was ist los?«, fragte Cora Schönhaus mit einem Seitenblick auf Johanna, als sie gemeinsam im Wagen saßen, um zum Golfclub Varus zu fahren. »Sind Sie nicht zufrieden mit Ihrer Arbeit?«

»Ach, Frau Schönhaus, ich weiß nicht.« Johanna versuchte, ihr Spiegelbild im rechten Außenspiegel zu sehen. »Es wäre mir lieber, ich hätte alle Beteiligten sauber und korrekt überführt.«

Cora Schönhaus nickte. »Ich verstehe Sie.« Sie griff nach der Sonnenblende über dem Beifahrersitz und klappte sie runter. »Nehmen Sie diesen Spiegel.«

Johanna Kluge lachte. Auch ihre zweite Verabredung am heutigen Abend mit John von dem Bruche war letztlich die Folge der Tatkraft Jakobs Bessers in Sachen »Postillon d'Amour«, wie er es nannte. Manchmal müsse eben ein bisschen nachgeholfen werden. Mit einem direkten Blick in den Spiegel konnte Johanna Kluge sich wohlgefällig vergewissern, dass sie an diesem Tag nicht nachhelfen musste. Sie sah nicht nur ausgezeichnet aus, sondern auch richtig ausgeschlafen.

ENDE

Weitere Krimis finden Sie auf den folgenden Seiten und im Internet:

WWW.GMEINER-SPANNUNG.DE

ULRIKE KRONECK
Grundlos

978-3-8392-1429-9 (Paperback)
978-3-8392-4171-4 (pdf)
978-3-8392-4170-7 (epub)

»Ein psychologisch raffinierter Krimi mit zwei Ermittlern, die das Banale des Bösen kennen und den Dingen mit gesundem Menschenverstand und geistreichem Scharfblick auf den Grund gehen.«

Die verweste Leiche eines jungen Mannes führt Johanna Kluge und Jakob Besser von der Osnabrücker Polizeiinspektion in die niedersächsische Provinz, mitten in die Machenschaften von skrupellosen Drückerbanden.

Auch Lena Salmann bringt eine zufällige Beobachtung auf einem abgelegenen Autobahnparkplatz in Berührung mit dem alltäglichen Bösen. Ein altes Trauma bricht wieder auf. Das führt fast zwangsläufig zu einem weiteren Mord. Kluge und Besser stehen vor einem Rätsel.

ULRIKE KRONECK
Das Frauenkomplott

978-3-8392-1270-7 (Paperback)
978-3-8392-3869-1 (pdf)
978-3-8392-3868-4 (epub)

»Gewährt interessante Einblicke in das, was Frauen wollen – und vor allem, wie sie es bekommen!«

Die Berliner Kunsthistorikerin Karoline Brauer und ihre frisch geschiedene Cousine Ruth verbindet eine tiefe Freundschaft. Während sich jedoch Karoline auf ihrer Suche nach dem »richtigen« Mann ständig selbst im Wege steht, ist Ruth ihren langweiligen Ehemann endlich los. Als nach der Scheidung deutlich wird, dass Ruth keinen Cent von dem gemeinsam erwirtschafteten Vermögen sehen wird, gehen die beiden Freundinnen gemeinsam mit ihrer Bekannten Mari, die in Beziehungsdingen ihre ganz eigene Kosten-Nutzen-Rechnung durchzusetzen weiß, zum Angriff über …

GMEINER SPANNUNG

WWW.GMEINER-VERLAG.DE
Wir machen's spannend

Das Neueste aus der Gmeiner-Bibliothek

Unsere Lesermagazine

Bestellen Sie das kostenlose KrimiJournal in Ihrer Buchhandlung oder unter www.gmeiner-verlag.de

Informieren Sie sich ...

www ... auf unserer Homepage:
www.gmeiner-verlag.de

@ ... über unseren Newsletter:
Melden Sie sich für unseren Newsletter an unter www.gmeiner-verlag.de/newsletter

... werden Sie Fan auf Facebook:
www.facebook.com/gmeiner.verlag

Mitmachen und gewinnen!

Schicken Sie uns Ihre Meinung zu unseren Büchern per Mail an gewinnspiel@gmeiner-verlag.de und nehmen Sie automatisch an unserem Jahresgewinnspiel mit »mörderisch guten« Preisen teil!

WWW.GMEINER-VERLAG.DE
Wir machen's spannend